É ASSIM QUE ACABA

Obras da autora publicadas pela Galera Record

Série Slammed
Métrica
Pausa
Essa garota

Série Hopeless
Um caso perdido
Sem esperança
Em busca de Cinderela
Em busca da perfeição

Série Nunca, jamais
Nunca, jamais
Nunca, jamais: parte dois
Nunca, jamais: parte três

Série Talvez
Talvez um dia
Talvez agora

Série É assim que acaba
É assim que acaba
É assim que começa

O lado feio do amor
Novembro, 9
Confesse
Tarde demais
As mil partes do meu coração
Todas as suas (im)perfeições
Verity
Se não fosse você
Layla
Até o verão terminar
Uma segunda chance

É ASSIM QUE ACABA

COLLEEN HOOVER

Tradução:
Priscila Catão

8ª edição

— Galera —
RIO DE JANEIRO
2025

CIP-BRASIL. CATALOGAÇÃO NA PUBLICAÇÃO
SINDICATO NACIONAL DOS EDITORES DE LIVROS, RJ

H759e   Hoover, Colleen, 1979-
      É assim que acaba / Colleen Hoover; tradução Priscila Catão. – 8ª ed. –
Rio de Janeiro: Galera Record, 2025.

      Tradução de: It ends with us
      "Edição capa dura"
      ISBN 978-65-5981-273-8

      1. Ficção americana. I. Catão, Priscila. II. Título.

23-82153   CDD: 813
                           CDU: 82-3(73)

Meri Gleice Rodrigues de Souza - Bibliotecária - CRB-7/6439

Título original:
It ends with us

Publicado mediante acordo com a editora original,
Atria Books, um selo da Simon & Schuster, Inc.

Texto revisado segundo o Acordo Ortográfico da Língua Portuguesa de 1990.

Editoração eletrônica: Abreu's System

Direitos exclusivos de publicação em língua portuguesa somente para o Brasil
adquiridos pela
EDITORA RECORD LTDA.
Rua Argentina, 171 – Rio de Janeiro, RJ – 20921-380 – Tel.: (21) 2585-2000,
que se reserva a propriedade literária desta tradução.

Impresso no Brasil

ISBN 978-65-5981-273-8

Seja um leitor preferencial Record.
Cadastre-se e receba informações sobre nossos
lançamentos e nossas promoções.

Atendimento e venda direta ao leitor:
sac@record.com.br

Para meu pai, por fazer o que pôde para
não mostrar o pior de si.

E para minha mãe, por garantir que
nunca víssemos o pior dele.

Parte Um

Capítulo Um

Enquanto estou aqui sentada, com um pé em cada lado do parapeito, observando as ruas de Boston a doze andares abaixo, pensar em suicídio é inevitável.

Não no *meu*. Gosto o suficiente de minha vida para querer vivê-la.

Estou pensando em outras pessoas e em como decidem simplesmente acabar com a própria vida. *Será que elas se arrependem em algum momento?* No instante depois de se jogar, e no segundo antes do impacto deve haver algum remorso durante aquela breve queda livre. Será que veem o chão se aproximando depressa e pensam: *Ah, que droga, que ideia péssima!*

Por algum motivo, acho que não.

Penso muito na morte. Ainda mais hoje, considerando que acabei de — doze horas antes — fazer um dos discursos fúnebres mais épicos que o povo de Plethora, no Maine, já testemunhou. Tudo bem, talvez não tenha sido o mais épico, mas poderia muito bem ser o mais desastroso. Acho que depende se a pergunta for feita para mim ou para minha mãe. *Minha mãe, que provavelmente vai passar um ano inteiro sem falar comigo depois de hoje.*

Não me entenda mal: meu discurso fúnebre não foi tão marcante a ponto de entrar para a história, como o de Brooke Shields no funeral de Michael Jackson. Ou o da irmã de Steve Jobs. Ou o do irmão de Pat Tillman. Mas foi épico à própria maneira.

No início, fiquei nervosa. Afinal, era o funeral do extraordinário Andrew Bloom. Prefeito idolatrado de minha cidade natal: Plethora, no Maine. Dono da agência imobiliária de maior sucesso da cidade. Marido da idolatrada Jenny Bloom, a mais reverenciada professora auxiliar de toda Plethora. E pai de Lily Bloom, aquela garota estranha, de excêntrico cabelo ruivo, que certa vez se apaixonou por um mendigo e envergonhou toda a família.

Eu sou Lily Bloom, e Andrew era meu pai.

Assim que terminei o discurso fúnebre, peguei um voo para Boston e sequestrei o primeiro telhado que encontrei. *Mais uma vez, não porque sou suicida.* Não tenho nenhum plano de saltar deste telhado. Só precisava de ar fresco e silêncio, nada mais. Algo impossível de conseguir em meu apartamento no terceiro andar, sem acesso ao telhado, e morando com uma garota que adora se ouvir cantando.

Porém, não pensei em como estaria frio aqui em cima. Não está insuportável, mas também não está nada confortável. Pelo menos dá para ver as estrelas. Pais falecidos, irritantes colegas de apartamento e discursos fúnebres questionáveis não parecem nada mal quando o céu noturno está límpido o suficiente para, literalmente, espelhar o esplendor do universo.

Amo quando o céu me faz sentir insignificante.

Estou gostando desta noite.

Bem... vou reformular a frase para que ela reflita meus sentimentos de maneira mais apropriada, no passado.

Eu *estava* gostando desta noite.

Mas, para minha infelicidade, a porta foi aberta com tanta força que quase esperei ver a escada cuspir um humano no telhado. A porta se fecha novamente, e passos se movem com pressa pelo piso. Não me dou o trabalho de erguer o olhar. Seja quem for, é muito provável que nem me perceba em cima do parapeito à esquerda da porta. A pessoa saiu com tanta pressa que não será culpa minha se presumir que está sozinha.

Suspiro baixinho, fecho os olhos e encosto a cabeça na parede de estuque atrás de mim, xingando o universo por ter me tirado o momento introspectivo de paz. O mínimo que o universo pode fazer é garantir que seja uma mulher, não um homem. Se vou ter companhia, prefiro uma mulher. Sou durona para meu tamanho, e provavelmente consigo me virar sozinha na maior parte das situações, mas estou relaxada demais para ficar sozinha com um desconhecido no telhado, tarde da noite. Temo pela minha segurança e sinto que preciso ir embora, mas não queria ir. Como disse... estou relaxada.

Finalmente permito que meus olhos percorram o trajeto até a silhueta inclinada por cima do parapeito. Infelizmente, tenho certeza de que é um homem. Mesmo naquela posição, noto que é alto. Ombros largos criam grande contraste em relação à maneira frágil como ele apoia a própria cabeça nas mãos. Mal percebo o pesado subir e descer de suas costas enquanto ele inspira fundo, para exalar com força em seguida.

Parece à beira de um colapso. Considero dizer alguma coisa, ou pigarrear, para alertá-lo de que tem companhia, mas, antes que eu o faça, ele gira e chuta uma das cadeiras do terraço.

Eu me retraio quando o móvel arranha o telhado, mas, como ele não imagina ter plateia, não para com um só chute. Ele atinge a cadeira repetidamente, sem parar. E, em vez de se render sob a força bruta daquele pé, a cadeira apenas se afasta cada vez mais.

Aquela cadeira deve ser feita de polímero resistente à maresia.

Certa vez, vi meu pai atropelar uma mesa de jardim feita desse polímero: a coisa praticamente riu. O para-choque amassou, mas a mesa nem arranhou.

O cara parece notar que não é páreo para um material de tamanha qualidade porque finalmente desiste de chutar. Fica ali, perto do móvel, os punhos cerrados nas laterais do corpo. Para ser sincera, sinto um pouco de inveja. Ele desconta muito bem a raiva na mobília. É óbvio que teve um dia péssimo, assim como eu, mas enquanto guardo minha frustração até ela se manifestar de forma passivo-agressiva, ele encontra uma verdadeira válvula de escape.

Minha válvula de escape costumava ser minha horta. Sempre que eu me estressava, era só ir até o quintal e arrancar toda erva daninha que encontrasse. Porém, desde que me mudei para Boston, há dois anos, não tenho mais horta. Nem terraço. Nem sequer ervas daninhas.

Talvez eu devesse investir em uma cadeira de polímero resistente à maresia.

Fico observando o rapaz mais um pouco, e me pergunto se ele não vai se mexer. Está simplesmente parado, encarando a cadeira. Não está mais de punhos cerrados. As mãos estão apoiadas nos quadris, e percebo que sua camisa não tem um caimento bom no bíceps. Tem um caimento ótimo no restante do corpo, mas seus braços são enormes. Ele começa a remexer nos bolsos até encontrar o que está procurando, e — na provável tentativa de administrar ainda mais a raiva — acende um baseado.

Tenho 23 anos, já terminei a faculdade e usei a mesma droga recreativa uma ou duas vezes. Não vou julgar o rapaz por achar que precisa fumar sozinho. Mas é esta a questão: ele *não* está sozinho. Só não sabe disso ainda.

Ele dá uma longa tragada no baseado e começa a se voltar para o parapeito. Percebe minha presença ao expirar.

Para de andar no instante que nossos olhares se encontram. Sua expressão não é de susto nem de humor. Ele está a uns três metros de distância, mas a luz das estrelas é suficiente para que eu enxergue seus olhos observando meu corpo sem revelar um único pensamento. Esse cara sabe esconder o jogo; estreitando os olhos e comprimindo os lábios, ele parece a versão masculina da *Mona Lisa*.

— Como você se chama? — pergunta ele.

Sinto a voz no estômago. O que não é nada bom. As vozes deviam parar nos ouvidos, mas, às vezes — não é nada comum, na verdade —, uma voz penetra em meus ouvidos e reverbera por meu corpo. Ele tem uma dessas vozes. Grave, confiante e um pouco parecida com manteiga.

Como não respondo, ele leva o baseado à boca e dá mais uma tragada.

— Lily — revelo, por fim.

Odeio minha voz. Pareceu baixa demais para chegar a seus ouvidos, ainda mais para reverberar dentro de *seu* corpo.

O cara ergue um pouco o queixo e aponta a cabeça para mim.

— Pode descer daí, por favor, Lily?

Só quando ele pede isso percebo sua postura. Está em pé, corpo ereto, até mesmo rígido. Quase como se estivesse nervoso, achando que vou cair. *Não vou.* O parapeito tem no mínimo 30 centímetros de largura, e a maior parte de mim está no telhado. Seria muito fácil me segurar antes de cair, sem falar que o vento está a meu favor.

Olho para minhas pernas e, depois, para ele.

— Não, obrigada. Estou bem confortável aqui.

Ele se vira um pouco, como se não conseguisse me olhar diretamente.

— Por favor, desça. — Agora é mais uma ordem, apesar de ele ter dito *por favor*. — Tem sete cadeiras vazias aqui.

— Por pouco não seis — corrijo, lembrando que ele quase assassinou uma delas.

Ele não acha graça na resposta. Como não obedeço à ordem, ele dá dois passos em minha direção.

— Você está a meros 7 centímetros da morte. E ela já me fez companhia por tempo demais hoje. — Ele gesticula novamente para que eu desça. — Está me deixando nervoso. Sem falar que isso corta meu barato.

Reviro os olhos e passo as pernas por cima do parapeito.

— Deus me livre desperdiçar um baseado. — Dou um pulo para descer e limpo as mãos na calça jeans. — Melhorou? — pergunto, enquanto me aproximo.

O cara expira com força, como se tivesse prendido a respiração ao me ver em cima do parapeito. Passo por ele em direção ao lado do telhado com a melhor vista e, no meio-tempo, não deixo de perceber como ele é incrivelmente bonito.

Não. Bonito é um insulto.

O cara é *lindo*. Tem as mãos cuidadas, cheira a dinheiro e parece ser bem mais velho que eu. Seus olhos se enrugam ao me seguir, e seus lábios parecem em bico, mesmo quando relaxados. Quando chego ao lado do prédio com vista para a rua, eu me inclino e fico olhando os carros lá embaixo, tentando não demonstrar minha admiração. Só pelo corte de cabelo já dá para perceber que esse é o tipo de homem que impressiona facilmente, e eu me recuso a alimentar seu ego. Não que tenha feito alguma coisa para me convencer de que *é* metido. Porém, está vestindo uma camisa casual da Burberry, e acho que nunca estive no radar de alguém com dinheiro para, casualmente, comprar uma dessas.

Escuto passos se aproximando atrás de mim, e ele se inclina na grade a meu lado. De soslaio, eu o observo dar uma tragada no baseado. Após terminar, ele o oferece, mas recuso com um gesto. A última coisa de que preciso é me drogar perto desse cara. Sua voz já é praticamente uma droga. Meio que quero ouvi-la de novo, então pergunto:

— Então, o que aquela cadeira fez para te deixar tão zangado?

Ele olha para mim. Quero dizer, *realmente* me olha. Seus olhos encontram os meus, e ele me encara com firmeza, como se todos os meus segredos estivessem bem no rosto. Jamais vi olhos tão escuros. Talvez eu até tenha visto, porém parecem mais escuros quando associados a uma presença tão intimidante. Ele não me responde, mas minha curiosidade não é facilmente saciada. Se ele me obrigou a descer de um parapeito muito confortável e tranquilo, espero que ele me entretenha com respostas para minhas perguntas indiscretas.

— Foi uma mulher? — pergunto. — Ela partiu seu coração?

Ele ri um pouco.

— Quem me dera se meus problemas fossem tão triviais quanto assuntos do coração. — Ele se encosta na parede e se vira para mim. — Você mora em que andar? — Lambe os dedos e aperta a extremidade do baseado antes de guardá-lo no bolso. — Nunca te encontrei.

— É porque não moro aqui. — Aponto para meu apartamento. — Está vendo aquele prédio da seguradora?

Ele semicerra as pálpebras enquanto olha na direção indicada.

— Ahã.

— Moro no prédio ao lado. É baixo demais para ver daqui. São só três andares.

Ele se volta para mim, apoiando o cotovelo no parapeito.

— Se mora ali, por que está aqui? É o apartamento de seu namorado ou algo assim?

Por algum motivo, seu comentário faz com que me sinta fácil. Foi óbvio demais... uma cantada amadora. Pela aparência, sei que é mais habilidoso. Então fico com a impressão de que ele deixa as cantadas mais difíceis somente para as mulheres 'merecedoras'.

— Seu telhado é legal — respondo.

Ele ergue a sobrancelha, esperando que eu explique melhor.

— Eu queria tomar ar fresco. Um lugar para pensar. Abri o Google Earth e encontrei o prédio com um terraço decente mais próximo.

Ele me olha sorrindo.

— Pelo menos você é econômica — comenta. — Essa é uma boa qualidade.

Pelo menos?

Assinto, porque *sou mesmo* econômica. E essa *é mesmo* uma boa qualidade.

— Por que estava precisando de ar fresco? — pergunta ele.

Porque enterrei meu pai hoje, fiz um discurso fúnebre epicamente desastroso e agora sinto como se não conseguisse respirar.

Eu me viro para a frente de novo, expiro lentamente.

— A gente pode ficar um pouco em silêncio?

Ele parece aliviado com o pedido. Inclina-se por cima do parapeito e deixa o braço se balançar enquanto olha a rua. Ele fica assim por um instante, e eu o encaro durante todo o tempo. Provavelmente sabe que o estou observando, mas parece não se importar.

— Um cara caiu daqui no mês passado — revela ele.

Eu até teria me irritado por ele ter desrespeitado meu pedido de silêncio, mas fico um pouco intrigada.

— Foi acidente?

Ele dá de ombros.

— Ninguém sabe. Aconteceu no fim da tarde. A esposa contou que preparava o jantar quando o marido subiu para tirar fotos do pôr do sol. Ele era fotógrafo. Acham que estava se inclinando por cima do parapeito para tirar uma foto do horizonte, e acabou escorregando.

Olho por cima do parapeito, me perguntando como alguém se coloca em uma situação com risco real de acidente, mas então me lembro de que estava sentada no parapeito do outro lado do terraço há apenas alguns minutos.

— Quando minha irmã me contou o que aconteceu, fiquei pensando se ele tinha conseguido a foto ou não. Torci para que a câmera não tivesse caído também, porque teria sido o maior desperdício, sabe? Morrer por causa do amor pela fotografia, mas sem conseguir a foto que custou sua vida.

O pensamento me faz rir, mas não sei se devia achar graça.

— Você sempre diz exatamente o que pensa?

Ele dá de ombros.

— Para a maioria das pessoas, não.

Isso aumenta meu sorriso. Fico feliz em saber que, mesmo sem me conhecer, por algum motivo ele não me considera *a maioria das pessoas*.

Ele apoia as costas no parapeito e cruza os braços.

— Você nasceu aqui?

Balanço a cabeça.

— Não. Eu me mudei do Maine depois da formatura.

Ele enruga o nariz, o que é meio sensual. Ver esse homem — usando uma camisa da Burberry e com um corte de cabelo de duzentos dólares — fazendo careta.

— Então está no purgatório de Boston, é? Deve ser péssimo.

— Como assim? — pergunto.

Ele retorce o canto da boca.

— Os turistas a tratam como nativa, enquanto os nativos a tratam como uma turista.

Rio.

— Uau! Que descrição mais precisa.

— Estou aqui há dois meses. Nem cheguei ao purgatório ainda, então está se saindo melhor que eu.

— Por que veio a Boston?

— Minha residência. E minha irmã mora aqui. — Ele bate o pé. — Bem aqui embaixo, na verdade. Casou com um especialista em tecnologia daqui de Boston, e eles compraram o último andar.

Olho para baixo.

— O último andar *inteiro*?

Ele confirma com a cabeça.

— O filho da mãe é um sortudo que trabalha de casa. Nem precisa tirar o pijama e ganha mais de sete dígitos por ano.

É mesmo um filho da mãe sortudo.

— Que tipo de residência? Você é médico?

Ele assente.

— Neurocirurgião. Falta menos de um ano para terminar a residência, depois disso é oficial.

Estiloso, eloquente *e* inteligente. *E fuma maconha.* Se fosse uma questão do vestibular, eu perguntaria qual alternativa não combina com as outras.

— E médicos deviam fumar maconha?

Ele abre um sorriso irônico.

— Provavelmente não. Mas, se a gente não se desse esse luxo de vez em quando, juro que o número de médicos pulando desses parapeitos seria bem maior.

Ele está virado para a frente de novo, apoiando o queixo nos braços. Está de olhos fechados, como se aproveitasse o vento no rosto. Assim, não parece tão intimidante.

— Quer saber de algo que só quem mora em Boston sabe?

— Com certeza — responde ele, voltando a atenção para mim.

Aponto para o leste.

— Está vendo aquele prédio? Com o teto verde?

Ele assente.

— Há um prédio atrás dele, na rua Melcher. Tem uma casa em cima do prédio. Tipo, uma casa mesmo, construída bem no teto. Não dá para ver da rua, e o prédio é tão alto que poucas pessoas sabem disso.

Ele fica impressionado.

— Sério?

Confirmo com a cabeça.

— Vi quando estava procurando no Google Earth, então pesquisei o local. Pelo visto concederam uma licença para a construção em 1982. Deve ser muito legal, não acha? Morar em uma casa no topo de um prédio.

— O telhado seria todo seu — argumenta ele.

Eu não tinha pensado nisso. Se eu fosse dona do telhado, poderia ter hortas. Eu teria uma válvula de escape.

— Quem mora lá? — pergunta ele.

— Ninguém sabe. É um dos grandes mistérios de Boston.

Ele ri e depois me olha com curiosidade.

— Qual seria outro grande mistério de Boston?

— Seu nome.

Assim que digo isso, dou um tapa na própria testa. Soou como uma cantada muito brega, e tudo o que posso fazer é rir de mim mesma.

Ele sorri.

— É Ryle — revela ele. — Ryle Kincaid.

Suspiro, me encolhendo.

— Que nome incrível.

— Por que isso a deixou triste?

— Porque eu faria de tudo para ter um nome legal.

— Não gosta de Lily?

Inclino a cabeça e ergo a sobrancelha.

— Meu sobrenome é... Bloom, florescer em inglês.

Ele fica em silêncio. Sinto que tenta não demonstrar piedade.

— Eu sei. É péssimo. É o nome de uma menina de 2 anos, não de uma mulher de 23.

— Uma menina de 2 anos sempre vai ter o mesmo nome, independentemente da idade. Nós não nos livramos do nome quando envelhecemos, Lily Bloom.

— Que pena — rebato. — Mas o pior é que adoro jardinagem. Amo flores. Plantas. Cultivar coisas. É minha paixão. Sempre foi meu sonho abrir uma floricultura, mas tenho medo de que as pessoas não julguem uma vontade autêntica. Pensem que só estou tentando me aproveitar de meu nome, que ser uma florista não é o trabalho de meus sonhos.

— Pode ser — comenta ele. — Mas por que isso importa?

— Acho que não importa. — Noto que estou sussurrando. — *Lily Bloom.* — Eu o vejo abrir um sorriso. — É um ótimo nome para uma floricultura. Mas tenho mestrado em administração. Seria dar um passo atrás, não acha? Trabalho para a maior empresa de marketing em Boston.

— Ser dona do próprio negócio não é dar um passo atrás — argumenta ele.

Ergo a sobrancelha.

— A não ser que dê errado.

Ele assente, concordando.

— A não ser que dê errado — concorda. — E qual seu nome do meio, Lily Bloom?

Resmungo, e ele se anima com isso.

— Quer dizer que é ainda pior?

Apoio a cabeça nas mãos e faço que sim.

— Rose?

Balanço a cabeça.

— Violet?

— Quem me dera. — Eu me contraio e murmuro. — *Blossom*. Desabrochar em inglês.

Há um momento de silêncio.

— Caramba! — exclama ele, baixinho.

— Pois é. Blossom era o sobrenome de solteira de minha mãe, e meus pais acharam que os sobrenomes sinônimos eram um sinal do destino. Então é óbvio que, quando nasci, quiseram me dar um nome de flor.

— Seus pais devem ser uns babacas.

Um deles é. *Era.*

— Meu pai morreu esta semana.

Ele olha para mim.

— Ah, tá. Não vou cair nessa.

— Estou falando sério. Por isso vim até aqui hoje. Acho que eu estava precisando chorar um pouco.

Ele fica me encarando por um instante, desconfiado, para ter certeza de que não o estou enganando. Mas não se desculpa pela gafe. Em vez disso, os olhos ficam um pouco mais curiosos, como se ele estivesse realmente intrigado.

— Vocês eram próximos?

Que pergunta difícil. Apoio o queixo nos braços e volto a olhar a rua.

— Não sei — respondo, dando de ombros. — Como filha, eu o amava. Mas como ser humano, eu o odiava.

Sinto que ele continua me observando, depois diz:

— Gosto disso. De sua sinceridade.

Ele gosta de minha sinceridade. Devo estar corando.

Ficamos em silêncio por mais um tempo, até que ele pergunta:

— Você às vezes deseja que as pessoas fossem mais transparentes?

— Como assim?

Ele passa o polegar em um pedaço de estuque descascado até soltá-lo. Dá um peteleco, jogando-o por cima do parapeito.

— Sinto que todo mundo finge ser quem é, que, no fundo, somos todos igualmente ferrados. Alguns apenas escondem isso melhor que os outros.

Ou ele está ficando meio chapado, ou é muito introspectivo. Seja como for, acho bom. Minhas conversas preferidas são as sem nenhuma resposta real.

— Não acho um pouco de reserva ruim — avalio. — Nem sempre as verdades nuas e cruas são bonitas.

Ele me encara por um instante.

— *Verdades nuas e cruas* — repete ele. — Gostei disso.

Ele se vira e vai até o meio do telhado. Ajeita o encosto de uma espreguiçadeira atrás de mim e depois se acomoda ali. É reclinável, então ele põe as mãos atrás da cabeça e observa o céu. Vou para a do lado e me ajeito até ficar na mesma posição.

— Me conte uma verdade nua e crua, Lily.

— Sobre o quê?

Ele dá de ombros.

— Não sei. Algo de que você não se orgulha. Algo que me faça sentir menos ferrado.

Ele encara o céu, esperando minha resposta. Meus olhos seguem a linha de seu maxilar, a curva das bochechas, o contorno dos lábios. Suas sobrancelhas estão unidas, contemplativas. Não sei o motivo, mas ele parece precisar de uma conversa. Penso na pergunta e tento encontrar uma resposta sincera. Quando consigo, desvio o olhar e volto a encarar o céu.

— Meu pai era violento. Não comigo... com minha mãe. Ficava tão alterado quando brigavam que, às vezes, até batia nela. Quando isso acontecia, ele passava uma ou duas semanas tentando recompensá-la pelo que acontecera; comprava flores ou nos levava para jantar fora. Às vezes, ele comprava alguma coisa para mim porque sabia como eu odiava essas brigas. Quando eu era criança, ansiava por elas, porque sabia que, se ele batesse em minha mãe, as duas semanas seguintes seriam ótimas. — Paro. Acho que nunca admiti isso nem para mim mesma. — Lógico que, se fosse possível, eu nunca permitiria que a machucasse. Mas a violência era inevitável no casamento dos dois e se tornou nosso padrão. Quando fiquei mais velha, percebi que não fazer nada também me tornava culpada. Passei boa parte da vida o odiando por ser uma pessoa tão ruim, mas não sei se sou melhor. Talvez nós dois sejamos pessoas ruins.

Ryle olha para mim, pensativo.

— Lily — diz ele, enfaticamente. — Não existe isso de *pessoas ruins*. Todos nós somos humanos e, às vezes, fazemos coisas ruins.

Abro a boca para responder, mas suas palavras me deixam em silêncio. *Todos nós somos humanos e, às vezes, fazemos coisas ruins.* Acho que isso é verdade, de certa maneira. Ninguém é exclusivamente ruim ou exclusivamente bom. Algumas pessoas só precisam se esforçar mais para suprimir o lado ruim.

— Sua vez — digo a ele.

Com base em sua reação, acho que não quer participar da própria brincadeira. Ele suspira fundo e passa a mão no cabelo. Abre a boca para falar, mas depois a fecha de novo. Fica pensando por um instante, finalmente diz:

— Vi um garotinho morrer esta noite. — A voz sai abatida. — Só tinha 5 anos. Ele e o irmão mais novo encontraram uma arma no quarto dos pais. Enquanto o mais novo a segurava, o revólver disparou por acidente.

Meu estômago se revira. Acho que isso já é verdade demais para mim.

— Quando ele chegou à mesa de cirurgia, não dava para fazer mais nada. Todo mundo ao redor, as enfermeiras, os outros médicos... todos sentiram muita pena da família. *"Coitados dos pais"*, disseram. Mas, quando fui até a sala de espera dar a notícia aos dois, não senti um pingo de pena. Eu queria que sofressem. Queria que sentissem o peso de sua ignorância ao deixar uma arma carregada ao alcance de crianças inocentes. Queria que entendessem que, além de perder um filho, tinham arruinado a vida do que puxou o gatilho.

Meu Deus. Eu não estava preparada para algo tão pesado.

Nem consigo imaginar como uma família supera uma coisa assim.

— Coitado do irmão do garoto — comento. — Não consigo imaginar como isso vai afetá-lo... testemunhar algo desse nível.

Ryle dá um peteleco em alguma coisa na calça jeans.

— É algo que vai destruir sua vida, é isso que vai acontecer.

Eu me viro para ele, ficando de lado e apoiando a cabeça na mão.

— É difícil? Ver essas coisas todo dia?

Ele balança um pouco a cabeça.

— Devia ser muito mais difícil, porém, quanto mais tempo passo perto da morte, mais se torna parte da vida. Não sei como me sinto em relação a isso. — Ele faz contato visual de novo. — Me conte outra — pede. — Acho que a minha foi mais perturbadora que a sua.

Discordo, mas confesso a coisa perturbadora que fiz há apenas doze horas.

— Dois dias atrás, minha mãe me pediu para fazer o discurso fúnebre no enterro de meu pai. Eu disse que não ficaria à vontade, que não conseguiria encarar a multidão, que cairia em prantos, mas era mentira. Eu simplesmente não queria; acho que discursos fúnebres devem ser feitos por pessoas que respeitam o falecido. E eu não respeitava muito meu pai.

— Você fez o discurso?

Confirmo com a cabeça.

— Fiz. Hoje de manhã. — Eu me sento e puxo as pernas para debaixo do corpo enquanto continuo, virada para ele:
— Quer escutar?

Ele sorri.

— Com certeza.

Ponho as mãos no colo e respiro fundo.

— Eu não fazia ideia do que dizer. Cerca de uma hora antes do funeral, eu avisei minha mãe de que não queria discursar. Ela pediu algo simples, disse que deixaria meu pai feliz. Garantiu que eu só precisaria ir até o púlpito dizer cinco coisas boas sobre meu pai. Então... foi exatamente o que fiz.

Ryle se apoia no cotovelo, parecendo ainda mais interessado. Ele nota, em meu olhar, que a situação vai piorar.

— Ah, não, Lily. O que você fez?

— Vou reencenar.

Levanto e sigo até o outro lado da espreguiçadeira. Eu me empertigo e ajo como se estivesse olhando para a mesma plateia com que me deparei pela manhã. Pigarreio.

— Oi. Meu nome é Lily Bloom, filha do falecido Andrew Bloom. Agradeço a presença de todos aqui hoje, em luto por essa perda. Eu queria aproveitar este momento para homenagear a vida de meu pai e compartilhar com vocês cinco coisas boas sobre ele. A primeira...

Olho para Ryle e dou de ombros.

— Foi isso.

Ele se senta.

— Como assim?

Eu me sento na espreguiçadeira e depois me deito de novo.

— Fiquei lá parada por dois minutos inteiros sem dizer mais nada. Eu não tinha nada de bom para dizer sobre aquele homem, então fiquei encarando todo mundo até minha mãe perceber minha intenção e pedir para meu tio intervir.

Ryle inclina a cabeça.

— Está brincando? Você fez o oposto de uma homenagem no funeral de seu pai?

Assinto.

— Não estou orgulhosa do que fiz. *Acho* que não. Quero dizer, se dependesse de mim, ele teria sido uma pessoa bem melhor, e eu falaria uma hora sobre ele.

Ryle se deita de novo.

— Uau! — exclama ele, balançando a cabeça. — Você meio que é minha heroína. Zombou de um falecido.

— Que coisa de mau gosto.

— Bem, a verdade nua e crua dói.

Eu rio.

— Sua vez.

— Não vou conseguir superar isso — diz ele.

— Tenho certeza de que consegue chegar perto.

— Não sei, não.

Reviro os olhos.

— Consegue, sim. Não faça eu me sentir a pior pessoa aqui. Me conte seu pensamento mais recente, um que a maioria das pessoas não diria em voz alta.

Ele põe as mãos atrás da cabeça e me encara nos olhos.

— Quero te comer.

Fico boquiaberta. Depois me recomponho.

Acho que estou sem palavras.

Ele me olha com inocência.

— Você pediu meu pensamento mais recente, então contei. Você é linda. Eu sou homem. Se você gostasse de sexo casual, eu te levaria para meu quarto lá embaixo e te comeria.

Nem consigo olhar para ele. Seu comentário me faz sentir várias coisas ao mesmo tempo.

— Bem, eu não gosto de sexo casual.

— Imaginei — diz. — Sua vez.

Ele está tão tranquilo, nem parece que acabou de me deixar sem palavras.

— Preciso de um instante para me recompor depois dessa — explico, rindo.

Tento pensar em algo que vá deixá-lo um pouco chocado, mas não consigo esquecer o que ele acabou de dizer. *Em voz alta.* Talvez seja porque é neurocirurgião; jamais imaginei alguém tão instruído falando algo vulgar de forma aleatória.

Eu me recomponho... um pouco... e depois digo:

— Tá. Já que estamos nesse assunto... O primeiro cara com quem transei era um mendigo.

Ele se anima e se vira para mim.

— Ah, preciso saber mais sobre essa história.

Estico o braço e apoio a cabeça ali.

— Cresci no Maine. A gente morava em um bairro bem razoável, mas a rua de trás não estava em condições tão boas. Nosso quintal era colado a uma casa condenada, adjacente a dois terrenos abandonados. Fiz amizade com um cara chamado Atlas, que dormia no lugar. Ninguém sabia que ele morava ali, só eu. Eu lhe levava comida, roupas, coisas. Até meu pai descobrir.

— E o que ele fez?

Contraio o maxilar. Não sei por que mencionei isso, já que me obrigo a não pensar nesse assunto todos os dias.

— Bateu no cara. — Não quero mais ser nua e crua em relação ao assunto. — Sua vez.

Ele me observa em silêncio por um instante, como se soubesse que a história não acaba assim, mas depois desvia o olhar.

— Sinto repulsa só de pensar em casar — confessa ele. — Estou com quase 30 anos e não tenho a menor vontade de encontrar uma esposa. E *principalmente* não quero filhos. A única coisa que quero na vida é sucesso. Muito. Mas, se eu admitir isso em voz alta para alguém, vai parecer arrogância.

— Sucesso profissional? Ou status social?

— As duas coisas. Qualquer pessoa pode ter filhos. Qualquer pessoa pode casar. Mas nem todo mundo pode ser um neurocirurgião. Tenho muito orgulho disso. E não quero ser só um ótimo neurocirurgião. Quero ser o melhor em minha área.

— Você tem razão. Fica parecendo arrogância mesmo.

Ele sorri.

— Minha mãe acha que estou desperdiçando minha vida no trabalho.

— Você é neurocirurgião, e sua mãe está *desapontada*? — Rio. — Meu Deus, que absurdo! Será que os pais jamais ficam satisfeitos com os filhos? Nunca somos bons o bastante?

Ele balança a cabeça.

— Meus filhos não seriam. Poucas pessoas são tão determinadas como eu, e isso só desencadearia seu fracasso. Por isso jamais vou ter filhos.

— Na verdade, acho algo digno, Ryle. Muitas pessoas se recusam a admitir serem egoístas demais para ter filhos.

Ele balança a cabeça.

— Ah, sou egoísta *demais* para ter filhos. E com certeza sou egoísta demais para me relacionar com alguém.

— Então como evita isso? Simplesmente não sai com ninguém?

Ele me olha e sorri.

— Quando tenho tempo, algumas garotas satisfazem minhas necessidades. Não estou precisando de nada nesse departamento... se é o que está perguntando. Mas nunca me senti atraído pelo amor. Sempre foi mais um fardo que qualquer outra coisa.

Eu queria pensar assim. Minha vida seria tão mais fácil...

— Que inveja! Acredito que exista um homem perfeito para mim. E vivo me decepcionando, porque ninguém corresponde a meus padrões. Parece que estou em uma busca infinita pelo Santo Graal.

— Devia testar meu método — aconselha ele.

— Qual?

— Sexo casual.

Ele ergue a sobrancelha, como se fosse um convite.

Ainda bem que está escuro, porque meu rosto parece em brasas.

— Eu nunca conseguiria transar com alguém sabendo que não daria em nada — argumento, em voz alta, mas minhas palavras carecem de convicção.

Ele inspira fundo e devagar, depois se deita.

— Você não é esse tipo de garota, né? — pergunta ele, um pouco desapontado.

Também me sinto assim. Nem sei se o rejeitaria se ele tentasse alguma coisa, mas acho que acabei de frustrar essa possibilidade.

— Se você não *transaria* com alguém que acabou de conhecer... — Seus olhos encontram os meus de novo. — Até onde você iria?

Não sei responder. Eu me deito porque a maneira como me olha me faz reavaliar essa história de sexo casual. Acho que não sou necessariamente contra. Apenas jamais recebi a proposta de alguém que me faria considerar a opção.

Até agora. *Acho.* E será que ele está mesmo me propondo algo? Sempre fui péssima nesse lance de flerte.

Ele estende o braço e segura a beirada de minha espreguiçadeira. Com um movimento rápido e pouquíssimo esforço, Ryle a puxa para perto até encostar na sua.

Meu corpo inteiro enrijece. Ele está tão perto que sinto o calor de sua respiração cortando o ar frio. Se eu olhasse para ele, seu rosto estaria a meros centímetros do meu. Eu me recuso a encará-lo, porque ele provavelmente me beijaria, e não sei absolutamente nada sobre esse homem, além de algumas verdades nuas e cruas. Porém, isso não me pesa nem um pouco na consciência quando ele põe a mão em minha barriga.

— Até onde você iria, Lily?

Sua voz está indecente. Gostosa. Vai direto para a ponta de meus pés.

— Não sei — sussurro.

Seus dedos começam a se aproximar da costura de minha camisa. Passam a subir lentamente até desnudar parte de minha barriga.

— *Ah, meu Deus!* — murmuro, sentindo o calor de sua mão subindo pelo estômago.

Apesar de saber que não devo, eu me viro para ele, e a expressão em seus olhos me cativa de vez. Ele parece esperançoso, ávido e totalmente confiante. Afunda os dentes no lábio inferior enquanto sua mão começa a explorar minha camisa de forma provocante. Sei que ele sente meu coração batendo acelerado no peito. Droga, deve até *escutá-lo.*

— Fui longe demais? — pergunta ele.

Não sei de onde está vindo esse meu lado, mas balanço a cabeça e digo:

— De jeito algum.

Com um sorriso, seus dedos roçam a parte de baixo de meu sutiã, fluindo levemente por minha pele, que está toda arrepiada.

Assim que fecho as pálpebras, um som penetrante rasga o ar. Sua mão enrijece quando nós dois percebemos que é um celular. O *dele*.

Ele encosta a testa em meu ombro.

— Droga!

Franzo o cenho quando sua mão abandona minha pele. Ele remexe no bolso procurando o celular, se levanta e se afasta alguns metros para atender a ligação.

— Dr. Kincaid — diz ele. Escuta atentamente, agarrando a nuca. — E Roberts? Não estou de plantão. — Mais silêncio. — Ok, me dê dez minutos. Estou indo.

Ele encerra a ligação e guarda o celular no bolso. Ao se virar para mim, parece um pouco desapontado. Aponta para a porta que leva à escada.

— Eu preciso...

Balanço a cabeça.

— Tudo bem.

Ele me analisa por um instante e, depois, ergue o dedo.

— Não se mexa — ordena Ryle, pegando o celular mais uma vez.

Ele se aproxima e o posiciona, como se estivesse prestes a tirar uma foto minha. Quase protesto, mas nem sei por quê. Estou totalmente vestida. Mas por algum motivo não me sinto assim.

Ryle tira uma foto minha: deitada na espreguiçadeira, os braços relaxados acima da cabeça. Não faço ideia do que pretende fazer com aquilo, mas gosto do fato de que a tirou. Gosto de saber que sentiu vontade de lembrar como sou, por mais que imagine jamais voltar a me ver.

Observa a foto na tela por alguns segundos e sorri. Eu me sinto meio tentada a tirar uma foto sua também, mas não sei se quero uma lembrança de alguém que nunca mais verei. Pensar nisso é um pouco deprimente.

— Foi um prazer conhecê-la, Lily Bloom. Espero que você desafie as probabilidades e realmente conquiste seu sonho.

Sorrio, triste e confusa em relação ao rapaz. Não sei se eu já havia conhecido alguém assim, com um estilo de vida e uma faixa de imposto de renda totalmente diferentes dos meus. Provavelmente nunca mais o farei. Porém, perceber que não somos tão diferentes assim é uma boa surpresa.

Equívoco confirmado.

Ele olha para os próprios pés por um instante, parado de um jeito bastante incerto. Como se estivesse dividido entre a vontade de dizer mais alguma coisa e a necessidade de partir. Ele me olha uma última vez... nesse momento, seu rosto não está impassível. Percebo o desapontamento na linha de sua boca antes de ele se virar e seguir na direção oposta. Abre a porta, e escuto seus passos esvaecerem enquanto ele desce a escada correndo. Estou sozinha no telhado de novo, mas, para minha surpresa, fico um pouco triste com isso.

Capítulo Dois

Lucy, *minha colega de apartamento que adora se ouvir cantando*, corre pela sala, pegando chaves, sapatos, óculos escuros. Estou sentada no sofá, abrindo caixas de sapato repletas de coisas antigas que eu trouxe de casa. Peguei tudo essa semana, quando voltei para o funeral de meu pai.

— Vai trabalhar hoje? — pergunta Lucy.

— Não. Estou de licença até segunda... luto.

Ela para bruscamente.

— Até segunda? — zomba ela. — Sua vaca sortuda.

— Sim, Lucy. Foi a *maior* sorte meu pai morrer — ironizo, obviamente, mas me contraio ao perceber que na verdade não pareci tão sarcástica assim.

— Você entendeu o que eu quis dizer — murmura ela, pegando a bolsa enquanto se equilibra em um pé e coloca o sapato no outro. — Não vou dormir em casa hoje. Vou ficar com Alex.

Ela bate a porta ao sair.

Aparentemente, temos muito em comum; mas, além do mesmo manequim, da mesma idade e de nomes com quatro letras, começados por *L* e terminados por *Y*, somos só duas meninas dividindo um apartamento. Por mim tudo bem. Além da cantoria incessante, ela é bem tolerável. É limpa e passa muito tempo fora. Duas das qualidades mais importantes para uma pessoa que mora com você.

Estou destampando uma das caixas quando meu celular toca. Estendo o braço até o canto e o pego. Quando vejo que é minha mãe, afundo o rosto no sofá e finjo chorar na almofada.

Levo o celular até o ouvido.

— Alô?

São três segundos de silêncio, depois:

— Oi, Lily.

Suspiro e me sento de novo.

— Oi, mãe.

Estou realmente surpresa por ela falar comigo. Só se passou um dia desde o funeral. Eu esperava ter notícias só daqui a 364 dias.

— Como você está? — pergunto.

Ela suspira dramaticamente.

— Estou bem — responde. — Sua tia e seu tio voltaram para Nebraska hoje de manhã. Vai ser minha primeira noite sozinha desde que...

— Você vai ficar bem, mãe — garanto, tentando passar confiança.

Ela fica em silêncio por tempo demais, depois diz:

— Lily. Só queria que você soubesse... não precisa sentir vergonha por ontem.

Fico quieta. *Eu não estava com vergonha. Nem um pouco.*

— Todo mundo congela de vez em quando. Eu não devia tê-la pressionado daquele jeito, ainda mais em um dia tão difícil. Devia ter pedido para seu tio fazer o discurso.

Fecho os olhos. *Lá vai ela de novo.* Encobrindo o que não quer ver. Assumindo uma culpa que nem é sua. Ela se convenceu, *lógico*, de que fiquei paralisada ontem, e por isso me recusei a falar. *É óbvio.* Penso seriamente em confessar que não foi um erro. Não congelei. Simplesmente não tinha nada de bom a dizer sobre o homem medíocre que ela escolheu para ser meu pai.

Mas em parte me sinto culpada pelo que fiz — especialmente porque minha mãe não devia ter testemunhado aquilo —, então acabo aceitando sua deixa e entro no jogo.

— Obrigada, mãe. Me desculpe por ter paralisado.

— Tudo bem, Lily. Preciso ir, preciso ir à seguradora. Amanhã teremos a reunião sobre as apólices de seu pai. Me ligue, ok?

— Ligo, sim — respondo. — Te amo, mãe.

Encerro a ligação e jogo o celular do outro lado do sofá. Abro a caixa de sapatos no colo e retiro o conteúdo. Bem no topo, há um coraçãozinho oco de madeira. Passo os dedos por ele e me lembro da noite em que o ganhei. Assim que começo a assimilar a lembrança, afasto o objeto. A nostalgia é uma coisa curiosa.

Separo algumas cartas antigas e recortes de jornal. Embaixo de tudo, encontro o que eu sabia estar nessas caixas. E, ao mesmo tempo, esperava que *não* estivesse.

Meus Diários de Ellen.

Passo as mãos por cima das capas. São três nessa caixa, mas, provavelmente, oito ou nove no total. Não li nenhum desde a última vez que escrevi algo.

Quando era mais nova, eu me recusava a admitir a existência de meu diário: era muito clichê. Em vez disso, me convenci de que eu fazia algo legal porque, tecnicamente, não era um diário. Toda vez, eu escrevia para Ellen DeGeneres; comecei a assistir ao programa no dia em que estreou, em 2003, quando ainda era uma criança. Eu o sintonizava todo dia, depois da escola, e tinha certeza de que Ellen me amaria se me conhecesse. Escrevi cartas para ela regularmente até os 16 anos, mas na forma de diário. Óbvio que eu sabia que a última coisa que Ellen DeGeneres provavelmente ia querer eram os textos de uma garotinha qualquer. Felizmente, jamais enviei nenhum, mas gostava de escrever no diário como se este fosse destinado a ela, então continuei fazendo isso até parar de vez.

Abro outra caixa de sapato e encontro mais cadernos. Eu os reviro até achar o de quando eu tinha 15 anos. E o abro, procurando o dia em que conheci Atlas. Antes disso não aconteceu muita coisa digna de nota em minha vida, mas de alguma maneira consegui encher seis diários antes de nosso relacionamento.

Jurei que nunca mais leria essas coisas, mas com a morte de meu pai passei a pensar muito na infância. Talvez, lendo esses diários, encontre forças para perdoá-lo. Apesar de ter medo de acabar acumulando ainda mais ressentimento.

Eu me deito no sofá e começo.

Querida Ellen,

Antes de contar o que aconteceu hoje, tenho uma ideia maravilhosa para um novo quadro do programa. Ele se chama Ellen em casa.

Acho que muitas pessoas gostariam de te ver fora do trabalho. Sempre fico imaginando como você é em casa, quando está sozinha com Portia, sem nenhuma câmera por perto. Talvez os produtores possam dar uma câmera a ela, e de vez em quando ela flagraria você de surpresa e te filmaria fazendo coisas normais, tipo vendo TV, cozinhando, cuidando do jardim. Ela poderia filmar você por alguns segundos sem que percebesse e depois gritar "Ellen em casa!" e te assustar. Acho justo, porque você adora pegadinhas.

Tá, agora que contei isso (queria contar há um tempo e sempre esquecia), vou falar sobre meu dia de ontem. Foi interessante. Provavelmente o dia mais interessante que já tive para contar, tirando o dia em que Abigail Ivory deu um tapa no Sr. Carson por ter olhado para seu decote.

Lembra que um tempo atrás eu falei para você sobre a Sra. Burleson, que morava atrás da gente e morreu na noite daquela grande nevasca? Meu pai disse que ela devia tantos impostos que a filha não conseguiu ficar com a casa. Tenho certeza de que não se incomodou, porque a casa estava começando a cair aos pedaços. Provavelmente teria sido mais um fardo que outra coisa.

A casa está vazia desde a morte da Sra. Burleson, e isso já tem uns dois anos. Sei que está vazia porque a janela de meu quarto tem vista para o quintal, e não me lembro de ver ninguém entrar ou sair dali.

Até ontem à noite.

Eu estava na cama, embaralhando cartas. Sei que parece estranho, mas é algo que costumo fazer. Nem sei jogar baralho. Mas, quando meus pais brigam, embaralhar cartas é algo que simplesmente me acalma às vezes, prende minha atenção.

Enfim, estava escuro lá fora, então logo notei a luz. Não era muito forte, mas vinha da casa antiga. Parecia mais luz de velas que outra coisa, então fui até a varanda dos fundos pegar os binóculos de papai. Tentei ver o que estava acontecendo, mas não consegui identificar nada. Estava escuro demais. Então, depois de um tempo, a luz se apagou.

Hoje de manhã, enquanto me arrumava para o colégio, vi alguma coisa se movendo atrás da casa. Eu me agachei na janela do quarto e notei uma pessoa saindo escondida pela porta dos fundos. Era um rapaz e tinha uma mochila. Olhou ao redor, como se quisesse ter certeza de que ninguém estava espiando, e depois passou entre nossa casa e a do vizinho, então seguiu e parou no ponto de ônibus.

Nunca vi esse homem. Foi a primeira vez que andou em meu ônibus. Ele se sentou nos fundos, e eu, no meio, então não falei com ele. Mas, quando desceu do ônibus no ponto do colégio, vi ele entrar ali, então deve ser onde estuda.

Não faço ideia de por que ele estava dormindo naquela casa. É provável que lá não tenha eletricidade nem água. Achei que talvez ele tivesse perdido uma aposta com alguém, mas hoje ele desceu do ônibus no mesmo ponto que eu. Seguiu pela rua como se fosse para outro lugar, mas fui correndo para meu quarto e fiquei olhando da janela. E, alguns minutos depois, eu o vi entrar escondido pelos fundos na casa vazia.

Não sei se eu devia dizer alguma coisa para minha mãe. Odeio ser enxerida, porque isso não é de minha conta. Mas, se aquele menino não tem para onde ir, acho que minha mãe saberia como ajudar porque ela trabalha no colégio.

Não sei. Talvez eu espere alguns dias antes de dizer alguma coisa, para ver se ele volta para casa. Talvez só precise de um tempinho longe dos pais. Algo que eu mesma gostaria, às vezes.

Ok. Depois eu conto o que acontecer amanhã.

Lily

Querida Ellen,

Quando vejo seu programa, avanço todo trecho em que você dança. Eu costumava ver o começo quando você dançava no meio da plateia, mas agora acho um pouco chato e prefiro só escutar você falar. Espero que não fique brava.

Tá, descobri quem é o rapaz, e, sim, ele continua morando lá. Já se passaram dois dias, e eu ainda não contei pra ninguém.

O nome dele é Atlas Corrigan, e está no último ano, mas é tudo o que sei. Perguntei a Katie quem era ele quando ela se sentou a meu lado no ônibus. Ela revirou os olhos e me contou o nome. Mas depois disse: "Eu não sei mais nada sobre ele, mas ele fede". Ela enrugou o nariz como se estivesse enojada. Eu queria gritar com ela e dizer que não é culpa dele, que o menino não tem água em casa. Mas, em vez disso, só olhei para ele. Talvez eu tenha olhado demais, porque ele percebeu que eu o estava encarando.

Quando cheguei em casa, fui cuidar da horta no quintal. Meus rabanetes estavam prontos para serem colhidos, então fiquei lá fora fazendo isso. Só sobrou isso na horta. Está começando a esfriar, então não tem muita coisa que eu possa plantar. Eu provavelmente poderia ter esperado mais alguns dias antes de tirá-los, mas também fui lá para fora porque estava sendo enxerida.

Enquanto os puxava, percebi que alguns estavam faltando. Parecia que tinham acabado de desenterrá-los. Sei que não fui eu que os tirei, e meus pais nunca mexem na horta.

Então pensei em Atlas, e muito provavelmente tinha sido ele. Eu não tinha me dado conta de que, se ele não tem acesso à água, também não devia ter comida.

Entrei em casa e fiz dois sanduíches. Peguei dois refrigerantes na geladeira e um pacote de batatas fritas. Coloquei tudo numa bolsa térmica, fui até a casa abandonada e deixei a bolsa na varanda dos fundos, perto da porta. Eu não sabia se ele tinha me visto, então bati bem forte e depois voltei correndo para minha casa, seguindo direto para meu quarto. Quando cheguei na janela para ver se ele ia sair, a bolsa já tinha sumido.

Então descobri que ele andava me observando. Agora estou um pouco nervosa por ele saber que eu sei de sua presença. Não sei o que dizer se ele tentar falar comigo amanhã.

Lily

Querida Ellen,

Hoje vi sua entrevista com o candidato à presidência Barack Obama. Isso não te deixa nervosa? Entrevistar pessoas que podem governar o país algum dia? Não entendo muito de política, mas acho que eu não conseguiria ser engraçada sob tanta pressão.

Cara. Muita coisa aconteceu com nós duas. Você acabou de entrevistar alguém que pode vir a se tornar nosso próximo presidente, e eu estou levando comida para um mendigo.

De manhã, quando cheguei ao ponto de ônibus, Atlas já estava lá. No início éramos só nós dois, e, não vou mentir, foi constrangedor. Vi que o ônibus virava a esquina, e torci para que ele viesse mais rápido. Assim que o ônibus parou, Atlas se aproximou de mim e, sem erguer o olhar, disse: "Obrigado".

As portas do ônibus se abriram e ele me deixou entrar primeiro. Eu não disse "de nada" porque fiquei meio que chocada com minha reação. A voz me arrepiou, Ellen.

A voz de algum garoto já causou isso em você?

Ah, espere. Desculpe. A voz de alguma garota já causou isso em você?

Ele não se sentou perto de mim nem nada do tipo no caminho até o colégio, mas na volta ele foi o último a subir no ônibus. Não tinha nenhum lugar vazio, mas, pela maneira como ele olhou para todo mundo no ônibus, eu percebi que não estava procurando um lugar para se sentar. Estava me procurando.

Quando seus olhos encontraram os meus, olhei depressa para meu colo. Odeio não ser muito confiante com garotos. Talvez seja algo que eu supere quando finalmente completar 16 anos.

Ele se sentou a meu lado e colocou a mochila entre as pernas. Então entendi o que Katie estava falando. Ele fedia um pouco, mas não o julguei por causa disso.

Ele não disse nada a princípio, mas ficou remexendo em um buraco na calça jeans. Não era um buraco que deixava a calça mais estilosa. Dava para perceber que era um buraco de verdade, porque a calça era velha. Até parecia um pouco pequena para ele, porque seus tornozelos estavam aparecendo. Mas ele era magro o suficiente para que ficasse bem nas outras partes.

– Você contou para alguém? – perguntou.

Olhei para ele quando falou, e ele estava me encarando, parecendo preocupado. Foi a primeira vez que consegui olhar direito para ele. Seu cabelo era castanho-escuro, mas achei que, se ele o lavasse, talvez não ficasse tão escuro quanto estava naquele momento. Seus olhos eram claros, diferentemente do restante de seu corpo. Olhos azuis de verdade, parecidos com os de um husky siberiano. Eu não devia comparar seus olhos aos de um cachorro, mas foi a primeira coisa que me passou pela cabeça quando os vi.

Balancei a cabeça e olhei pela janela. Achei que ele ia se levantar e encontrar outro lugar para se sentar, afinal eu disse que não tinha contado a ninguém, mas ele não fez isso. O ônibus parou algumas vezes, e o fato de que ele ainda estava ali me deu um pouco de coragem, então falei, em um sussurro:

— Por que não mora em casa com seus pais?

Ele me encarou por alguns segundos, como se estivesse tentando decidir se podia confiar em mim ou não. Depois respondeu:

— Porque eles não querem.

Foi então que ele se levantou. Achei que eu tivesse deixado ele irritado, mas então percebi que tinha se levantado porque chegamos ao ponto. Peguei minhas coisas e desci do ônibus logo atrás. Ele nem tentou disfarçar para onde estava indo, como costuma fazer. Normalmente, ele segue pela rua e dá a volta no quarteirão para que eu não o veja passando pelo quintal. Mas hoje ele foi andando até meu quintal comigo.

Quando chegamos aonde eu normalmente me viraria para entrar em casa e ele continuaria andando, nós dois paramos. Ele chutou a terra com o pé e olhou para minha casa atrás de mim.

— Que horas seus pais chegam?

— Umas 17h — respondi.

Eram 15h45.

Ele assentiu e parecia que ia dizer mais alguma coisa, mas não fez isso. Simplesmente balançou a cabeça mais uma vez e começou a seguir na direção daquela casa sem comida, eletricidade e água.

Agora, Ellen, eu sei que o que fiz em seguida foi uma burrice, então nem precisa me dizer isso. Chamei ele e, depois que parou e se virou, falei:

— Se você se apressar, pode tomar um banho antes que eles cheguem.

Meu coração estava muito acelerado, porque eu sabia que estaria muito encrencada se meus pais chegassem em casa e encontrassem um mendigo no chuveiro. Provavelmente me matariam. Mas não consegui vê-lo ir embora para casa sem oferecer nada.

Ele olhou novamente para o chão, e senti seu constrangimento como uma pontada na barriga. Ele nem balançou a cabeça. Simplesmente me acompanhou até em casa e não disse nada.

Enquanto ele tomava uma ducha, eu estava em pânico. Fiquei olhando pela janela em busca do carro de meu pai ou de minha mãe, apesar de saber que demoraria uma hora para eles chegarem. Fiquei nervosa achando que um dos vizinhos poderia ter visto ele entrar aqui em casa, mas não me conheciam o suficiente para achar que era anormal receber uma visita.

Eu tinha dado roupas limpas para Atlas, e sabia que não só ele precisava estar fora de nossa casa quando meus pais chegassem, mas precisava estar bem longe. Tenho certeza de que meu pai reconheceria as próprias roupas em um adolescente qualquer de nosso bairro.

Enquanto olhava pela janela e conferia o relógio, comecei a encher uma mochila velha com várias coisas. Comida que não precisava de refrigeração, algumas camisetas de meu pai, uma calça jeans que provavelmente era dois tamanhos maior que o dele e um par de meias.

Estava fechando a mochila quando ele apareceu do corredor.

Eu tinha razão. Mesmo molhado, dava para perceber que seu cabelo era mais claro do que parecia antes. Isso deixou seus olhos ainda mais azuis.

Ele deve ter feito a barba enquanto estava lá dentro, porque parecia mais novo que quando entrou no banheiro. Engoli em seco e olhei para a mochila, chocada ao ver como ele estava diferente. Fiquei com medo de que meus pensamentos estivessem estampados no rosto.

Olhei pela janela mais uma vez e lhe entreguei a mochila.

— Talvez seja melhor você sair pela porta dos fundos para ninguém te ver.

Ele pegou a mochila e me encarou por um minuto.

— Qual seu nome? – perguntou, colocando a mochila no ombro.

– Lily.

Ele sorriu. Foi a primeira vez que sorriu para mim, e tive um pensamento péssimo e superficial. Eu me perguntei como alguém com um sorriso tão lindo poderia ter pais tão ruins. Fiquei com raiva de mim por ter pensado aquilo, porque é indiscutível que os pais deveriam amar os filhos fossem eles bonitos ou feios, magros ou gordos, inteligentes ou burros. Mas às vezes não dá para controlar a própria mente. É preciso treiná-la para nunca mais pensar a mesma coisa.

Ele estendeu a mão e disse:

– Meu nome é Atlas.

– Eu sei – respondi, sem apertar sua mão.

Não sei por que não fiz isso. Não foi porque eu estava com medo de encostar nele. Quer dizer, eu estava com medo de encostar nele. Mas não porque eu me achava melhor que ele. Ele me deixava muito nervosa, só isso.

Ele abaixou a mão, balançou a cabeça e depois disse:

– Acho melhor eu ir, então.

Dei um passo para o lado para que ele pudesse passar. Atlas apontou para a cozinha, perguntando silenciosamente se a porta dos fundos ficava naquela direção. Assenti e o acompanhei pelo corredor. Quando ele chegou à porta dos fundos, eu o vi parar por um segundo ao ver meu quarto.

De repente, fiquei com vergonha por ele estar vendo meu quarto. Ninguém nunca vê meu quarto, então nunca achei que precisava deixá-lo com uma aparência mais madura. A coberta e a cortina, ambas cor-de-rosa, são as mesmas desde que eu tinha 12 anos. Pela primeira vez na vida, tive vontade de arrancar meu pôster de Adam Brody.

Atlas não pareceu se importar com a decoração do quarto. Ele olhou fixo para minha janela – a que dá para o quintal – e depois me olhou de novo. Antes de sair de minha casa, disse:

– Obrigado por não ser detrativa, Lily.

E depois foi embora.

É evidente que eu já ouvi essa palavra, mas foi estranho ouvir um adolescente dizer isso. O mais estranho é como tudo em Atlas me parece muito contraditório. Como um rapaz que é nitidamente modesto, educado e usa palavras como detrativa *não tem onde morar? Como um adolescente vira um mendigo?*

Preciso descobrir, Ellen.

Vou descobrir o que aconteceu com ele. Espere só pra ver.

Lily

●　●　●

Estou prestes a ler outra carta quando meu celular toca. Engatinho no sofá para pegá-lo, e não fico nem um pouco surpresa ao ver o número de minha mãe. Sozinha depois da morte de meu pai, provavelmente ela vai me ligar o dobro de vezes que ligava antes.

— Alô?

— O que acha de eu me mudar para Boston? — pergunta ela, bruscamente.

Agarro a almofada ao lado e enfio o rosto ali, abafando meu grito.

— Hum. *Nossa!* — exclamo. — Sério?

Ela fica em silêncio, depois acrescenta:

— Acabei de pensar nisso. Amanhã a gente conversa. Estou quase atrasada para a reunião.

— Tá. Tchau.

E, como num passe de mágica, sinto vontade de sair de Massachusetts. *Ela não pode se mudar para cá.* Não conhece ninguém aqui. Iria pedir atenção todos os dias. Amo minha mãe, não me entendam mal, mas eu me mudei para Boston em busca de independência, e eu me sentiria menos livre com ela na cidade.

Meu pai foi diagnosticado com câncer há três anos, quando eu ainda cursava a faculdade. Se Ryle Kincaid estivesse ali, eu lhe contaria a verdade nua e crua de que me senti um pouco aliviada quando Andrew Bloom ficou doente demais para machucar alguém fisicamente. Isso mudou de vez a dinâmica do relacionamento de meus pais, e não senti mais a obrigação de ficar em Plethora para garantir o bem-estar de mamãe.

Agora que papai faleceu e que não preciso mais me preocupar com minha mãe, eu ansiava por abrir as asas e voar, por assim dizer.

E agora ela vai se mudar para Boston?

Sinto como se tivessem cortado minhas asas.

Cadê minha cadeira de polímero resistente à maresia quando preciso de uma?!

Estou realmente estressada e não faço ideia do que vou fazer caso ela se mude. Não tenho jardim nem quintal, nem terraço, nem ervas daninhas.

Preciso achar outra válvula de escape.

Decido arrumar as coisas em casa. Guardo no armário do quarto todas as velhas caixas cheias de diários e bilhetes. Depois, organizo meu armário inteiro. Minhas joias, meus sapatos, minhas roupas...

Ela não pode se mudar para Boston.

Capítulo Três

Seis meses depois

— Ah.

É tudo o que ela diz.

Minha mãe se vira e observa o prédio, passando o dedo no peitoril da janela a seu lado. Ela limpa a camada de pó entre os dedos.

— É...

— Precisa de muito trabalho, eu sei — interrompo. Aponto para as vitrines logo atrás. — Mas olhe só a fachada. Tem potencial.

Ela observa as vitrines de cima a baixo, balançando a cabeça. Às vezes faz um barulho no fundo da garganta, quando ela concorda com um "hum", mas os lábios permanecem fechados. O que significa que, *na verdade*, ela não concorda. E faz esse barulho. *Duas vezes.*

Abaixo os braços, desistindo.

— Acha que foi idiotice minha?

Ela balança de leve a cabeça.

— Depende do que acontecer, Lily — responde ela. O local costumava ser um restaurante e ainda está cheio de mesas e cadeiras velhas. Minha mãe vai até uma mesa próxima, puxa uma das cadeiras e senta. — Se as coisas derem certo e sua floricultura for um sucesso, as pessoas vão dizer que foi uma decisão de negócios corajosa, ousada e *inteligente*. Mas, se der errado e você perder toda a herança...

— As pessoas vão dizer que foi uma decisão de negócios *idiota*.

Ela dá de ombros.

— É assim que as coisas são. Você se formou em administração, então sabe disso. — Ela olha lentamente ao redor, como se estivesse imaginando como vai ficar daqui a um mês. — Mas faça mesmo algo corajoso e ousado, Lily.

Sorrio. *Isso eu aceito.*

— Não acredito que comprei sem consultar você — comento, sentando à mesa.

— Você é adulta. É seu direito — argumenta ela, mas noto um quê de desapontamento.

Acho que está se sentindo ainda mais sozinha agora que preciso cada vez menos dela. Já se passaram seis meses desde a morte de meu pai, e apesar de ele não ter sido uma boa companhia, minha mãe deve achar estranho ficar sozinha. Ela arranjou um emprego em uma escola de ensino fundamental local, então acabou se mudando. Ela escolheu uma cidade pequena nos arredores de Boston. Comprou uma linda casa de dois quartos, com um quintal enorme, em uma rua sem saída. Sonho em construir uma horta ali, mas precisaria de cuidados diários. Meu limite é uma visita semanal. Às vezes duas.

— O que vai fazer com todo esse lixo? — pergunta ela.

Tem razão. Há muito lixo. Vou demorar uma eternidade para esvaziar o lugar.

— Não faço ideia. Acho que tenho trabalho de sobra antes de ao menos pensar em decoração.

— Quando é seu último dia na empresa de marketing?

Sorrio.

— Foi ontem.

Ela suspira e, em seguida, balança a cabeça.

— Ah, Lily. Espero mesmo que dê certo.

Nós duas começamos a nos levantar, e a porta se abre. Tem algumas prateleiras na frente da porta, então inclino a cabeça para ver uma mulher entrar. Seus olhos dão uma rápida examinada no local até me encontrarem.

— Oi — cumprimenta ela, acenando.

Ela é bonita. Está bem vestida, mas de calça capri branca. No meio de todo esse pó, é um desastre anunciado.

— Posso ajudá-la?

Ela enfia a bolsa debaixo do braço e se aproxima de mim, estendendo a mão.

— Meu nome é Allysa — apresenta-se.

Aperto sua mão.

— Lily.

Ela aponta o polegar por cima do ombro.

— Eu vi a placa de "estamos contratando" ali na frente.

Olho por cima de seu ombro e ergo a sobrancelha.

— É?

Não coloquei nenhuma placa.

Ela confirma com a cabeça e dá de ombros.

— Mas parece velha — comenta ela. — Deve estar há um tempo. Eu estava caminhando por aqui e vi a placa. Fiquei curiosa, só isso.

Gosto dela quase que de imediato. A voz é agradável, e o sorriso parece genuíno.

A mão de minha mãe toca meu ombro. Ela se inclina e me beija a bochecha.

— Preciso ir — diz ela. — O *open house* é hoje à noite.

Eu me despeço e a observo partir, depois volto a atenção para Allysa.

— Ainda não estou contratando — aviso. Gesticulo, mostrando o local. — Vou abrir uma floricultura, mas vai demorar uns dois meses, no mínimo.

Eu não deveria julgá-la sem conhecer, mas ela não tem jeito de quem vai ficar satisfeita com um salário mínimo. Sua bolsa deve custar mais que minha loja.

Seus olhos brilham.

— Sério? Eu amo flores! — Ela gira, fazendo um círculo. — Este lugar tem muito potencial. De que cor você vai pintar?

Cruzo os braços e agarro meu cotovelo. Balançando nos calcanhares, respondo:

— Não sei ainda. Faz só uma hora que peguei as chaves, então ainda não fiz a planta do projeto.

— Lily, não é?

Assinto.

— Não vou fingir que sou formada em design, mas é o que eu mais gosto no mundo. Se precisar de ajuda, eu faria de graça.

Inclino a cabeça.

— Você trabalharia de graça?

Ela confirma com a cabeça.

— Eu não estou mesmo precisando de um emprego, só vi a placa e pensei *Ah, vou ver no que dá*. Fico entediada às vezes. Adoraria ajudar no que você precisar. Limpar, decorar, escolher as cores das tintas. Sou a louca do Pinterest. — Alguma coisa atrás de mim chama sua atenção, e ela aponta. — Posso transformar aquela porta quebrada em algo incrível. *Tudo isso*, na verdade. Dá para aproveitar quase tudo, sabia?

Olho ao redor, sabendo muito bem que não vou conseguir me virar sozinha. Provavelmente nem consigo erguer metade dessas coisas sem ajuda. E vou terminar contratando alguém mesmo.

— Não vou te deixar trabalhar de graça. Mas posso pagar 10 dólares a hora se estiver falando sério.

Ela começa a bater palmas e, se não estivesse de salto, acho que teria dado um pulinho.

— Quando posso começar?

Olho para a calça capri branca.

— Pode ser amanhã? É melhor vir com uma roupa descartável.

Ela gesticula, fazendo pouco caso, e põe a bolsa Hermès sobre a mesa empoeirada a seu lado.

— Que nada — diz ela. — Meu marido está assistindo ao jogo do Bruins em um bar na rua. Se não se incomodar, posso ficar aqui e começar agora mesmo.

• • •

Duas horas depois, tenho certeza de que conheci minha nova melhor amiga. E ela é mesmo a louca do Pinterest.

Escrevemos "Guardar" e "Jogar Fora" em post-its e os colamos por toda loja. Ela também acredita em *upcycling*, então pensamos em ideias para pelo menos 75% das coisas abandonadas ali. Quanto ao resto, ela diz que o marido pode jogar fora quando tiver um tempinho. Depois de decidir o que vamos fazer com tudo, pego um caderno e uma caneta e nos sentamos a uma das mesas para anotar ideias de design.

— Tá — começa ela, se recostando na cadeira. Quero rir porque sua calça capri está toda empoeirada, mas ela parece não se importar. — Você tem algum objetivo para este lugar? — pergunta, olhando ao redor.

— Eu tenho *um* objetivo — digo. — Ter sucesso.

Ela ri.

— Não tenho dúvida de que você vai conseguir. Mas precisa de uma visão.

Penso no que minha mãe disse: "Faça mesmo algo corajoso e ousado, Lily". Sorrio e me empertigo na cadeira.

— Corajoso e ousado — elaboro. — Quero que este lugar seja diferente. Quero correr riscos.

Ela semicerra os olhos enquanto morde a ponta da caneta.

— Mas você só vai vender flores — argumenta. — Como pode ser corajosa e ousada com flores?

Olho ao redor e tento visualizar o que estou pensando. Nem eu sei direito o que é, mas estou inquieta, como se estivesse prestes a ter uma grande ideia.

— De quais palavras você lembra quando pensa em flores? — pergunto.

Ela dá de ombros.

— Não sei. Acho que são meigas, talvez? São vivas, então eu penso em vida. E talvez em cor-de-rosa. E na primavera.

— Meigas, vida, cor-de-rosa, primavera — repito. E depois acrescento: — Allysa, você é genial! — Eu me levanto e começo a andar de um lado para o outro. — Vamos pegar tudo que as pessoas amam nas flores e fazer o oposto!

Ela faz uma careta, indicando que não está me entendendo.

— Tá — digo. — E se, em vez de mostrarmos o lado *meigo* das flores, a gente mostrasse o lado *vilão*? Em vez de tons cor-de-rosa, usássemos cores mais escuras, como roxo-escuro ou até mesmo preto? E, em vez de somente primavera e vida, também celebrássemos o inverno e a morte?

Allysa arregala os olhos.

— Mas... e se alguém quiser flores *cor-de-rosa*?

— Bem, com certeza vamos fornecer o que a pessoa quiser. Mas também vamos oferecer algo que ela não *sabe* que quer.

Ela coça a bochecha.

— Então está pensando em flores *pretas*?

Allysa parece preocupada, e não a culpo. Está vendo apenas o lado mais sombrio da ideia. Eu me sento à mesa novamente, e tento fazer com que ela entenda.

— Certa vez, alguém me disse que não existem pessoas ruins. Todos nós somos humanos e, às vezes, fazemos coisas ruins. Isso nunca me saiu da cabeça porque é mesmo verdade. Todos nós temos um pouco de bondade e de maldade. Em vez de pintar as paredes com uma cor meiga e péssima, vamos pintar de roxo-escuro com detalhes pretos. E, em vez de expor somente flores nos usuais tons pastel, dentro de tediosos vasos de cristal, para as pessoas pensarem na vida, vamos adotar um jeito mais provocador. Corajoso e ousado. Vamos expor flores mais escuras, envoltas em couro ou correntes prateadas. E, em vez de vasos de cristais, vamos colocar as flores em ônix preto ou... não sei... vasos de veludo roxo com tachas prateadas. São muitas possibilidades. — Eu me levanto de novo. — Tem uma floricultura em toda esquina para quem ama flores. Mas que floricultura foi feita para todas as pessoas que *odeiam* flores?

Allysa balança a cabeça.

— Nenhuma — sussurra ela.

— Exatamente. Nenhuma.

Nós ficamos nos encarando por um instante, e depois não consigo mais me segurar. Estou explodindo de entusiasmo e começo a rir feito uma criança empolgada. Allysa ri também, depois levanta da cadeira e me abraça.

— Lily, é tão perturbador, é brilhante!

— Eu sei! — Me sinto renovada. — Preciso de uma mesa de trabalho para me sentar e elaborar um projeto! Mas meu futuro escritório está cheio de engradados velhos para vegetais!

Ela vai até os fundos da loja.

— Bem, vamos tirá-los daqui e te comprar uma mesa!

Entramos no escritório e começamos a separar os engradados, um a um, colocando-os no cômodo dos fundos. Subo na cadeira para deixar as pilhas mais altas, assim vamos ter mais espaço para nos movimentar.

— Isto é perfeito para as vitrines que estou imaginando.

Ela me entrega mais dois engradados e se afasta, e, quando estou na ponta dos pés, colocando-os bem no topo, a pilha começa a desmoronar. Tento encontrar algo em que me segurar para me equilibrar, mas os engradados me derrubam da cadeira. Assim que caio no chão, sinto meu pé virar para o lado errado. Logo depois, sinto a dor subindo rapidamente pela perna e descendo até os dedos do pé.

Allysa entra depressa e precisa tirar dois engradados de cima de mim.

— Lily! — chama ela. — Meu Deus, você está bem?

Eu me ergo, sentando, mas nem tento me apoiar no tornozelo. Balanço a cabeça.

— Meu tornozelo.

Ela tira imediatamente meu sapato e puxa o celular do bolso. Começa a discar um número e depois olha para mim.

— Sei que é uma pergunta idiota, mas por acaso você tem uma geladeira e gelo?

Balanço a cabeça.

— Foi o que imaginei — diz ela.

Ela põe o celular no viva voz e o deixa no chão enquanto começa a enrolar minha calça. Eu me contraio, não tanto pela dor. É que não acredito ter feito uma idiotice tão grande. Se eu quebrei o tornozelo, estou ferrada. Acabei de gastar toda a herança em uma loja que só vou poder renovar daqui a meses.

— *Ooooi*, Issa — cantarola uma voz no celular de Allysa. — Onde você está? O jogo acabou.

Allysa pega o celular e o aproxima da boca.

— Estou no trabalho. Olhe, preciso...

O cara a interrompe e pergunta:

— No *trabalho*? Querida, você nem tem emprego.

Ela balança a cabeça e responde:

— Marshall, escute. É uma emergência. Acho que minha chefe quebrou o tornozelo. Preciso que traga um pouco de gelo para...

Ele a interrompe, rindo:

— Sua *chefe*? Querida, você nem tem emprego — repete ele.

Allysa revira os olhos.

— Marshall, você está bêbado?

— É dia do *kigurumi* — responde ele, embolando as palavras. — Você sabia disso quando nos deixou aqui, Issa. Cerveja grátis até...

Ela resmunga.

— Passe o celular para meu irmão.

— Tá, tá — murmura Marshall.

Escuto um barulho abafado vindo do aparelho, e depois:

— Oi?

Allysa fala rapidamente nosso endereço.

— Venha para cá agora, por favor. E traga um saco de gelo.

— Sim, *senhora* — diz ele.

O irmão também parece um pouco bêbado. Escuto risadas, e, depois, um deles diz: "Ela está de mau humor". E a ligação é encerrada.

Allysa guarda o telefone no bolso.

— Vou esperar lá fora, eles estão aqui na rua. Você vai ficar bem?

Faço que sim e estendo o braço para a cadeira.

— Talvez eu devesse tentar andar.

Allysa empurra meus ombros até eu encostar de novo na parede.

— Não se mexa. Espere eles chegarem, tá?

Não faço ideia do que dois bêbados vão fazer por mim, mas concordo com a cabeça. Minha nova funcionária parece mais minha chefe... e está meio que me assustando.

Fico esperando nos fundos por cerca de dez minutos quando finalmente escuto a porta da loja se abrir.

— Que *diabo* é isso aqui? — pergunta uma voz masculina. — Por que está sozinha neste lugar esquisito?

Escuto Allysa responder:

— Ela está lá atrás.

Depois entra, seguido de um homem usando um *kigurumi*. Ele é alto, mais para magro, e tem uma beleza infantil, com olhos arregalados e sinceros, e cabelo escuro, bagunçado, do tipo que já passou da hora de cortar há muito tempo. Está segurando um saco de gelo.

Já falei que está de kigurumi? *Aqueles macacões de pelúcia?*

Estou falando de um homem de verdade, adulto, usando um macacão pijama do Bob Esponja.

— Este é seu marido? — pergunto, erguendo a sobrancelha.

Allysa revira os olhos.

— Infelizmente — responde ela, olhando para ele. Outro homem (também de macacão) entra, mas estou prestando atenção em Allysa, que me explica por que ambos usam pijamas em uma tarde de quarta-feira. — Há um bar aqui na rua que dá cerveja grátis para todo mundo vestido em um *kigurumi* durante os jogos do Bruins. — Ela se aproxima de mim e gesticula para que os dois a acompanhem. — Lily caiu da cadeira e machucou o tornozelo — avisa ao outro homem.

Ele passa por Marshall, e a primeira coisa que percebo são seus braços.

Caramba. Conheço esses braços.

São os braços de um neurocirurgião.

Allysa é sua irmã? A irmã dona do último andar, com o marido que trabalha de pijama e ganha mais de sete dígitos por ano?

Assim que meus olhos encontram os de Ryle, seu rosto é tomado por um sorriso. Não o vejo desde... *Meu Deus, há quanto tempo foi aquilo?* Seis meses? Não posso dizer que não pensei no cara nos últimos seis meses, porque pensei várias vezes. Mas jamais achei que o veria novamente.

— Ryle, esta é Lily. Lily, este é meu irmão, Ryle — apresenta ela, gesticulando. — E este é meu marido, Marshall.

Ryle se aproxima de mim e se ajoelha.

— Lily — diz ele, olhando para mim e sorrindo. — É um prazer conhecê-la.

Está na cara que se lembra de mim, dá para perceber pelo sorriso metido. Mas, assim como eu, está fingindo não me conhecer. Não sei se estou a fim de explicar como já nos conhecemos.

Ryle toca meu tornozelo e o analisa.

— Consegue mexer?

Tento, mas uma dor aguda sobe rapidamente pela perna. Inspiro, entre dentes, e balanço a cabeça.

— Ainda não. Está doendo.

Ryle gesticula para Marshall.

— Encontre alguma coisa para colocar o gelo.

Allysa sai com Marshall. Depois que os dois vão embora, Ryle olha para mim e sorri.

— Não vou cobrar nada por isso, mas só porque estou um pouco bêbado — avisa ele, dando uma piscadela.

Inclino a cabeça.

— Quando te conheci, você estava chapado. Agora está bêbado. Não sei se será um neurocirurgião muito competente.

Ele ri.

— É o que parece — comenta. — Mas garanto que raramente fico chapado, e hoje é meu primeiro dia de folga em mais de um mês, então precisava mesmo de uma cerveja. Ou cinco.

Marshall volta com gelo enrolado em um pano velho. Ele o entrega para Ryle, que o encosta em meu tornozelo.

— Vou precisar daquele kit de primeiros socorros de seu porta-malas — diz Ryle para Allysa.

Ela assente e agarra a mão de Marshall, levando-o de novo para fora do cômodo.

Ryle coloca a palma na sola de meu pé.

— Pressione minha mão — pede ele.

Faço força para baixo com o tornozelo. Dói, mas consigo mover sua mão.

— Está quebrado?

Ele mexe meu pé de um lado para outro e depois diz:

— Acho que não. Temos de esperar alguns minutos para saber se conseguirá se apoiar nele.

Assinto e o observo se acomodar a minha frente. Ele se senta com as pernas cruzadas e puxa meu pé para o colo. Dá uma olhada no cômodo e depois volta a atenção para mim.

— Então, que lugar é esse aqui?

Abro um sorriso exagerado.

— Lily Bloom. Vai ser uma floricultura daqui a uns dois meses.

Juro que seu rosto inteiro se iluminou com orgulho.

— Não acredito! — exclama. — Você fez mesmo isso? Vai realmente abrir o próprio negócio?

Confirmo com a cabeça.

— Vou. Achei que seria melhor tentar enquanto ainda sou jovem o bastante para me recuperar do fracasso.

Uma de suas mãos está segurando o gelo em meu tornozelo, mas a outra envolve meu pé descalço. Ele está roçando o dedão para a frente e para trás, como se tocar em mim não fosse nada de mais. Mas percebo bem mais sua mão em meu pé que a dor no tornozelo.

— Estou ridículo, não é? — pergunta ele, olhando para o *kigurumi* vermelho.

Dou de ombros.

— Pelo menos o seu não é de nenhum personagem. Parece uma opção mais madura que Bob Esponja.

Ele ri, e seu sorriso desaparece quando apoia a cabeça na porta ao lado. Ele me encara, feliz.

— Você é ainda mais bonita de dia.

É nesses momentos que odeio ter cabelo ruivo e pele clara. A vergonha aparece não só nas bochechas, mas em meu rosto inteiro, meus braços e meu pescoço ficam corados.

Encosto a cabeça na parede e fico o encarando da mesma maneira como ele me encara.

— Quer ouvir uma verdade nua e crua?

Ele assente.

— Desde aquela noite, sinto vontade de voltar a seu telhado. Mas fiquei com muito medo de te encontrar lá. Você meio que me deixa nervosa.

Seus dedos param de acariciar meu pé.

— Minha vez?

Confirmo com a cabeça.

Ele semicerra os olhos enquanto sua mão toca a sola de meu pé. Ele desce lentamente dos dedos do pé até meu calcanhar.

— Ainda sinto muita vontade de te comer.

Alguém bufa, e não sou eu.

Ryle e eu olhamos para a porta, e Allysa está parada, de olhos arregalados. Ela está boquiaberta, apontando para Ryle.

— Você acabou mesmo de... — Ela olha para mim. — Peço *mil* desculpas por ele, Lily. — Depois ela olha para Ryle com uma expressão hostil. — Você realmente acabou de dizer que quer *comer* minha chefe?

Ai, meu Deus!

Ryle morde o lábio inferior por um instante. Marshall surge atrás de Allysa e pergunta:

— O que está acontecendo?

Allysa olha para Marshall e aponta para Ryle de novo.

— Ele acabou de dizer que quer *comer* Lily!

Marshall olha de Ryle para mim. Não sei se quero rir ou me esconder embaixo da mesa.

— Disse isso mesmo? — questiona ele, olhando para Ryle, que dá de ombros.

— Parece que sim — diz ele.

Allysa apoia a cabeça nas mãos.

— Meu Deus! — diz ela, olhando para mim. — Ele está bêbado. Os dois estão bêbados. Por favor, não me julgue só porque meu irmão é um babaca.

Sorrio e gesticulo para indicar que não tem problema.

— Tudo bem, Allysa. Muitas pessoas querem me comer. — Olho de novo para Ryle, que continua acariciando meu pé, distraído. — Pelo menos seu irmão fala o que pensa. Poucas pessoas têm coragem de revelar o que estão pensando.

Ryle dá uma piscadela para mim e depois tira meu tornozelo do colo com cuidado.

— Vamos ver se consegue pisar — encoraja ele.

Ele e Marshall me ajudam a levantar. Ryle aponta para uma mesa encostada na parede, a alguns metros de distância.

— Vamos tentar ir até a mesa para que eu possa enfaixar esse tornozelo.

Seu braço envolve minha cintura, e ele está segurando meu braço com força para me impedir de cair. Marshall está mais ou menos parado a meu lado, só para me dar apoio. Eu pouso um pouco o tornozelo e sinto dor, mas não é forte. Consigo pular até a mesa com o auxílio precioso de Ryle. Ele me ajuda a subir e me sentar no tampo, até eu me encostar na parede com a perna estendida à frente.

— Bem, a boa notícia é que não está quebrado.

— E qual é a notícia ruim? — pergunto.

— Vai precisar imobilizá-lo por alguns dias — responde ele, abrindo o kit de primeiros socorros. — Talvez uma semana ou mais, dependendo da recuperação.

Fecho os olhos e encosto a cabeça na parede atrás de mim.

— Mas eu tenho tanta coisa para fazer... — me queixo, choramingando.

Ele começa a enfaixar com cuidado meu tornozelo. Allysa está parada logo atrás, observando o irmão.

— Estou com sede — diz Marshall. — Alguém quer beber alguma coisa? Tem uma farmácia do outro lado da rua.

— Estou bem — responde Ryle.

— Eu aceito uma água — digo.

— Um Sprite — pede Allysa.

Marshall agarra a mão da mulher.

— Você vem comigo.

Allysa afasta a mão e cruza os braços.

— Não vou a lugar algum — afirma. — Não dá para confiar em meu irmão.

— Allysa, está tudo bem — asseguro. — Era só brincadeira.

Ela me encara em silêncio por um instante, depois diz:

— Ok. Mas você não pode me demitir se ele fizer mais alguma besteira.

— Prometo que não vou te mandar embora.

Depois disso, ela segura novamente a mão de Marshall e sai. Ryle ainda está enfaixando meu pé.

— Minha irmã trabalha para você? — pergunta.

— Ahã. Eu a contratei algumas horas atrás.

Ele vai até o kit de primeiros socorros e pega fita.

— Você sabe que ela nunca trabalhou na vida, né?

— Ela já me avisou — respondo. Ele está com o maxilar cerrado e não parece tão relaxado quanto antes. Deve pensar que eu a contratei só para me aproximar. — Eu não fazia ideia de que era sua irmã até você entrar aqui. Juro.

Ele me olha e depois observa meu pé.

— Eu não estava sugerindo nada.

Ele começa a passar a fita pela atadura elástica.

— Sei que não. Mas prefiro deixar assegurado que eu não tentei te encurralar de alguma maneira. Nós queremos coisas diferentes da vida, lembra?

Ele assente e, com cuidado, põe meu pé de volta na mesa.

— Certo — diz ele. — Sou especialista em sexo casual, e você está buscando seu Santo Graal.

Eu rio.

— Você tem boa memória.

— Tenho mesmo — concorda ele, exibindo um sorriso lânguido. — Mas você também é difícil de esquecer.

Nossa. Ele *precisa* parar de dizer essas coisas. Apoio as palmas da mão na mesa e ponho a perna para baixo.

— Uma verdade nua e crua a caminho.

— Sou todo ouvidos — rebate ele, encostando na mesa a meu lado.

Não escondo nada.

— Sinto uma forte atração por você — confesso. — Gosto de quase tudo em você. E como queremos coisas diferentes, se nos encontrarmos de novo, eu gostaria que não fizesse mais esses comentários que me deixam tonta. Não é justo.

Ele balança uma vez a cabeça e depois diz:

— Minha vez. — Ele põe a mão na mesa ao lado da minha e se inclina um pouco. — Também sinto uma forte atração por você. Não tem muita coisa em *você* que eu não goste. Mas espero que a gente nunca mais se encontre, porque não gosto do tanto que penso em você. Não é grande coisa, mas é mais do que eu gostaria. Então, se você continua não querendo passar uma noite comigo, vamos fazer o possível para evitar um ao outro. Porque não seria bom para nenhum de nós.

Não sei como ele veio parar tão perto de mim, mas está a apenas uns 30 centímetros. Com ele tão perto, fica difícil prestar atenção nas palavras que saem de sua boca. Seu olhar baixa brevemente até a minha boca, mas, assim que escutamos a porta da frente se abrir, ele vai para o outro lado do cômodo. Quando Allysa e Marshall se aproximam, Ryle está empilhando de novo todos os engradados caídos. Allysa olha para meu tornozelo.

— Qual é o veredito? — pergunta ela.

Faço um biquinho.

— Seu irmão médico disse que devo ficar imobilizada por alguns dias.

Ela me entrega a água.

— Que bom que você tem a mim. Posso trabalhar e adiantar o possível enquanto você descansa.

Tomo um gole de água e depois seco a boca.

— Allysa, você foi eleita a funcionária do mês.

Ela sorri e se vira para Marshall.

— Ouviu isso? Sou a melhor funcionária do estabelecimento!

Ele põe o braço ao redor da esposa e beija o topo de sua cabeça.

— Estou orgulhoso de você, Issa.

Acho fofo ele a chamar de *Issa*, um apelido para Allysa. Penso em meu próprio nome e me pergunto se algum dia vou encontrar um cara que me chame de algum apelido ridiculamente fofo. *Illy*.

Não. Não é a mesma coisa.

— Precisa de ajuda para chegar em casa? — pergunta ela.

Salto da mesa e testo o pé.

— Talvez só até meu carro. É meu pé esquerdo, então provavelmente vou conseguir dirigir.

Ela se aproxima e põe o braço a meu redor.

— Se quiser deixar as chaves comigo, eu tranco tudo, volto amanhã e começo a limpar.

Os três me acompanham até o carro, mas Ryle deixa Allysa fazer a maior parte das coisas. Por algum motivo, ele parece ter medo de encostar em mim. Quando já estou acomodada no banco do motorista, Allysa põe minha bolsa e outras coisas no chão e se senta no banco do carona. Ela pega meu celular de novo e salva seu número nos contatos.

Ryle se enfia pela janela.

— Coloque o máximo de gelo possível nos próximos dias. Ficar na banheira também ajuda.

Assinto.

— Obrigada pela ajuda.

— Ryle? — chama Allysa, inclinando-se. — Será que você pode acompanhá-la no carro e voltar para casa de táxi por garantia?

Ele olha para mim e balança a cabeça.

— Acho que não é uma boa ideia — argumenta ele. — Ela vai ficar bem. Tomei algumas cervejas, é melhor não dirigir.

— Pode pelo menos ajudar ela em casa — sugere Allysa.

Ryle balança a cabeça e dá um tapinha no teto do carro enquanto se vira e sai andando.

Ainda estou o observando quando Allysa me devolve o celular e diz:

— Sério, me desculpe por ele. Primeiro dá em cima de você, depois se comporta como um babaca egoísta. — Ela sai do carro, fecha a porta e depois se apoia na janela. — Por isso ele vai passar o resto da vida solteiro. — Ela aponta para meu celular. — Me avise quando chegar em casa. E ligue se precisar de alguma coisa. Não conto favores como horas de trabalho.

— Obrigada, Allysa.

Ela sorri.

— Não, *eu* é que agradeço. Não fico tão animada com minha vida desde o show de Paolo Nutini que vi ano passado.

Ela se despede e se aproxima de Marshall e de Ryle.

Eles começam a andar pela rua, e eu os observo pelo retrovisor. Ao virarem a esquina, percebo Ryle olhar em minha direção.

Fecho os olhos e solto o ar.

Meus dois encontros com Ryle foram em dias que provavelmente prefiro esquecer. No dia do funeral de meu pai e no dia que torci o tornozelo. Porém, por algum motivo, sua presença fez esses desastres parecerem menores.

Odeio o fato de que ele é irmão de Allysa. Tenho a sensação de que essa não é a última vez que o verei.

Capítulo Quatro

Demoro meia hora para ir do carro até o apartamento. Liguei duas vezes para Lucy; queria sua ajuda, mas ela não atendeu. Quando entro no apartamento, fico um pouco irritada ao vê-la deitada no sofá com o celular no ouvido.

Bato a porta, e ela ergue o olhar.

— O que aconteceu com você? — pergunta ela.

Uso a parede como apoio para pular até o corredor.

— Torci o tornozelo.

Quando alcanço a porta de meu quarto, ela grita:

— Desculpe por não ter atendido o telefone! Estou falando com Alex! Eu ia te ligar depois!

— Tudo bem! — grito de volta, e bato a porta do quarto.

Vou para o banheiro e encontro alguns analgésicos velhos guardados no armário. Engulo dois, me jogo na cama e fico encarando o teto.

Não acredito que vou passar uma semana inteira presa no apartamento. Pego o celular e mando uma mensagem para minha mãe.

Torci o tornozelo. Estou bem, mas preciso de umas coisas. Pode comprar para mim?

Largo o celular na cama e, pela primeira vez desde que minha mãe se mudou, fico feliz por ela morar razoavelmente perto. Na verdade, não tem sido tão ruim. Acho que gosto mais dela agora que meu pai faleceu. Guardei muito ressentimento por ela nunca tê-lo deixado. Apesar de boa parte desse ressentimento ter passado, o que sinto por meu pai continua.

Não deve fazer bem guardar tanta mágoa do próprio pai. Mas, caramba, ele foi horrível. Comigo, com minha mãe, com Atlas.

Atlas.

Estava tão ocupada com a mudança de minha mãe, e com minha busca secreta pela loja enquanto ainda trabalhava, que nem tive tempo de terminar de ler os diários encontrados meses atrás.

Dou um pulo ridículo até o armário e tropeço apenas uma vez. Felizmente, eu me seguro na cômoda. Depois que pego o diário, volto para a cama e me acomodo.

Não tenho nada melhor a fazer na próxima semana já que não posso trabalhar. Por que não lamentar meu passado se vou ser obrigada a lamentar meu presente?

Querida Ellen,

Sua apresentação do Oscar foi a melhor coisa que aconteceu na TV no ano passado. Acho que nunca comentei isso com você. A cena com o aspirador de pó me fez mijar nas calças de tanto rir.

Ah, hoje eu recrutei um novo seguidor para você: Atlas. Antes que comece a me julgar por eu ter deixado ele entrar de novo em minha casa, me deixe explicar o que aconteceu.

Depois que deixei ele tomar banho aqui ontem, não o vi mais à noite. Mas hoje de manhã ele se sentou a meu lado no ônibus. Parecia um pouco mais feliz que antes, porque até sorriu para mim quando se sentou.

Não vou mentir, foi um pouco estranho ver ele usando as roupas de meu pai. Mas a calça ficou bem melhor que imaginei.

— Adivinha só? — disse ele, inclinando-se para a frente e abrindo a mochila.

– O quê?

Ele pegou uma sacola e a entregou para mim.

– Encontrei isso na garagem. Tentei limpar para você porque estavam empoeiradas, mas sem água não dá para fazer muita coisa.

Seguro a sacola e o encaro, desconfiada. Nunca vi ele falar tanto. Finalmente dou uma olhada na sacola e a abro. Parecia um monte de ferramentas de jardinagem.

– Vi você cavando com aquela pá no outro dia. Não sabia se você tinha ferramentas de jardinagem de verdade, e ninguém estava usando essas aqui, então...

– Obrigada – agradeci.

Fiquei meio chocada. Eu costumava usar uma espátula, mas o plástico do cabo quebrou e comecei a ficar com bolhas nas mãos. Pedi para minha mãe me dar ferramentas de jardinagem de aniversário no ano passado, e, quando ela me deu uma pá grande e uma enxada, não tive coragem de dizer que não era daquilo que eu precisava.

Atlas pigarreou, depois bem mais baixo, disse:

– Eu sei que não é um presente de verdade. Não comprei nem nada do tipo. Mas... eu queria te dar alguma coisa. Sabe... por ter...

Ele não terminou a frase, então balancei a cabeça e amarrei de volta a sacola.

– Acha que pode ficar com elas até depois das aulas? Não tenho espaço em minha mochila.

Ele pegou a sacola, colocou a mochila no colo e a guardou ali dentro. Depois abraçou a mochila.

– Quantos anos você tem? – perguntou ele.

– Quinze.

Seu olhar deu a impressão de que ele ficou um pouco triste com minha idade, não sei o porquê.

– Está no primeiro ano?

Fiz que sim, porque sinceramente não consegui pensar em nada para dizer. Eu não costumava interagir muito com garotos. Ainda mais do terceiro ano. Quando me sinto nervosa, simplesmente fico quieta.

— Não sei quanto tempo vou ficar lá — disse ele, sussurrando de novo. — Mas, se precisar de ajuda com o jardim ou alguma outra coisa depois da escola, eu não tenho muita coisa pra fazer. Porque não tenho eletricidade, né?

Eu ri e depois me perguntei se deveria ter rido do comentário autodepreciativo.

Passamos o resto do trajeto de ônibus conversando sobre você, Ellen. Quando ele fez esse comentário sobre tédio, perguntei se já tinha visto seu programa. Ele disse que gostaria de ver, porque acha você engraçada, mas para ter TV precisa de eletricidade. Mais uma vez eu ri, sem saber se deveria ou não.

Eu disse que ele poderia assistir ao programa comigo depois do colégio. Sempre gravo no DVR e vejo enquanto faço as tarefas domésticas. Pensei em passar o ferrolho na porta da frente, e se meus pais chegassem cedo, Atlas só precisaria sair correndo pela porta dos fundos.

Não o vi novamente até a volta para casa. Ele não se sentou a meu lado porque Katie subiu no ônibus antes dele e ocupou o lugar. Eu queria pedir para ela mudar de banco, mas aí ela acharia que estou a fim de Atlas. Katie ia encher o saco, então deixei ela ficar ali.

Atlas estava na parte da frente do ônibus, então desceu antes de mim. Ele meio que ficou parado no ponto, me esperando, meio constrangido. Quando saí, ele abriu a mochila e me entregou a sacola com as ferramentas. Não disse nada sobre o convite que fiz mais cedo para ele ver TV comigo, então simplesmente agi como se fosse óbvio.

— Vamos — falei.

Ele me acompanhou até dentro de casa, e eu passei o ferrolho na porta.

– *Se meus pais chegarem cedo, saia correndo pela porta dos fundos e não deixe que eles te vejam.*

Ele concordou com a cabeça.

– *Não se preocupe, vou fazer isso – disse ele, meio que rindo.*

Perguntei se queria beber alguma coisa, e ele disse que sim. Preparei um lanche para a gente e levei as bebidas para a sala. Eu me sentei no sofá, e ele, na poltrona de meu pai. Sintonizei seu programa, e isso foi basicamente tudo o que aconteceu. Não conversamos muito porque eu adiantei o vídeo na parte de todos os comerciais. Mas percebi que ele riu nos momentos certos. Acho que entender o timing para comédia é uma das coisas mais importantes na personalidade de uma pessoa. Toda vez que ele ria de suas piadas, eu me sentia melhor por tê-lo deixado entrar escondido em minha casa. Não sei o motivo. Talvez eu me sinta menos culpada quando percebo que poderíamos ser amigos.

Ele foi embora assim que seu programa acabou. Eu queria perguntar se ele precisava tomar outro banho, mas ficaria muito perto da hora de meus pais chegarem. E a última coisa que eu queria era que ele saísse correndo pelado pelo quintal.

Mas, ao mesmo tempo, isso seria hilário e incrível.

Lily

Querida Ellen,

Qual é, cara? Reprises? Uma semana inteira de reprises? Entendo que você precise de uma folga, mas eu queria fazer uma sugestão: em vez de gravar um programa por dia, devia gravar dois. Assim vai fazer o dobro em metade do tempo, e a gente nunca precisaria ver reprises.

Eu digo "a gente" porque estou me referindo a Atlas e a mim. Ele passou a assistir regularmente a seu programa comigo. Acho que ele gosta de você tanto quanto eu, mas nunca vou contar que escrevo para você todos os dias. Ele acharia meio infantil...

Faz duas semanas que ele está morando naquela casa. Tomou mais alguns banhos aqui, e dou comida para ele sempre que me

*visita. Até lavo suas roupas enquanto ele está aqui depois do co-
légio. Ele fica pedindo desculpas, como se fosse um fardo. Mas,
sinceramente, eu adoro. Desse jeito eu me distraio e até fico ansiosa
pelos momentos juntos todos os dias depois do colégio.*

*Hoje à noite meu pai chegou tarde em casa, o que significa
que ele foi para o bar depois do trabalho. O que significa que ele
provavelmente vai brigar com minha mãe. O que significa que ele
provavelmente vai fazer alguma besteira.*

*Juro que às vezes fico com muita raiva dela por ainda estar com
ele. Sei que só tenho 15 anos e que não entendo todas as razões
que a levam a ficar com ele, mas eu me recuso a deixar ela me
usar como desculpa. Não me importa se é pobre demais para sair
de casa, nem se a gente teria de se mudar para um apartamento
péssimo e comer miojo até eu me formar. Seria melhor que a situação atual.*

*Estou ouvindo ele gritar com ela. Às vezes, quando fica assim,
eu apareço na sala para ver se ele se acalma. Meu pai não gosta de
bater nela quando estou por perto. Talvez eu devesse tentar fazer
isso.*

Lily

Querida Ellen,
*Se eu tivesse acesso a uma arma ou a uma faca agora, eu ma-
taria meu pai.*

*Assim que entrei na sala, eu o vi empurrando minha mãe no
chão. Eles estavam na cozinha, e ela agarrou o braço dele, para
tentar acalmá-lo, mas ele a esbofeteou com as costas da mão e a
derrubou no chão. Tenho certeza de que ele ia chutá-la, mas me
viu entrar na sala e parou. Murmurou algo para ela, foi para o
quarto e bateu a porta.*

*Corri até a cozinha e tentei ajudá-la, mas ela nunca quer que
eu a veja nesse estado. Então gesticulou para que eu me afastasse
e disse:*

– Estou bem, Lily. Estou bem, a gente teve uma maldita briga, só isso.

Ela estava chorando, e já dava para ver a vermelhidão em sua bochecha, onde ele tinha batido. Quando me aproximei, para ter certeza de que estava bem, minha mãe se virou de costas e agarrou o balcão.

– Já disse que estou bem, Lily. Volte para seu quarto.

Saí em disparada pelo corredor, mas não voltei para o quarto. Corri até a porta dos fundos e atravessei o quintal. Eu estava com muita raiva por ela ter sido grosseira comigo. Não queria nem ficar na mesma casa que os dois, e, apesar de já estar escuro, fui até onde Atlas estava e bati à porta.

Eu escutei ele se movimentando lá dentro, como se tivesse derrubado algo sem querer.

– Sou eu. Lily – sussurrei.

Alguns segundos depois, a porta dos fundos se abriu e ele olhou para além de mim, depois para minha esquerda e para minha direita. Só quando ele me olhou no rosto percebeu que eu estava chorando.

– Você está bem? – perguntou, saindo para a varanda.

Usei minha camisa para enxugar as lágrimas, e percebi que ele tinha saído da casa em vez de me convidar para entrar. Eu me sentei no degrau da varanda, e ele se acomodou a meu lado.

– Estou bem – respondi. – Só estou zangada. Às vezes choro quando fico zangada.

Ele estendeu o braço e colocou meu cabelo atrás da orelha. Gostei disso, e de repente minha raiva diminuiu. Então, ele pôs o braço a meu redor e me puxou para perto, deixando minha cabeça apoiada em seu ombro. Não sei como ele me acalmou sem dizer nada, mas foi o que aconteceu. A simples presença de algumas pessoas acalma, e com ele é assim. É o completo oposto de meu pai.

Ficamos sentados assim por um tempo, até que vi a luz de meu quarto se acender.

— É melhor você ir — sussurrou ele.

Nós dois vimos minha mãe parada no quarto, me procurando. Só naquele instante percebi a vista perfeita que ele tinha do cômodo.

Enquanto voltava para casa, tentei pensar em todo o tempo que Atlas passara naquela casa. Tentei lembrar se eu tinha andado alguma vez com a luz acesa durante a noite, porque normalmente, quando estou no quarto à noite, fico só de camiseta.

E, olha só a maluquice, Ellen: eu torcia para ter feito isso, sim.

Lily

Fecho o diário quando os analgésicos começam a fazer efeito. Amanhã leio mais. *Talvez.* Ler sobre as coisas que meu pai fazia com minha mãe me deixa meio mal-humorada.

Ler sobre Atlas me deixa meio *triste*.

Tento dormir e pensar em Ryle, mas toda a situação me deixa meio zangada *e* triste.

Talvez eu pense em Allysa, e em como estou feliz por ela ter aparecido hoje. Seria bom ter uma amiga — e também ajudaria — durante os próximos meses. Tenho a impressão de que vai ser bem mais estressante do que imaginei.

Capítulo Cinco

Ryle estava certo. Depois de alguns dias, meu tornozelo já havia melhorado o suficiente para que eu pudesse andar. Mas esperei uma semana inteira antes de tentar sair do apartamento. A última coisa que quero é me machucar de novo.

Óbvio que o primeiro lugar visitado foi minha floricultura. Allysa estava lá quando cheguei, e dizer que fiquei chocada quando entrei na loja é eufemismo. Parecia completamente diferente do estabelecimento que comprei. Ainda tem muito trabalho a ser feito, mas ela e Marshall se livraram de todo o lixo. Todo o resto foi organizado em pilhas. As janelas foram lavadas, passaram pano no chão. Ela até esvaziou a área onde pretendo montar o escritório.

Hoje eu a ajudei por algumas horas, mas no início Allysa não me deixou fazer muita coisa, então praticamente fiquei planejando a loja. Escolhemos as cores das tintas e definimos uma data para a inauguração, daqui a aproximadamente cinquenta e quatro dias. Depois que ela foi embora, passei as horas seguintes fazendo tudo o que minha funcionária não me deixou fazer. Eu me senti ótima por estar de volta. Mas, *caramba*, como estou cansada!

Por isso me pergunto se devo ou não levantar do sofá e abrir a porta para quem quer que tenha batido. Lucy está na casa de Alex de novo, e falei com minha mãe ao telefone cinco minutos atrás, então sei que não é nenhuma das duas.

Vou até a porta e confiro o olho mágico antes de abrir. Não o reconheço de imediato, porque está de cabeça baixa, mas então ele olha para cima e para a direita, e meu coração acelera!

O que ele está fazendo aqui?

Ryle bate outra vez, e tento afastar o cabelo do rosto, domando-o com a mão, mas é um caso perdido. Trabalhei demais hoje, e estou horrorosa, então, a não ser que eu tenha meia hora para tomar uma ducha, passar maquiagem e me vestir antes de abrir a porta, ele simplesmente vai ter de lidar comigo assim.

Abro a porta, e sua reação me confunde.

— Meu Deus! — exclama ele, baixando a cabeça e a encostando na moldura da porta. Ele está ofegante, como se estivesse malhando, e então percebo que ele parece tão cansado e sujo quanto eu. Não faz a barba há uns dois dias, nunca o vi assim, e seu cabelo não foi penteado como de costume. Está um pouco irregular, assim como seu olhar. — Sabe em quantas portas bati até te encontrar?

Balanço a cabeça, porque não faço ideia. Mas já que ele tocou no assunto... *Como sabe onde moro?*

— Vinte e nove — diz ele. Em seguida, ergue a mão e repete os números com os dedos enquanto sussurra: — *Dois... nove.*

Observo sua roupa. Ele está com o uniforme do hospital, e eu *odeio* que ele esteja vestindo aquilo. *Caramba. Tão* melhor que o macacão pijama e *muito* melhor que a camisa da Burberry.

— Por que bateu em vinte e nove portas? — pergunto, inclinando a cabeça.

— Você não me disse em que apartamento morava — justifica ele, inexpressivamente. — Disse que morava neste prédio, mas não consegui lembrar se falou o andar. E, só para constar, quase comecei no terceiro. Eu teria chegado aqui uma hora antes, se tivesse seguido meu instinto.

— Por que você está *aqui*?

Ele passa as mãos no rosto e depois aponta por cima de meu ombro.

— Posso entrar?

Olho por cima do ombro e abro a porta mais um pouco.

— Acho que sim. Se me disser o que quer.

Ryle entra e eu fecho a porta. Ele olha ao redor, com seu uniforme hospitalar ridículo e sensual, e põe a mão nos quadris enquanto me encara. Parece um pouco desapontado, mas não sei se comigo ou com ele mesmo.

— Lá vem uma grande verdade nua e crua, tá? — diz ele. — Prepare-se.

Cruzo os braços e o observo inspirar, preparando-se para falar.

— Os próximos dois meses são os mais importantes de toda minha carreira. Preciso me concentrar. Estou terminando a residência, e, depois, são as provas. — Ele está todo agitado, andando de um lado para outro na sala, falando e gesticulando com as mãos. — Mas, na última semana, não consegui parar de pensar em você. Não sei por quê. No trabalho, em casa. Só consigo pensar em como é gostoso estar a seu lado, e preciso que isso passe, Lily. — Ele para de andar e se vira para mim. — *Por favor*, faça isso parar. Só uma vez... É só disso que preciso. Juro.

Estou cravando os dedos nos braços enquanto o observo. Ele continua ofegante, e seus olhos parecem frenéticos, mas ele me olha de um jeito suplicante.

— Quando foi a última vez que você dormiu? — pergunto.

Ele revira os olhos, como se estivesse frustrado por eu não entender.

— Acabei de sair de um plantão de 48 horas — responde ele, fazendo pouco caso. — *Concentre-se*, Lily.

Balanço a cabeça e penso no que ele confessou. Se eu não tivesse uma cabeça boa... eu diria que ele...

Inspiro para me acalmar.

— Ryle — começo, com cautela. — É sério? Você bateu em vinte e nove portas só para me dizer que pensar em mim está infernizando sua vida, e que eu deveria transar com você e assim te ajudar a me esquecer? Está *brincando*, né?

Ele comprime os lábios e, depois de uns cinco minutos pensando, faz que sim lentamente.

— Bem... sim, mas... exposto desse jeito, parece bem pior.

Dou uma gargalhada exasperada.

— Porque é ridículo, Ryle!

Ele morde o lábio inferior e olha ao redor, como se de repente quisesse fugir. Abro a porta e faço um gesto para ele ir embora. Mas ele não vai. Apenas olha meu pé.

— Seu tornozelo parece bom — comenta. — Como ele está?

Reviro os olhos.

— Melhor. Consegui ajudar Allysa hoje na loja pela primeira vez.

Ele assente e faz menção de se aproximar da porta. Porém, assim que me alcança, ele se vira e bate as mãos na porta, cada uma de um lado de minha cabeça. Fico boquiaberta com sua proximidade e sua persistência.

— Por favor? — insiste.

Balanço a cabeça, por mais que meu corpo queira me trair, implorando para minha mente ceder.

— Sou muito bom nisso, Lily — avisa ele, sorrindo. — Você não vai ter de fazer quase nada.

Tento não rir, mas sua determinação é igualmente encantadora e irritante.

— Boa noite, Ryle.

Ele abaixa a cabeça e depois a balança para trás e para a frente. Afasta-se da porta e se empertiga. Ele se vira, seguindo na direção do corredor, mas de repente se ajoelha e põe os braços ao redor de minha cintura.

— Por favor, Lily — pede Ryle, com uma risada autodepreciativa. — *Por favor*, transe comigo. — Ele está me encarando com um olhar de cachorro pidão e um sorriso esperançoso e ridículo. — Quero tanto, tanto você, e juro que, se transar comigo, nunca mais nos falamos. Prometo.

Ver um neurocirurgião *literalmente* de joelhos, implorando para transar comigo me convence. *É muito ridículo.*

— *Levante-se* — peço, afastando seus braços. — Está fazendo um papelão.

Ele fica de pé lentamente, arrastando as mãos pela porta, uma em cada lado de meu corpo, até me prender entre os braços.

— Está dizendo sim?

Seu peito mal encosta no meu, e odeio gostar de me sentir desejada assim. Eu não devia achar isso nem um pouco atraente, mas mal consigo respirar quando o encaro. Ainda mais quando está exibindo esse sorriso sugestivo.

— Não estou me sentindo sexy, Ryle. Trabalhei o dia todo, estou exausta, cheirando a suor e devo estar com gosto de poeira. Se me der um tempinho para tomar uma ducha primeiro, talvez eu me sinta sexy o bastante para transar com você.

Ele balança a cabeça fervorosamente antes mesmo que eu termine de falar.

— Tome sua ducha. Demore o tempo que quiser. Eu espero.

Eu o afasto e fecho a porta do apartamento. Ele me acompanha até o quarto e digo que me espere na cama.

Por sorte, arrumei o quarto ontem à noite; normalmente, há roupas espalhadas por todo canto, livros empilhados na mesa de cabeceira, sapatos e sutiãs que eu jamais guardo no armário. Mas hoje está arrumado. Até minha cama foi feita, inclusive com as almofadas feias que minha avó repassou para toda a família.

Dou uma rápida conferida no cômodo, só para garantir que não há nada vergonhoso à vista. Ele se senta na cama, e eu o observo analisar o quarto. Paro na porta do banheiro e ofereço uma última saída a ele.

— Você disse que ia parar, Ryle, mas quero logo avisar uma coisa: sou como uma droga. Se transar comigo hoje, as coisas só tendem a piorar para seu lado. Mas você só vai conseguir isso uma única vez. Não vou ser uma das várias garotas que usa para... Como foi que você falou naquela noite? *Satisfazer* suas *necessidades?*

Ele se inclina para trás, se apoiando nos cotovelos.

— Você não é esse tipo de garota, Lily. E eu não sou o tipo de cara que procura alguém mais de uma vez. Não precisamos nos preocupar com nada.

Fecho a porta, me perguntando como esse cara me convenceu a fazer isso.

Foi o uniforme hospitalar. Esses uniformes são meu ponto fraco. Não teve nada a ver com ele.

Será que tem como ele não tirar o uniforme enquanto a gente transa?

· · ·

Nunca demorei mais de meia hora para me arrumar, mas levo quase uma para terminar meu ritual. Raspei mais partes do corpo que provavelmente necessário, e depois passei uns bons vinte minutos surtando e tendo de me convencer a não abrir a porta e mandar Ryle embora. Porém, agora que meu cabelo está seco e estou mais limpa que nunca, acho que vou conseguir. Óbvio que consigo transar com um cara só uma vez. Tenho 23 anos.

Abro a porta, e ele ainda está na cama. Fico um pouco desapontada quando vejo sua camisa do uniforme no chão, mas não encontro a calça, então ainda deve estar com ela. Ele está debaixo da coberta, então não tenho como saber.

Fecho a porta do banheiro e fico esperando ele se virar e me olhar, mas isso não acontece. Dou alguns passos e, então, escuto seu ronco.

Não é um ronco leve, do tipo *Ah, acabei de pegar no sono*. É o ronco de quem está no meio do sono R.E.M.

— Ryle? — sussurro.

Ele nem se mexe quando balanço seu corpo.

Só pode ser brincadeira.

Eu me sento na cama, sem me importar se vou acordá-lo. Acabei de passar uma hora inteira me arrumando depois de trabalhar para caramba, e é assim que ele lida com a noite?

Mas não posso ficar zangada com ele, ainda mais ao ver como parece tranquilo. Nem consigo imaginar como deve ser um plantão de 48 horas. Além disso, minha cama é muito confortável. É tão confortável que faria uma pessoa cair no sono de novo mesmo depois de uma noite bem dormida. *Eu devia ter avisado.*

Confiro a hora no celular: são quase 22h30. Coloco o aparelho no silencioso e me deito ao lado de Ryle. Seu celular está ao lado da cabeça, no travesseiro, então eu o pego e rolo a tela para cima em busca da câmera. Ergo o celular e faço questão de ficar com um decote bonito, os seios unidos. Tiro uma foto só para que ele veja o que perdeu.

Apago a luz e rio sozinha, porque estou prestes a dormir ao lado de um homem seminu que sequer beijei.

• • •

Antes mesmo de abrir os olhos sinto seus dedos subindo por meus braços. Eu me contenho para não dar um sorriso cansado e finjo que ainda estou dormindo. Seus dedos percorrem meu ombro e param na clavícula, logo antes de alcançarem o pescoço. Tenho uma tatuagem pequena ali, fiz enquanto cursava a faculdade. É o contorno simples de um coração ligeiramente aberto em cima. Sinto seus dedos contornarem a tatuagem, depois ele se inclina para a frente e a beija. Fecho os olhos com ainda mais força.

— Lily — sussurra ele, colocando o braço ao redor de minha cintura.

Resmungo, tentando acordar, e depois me deito de costas para encará-lo. Quando abro os olhos, ele está me fitando. Pela luz do sol que entra pelas janelas e ilumina seu rosto, percebo que não são nem sete da manhã.

— Sou o homem mais desprezível que já conheceu. Não é?

Rio e confirmo ligeiramente com a cabeça.

— Quase isso.

Ele sorri e afasta meu cabelo do rosto. Inclina-se para a frente e pressiona os lábios em minha testa, e fico com raiva por ele ter feito isso. Agora *eu* é que vou acabar atormentada pelas noites insones, revivendo este momento.

— Preciso ir — diz ele. — Estou bastante atrasado. Mas, primeiro, peço desculpas. E, segundo, nunca mais farei isso. E nunca mais vou falar com você, prometo. E, terceiro, me desculpe *mesmo*. Você não faz ideia de como sinto muito.

Forço um sorriso, mas quero franzir a testa porque odiei completamente sua segunda declaração. Na verdade, não vou me incomodar se ele tentar isso de novo, mas depois me lembro: queremos coisas diferentes da vida. E acabou sendo bom ele ter dormido, e a gente nunca ter se beijado, porque, se eu tivesse transado com ele de uniforme hospitalar, eu é que ia aparecer na porta de sua casa de joelhos, implorando por mais.

Isso é bom. Arrancar o Band-Aid de uma só vez e deixá-lo partir.

— Tenha uma vida boa, Ryle. Desejo todo o sucesso do mundo para você.

Ele não responde a minha despedida. Fica me encarando em silêncio, meio que franzindo o rosto, depois diz:

— Tá bom. Igualmente, Lily.

Ele rola para longe de mim e se levanta. Não consigo encará-lo, então me viro de lado e fico de costas para Ryle. Escuto ele calçar os sapatos e pegar o celular. Há uma longa pausa antes que ele se mexa novamente, e sei que é porque estava me observando. Fecho os olhos até escutar a porta do apartamento bater.

Meu rosto esquenta de imediato, e eu me recuso a ficar triste por causa disso. Eu me obrigo a sair da cama. Preciso trabalhar. Não posso ficar chateada só porque não sou o suficiente para um rapaz reavaliar seus objetivos de vida por minha causa.

Além disso, tenho de me preocupar com meus *próprios* objetivos de vida. E estou muito animada com eles. Tanto que não tenho tempo para um cara em minha vida.

Nenhum tempo.

Não.

Sou uma garota ocupada.

Sou uma empreendedora corajosa e ousada, que está se lixando para homens com uniforme hospitalar.

Capítulo Seis

Faz cinquenta e três dias que Ryle saiu de meu apartamento. O que significa que faz cinquenta e três dias que não tenho notícias suas.

Mas tudo bem, porque, nos últimos cinquenta e três dias, andei ocupada demais organizando este momento para pensar no médico.

— Está pronta? — pergunta Allysa.

Assinto, e ela vira a placa para o lado *Aberto*. Nós duas nos abraçamos e damos gritinhos feito crianças.

Seguimos depressa para trás do balcão e esperamos nosso primeiro cliente. É um *soft opening*, então ainda não fiz nenhuma campanha de marketing, só queremos conferir se não tem nada de errado antes da grande inauguração.

— Está tão bonito aqui dentro! — elogia Allysa, admirando nosso trabalho árduo.

Olho ao redor, morrendo de orgulho. É evidente que quero ter sucesso, mas a esta altura nem sei mais se isso importa. Eu tinha um sonho e me esforcei muito para que se tornasse realidade. O que quer que aconteça depois disso vai ser a cereja do bolo.

— Está com um cheiro muito bom aqui! — comento. — *Amo* este cheiro.

Não sei se vamos receber algum cliente hoje, mas nós duas agimos como se isso fosse a melhor coisa que já nos aconteceu, então acho que não importa. Além disso, em algum momento Marshall vai passar aqui hoje, e minha mãe vem depois do trabalho. Já são dois clientes garantidos, o que é muito.

Allysa aperta meu braço quando a porta começa a se abrir. De repente, sinto um leve pânico, porque imagina se algo der errado?

E então entro de vez em pânico, porque algo deu mesmo errado. *Muito* errado. Nosso primeiríssimo cliente é ninguém menos que Ryle Kincaid.

Ele para depois de entrar; a porta bate e ele olha ao redor, impressionado.

— O quê? — pergunta, girando. — Como...? — Ele olha para mim e Allysa. — Que incrível. Nem parece o mesmo lugar!

Ok, talvez não eu não veja nenhum problema em ele ser o primeiro cliente.

Ryle leva alguns minutos para chegar até o balcão porque não consegue parar de tocar nas coisas, observa tudo. Quando finalmente se aproxima de nós duas, Allysa dá a volta no balcão e o abraça.

— Não está lindo? — pergunta ela, acenando em minha direção. — Foi tudo ideia de Lily. Tudo. Eu só ajudei com o trabalho sujo.

Ryle ri.

— É difícil acreditar que suas habilidades no Pinterest não tenham influenciado um pouco.

Confirmo com a cabeça.

— Ela está sendo modesta. Com suas habilidades, já tínhamos metade do caminho andado para tornar isso realidade.

Ryle sorri para mim, mas poderia muito bem ter cravado uma faca em meu peito. *Ai!*

— Sou o primeiro cliente oficial? — pergunta ele, batendo a mão no balcão.

Allysa lhe entrega um de nossos panfletos.

— Na verdade você tem de comprar alguma coisa para ser considerado um cliente.

Ryle olha para o panfleto e o coloca no balcão. Depois vai até uma das vitrines e pega um vaso de lírios roxos.

— Quero este aqui — diz Ryle, colocando-o no balcão.

Sorrio, me perguntando se ele percebeu que acabou de escolher lírios. *Que ironia.*

— Quer que a gente entregue em algum lugar? — pergunta Allysa.

— Vocês fazem isso?

— Allysa e eu não — respondo. — Temos um entregador a postos. A gente não sabia se precisaria dele hoje.

— Está mesmo comprando as flores para uma garota? — indaga Allysa.

Ela está apenas se intrometendo na vida amorosa do irmão como qualquer irmã faria, mas então percebo que me aproximei dela para escutar melhor a resposta.

— Estou — responde ele, e seus olhos encontram os meus. — Mas não penso muito nela. Quase nunca.

Allysa pega um cartão e o desliza pelo balcão até ele.

— Coitada — diz ela. — Você é o maior babaca. — Ela tamborila o dedo no cartão. — Escreva a mensagem na frente, e o endereço da entrega atrás.

Fico observando Ryle se encurvar sobre o cartão e escrever em ambos os lados. Sei que não tenho o direito, mas estou morrendo de ciúmes.

— Vai convidá-la para meu aniversário na sexta? — pergunta Allysa.

Presto muita atenção em sua reação. Mas Ryle só balança a cabeça e responde, sem olhar para cima:

— Não. Você vai, Lily?

Não dá para perceber pelo tom de voz se ele quer que eu vá ou não. Considerando o estresse que pareço causar em sua vida, acho que é a segunda opção.

— Ainda não decidi.

— Ela vai — afirma Allysa, respondendo por mim. Ela olha para mim e semicerra os olhos. — Você vai a minha festa querendo ou não. Se não for, peço demissão.

Quando Ryle termina de escrever, põe o cartão no envelope anexado às flores. Allysa diz o preço, e ele paga em dinheiro. Depois olha para mim enquanto conta as notas.

— Lily, sabia que lojas novas têm o costume de emoldurar o primeiro dólar que ganham?

Confirmo com a cabeça. *Óbvio* que sei disso. Ele *sabe* que eu sei disso. Só está me jogando na cara que seu dólar vai ficar emoldurado para sempre na parede da loja. Quase peço para Allysa devolver o dinheiro, mas negócios são negócios. Preciso deixar meu orgulho ferido fora disso.

Depois de pegar a nota fiscal, ele bate o punho no balcão para chamar minha atenção. Abaixa um pouco a cabeça e, com um sorriso genuíno, diz:

— Parabéns, Lily.

Ele se vira e sai da loja. Assim que a porta se fecha, Allysa pega o envelope.

— Para quem ele vai mandar flores, hein? — pergunta ela, pegando o cartão. — Ryle *nunca* envia flores.

Ela lê o cartão em voz alta.

— Faça isso parar.

Puta merda.

Ela encara o cartão por um instante e repete a frase.

— *Faça isso parar?* O que diabo significa isso? — pergunta ela.

Não aguento nem mais um segundo. Agarro o cartão e o viro. Ela se inclina e lê a parte de trás comigo.

— Ele é o maior idiota — diz, rindo. — Atrás ele escreveu o endereço aqui da loja.

Ela pega o cartão de minhas mãos.

Caramba.

Ryle acabou de comprar flores para mim. E não uma flor *qualquer.* Comprou um buquê de lírios.

Allysa pega o celular.

— Vou mandar uma mensagem e dizer que ele se enganou. — Ela faz isso e ri enquanto encara as flores. — Como um neurocirurgião pode ser tão *idiota?*

Não consigo parar de sorrir. Fico aliviada por ela estar olhando para as flores e não para mim, porque poderia perceber.

— Vou deixá-las no escritório até a gente descobrir o endereço de entrega.

Pego o vaso e levo rapidamente minhas flores.

Capítulo Sete

— Pare de se mexer — reclama Devin.

— Não estou me mexendo.

Ele entrelaça o braço no meu enquanto me acompanha até o elevador.

— Está, sim. E se tentar cobrir o decote mais uma vez, vai acabar com o propósito desse vestidinho preto.

Ele agarra meu vestido e o puxa para baixo, depois enfia a mão dentro do decote para ajeitar meu sutiã.

— Devin!

Dou um tapa em sua mão, e ele ri.

— Relaxe, Lily. Já toquei em peitos bem melhores que os seus e continuo sendo gay.

— Pois é, mas aposto que os outros peitos estão grudados em pessoas que você vê com mais frequência.

Devin ri.

— É verdade, mas parte disso é culpa sua. Foi você que nos abandonou para brincar com suas flores.

Devin era um dos colegas de quem eu mais gostava na empresa de marketing onde eu trabalhava, mas não ficamos tão próximos a ponto de nos tornarmos amigos. Ele passou na floricultura hoje à tarde; Allysa gostou dele no mesmo instante e implorou para que me acompanhasse à festa. Como eu não estava muito a fim de chegar sozinha, implorei também.

Passo as mãos pelo cabelo e tento olhar meu reflexo nas paredes do elevador.

— Por que está tão nervosa? — pergunta ele.

— Não estou. É que odeio lugares onde não conheço ninguém.

Devin dá um sorriso sarcástico, como se tivesse entendido tudo, e pergunta:

— Qual é o nome dele?

Solto o ar que estava prendendo. *Sou tão óbvia assim?*

— Ryle. Ele é neurocirurgião. E quer muito, muito transar comigo.

— Como sabe que ele quer transar com você?

— Porque ele literalmente se ajoelhou e disse: *por favor, Lily, por favor, transe comigo.*

Devin ergue a sobrancelha.

— Ele implorou?

Confirmo com a cabeça.

— Não foi tão ridículo quanto parece. Ele costuma ser mais controlado.

O elevador faz um barulho, e as portas começam a se abrir. Escuto a música vindo do corredor. Devin segura minhas mãos e pergunta:

— Então, qual é o plano? Preciso deixar esse cara com ciúme?

— Não — respondo, balançando a cabeça. — Não seria certo. — Mas... toda vez que nos vemos, Ryle faz questão de me dizer que nunca mais queria me ver. — Talvez um pouco? — arrisco, enrugando o nariz. — Um pouquinho só?

— Pode deixar — responde Devin, estalando o maxilar.

Ele põe a mão em minha lombar ao sair comigo do elevador. Só vemos uma porta no corredor, então vamos até ela e tocamos a campainha.

— Por que só tem uma porta? — pergunta ele.

— O último andar é todo dela.

Ele ri.

— E ela trabalha para *você?* Caramba, sua vida está cada vez mais interessante.

A porta começa a se abrir, e fico extremamente aliviada ao ver Allysa. Escuto música e risadas vindo do apartamento. Ela está com uma taça de champanhe na mão, e um chicote na outra. Percebe que estou encarando o chicote com um olhar confuso, então o joga por cima do ombro e agarra minha mão.

— Longa história — diz ela, rindo. — Entrem, entrem!

Ela me puxa para dentro, eu aperto a mão de Devin e o arrasto atrás de mim. Ela continua nos puxando pela multidão até chegarmos ao outro lado da sala.

— Ei! — exclama, puxando o braço de Marshall.

Ele se vira, sorri para mim e me puxa para um abraço. Olho para trás dele e depois ao redor, mas não vejo sinal de Ryle. *Talvez eu tenha dado sorte, e ele esteja trabalhando hoje.*

Marshall estende a mão para Devin e a aperta.

— E aí, cara? Prazer!

Devin põe o braço ao redor de minha cintura.

— Eu me chamo Devin! — grita ele mais alto que a música. — Sou o parceiro sexual de Lily!

Rio e lhe dou uma cotovelada, depois me inclino para perto de seu ouvido.

— Este é Marshall. O cara errado, mas bela tentativa.

Allysa agarra meu braço e me afasta de Devin. Marshall começa a conversar com ele, e estico a mão para trás enquanto sou puxada na direção oposta.

— Você vai ficar bem! — grita Devin.

Sigo Allysa até a cozinha, onde ela coloca uma taça de champanhe em minha mão.

— Tome — manda. — Você merece!

Bebo um gole do champanhe, mas nem consigo curtir agora que estou reparando o tamanho da cozinha; é de tamanho industrial com dois fogões completos e uma geladeira maior que meu apartamento.

— Puta merda — sussurro. — Você mora mesmo aqui?

Ela dá uma risadinha

— Pois é. — diz Allysa. — E quando penso que nem me casei com ele por dinheiro... Marshall tinha sete dólares e dirigia um Mercury Bobcat quando me apaixonei por ele.

— Ele não continua dirigindo um Mercury Bobcat?

Ela suspira.

— Ahã, mas temos muitas memórias boas naquele carro.

— Que nojo.

Ela mexe as sobrancelhas.

— Então... Devin é bonito.

— E deve estar mais a fim de Marshall que de mim.

— Ah, cara — diz ela. — Que droga. Achei que estava dando uma de cupido quando convidei ele para a festa.

A porta da cozinha se abre, e Devin entra.

— Seu marido está atrás de você — avisa ele para Allysa, que sai rodopiando da cozinha, sem parar de rir. — Adoro ela.

— É ótima, né?

— Então... acho que acabei de conhecer O Implorador — comenta ele, se apoiando na ilha da cozinha.

Meu coração palpita. Acho que *O Neurocirurgião* soa melhor. Tomo outro gole de champanhe.

— Como sabe que era o cara certo? Ele se apresentou?

Devin balança a cabeça.

— Não, mas ele escutou Marshall dizer que vim com você. Achei que ia me fuzilar com o olhar. Por isso a fuga para a cozinha. Gosto de você, mas não topo morrer por isso.

Eu rio.

— Não se preocupe, tenho certeza de que o olhar mortal foi na verdade um sorriso. Essas duas coisas costumam se confundir em Ryle.

A porta se abre novamente, e eu fico rígida na mesma hora, mas é só um garçom. Suspiro aliviada.

— *Lily* — diz Devin.

Ele pronuncia meu nome como um lamento.

— O que foi?

— Você está com cara de quem vai vomitar — acusa ele. — Você gosta do cara de verdade.

Reviro os olhos. Mas depois relaxo os ombros e finjo que estou chorando.

— Gosto, sim, Devin. Gosto, mas não *quero* gostar.

Ele pega minha taça de champanhe e bebe o resto, depois entrelaça o braço no meu.

— Vamos nos enturmar — convida, me tirando da cozinha contra minha vontade.

A sala está ainda mais cheia. Deve ter mais de cem pessoas aqui. Acho que nem conheço tanta gente assim.

Damos uma volta pela sala. Fico mais atrás enquanto Devin puxa assunto com os outros. Ele tem algum conhecido em comum com todas as pessoas com quem conversamos até o momento, e depois de cerca de meia hora o seguindo, estou convencida de que, para ele, é um desafio pessoal encontrar uma ligação com todos os presentes. Enquanto me enturmo, minha atenção fica metade com ele e metade com o resto da sala, procurando algum sinal de Ryle. Não o vejo em lugar algum, e começo a me perguntar se Devin o viu mesmo.

— Bem, que estranho — diz uma mulher. — O que você acha que é?

Ergo o olhar e percebo que ela está observando uma obra de arte na parede. Parece uma fotografia ampliada em uma tela. Inclino a cabeça para analisar.

— Não sei por que uma pessoa transformaria esta foto em obra de arte — diz a mulher, ao erguer o nariz. — É horrível. Está tão desfocada que nem dá para ver o que é.

Ela se afasta, irritada, e fico aliviada. Quero dizer... é um pouco estranho, mas quem sou eu para julgar o gosto de Allysa?

— O que você acha?

A voz, baixa e grave, soa *bem* atrás de mim. Fecho os olhos por um instante e respiro fundo para me acalmar antes de soltar o ar silenciosamente, esperando que ele não perceba como sua voz me afeta.

— Eu gosto. Não sei direito o que é, mas é interessante. Sua irmã tem bom gosto.

Ele passa por mim para ficar a meu lado. Dá um passo até ficar tão perto que roça meu braço.

— Você veio com alguém?

Ryle pergunta isso como se fosse uma curiosidade casual, mas sei que não é. Quando não respondo, ele se inclina até sussurrar em meu ouvido. Ele repete a frase, mas dessa vez não é uma pergunta.

— Você veio com *alguém*.

Encontro coragem para encará-lo, e me arrependo imediatamente. Ele está com um terno preto que faz o uniforme hospitalar parecer coisa de criança. Primeiro, engulo o nó inesperado em minha garganta e depois digo:

— Seria um problema? — Desvio o olhar e foco na fotografia na parede. — Apenas quero facilitar as coisas para você, sabe? Tentando *fazer isso parar*.

Ele dá um sorriso sarcástico e bebe o resto do vinho.

— Como você é *prestativa*, Lily.

Ele joga a taça vazia em uma lixeira no canto da sala. Acerta, mas o vidro estilhaça ao bater no fundo do lixo vazio. Olho ao redor, mas ninguém reparou no que aconteceu. Quando olho de novo para Ryle, ele está no meio do corredor. Some dentro de um quarto, e eu fico parada, observando a foto outra vez.

Então me dou conta.

A foto está desfocada, então foi difícil distinguir de imediato o que era. Mas eu reconheceria aquele cabelo em qualquer lugar. É *meu* cabelo. Difícil não perceber, assim como a espreguiçadeira de polímero resistente à maresia na qual estou deitada. *Foi a foto que ele tirou no telhado, na noite em que nos conhecemos.* Deve ter mandando ampliar e distorcer para que ninguém percebesse o que era. Levo a mão ao pescoço, porque sinto como se meu sangue estivesse borbulhando. *Está muito quente aqui.*

Allysa aparece a meu lado.

— É estranho, não é? — pergunta ela, olhando a foto.

Coço meu peito.

— Está muito quente aqui — digo. — Não acha?

Ela olha ao redor.

— Está? Não percebi, mas estou um pouco bêbada. Vou pedir para Marshall ligar o ar-condicionado.

Ela desaparece de novo, e, quanto mais encaro o quadro, mais zangada fico. Aquele homem tem uma foto minha pendurada na parede do apartamento. Ele comprou flores para mim. Está irritado comigo porque apareci acompanhada na festa de sua irmã. Está se comportando como se tivéssemos alguma coisa, mas sequer nos beijamos!

Então tudo me invade a mente de uma vez. A raiva... a irritação... a meia taça de champanhe que bebi na cozinha. Estou com tanta raiva que nem consigo pensar direito. Se ele quer tanto transar comigo... não devia ter dormido! Se não quer que eu fique encantada por ele, não devia me dar flores! E, acima de tudo, não devia pendurar imagens misteriosas onde mora!

Preciso de ar fresco. Ainda bem que sei exatamente onde encontrar.

Um tempo depois, disparo pela porta do telhado. Alguns convidados escaparam da festa e estão ali em cima.

Três pessoas, sentadas nos móveis de varanda. Eu as ignoro, vou até o parapeito com a vista bonita e me inclino sobre ele. Respiro fundo várias vezes e tento me acalmar. Quero descer e exigir de Ryle uma maldita decisão, mas sei que preciso estar de cabeça fria para isso.

O ar está gelado, e, por algum motivo, coloco a culpa em Ryle. Tudo é sua culpa esta noite. *Tudo.* As guerras, a fome, a violência armada... tudo está de alguma maneira relacionado a Ryle.

— Podemos ficar a sós um minuto?

Eu me viro, e ele está parado perto dos outros convidados. Imediatamente, os três assentem e se levantam para nos dar privacidade.

— Esperem — peço, erguendo as mãos. Nenhum deles olha para mim. — Não precisa. Sério, vocês não têm de ir embora.

Ryle está parado estoicamente, mãos nos bolsos, e um dos convidados murmura:

— Não tem problema, a gente não se incomoda.

Eles começam a descer a escada. Reviro os olhos e me volto para o parapeito quando me vejo sozinha com Ryle.

— Todo mundo sempre faz o que você pede? — pergunto, irritada.

Ele não responde. Seus passos são lentos e cautelosos enquanto se aproxima. Meu coração começa a bater como se eu estivesse em um *speed dating*, e coço o peito novamente.

— Lily — chama ele, atrás de mim.

Eu me viro e seguro o parapeito com ambas as mãos. Seus olhos baixam até meu decote. Assim que fazem isso, puxo a parte de cima do vestido para que ele não consiga ver nada, depois seguro o parapeito novamente. Ele ri e dá outro passo à frente. Estamos quase nos tocando, e sinto que meu cérebro derreteu. Isso é ridículo. Sou ridícula.

— Tenho a impressão de que você tem muito a dizer — diz ele. — Então queria te dar a oportunidade de contar sua verdade nua e crua.

— Rá! — digo, rindo. — Tem certeza?

Ele faz que sim com a cabeça, e eu me preparo para atacá-lo. Empurro seu peito e inverto nossas posições, deixando-o encostado no parapeito.

— Não dá para saber o que você *quer*, Ryle! E toda vez que passo a não dar a mínima, você reaparece do nada! Surge em meu trabalho, na porta de meu apartamento, nas festas... você...

— Eu moro aqui — diz ele, achando uma desculpa para a última coisa.

Fico ainda mais irritada e cerro os punhos.

— Sério! Está me deixando louca! Você me quer ou *não*?

Ele se empertiga e dá um passo em minha direção.

— Ah, eu quero você, Lily. Não duvide disso. Mas eu não *quero* querer você.

Meu corpo inteiro suspira com esse comentário. Parte em frustração, parte porque tudo o que ele diz me faz estremecer, e odeio perceber que lhe dou esse poder.

Balanço a cabeça.

— Você não entende, não é? — digo, baixando a voz. Estou me sentindo derrotada demais para continuar gritando. — Gosto de você, Ryle. E saber que você só me quer por uma noite me deixa muito, *muito* triste. Se fosse quando nos conhecemos, a gente poderia ter transado e ficaria tudo bem. Você teria ido embora, e eu teria seguido com minha vida. Mas já se passaram meses. Você esperou tempo demais, e agora já investi muito de mim em você, então, por favor, pare de dar em cima de mim. Pare de pendurar minhas fotos em seu apartamento. E pare de me mandar flores. Porque, quando você faz essas coisas, eu não me sinto *bem*, Ryle. Na verdade, chega a doer um pouco.

Eu me sinto vazia, exausta e pronta para sumir. Ele me observa em silêncio, e respeitosamente dou um tempo para ele se defender. Mas não faz isso. Ele apenas se vira, se inclina por cima do parapeito e olha a rua, como se não tivesse escutado uma palavra do que eu disse.

Atravesso o telhado e abro a porta, meio que esperando que ele me chame ou me peça para não ir embora. Só perco a esperança de que isso aconteça quando volto ao apartamento. Abro caminho pela multidão e entro em três cômodos diferentes antes de encontrar Devin. Ao ver minha expressão, ele simplesmente balança a cabeça e se aproxima de mim.

— Está pronta para ir? — pergunta ele, entrelaçando o braço no meu.

Faço que sim.

— Sim. *Muito* pronta.

Encontramos Allysa na sala principal. Desejo boa noite para ela e Marshall, usando a desculpa de que estou exausta por causa da semana de inauguração e de que quero dormir um pouco antes do trabalho amanhã. Allysa me abraça e nos acompanha até a porta.

— Volto na segunda — avisa ela, me dando um beijo na bochecha.

— Feliz aniversário — digo.

Devin abre a porta, mas, antes de sairmos para o corredor, escuto alguém gritar meu nome. Eu viro e me deparo com Ryle abrindo caminho pela multidão, vindo do outro lado da sala.

— Lily, espere! — grita ele, ainda tentando me alcançar.

As batidas de meu coração estão irregulares. Ele se aproxima depressa, contornando os outros, ficando cada vez mais frustrado com as pessoas no meio do caminho. Finalmente chega a uma clareira no meio da multidão e faz contato visual de novo. Fica me encarando enquanto chega mais perto. Não desacelera. Allysa precisa sair da frente enquanto ele vem direto em minha direção. A princípio, acho que vai me beijar, ou pelo menos se defender depois de tudo que eu disse lá em cima. Mas estou completamente despreparada para o que ele faz. Ele me pega nos braços.

— Ryle! — grito, agarrando seu pescoço, com medo de que me solte. — Me coloque no chão!

Ele está com um braço embaixo de minhas pernas, o outro em minhas costas.

— Preciso pegar Lily emprestada pelo resto da noite — diz ele a Devin. — Tudo bem?

Encaro Devin e balanço a cabeça, os olhos arregalados.

— Ótimo — responde Devin, dando um sorrisinho.

Traidor!

Ryle começa a se virar e a voltar para a sala. Olho para Allysa ao passar por ela. Seus olhos estão arregalados, confusos.

— Vou matar seu irmão! — grito para ela.

Todos na sala ficam nos encarando. Estou com tanta vergonha que afundo o rosto no peito de Ryle enquanto ele segue pelo corredor até o quarto. Depois que a porta se fecha, ele coloca lentamente meus pés de volta ao chão. Começo a gritar na mesma hora, e tento empurrá-lo para que saia da frente, mas ele me gira e me empurra contra a porta, agarrando meus pulsos. Ele os pressiona acima de minha cabeça e diz:

— Lily?

Está me olhando com tanta intensidade que paro de me debater e prendo a respiração. Seu peito pressiona o meu, minhas costas pressionam a porta. E, então, sua boca encosta na minha. Sinto uma pressão quente nos lábios.

Apesar da força, seus lábios parecem seda. Fico chocada com o gemido que reverbera em meu corpo, e ainda mais chocada quando abro os lábios e quero mais. Sua língua desliza pela minha, e ele solta meus pulsos para segurar meu rosto. O beijo fica mais intenso, e eu agarro seu cabelo, puxando-o para perto, sentindo seu beijo no corpo inteiro.

Nós dois nos tornamos uma mistura de gemidos e arfadas à medida que o beijo nos faz passar do limite, nossos corpos querendo mais que nossas bocas são capazes de dar. Sinto suas mãos quando ele as abaixa, agarra minhas pernas, me erguendo, e as coloca ao redor de sua cintura.

Meu Deus, como ele beija bem! Parece até que ele leva o beijo tão a sério quanto a profissão. Começo a me afastar da porta quando percebo que, sim, sua boca é capaz de muita coisa. Mas sua boca não conseguiu responder a tudo que falei lá em cima.

Pelo que sei, acabei de ceder. Estou dando o que ele quer: uma noite comigo. E é a última coisa que Ryle merece no momento.

Afasto a boca da sua e empurro seus ombros.

— Me coloque no chão.

Ele continua me levando para a cama, então repito:

— Ryle, me coloque no chão agora.

Ele para de andar e me obedece. Preciso me afastar e me virar de costas para poder pensar. Não consigo encará-lo enquanto ainda sinto seus lábios nos meus.

Seus braços envolvem minha cintura, e ele apoia a cabeça em meu ombro.

— Desculpe — sussurra ele. Depois se vira, leva a mão a meu rosto e roça o polegar em minha bochecha. — Minha vez agora, ok?

Não reajo ao toque. Mantenho os braços cruzados, esperando para descobrir o que ele tem a dizer antes de me permitir reagir a seu toque.

— Mandei fazer aquela foto no dia em que a tirei — explica ele. — Está no apartamento há meses, porque você era a coisa mais linda que eu já tinha visto e eu queria olhar para aquilo todos os dias.

Ah.

— E aquela noite em seu apartamento... fui atrás de você porque, em toda a minha vida, ninguém jamais mexeu tanto comigo. Eu não sabia lidar com isso. E mandei as flores esta semana porque estou muito, muito orgulhoso por você ter ido atrás de seu sonho. Mas, se eu mandasse flores toda vez que tenho vontade de te mandar flores, você nem conseguiria entrar em seu apartamento. Porque eu penso muito em você. E, sim, Lily, tem razão. Estou fazendo você sofrer, mas *eu* também estou sofrendo. E até esta noite... eu não sabia o motivo.

Não faço ideia de como encontrar forças para falar alguma coisa depois disso, mas pergunto:

— Por que você está sofrendo?

— Porque sim — responde ele, e encosta a testa na minha. — Não tenho ideia do que estou fazendo. Você me dá vontade de ser uma pessoa diferente, mas e se eu não souber ser o que você precisa? É tudo novidade para mim, e quero provar que a desejo por muito mais que uma noite.

Ryle parece tão vulnerável... Quero acreditar em seu olhar genuíno, mas ele tem sido tão inflexível desde o dia em que o conheci, dizendo que quer exatamente o oposto do que eu quero. Tenho muito medo de ceder e ele ir embora.

— Como posso provar a você, Lily? Apenas me diga, e eu faço.

Não sei. Eu mal o conheço, mas também já o conheço para saber que transar com ele não será o bastante. Mas como posso saber se ele só está atrás de sexo?

Meus olhos se fixam imediatamente nos de Ryle.

— Não transe comigo.

Ele me encara por um instante, inexpressivo. Porém, em seguida, começa a concordar com a cabeça, como se finalmente entendesse.

— Tá certo — diz, balançando a cabeça. — Certo. Não vou transar com você, Lily Bloom.

Ele passa por mim, vai até a porta e a tranca. Apaga a luz, deixando apenas um abajur aceso, tira a camisa e se aproxima.

— O que você está fazendo?

Ele joga a camisa na cadeira e tira os sapatos.

— A gente vai dormir.

Olho para a cama. Depois de volta para ele.

— Agora?

Ele faz que sim e se aproxima. Com um movimento rápido, tira meu vestido pela cabeça, e eu fico parada no meio do quarto, de calcinha e sutiã. Eu me cubro, mas ele nem me olha direito. Apenas me puxa na direção da cama e ergue as cobertas para que eu deite. Enquanto vai para o outro lado da cama, ele diz:

— Até parece que a gente já não dormiu juntos sem transar. Vai ser moleza.

Eu rio. Ele estende o braço e coloca o celular no carregador. Passo um tempo examinando o lugar. Certamente não é o tipo de quarto a que estou acostumada. Este é o triplo do meu. Tem um sofá encostado na outra parede, uma poltrona de frente para a televisão e um escritório que parece completo em uma área separada; tem até uma estante de livros do chão ao teto. Ainda estou tentando reparar em tudo quando o abajur é apagado.

— Sua irmã é *muito rica* — digo, enquanto ele cobre nós dois. — O que diabo faz com os dez dólares por hora que eu lhe pago? Limpa a bunda com o dinheiro?

Ele ri e segura minha mão, entrelaçando seus dedos nos meus.

— Provavelmente ela nem desconta os cheques — diz ele. — Já conferiu alguma vez?

Nunca conferi. Agora fiquei curiosa.

— Boa noite, Lily — diz ele.

Não consigo parar de sorrir, porque isso é meio ridículo. E muito bom.

— Boa noite, Ryle.

. . .

Acho que estou perdida.

Tudo é tão branco e claro que chega a ofuscar. Eu me arrasto por uma das salas e tento encontrar a cozinha. Não faço ideia de onde meu vestido foi parar ontem à noite, então vesti uma das camisas de Ryle, que me bate nos joelhos. Eu me pergunto se ele compra camisas grandes demais só por causa dos braços.

São janelas demais e sol em excesso, então me vejo obrigada a proteger os olhos enquanto entro e procuro café.

Abro as portas da cozinha e encontro uma cafeteira.

Obrigada, meu Deus.

Eu a ligo e procuro uma caneca quando as portas se abrem atrás de mim. Eu me viro e fico aliviada ao ver que Allysa nem sempre é uma combinação perfeita de maquiagem e joias. Seu cabelo está preso num coque bagunçado, e há manchas de rímel em suas bochechas. Ela aponta para a cafeteira.

— Vou precisar de um pouco — avisa ela, e se senta na ilha, curvada para a frente.

— Posso fazer uma pergunta?

Ela mal tem energia para responder que sim.

Gesticulo para a cozinha.

— Como isso aconteceu? Como sua casa ficou impecável entre a festa de ontem e a hora em que eu acordei? Você passou a noite limpando?

— Temos pessoas para isso — responde, rindo.

— Pessoas?

— Sim — assente. — Temos gente para fazer *qualquer coisa* — diz ela. — Você ficaria surpresa. Pense em algo. Qualquer coisa. Há alguém que faz isso.

— Compras para a casa?

— Sim — responde ela.

— Decoração de Natal?

Ela faz que sim.

— Também.

— E presentes de aniversário? Tipo, para familiares?

Ela sorri.

— Sim. *Também*. Todo mundo de minha família recebe um presente, com cartão, em todas as datas especiais, e nunca mexo um dedo.

Balanço a cabeça.

— Caramba. Há quanto tempo você é rica assim?

— Três anos — diz ela. — Marshall vendeu muito bem alguns aplicativos que desenvolveu para a Apple. A cada seis meses, ele cria as atualizações e as vende também.

O café começa a pingar lentamente, então pego uma caneca e a encho.

— Quer que eu coloque alguma coisa no seu? — pergunto. — Ou tem gente para isso também?

Ela ri.

— Sim, você, e eu quero açúcar, por favor.

Coloco um pouco de açúcar na caneca, mexo, e a entrego para ela, depois me sirvo. Ficamos em silêncio enquanto misturo o creme, esperando que ela faça algum comentário sobre mim e Ryle. Esse assunto é inevitável.

— A gente pode acabar logo com o constrangimento? — pede ela.

Suspiro, aliviada.

— Por favor. Odeio isso.

Eu me viro para ela e tomo um gole do café. Ela deixa a caneca de lado e se apoia no balcão.

— Como foi que isso *aconteceu?*

Balanço a cabeça, me esforçando ao máximo para não sorrir como se estivesse apaixonada. Não quero que ela me ache fraca ou tola por ter cedido.

— Nós dois nos conhecemos antes que eu conhecesse você.

— Espere aí — diz ela, inclinando a cabeça. — Antes de a gente se conhecer *melhor* ou antes de a gente se conhecer *mesmo?*

— Mesmo — respondo. — Tivemos algo em uma noite, tipo, uns seis meses antes de eu te conhecer.

— Algo? — pergunta ela. — Tipo... passaram a noite juntos?

— Não — retruco. — Não, a gente jamais havia se beijado antes de ontem à noite. Não sei, não consigo explicar. A gente meio que flertou por bastante tempo, e finalmente fizemos algo concreto ontem à noite. Só isso.

Ela pega o café de novo e dá um gole, lentamente. Fica encarando o chão por um tempo, e percebo que parece um pouco triste.

— Allysa, você não está com raiva de mim, está?

Ela balança a cabeça imediatamente.

— Não, Lily. É que... — Ela põe o café de volta no balcão. — É que conheço meu irmão. E o amo. De verdade. Mas...

— Mas o quê?

Allysa e eu olhamos na direção da voz. Ryle está parado na porta, com os braços cruzados. Está vestindo uma calça de corrida cinza quase caindo dos quadris. Sem camisa.

Vou adicionar este look a todos os outros que cataloguei em minha mente.

Ryle se afasta da porta e entra na cozinha. Vem até mim e tira o café de minhas mãos. Ele se inclina e me beija na testa, depois toma um gole enquanto se encosta no balcão.

— Eu não queria interromper — diz ele a Allysa. — Por favor, podem continuar a conversa.

— Pare com isso! — reclama Allysa, revirando os olhos.

Ele me devolve o café e se vira para pegar a própria caneca. Começa a se servir.

— Parecia que você ia alertar Lily sobre alguma coisa. Eu só queria saber o que você ia dizer.

Allysa sai do balcão e leva a caneca até a pia.

— Ela é minha amiga, Ryle. Você não tem um histórico de relacionamentos muito bom. — Ela lava a caneca e depois encosta o quadril na pia, de frente para nós. — Como *amiga*, acho que tenho o direito de opinar sobre os caras com quem ela fica. É isso que amigas *fazem*.

De repente, fico constrangida à medida que a tensão entre os dois aumenta. Ryle nem sequer bebe o café. Ele se aproxima de Allysa e joga a bebida na pia. Ele está bem na frente da irmã, mas ela nem o encara.

— Bem, como seu *irmão*, eu esperava que você tivesse um pouco mais de fé em mim. É o que os *irmãos* fazem.

Ele sai da cozinha, empurrando a porta. Depois que ele vai embora, Allysa respira fundo. Balança a cabeça e leva as mãos ao rosto.

— Desculpe — pede ela, forçando um sorriso. — Preciso tomar uma ducha.

— Não tem gente para fazer isso por você?

Ela ri enquanto sai da cozinha. Lavo a caneca na pia e volto para o quarto de Ryle. Assim que abro a porta, eu o encontro sentado no sofá, mexendo no celular. Ele nem me olha quando passo, e por um segundo acho que também deve estar com raiva de mim. Mas então deixa o telefone de lado e se recosta no sofá.

— Vem cá — chama Ryle.

Agarra minha mão e me puxa para seu colo, para que eu o monte. Depois, aproxima minha boca da sua e me beija tão intensamente que me pergunto se ele não está tentando provar que a irmã está errada.

Ryle se afasta da minha boca, e seus olhos devoram meu corpo.

— Gosto de te ver com uma roupa minha.

Sorrio.

— Bem, preciso trabalhar, então infelizmente não posso ficar com ela.

— Tenho uma cirurgia muito importante em breve, e preciso me preparar — diz, e afasta o cabelo de meu rosto. — O que significa que devo ficar alguns dias sem te ver.

Tento disfarçar meu desapontamento, mas acho que preciso me acostumar, se ele realmente quer fazer as coisas darem certo entre nós. Já me avisou que trabalha demais.

— Também estou ocupada. A grande inauguração é na sexta.

— Ah, te encontro antes de sexta. Prometo.

Não contenho o sorriso.

— Tá bom.

Ele me beija de novo, dessa vez por um minuto inteiro. Começa a me colocar no sofá, mas depois se afasta de mim e diz:

— Não. Gosto demais de você para te agarrar assim.

Eu me deito no sofá e fico o observando se vestir para o trabalho.

Para minha alegria, ele coloca o uniforme hospitalar.

Capítulo Oito

— A gente precisa conversar — diz Lucy.

Ela está sentada no sofá, com manchas de rímel nas bochechas.

Ai, merda.

Largo a bolsa e me aproximo depressa. Assim que me sento a seu lado, ela começa a chorar.

— O que aconteceu? Alex terminou com você?

Ela balança a cabeça, então fico prestes a surtar de verdade. *Por favor, não diga câncer.* Seguro sua mão e, então, percebo.

— Lucy! Você ficou noiva?

Ela assente.

— Desculpe. Sei que ainda temos seis meses de aluguel, mas Alex quer que eu more com ele.

Eu a encaro por um instante. *Por isso ela está chorando? Por que quer se livrar do aluguel?* Ela pega um lenço e começa a dar batidinhas nos olhos.

— Eu me sinto péssima, Lily. Você vai ficar totalmente sozinha. Vou me mudar, e você não vai ter *ninguém.*

O quê...

— Lucy? Hum... eu vou ficar bem. Prometo.

Ela olha para mim com uma expressão esperançosa.

— Jura?

Por que diabo ela tem essa impressão de mim? Balanço a cabeça de novo.

— Juro. Não estou zangada, mas feliz por você.

Ela me abraça.

— Ah, obrigada, Lily! — Ela começa a rir em meio às lágrimas. Ao me soltar, ela levanta do sofá. — Preciso contar a Alex! Ele estava tão preocupado que você não me aliviasse o aluguel!

Ela pega a bolsa e os sapatos, e desaparece pela porta do apartamento.

Eu me deito no sofá e fico encarando o teto. *Será que ela acabou de me enganar?*

Começo a rir, porque até então não tinha percebido como eu queria que isso acontecesse. *O apartamento inteiro só para mim!*

Melhor ainda é que, quando eu decidir transar com Ryle, a gente vai poder fazer isso aqui o tempo inteiro, sem se preocupar com barulho.

A última vez que falei com Ryle foi sábado, ao sair de seu apartamento. Concordamos em fazer um teste. Nada de compromisso ainda. Apenas sentir o relacionamento para ver se é algo que nós dois queremos. É segunda à noite, e estou um pouco desapontada por ele não ter me procurado. Dei meu número de telefone antes de nos despedirmos, mas realmente não sei nada sobre o protocolo para mensagens de texto, ainda mais no caso de *testes*.

De qualquer jeito, não vou mandar mensagem primeiro.

Em vez disso, decido me ocupar com minha angústia juvenil e Ellen DeGeneres. Não vou ficar esperando um cara com quem nem transei. Mas não sei por que presumi que ler sobre o *primeiro* cara com quem transei me faria parar de pensar no cara com quem *não* estou transando.

Querida Ellen,

O nome de meu bisavô é Ellis. Passei a vida inteira achando que era um nome ótimo para um velho. Depois que ele morreu, li o obituário. Acredita que seu nome verdadeiro nem era Ellis? Era Levi Sampson, e eu não fazia ideia.

Perguntei a minha avó de onde veio esse nome. Ela disse que suas iniciais eram L.S., e como todo mundo o chamava pelas iniciais, com o passar dos anos acabou virando Ellis. Por isso o chamavam assim.

Eu estava olhando seu nome agora mesmo, e fiquei pensando nisso. Ellen. Será que esse é seu nome de verdade? Você poderia ser igual a meu avô e usar as iniciais como disfarce.

L.N.

Estou de olho, "Ellen".

Por falar em nomes, você acha Atlas um nome estranho? É, não é?

Ontem, enquanto assistíamos a seu programa juntos, perguntei qual era a origem do nome dele. Atlas disse que não sabia. Sem pensar, eu disse que ele devia perguntar à mãe por que ela escolheu esse nome. Ele apenas olhou para mim por um instante e comentou:

– É tarde demais para isso.

Não sei o que ele quis dizer. Não sei se sua mãe faleceu, ou se ela o colocou para adoção. Já somos amigos há semanas, e ainda não sei nada sobre ele, nem por que não tem onde morar. Eu poderia perguntar, mas não sei se ele já confia em mim. Parece ter dificuldades em confiar nos outros, e acho que não posso culpá-lo.

Estou preocupada com ele. Começou a fazer muito frio esta semana, e na próxima deve piorar. Se ele não tem eletricidade, não tem aquecedor. Espero que pelo menos tenha cobertores. Imagina como eu ficaria mal se ele morresse congelado? Muito, muito mal, Ellen.

Vou procurar uns cobertores essa semana e entregar a ele.

Lily

Querida Ellen,

Vai começar a nevar em breve, então decidi fazer a colheita hoje mesmo na horta. Eu já tinha tirado os rabanetes, então queria apenas colocar húmus e adubo, o que não devia demorar, mas Atlas insistiu em me ajudar.

Ele me fez várias perguntas sobre cuidados com a horta, e gostei de ver que parecia interessado em meus interesses. Mostrei como cobrir o solo com adubo e húmus para que a neve não causasse muitos danos. Minha horta é pequena em comparação à maioria das hortas. Talvez 3 metros por 4. Mas meu pai só me deixou usar esse pedaço do quintal.

Atlas cobriu tudo enquanto fiquei sentada na grama, de pernas cruzadas, só observando. Eu não estava sendo preguiçosa, mas ele assumiu e quis fazer, então deixei. Dá para notar que é um trabalhador dedicado. Será que ele esquece os problemas quando está ocupado e por isso sempre quer me ajudar tanto?

Ao terminar, ele veio até mim e se sentou a meu lado na grama.

— O que te deu vontade de cultivar? — perguntou ele.

Olhei para ele, que estava sentado de pernas cruzadas, me encarando. Naquele momento, percebi que provavelmente ele é o melhor amigo que já tive, e não sabemos quase nada do outro. Tenho amigos no colégio, mas por motivos óbvios eles nunca podem me visitar. Minha mãe vive com medo de que algo aconteça com meu pai, e que acabem descobrindo seu temperamento. Também nunca vou à casa dos outros, mas não sei direito por quê. Talvez meu pai não queira que eu durma na casa de minhas amigas porque eu veria como um bom marido trata a esposa. Talvez ele queira que eu acredite que a maneira como trata minha mãe é normal.

Atlas é meu primeiro amigo que já entrou em casa. Ele também é meu primeiro amigo que sabe que eu gosto de jardinar. E agora ele é meu primeiro amigo que me perguntou por que gosto de jardinar.

Abaixo o braço e puxo uma erva daninha. Começo a picotá-la em pedacinhos enquanto penso na resposta.

– *Quando eu tinha 10 anos, minha mãe fez uma assinatura para mim num site chamado Sementes Anônimas* – respondi. – *Todo mês, eu recebia um pacote de sementes sem identificação pelos correios, com instruções de como plantar e cuidar delas. Eu só descobriria o que estava plantando quando brotava do solo. Todo dia, depois das aulas, eu vinha correndo para o quintal, querendo ver o progresso. Eu ficava ansiosa por aquilo. Cultivar coisas parecia uma recompensa.*

Senti o olhar de Atlas fixo em mim quando ele perguntou:

– *Uma recompensa pelo quê?*

Dei de ombros.

– *Por ter amado minhas plantas da maneira certa. Plantas recompensam a pessoa com base na quantidade de amor que recebem. Se for cruel ou negligenciá-las, elas não te dão nada. Mas, se cuidar delas, se amá-las do jeito certo, vão te recompensar com presentes na forma de verduras, frutas ou flores.*

Olhei para a erva daninha que eu estava picotando, e só sobrou 1 centímetro. Enrolei-a e dei um peteleco.

Eu não queria olhar para Atlas porque dava para perceber que ele ainda estava me encarando, então só olhei para minha horta coberta de húmus.

– *Somos tão parecidos...* – disse ele.

Meus olhos se fixaram nos seus.

– *Eu e você?*

Ele balançou a cabeça.

– *Não. Plantas e humanos. As plantas precisam ser amadas do jeito certo para sobreviver. Os humanos também. Desde que nascemos, dependemos do amor de nossos pais para continuarmos vivos. E, se eles demonstrarem o tipo certo de amor, nos tornamos pessoas melhores. Mas, se formos negligenciados...*

A voz ficou mais baixa, quase triste. Ele limpou as mãos nos joelhos, tentando se livrar um pouco da terra.

– *Se formos negligenciados, acabamos sem ter onde morar e incapazes de fazer qualquer coisa importante.*

Suas palavras me deixaram tão murcha quanto o húmus que ele acabara de espalhar. Eu não sabia o que responder. Ele realmente acha isso de si mesmo?

Ele parecia prestes a se levantar. Mas, antes que fizesse isso, eu disse seu nome.

Ele se sentou de novo na grama. Apontei para a fileira de árvores alinhadas na cerca à esquerda do quintal.

— Está vendo aquela árvore ali?

No meio da fileira de árvores, tinha um carvalho mais alto que todos os outros.

Atlas o observou e depois fixou o olhar no topo da árvore.

— Ele cresceu sozinho — falei. — A maioria das plantas precisa de muito cuidado para sobreviver. Mas algumas coisas, como as árvores, são fortes o bastante para sobreviver dependendo somente de si mesmas e de mais ninguém.

Não fazia ideia se ele sabia o que eu estava tentando dizer sem que eu dissesse explicitamente. Só queria que ele soubesse que eu o achava forte o suficiente para sobreviver ao que quer que estivesse acontecendo em sua vida. Eu não o conhecia bem, mas dava para perceber que ele era resistente. Bem mais do que eu jamais seria se estivesse no lugar dele.

Seus olhos estavam fixos na árvore. Demorou muito para ele piscar. Quando finalmente piscou, balançou a cabeça e olhou para a grama. Pela maneira como sua boca se contorceu, achei que ele ia franzir a testa, mas, em vez disso, ele deu um sorrisinho.

Ver aquele sorriso fez meu coração achar que eu tinha acabado de acordar de um sono profundo.

— Somos parecidos — disse ele, repetindo o que tinha dito antes.

— Plantas e humanos? — perguntei.

Ele balançou a cabeça.

— Não. Eu e você.

Fiquei boquiaberta, Ellen. Espero que ele não tenha percebido, mas, na verdade, cheguei a arfar. O que diabo eu responderia àquilo?

Fiquei apenas sentada, quieta e constrangida até ele se levantar. Depois se virou como se estivesse prestes a ir para casa.

— Atlas, espere.

Ele olhou para mim. Apontei para suas mãos e disse:

— Por acaso você quer tomar uma ducha rápida antes de ir? O adubo é feito de estrume de vaca.

Ele ergueu as mãos, olhou para elas e depois observou as roupas cobertas de adubo.

— Estrume de vaca? Sério?

Sorri e confirmei com a cabeça. Ele riu um pouco e, antes que eu percebesse, estava no chão a meu lado, limpando as mãos em mim. Nós dois rimos quando ele estendeu o braço para o saco ao lado, enfiou a mão ali dentro e espalhou adubo em meus braços.

Ellen, tenho certeza de que a próxima frase que estou prestes a escrever jamais foi escrita ou dita em voz alta.

Enquanto ele limpava a merda de vaca em mim, eu provavelmente nunca fiquei tão excitada.

Depois de alguns minutos, nós estávamos deitados no chão, ofegantes e ainda rindo. Ele se levantou, por fim, e me ajudou a ficar de pé, sabendo que não podia desperdiçar qualquer minuto se quisesse tomar uma ducha antes de meus pais chegarem.

Quando ele entrou no banho, fui lavar as mãos na pia e depois fiquei parada, me perguntando o que ele quis dizer quando falou que éramos parecidos.

Será que foi um elogio? Pelo menos, pareceu. Será que ele estava dizendo que também me acha forte? Porque, na maior parte do tempo, eu certamente não me acho forte. Naquela hora, só de pensar nele me senti fraca. Fiquei pensando no que iria fazer em relação ao que estava começando a sentir perto dele.

Também me perguntei por quanto tempo mais eu conseguiria escondê-lo de meus pais. E eu queria saber por quanto tempo ele ficaria naquela casa. Os invernos do Maine são insuportavelmente frios, e ele não vai sobreviver sem aquecedor.

Ou cobertores.

Eu me recompus e fui atrás de todos os cobertores sobrando. Queria entregar a ele quando saísse do banho, mas já eram 17h e ele saiu apressado.

Amanhã eu dou.

Lily

Querida Ellen,

Harry Connick Jr. é engraçado demais. Não sei se ele já foi alguma vez a seu programa, mas odeio admitir que devo ter perdido um ou dois episódios desde que você está no ar, mas, se nunca o tiver recebido, devia fazer isso. Na verdade, você já assistiu a Late Night with Conan O'Brien? *Tem um cara chamado Andy que sempre fica sentado no sofá. Eu queria que Harry ficasse em seu sofá em todos os episódios. Ele tem as melhores respostas, e ver vocês dois juntos seria épico.*

Queria te agradecer. Sei que você não tem um programa na TV só para me fazer rir, mas, às vezes, é o que parece. Às vezes, minha vida me faz sentir como se tivesse perdido a capacidade de rir, mas então sintonizo seu programa e, seja qual for meu humor quando ligo a TV, sempre me sinto melhor depois do programa.

Então é isso. Obrigada.

Sei que provavelmente você quer saber sobre Atlas, e vou contar logo mais, porque primeiro preciso contar o que aconteceu ontem.

Minha mãe é professora auxiliar na Escola Primária Brimer. Demora um pouco para chegar de carro, por isso ela só volta umas 17h. Meu pai trabalha a 3 quilômetros de casa, então ele sempre chega logo depois das 17h.

Temos uma garagem, mas só cabe um carro por causa de todas as coisas de meu pai. Ele guarda o carro na garagem, e minha mãe deixa o dela na frente de casa.

Bem, ontem minha mãe chegou um pouco mais cedo. Atlas ainda estava aqui em casa, e a gente estava quase terminando de ver seu programa quando escutei o portão da garagem se abrindo. Ele saiu correndo pela porta dos fundos, e eu me apressei para limpar as latas de refrigerante e os lanches na sala.

Tinha começado a nevar muito forte mais ou menos na hora do almoço de ontem, e minha mãe estava com muita coisa para carregar, então parou na garagem para poder entrar com tudo pela porta da cozinha. Era material de trabalho e algumas compras. Enquanto eu a ajudava a trazer tudo para dentro, meu pai parou na frente de casa. Começou a buzinar porque ficou bravo por minha mãe ter estacionado na garagem. Acho que ele não queria ter de sair do carro na neve. Só consigo pensar nesse motivo para ele querer que ela tirasse o carro bem naquele instante, em vez de simplesmente esperar que ela descarregasse tudo. Pensando bem, por que meu pai sempre fica na garagem? Um homem não deveria deixar a mulher que ama na pior vaga.

Enfim, minha mãe ficou com aquele olhar bem assustado quando ele começou a buzinar, e me disse para colocar tudo na mesa enquanto ela tirava o carro.

Não sei o que aconteceu quando ela voltou lá para fora. Escutei um estrondo, depois o grito, então saí da garagem achando que talvez ela tivesse escorregado no gelo.

Ellen... nem quero descrever o que aconteceu em seguida. Ainda estou um pouco chocada com tudo.

Abri o portão da garagem e não vi minha mãe. Só vi meu pai atrás do carro fazendo alguma coisa. Dei um passo para perto e percebi porque não estava conseguindo ver minha mãe. Ele a tinha empurrado sobre o capô e estava com as mãos em seu pescoço.

Ele a estava estrangulando, Ellen!

Só de pensar, dá vontade de chorar. Ele estava gritando com ela, encarando-a com muito ódio. Dizendo que ela não respeitava seu trabalho árduo. Não sei por que estava zangado, afinal eu só conseguia ouvir o silêncio de mamãe enquanto se esforçava para respirar. Os próximos minutos são um borrão, mas sei que comecei a gritar com ele. Pulei nas costas de meu pai e comecei a bater em sua têmpora.

E depois não estava mais.

Não sei mesmo o que aconteceu, mas acho que ele me jogou para longe. Só lembro que uma hora eu estava nas costas dele, e depois estava no chão, com a testa muito dolorida. Minha mãe estava sentada a meu lado, segurando minha cabeça e pedindo desculpas. Olhei ao redor em busca de meu pai, mas não o encontrei. Ele tinha saído de carro depois que bati a cabeça.

Minha mãe me deu um pano e me disse para colocar na cabeça, porque estava sangrando. Ela me ajudou a entrar no carro e me levou para o hospital. No caminho, só me disse uma coisa:

– Quando perguntarem o que aconteceu, diga que escorregou no gelo.

Quando ela disse isso, eu só olhei pela janela e comecei a chorar. Porque tinha certeza de que havia sido a gota de água, que ela o deixaria depois de ele ter me machucado. Foi naquele momento que percebi que ela nunca o largaria. Eu me senti muito derrotada, mas fiquei com medo demais para dizer algo a ela.

Precisei levar nove pontos na testa. Ainda não sei onde bati a cabeça, mas não importa. O fato é que foi por causa de meu pai que me machuquei, e ele nem ficou para conferir como eu estava. Simplesmente deixou nós duas no chão da garagem e foi embora.

Cheguei em casa muito tarde ontem à noite, e logo peguei no sono porque eles me deram algum analgésico.

Hoje de manhã, enquanto andava até o ônibus, tentei não olhar diretamente para Atlas, para que ele não reparasse em minha testa. Eu tinha ajeitado o cabelo para que não desse para ver, e ele nem percebeu na hora. Quando nos sentamos um ao lado do outro, nossas mãos se encostaram enquanto colocávamos as coisas no chão.

As mãos dele pareciam gelo, Ellen. Gelo.

Então percebi que tinha me esquecido de dar os cobertores que havia separado para ele ontem porque minha mãe chegou antes do esperado. O incidente na garagem meio que dominou meus pensamentos, e me esqueci completamente. Tinha nevado e geado a noite inteira, e ele havia ficado naquela casa no escuro, sozinho. E agora ele estava tão frio que nem sei como estava vivo.

Segurei suas mãos e disse:

— Atlas, você está congelando.

Ele não disse nada. Começou a esfregar as mãos nas minhas para aquecê-las. Encostei a cabeça em seu ombro e fiz a coisa mais vergonhosa de todas: comecei a chorar. Não choro com frequência, mas eu ainda estava muito chateada com o que tinha acontecido ontem, e me senti muito culpada por não ter lembrado de levar os cobertores, e tudo isso me atingiu de uma só vez, no caminho para o colégio. Ele não disse nada. Apenas afastou as mãos para que eu parasse de esfregá-las, e as colocou em cima das minhas. Ficamos sentados assim até chegar ao colégio, com as cabeças encostadas uma na outra e as mãos dele em cima das minhas.

Eu teria achado meigo se não fosse tão triste.

Na volta do colégio ele reparou em minha testa.

Sinceramente, eu já tinha esquecido. Ninguém no colégio me perguntou nada, e quando ele se sentou a meu lado no ônibus, eu nem estava tentando esconder com o cabelo. Ele olhou diretamente para mim e questionou:

— O que aconteceu com sua cabeça?

Eu não sabia o que dizer. Só consegui tocar no local com os dedos e olhar pela janela. Tenho tentado fazer com que ele confie mais em mim, na esperança de que me conte por que não tem onde morar, então não quis mentir. Mas eu também não queria contar a verdade.

Quando o ônibus começou a se mover, ele disse:

— Ontem, depois que saí de sua casa, escutei alguma coisa acontecendo lá. Ouvi gritos. Seu grito. Depois vi seu pai indo embora. Eu ia lá conferir se estava tudo bem com você, mas enquanto me aproximava, vi você saindo de carro com sua mãe.

Ele deve ter escutado a briga na garagem e visto minha mãe saindo comigo para que eu levasse os pontos. Eu não conseguia acreditar que ele tinha ido até minha casa. Sabe o que meu pai faria com ele se o visse com suas roupas? Fiquei muito preocupada, porque acho que ele não sabe do que meu pai é capaz.

Olhei para ele e disse:

— Atlas, você não pode fazer isso! Não pode passar lá em casa quando meus pais estão.

Atlas ficou em silêncio e depois argumentou:

— Ouvi você gritar, Lily.

O tom deu a entender que minha segurança era mais importante que tudo.

Eu me senti mal porque sei que ele só estava tentando ajudar, mas no fim teria piorado muito as coisas.

— Eu caí — falei.

Assim que disse isso, me senti mal por mentir. E, para ser sincera, ele pareceu um pouco desapontado, porque acho que nós dois sabíamos que não foi uma simples queda.

Então ele arregaçou a manga da camisa e estendeu o braço.

Ellen, senti o maior frio na barriga. Era muito feio. Ele tinha pequenas cicatrizes no braço inteiro. Algumas pareciam queimaduras de cigarro, como se alguém tivesse pressionado a guimba em seu braço e segurado.

Ele virou o braço para que eu visse o que tinha do outro lado.

— Eu também caía muito, Lily.

Em seguida, ele abaixou a manga e não disse mais nada.

Por um segundo, quis dizer que não era nada disso, que meu pai nunca me machuca e que só queria que eu saísse de cima dele. Mas então percebi que, se fizesse isso, estaria usando as mesmas desculpas que minha mãe.

Fiquei um pouco envergonhada por ele saber o que acontece em minha casa. Passei o resto do caminho olhando pela janela, porque não sabia o que dizer a ele.

Quando chegamos em casa, o carro de minha mãe estava lá. Na frente da casa, óbvio. Não na garagem.

O que significava que Atlas não podia assistir ao programa comigo. Eu ia dizer que mais tarde levaria cobertores, mas ao sair do ônibus ele nem se despediu. Saiu andando pela rua, como se estivesse zangado.

Já escureceu e estou esperando meus pais dormirem. Mas daqui a pouco vou levar alguns cobertores para ele.

Lily

Querida Ellen,

A situação está ficando complicada demais para mim.

Às vezes você faz coisas que sabe que são erradas, mas que, de alguma maneira, também são certas? Não sei como explicar de forma mais simples.

Quero dizer, só tenho 15 anos e certamente não deveria deixar garotos dormirem em meu quarto. Mas, se a pessoa sabe que alguém precisa de um lugar para dormir, não é responsabilidade dela, como ser humano, ajudá-lo?

Ontem à noite, depois que meus pais dormiram, saí escondida pela porta dos fundos para entregar os cobertores a Atlas. Levei uma lanterna porque estava escuro. Ainda estava nevando muito, então, quando cheguei à casa, estava congelando. Bati na porta dos fundos e, assim que ele abriu, passei por ele para me livrar do frio.

Mas... eu não saí do frio. De algum modo, a casa estava ainda mais fria. Mantive a lanterna ligada e iluminei a sala e a cozinha. Não tinha nada lá, Ellen!

Nenhum sofá, nenhuma cadeira, nenhum colchão. Entreguei os cobertores a ele e continuei olhando ao redor. Tinha um buraco enorme no teto da cozinha, e o vento e a neve simplesmente entravam com força. Quando iluminei a sala, vi as coisas dele num dos cantos. Sua mochila e a mochila que eu dei. Havia mais uma pequena pilha de outras coisas que eu tinha dado, como algumas roupas de meu pai. E duas toalhas no chão. Imagino que ele se deitava numa e se cobria com a outra.

Pus a mão na boca porque fiquei horrorizada. Ele estava morando daquele jeito há semanas!

Atlas colocou a mão em minhas costas e tentou me levar até a porta.

— Você não devia estar aqui, Lily — disse ele. — Vai acabar se encrencando.

Então agarrei sua mão e disse:

— Você também não devia estar aqui. — Comecei a carregá-lo até a porta, mas ele puxou a mão de volta. — Pode dormir no chão de meu quarto hoje. Eu tranco a porta. Não pode dormir aqui, Atlas. Está frio demais, você vai pegar uma pneumonia e morrer.

Ele parecia não saber o que fazer. Tenho certeza de que a possibilidade de ser flagrado em meu quarto era tão assustadora quanto pegar pneumonia e morrer. Ele olhou para seu cafofo na sala, balançou a cabeça uma vez e disse:

— Tá bom.

Então me diga, Ellen, foi um erro deixar ele dormir em meu quarto? Não me parece que foi. Sinto que fiz a coisa certa. Mas eu certamente estaria muito encrencada se tivessem nos flagrado. Ele dormiu no chão, então não foi nada de mais, eu estava apenas oferecendo um lugar quente para ele dormir.

Mas aprendi um pouco mais sobre ele ontem à noite. Depois que entrou escondido pela porta dos fundos e foi até o quarto comigo, tranquei a porta e montei uma cama para ele no chão, ao lado da minha. Coloquei o alarme para as 6h e disse que a gente precisaria se levantar antes de meus pais, pois às vezes minha mãe me acorda de manhã.

Eu me deitei na cama e fui para a beirada, a fim de olhar para ele enquanto a gente conversava um pouco. Perguntei por quanto tempo ele achava que ia ficar naquela casa, e ele disse que não sabia. Então perguntei como ele foi parar lá. O abajur ainda estava aceso, e estávamos sussurrando, mas ele ficou em silêncio absoluto quando eu disse isso. Ficou um tempo olhando para cima, com as mãos atrás da cabeça. E então disse:

— Não conheço meu pai verdadeiro. Ele nunca teve nenhuma relação comigo. Sempre fomos eu e minha mãe, mas ela se casou de novo uns cinco anos atrás com um cara que jamais gostou muito de mim. A gente brigava muito. Quando fiz 18 anos, há alguns meses, brigamos feio e ele me expulsou de casa.

Atlas respirou fundo, como se não quisesse me contar mais nada. Depois recomeçou a falar:

— Então fiquei na casa de um amigo, mas o pai foi transferido para o Colorado e eles se mudaram. Óbvio que não podiam me levar junto. Os pais só estavam fazendo a gentileza de me deixar ficar lá, e eu sabia disso, então falei que tinha conversado com minha mãe e que ia voltar para casa. No dia em que eles foram embora, eu não tinha para onde ir. Por isso voltei para casa e disse para minha mãe que queria morar lá até me formar. Ela não deixou. Disse que isso incomodaria meu padrasto. — Ele virou a cabeça e encarou a parede. — Então fiquei perambulando por uns dias até ver aquela casa. Imaginei que poderia ficar lá até aparecer algo melhor ou até me formar. Eu me alistei para ingressar na Marinha a partir de maio, então estou tentando me virar até lá.

Faltam seis meses para maio, Ellen. Seis.

Eu estava com lágrimas nos olhos quando ele terminou de contar tudo isso. Perguntei por que simplesmente não pedia ajuda a alguém. Ele disse que tentou, contudo é mais difícil para um adulto que para um adolescente, e ele já tem 18 anos. Ele falou que uma pessoa deu os telefones de alguns abrigos que poderiam ajudá-lo. Existiam três abrigos a um raio de 37 quilômetros de nossa cidade, mas dois eram para mulheres vítimas de agressão. O outro era para mendigos, mas só tinha algumas camas disponíveis e era longe demais para ele ir andando até o colégio todo dia. Além disso, a fila para conseguir uma cama é enorme. Ele disse que tentou uma vez, mas se sente mais seguro na casa velha que no abrigo.

Como sou ingênua sobre essas situações, perguntei:

— Mas não existem outras opções? Não pode contar para a orientadora da escola o que sua mãe fez?

Ele negou com a cabeça e explicou que é velho demais para acolhimento familiar. Como tem 18 anos, não podem fazer nada se sua mãe não o deixa voltar para casa. Ele disse que ligou para arranjar cupons de alimentos na semana passada, mas não tinha carona nem dinheiro para ir até lá buscar as coisas na hora marcada. Sem falar que ele não tem carro, então não pode arranjar um emprego. Mas ele disse que tem procurado. Quando sai da minha casa à tarde, ele pede emprego em alguns lugares, mas não tem endereço nem telefone para colocar no cadastro, então fica difícil.

Eu juro, Ellen, ele tinha resposta para todas as minhas perguntas. É como se ele tivesse tentado de tudo para sair dessa situação, mas não existe ajuda suficiente para pessoas como ele. Fiquei com tanta raiva da situação toda que falei que era loucura ele se alistar. Eu não estava sussurrando nem um pouco quando disse:

— Por que diabo você quer servir a um país que te deixou nessa situação?

Sabe o que ele respondeu, Ellen? Seus olhos se entristeceram, e ele disse:

— Não é culpa do país se minha mãe não dá a mínima para mim. — Em seguida, estendeu o braço e apagou o abajur. — Boa noite, Lily.

Não dormi muito depois disso. Eu estava zangada demais. Nem sei com quem eu estava zangada. Fiquei pensando em nosso país e no mundo inteiro e em como é uma barbaridade as pessoas não se ajudarem mais. Não sei quando foi que os humanos passaram a cuidar somente deles próprios. Talvez sempre tenha sido assim. E isso me fez pensar em quantas pessoas existem por aí na mesma situação de Atlas. Será que não tem outro aluno em nosso colégio também sem casa? Vou para o colégio todo dia, e reclamo internamente disso a maior parte do tempo, mas jamais pensei que talvez o colégio seja o único lar de algumas pessoas. É o único lugar onde Atlas sabe que vai ter comida.

Nunca mais vou conseguir respeitar os ricos, sabendo que eles preferem gastar dinheiro com coisas materiais em vez de ajudar os outros.

Sem ofensas, Ellen. Sei que você é rica, mas acho que não estou me referindo a pessoas como você. Vi tudo o que você fez pelos outros em seu programa, e todas as entidades que você apoia. Mas sei que tem muitos ricos egoístas por aí. Caramba, existem até pessoas pobres egoístas. E pessoas de classe média egoístas. Meus pais, por exemplo. Não somos ricos, mas certamente não somos pobres demais para não ajudar os outros. No entanto, acho que meu pai nunca fez nenhuma caridade.

Lembro que uma vez entramos num mercado e havia um homem tocando um sino para o Exército da Salvação. Perguntei a meu pai se a gente podia dar algum dinheiro, e ele disse que não, que trabalha muito para ter seu dinheiro e não ia deixar que eu doasse. Disse que não é culpa dele se os outros não querem trabalhar. Enquanto estávamos no mercado, ele passou o tempo inteiro me dizendo que as pessoas se aproveitam do governo, e que até o governo parar de ajudar essas pessoas com donativos, o problema nunca vai ter solução.

Ellen, eu acreditei nele. Isso foi há três anos, e passei todo esse tempo achando que mendigos não têm onde morar porque são preguiçosos, viciados ou simplesmente porque não querem trabalhar. Sendo que agora sei que não é verdade. É evidente que o que ele disse era parcialmente verdade, mas estava falando da pior das hipóteses. Nem todo mundo é mendigo por escolha. Os mendigos estão na rua porque não tem ajuda suficiente para todos.

E pessoas como meu pai são o problema. Em vez de ajudar, usam os piores casos como uma desculpa para o próprio egoísmo, para a própria ganância.

Nunca vou ser assim. Juro! Quando crescer, vou fazer o que puder para ajudar os outros. Vou ser como você, Ellen. Mas provavelmente não tão rica.

Lily

Capítulo Nove

Deixo o diário no peito. Fico surpresa ao sentir lágrimas escorrendo pelo rosto. Toda vez que pego este diário acho que vou ficar bem, que tudo aconteceu muito tempo atrás e não vou sentir o mesmo que senti na época.

Sou muito boba. Fico com vontade de abraçar tanta gente do passado... Especialmente minha mãe, porque no último ano não parei para pensar em tudo pelo que ela passou antes de meu pai morrer. Sei que ainda deve doer.

Pego o telefone para ligar para ela e vejo que na tela há quatro mensagens de Ryle. Meu coração acelera imediatamente. *Não acredito que estava no silencioso!* Reviro os olhos, irritada comigo mesma, porque eu *não* devia estar tão animada assim.

Ryle: Está dormindo?
Ryle: Acho que sim.
Ryle: Lily...
Ryle: :(

A carinha triste foi enviada há dez minutos. Aperto *Responder* e digito: "Não. Acordada". Dez segundos depois, recebo outra mensagem.

Ryle: Ótimo. Estou subindo sua escada. Chego aí em vinte segundos.

Sorrio e pulo da cama. Vou até o banheiro e confiro meu rosto. *Está razoável.* Ando até a porta e a abro assim que Ryle chega pela escada. Ele praticamente se arrasta no último degrau e, depois, para quando enfim chega a minha porta, querendo descansar. Ele parece exausto. Seus olhos estão vermelhos e com olheiras. Seus braços deslizam ao redor de minha cintura, e ele me puxa para perto, enterrando o rosto em meu pescoço.

— Que cheirosa — diz ele.

Eu o puxo para dentro do apartamento.

— Está com fome? Posso preparar alguma coisa para você comer.

Ele nega com a cabeça enquanto tira a jaqueta com dificuldade, então passo pela cozinha e vou direto até o quarto. Ele me segue e joga a jaqueta nas costas da cadeira. Usa os pés para tirar os sapatos e os empurra para a parede.

Ele está de uniforme hospitalar.

— Você parece exausto — comento.

Ele sorri e põe as mãos em meus quadris.

— E estou. Acabei de participar de uma cirurgia de 18 horas.

Ele se inclina e beija a tatuagem de coração em minha clavícula.

Não surpreende que ele esteja exausto.

— Como isso é possível? — digo. — Dezoito *horas?*

Ele assente e me acompanha até a lateral da cama, onde me puxa para que eu me sente a seu lado. Nós nos acomodamos até ficarmos virados um para o outro, dividindo um travesseiro.

— Mas foi incrível. Inovador. Vão escrever sobre isso nos periódicos de medicina, e eu pude participar, então não estou reclamando. Estou cansado, só isso.

Eu me inclino e lhe dou um selinho. Ryle leva a mão até minha têmpora e se afasta.

— Sei que deve estar pronta para transar loucamente, mas hoje não tenho energia. Desculpe. Mas senti saudade e, por algum motivo, durmo melhor quando estou com você. Tudo bem se eu ficar aqui?

Sorrio.

— Tudo mais que bem.

Ele se inclina e beija minha testa. Pega minha mão e a segura entre nós dois no travesseiro. Seus olhos se fecham, mas mantenho os meus abertos e o encaro. Ele tem o tipo de rosto que afasta as pessoas porque é muito fácil se perder ali. E pensar que eu posso olhar para ele o tempo inteiro... Não preciso ser recatada e desviar o olhar porque ele é meu.

Talvez.

É um teste. Preciso me lembrar disso.

Depois de um minuto, ele larga minha mão e começa a dobrar os dedos. Olho para sua mão e me pergunto como deve ser isso... ficar em pé por tanto tempo usando suas excelentes habilidades motoras por 18 horas seguidas. Não consigo pensar em nada comparável a tal nível de exaustão.

Saio da cama e pego um hidratante no banheiro. Volto para a cama e me sento de pernas cruzadas a sua frente. Coloco um pouco na mão e puxo seu braço para o colo. Ryle abre os olhos e me encara.

— O que está fazendo? — murmura.

— Shh. Volte a dormir — respondo.

Pressiono os polegares na palma de sua mão e giro para cima e depois para fora. Seus olhos se fecham, e ele geme no travesseiro. Continuo lhe massageando essa mão por cerca de cinco minutos antes de passar para a outra. Ele fica de olhos fechados o tempo inteiro. Quando termino, viro-o de barriga para baixo e me sento em suas costas. Ele me ajuda a tirar sua camiseta, mas seus braços parecem moles como macarrão.

Massageio seus ombros, seu pescoço, suas costas e seus braços. Ao terminar, saio de cima e me deito a seu lado.

Estou passando os dedos por seu cabelo e lhe massageando o couro cabeludo quando ele abre os olhos.

— Lily? — sussurra, me olhando com sinceridade. — Acho que você pode ser a melhor coisa que já me aconteceu.

Essas palavras me envolvem como um cobertor. Não sei o que responder. Ele ergue a mão e a coloca em minha bochecha. Sinto seu olhar bem no fundo de mim. Ele se inclina devagar para a frente e pressiona os lábios nos meus. Eu esperava um selinho, mas ele não se afasta. A ponta de sua língua desliza por meus lábios, separando-os delicadamente. Sua boca está tão quente que gemo quando o beijo fica mais intenso.

Ele me faz deitar e passa a mão por meu corpo, descendo até o quadril. Depois se aproxima, deslizando a mão por minha coxa. Pressiona o corpo no meu, e uma onda de calor se espalha dentro de mim. Agarro seu cabelo e sussurro em sua boca:

— Acho que já esperamos demais. Eu queria muito que você me comesse agora.

Ele praticamente rosna com energia renovada e começa a tirar minha camisa. É um interlúdio de mãos, gemidos, língua e suor. Sinto como se fosse a primeira vez que um homem me toca. Os poucos que vieram antes dele eram apenas garotos, com mãos nervosas e bocas tímidas. Mas Ryle exala confiança. Ele sabe exatamente onde me tocar e como me beijar.

O único momento que ele não dedica toda a atenção a meu corpo é quando estende o braço para o chão e pega uma camisinha na carteira. Ao voltar para debaixo das cobertas, ele coloca a camisinha e nem hesita: me possui descaradamente com um movimento rápido, e eu arfo em sua boca, sentindo todos os músculos se contraindo.

Sua boca está selvagem e carente, beijando todos os lugares ao alcance. Fico tão tonta que sou capaz apenas de sucumbir. Ele me come com determinação. Apoia a mão entre a cabeceira e o topo de minha cabeça enquanto se empurra cada vez mais forte, fazendo a cama bater na parede a cada movimento.

Minhas unhas se enterram na pele de suas costas enquanto ele enterra o rosto em meu pescoço.

— Ryle — sussurro.

— Meu *Deus* — digo.

— Ryle! — grito.

E, então, mordo seu ombro para abafar todos os sons que emito depois. Meu corpo inteiro está sentindo... Da cabeça aos dedos dos pés e, depois, subindo de novo.

Tenho medo de desmaiar por um instante, então contraio as pernas ao redor dele, que tensiona o corpo.

— *Caramba*, Lily.

Seu corpo treme, e ele se enfia dentro de mim mais uma vez. Geme, parando em cima de mim. Ele treme, em gozo, e minha cabeça cai no travesseiro.

Demoramos um minuto inteiro para conseguir nos mexer outra vez. E, mesmo depois disso, preferimos ficar parados. Ele encosta o rosto no travesseiro e suspira fundo.

— Não consigo... — Ele se afasta e olha para mim. Seus olhos estão marcados por alguma coisa... não sei o que é. Ele pressiona os lábios nos meus. — Você tinha toda a razão.

— Sobre o quê?

Ele sai lentamente de dentro de mim, se apoiando nos antebraços.

— Você me avisou. Disse que uma vez com você não seria o suficiente. Disse que você era como uma droga. Mas não falou que era o tipo de droga mais viciante de todos.

Capítulo Dez

— Posso fazer uma pergunta pessoal?

Allysa assente enquanto aperfeiçoa um buquê de flores a ser entregue. Faltam três dias para a grande inauguração, e o movimento só aumenta.

— O quê? — pergunta ela, virando para mim.

Ela se encosta no balcão e começa a cutucar as unhas.

— Não precisa responder se não quiser — aviso.

— Bem, só posso responder se você perguntar.

Bem lembrado.

— Você e Marshall fazem doações para caridade?

— Sim. Por quê? — responde, confusa.

Dou de ombros.

— Só estava curiosa. Eu não os julgaria nem nada do tipo. É que ando pensando que eu gostaria de abrir uma instituição de caridade.

— Para prestar que tipo de caridade? — pergunta ela. — A gente doa para instituições diferentes agora que temos dinheiro, mas minha preferida é uma com a qual nos envolvemos no ano passado. Eles constroem escolas em outros países. A gente financiou três construções só no ano passado.

Eu sabia que gostava de Allysa por algum motivo.

— Eu, com certeza, não tenho tanto dinheiro assim, mas queria fazer *algo*. Só não sei o que.

— Vamos deixar essa inauguração passar, daí você começa a pensar em filantropia. Um sonho de cada vez, Lily.

Ela dá a volta no balcão e pega a lixeira. Eu a observo tirar o saco cheio e dar um nó. Eu me pergunto por que — se ela tem empregados para tudo — ela tem vontade de ter um trabalho onde precisa tirar o lixo e sujar as mãos.

— Por que você trabalha aqui? — pergunto.

Ela olha para mim e sorri.

— Porque gosto de você — responde.

Porém, percebo que o brilho desaparece completamente de seus olhos antes de ela se virar e ir para os fundos jogar o lixo fora. Quando volta, ainda estou olhando para ela com curiosidade.

— Allysa? Por que você trabalha aqui? — insisto.

Ela para o que está fazendo e respira fundo, como se estivesse em dúvida sobre ser sincera comigo. Ela volta para o balcão e se encosta ali, cruzando os tornozelos.

— Porque... — diz ela, olhando para os próprios pés. — Não consigo engravidar. Estamos tentando há dois anos, mas nada deu certo. Eu estava cansada de chorar em casa o tempo inteiro, então decidi ocupar o tempo de alguma forma. — Ela se empertiga e limpa a mão na calça jeans. — E você, Lily Bloom, está me deixando *bem* ocupada. — Ela se vira e volta a mexer no mesmo buquê. Faz meia hora que ela o está aperfeiçoando. Por fim, pega um cartão e o coloca nas flores, depois se vira e me entrega o vaso. — Aliás, isso é para você.

Está na cara que Allysa quer mudar de assunto, então pego as flores.

— Como assim?

Ela revira os olhos e gesticula para que eu vá até o escritório.

— Está escrito no cartão. Leia.

Pela reação irritada, percebo que é de Ryle. Sorrio e vou correndo até o escritório. Eu me sento à escrivaninha e pego o cartão.

Lily,
  Estou com a maior crise de abstinência.
  Ryle

Ainda sorrindo, coloco o cartão de volta no envelope. Pego o celular e tiro uma foto com a língua para fora, segurando as flores. Mando para Ryle.

Eu: Eu avisei.

Ele começa a digitar uma resposta no mesmo instante. Fico observando ansiosamente os pontinhos no celular se moverem para a frente e para trás.

Ryle: Preciso da próxima dose. Vou terminar aqui em trinta minutos. Posso te levar para jantar?
Eu: Não dá. Minha mãe quer que eu vá a um restaurante novo com ela. Ela é toda gourmet. :(
Ryle: Eu gosto de comida. Eu como. Aonde vai com ela?
Eu: Um lugar chamado Bib's, na Marketson.
Ryle: Tem lugar para mais um?

Fico encarando a mensagem por um instante. *Ele quer conhecer minha mãe?* A gente nem está namorando oficialmente. Quero dizer... não me *importo* se ele conhecer minha mãe. Ela vai adorar Ryle. Ele não queria saber de namoro, depois aceitou um teste e agora vai conhecer minha mãe, tudo em cinco dias? *Meu Deus.* Sou *mesmo* uma droga.

Eu: Óbvio. Encontre a gente lá em meia hora.

Saio do escritório e vou direto até Allysa. Seguro o celular na frente de seu rosto.

— Ele quer conhecer minha mãe.

— Quem?

— Ryle.

— Meu irmão? — pergunta ela, parecendo tão chocada quanto eu.

Confirmo com a cabeça.

— Seu irmão. *Minha mãe.*

Ela pega meu celular e vê as mensagens.

— Hum. Que coisa mais estranha.

Pego o celular de volta.

— Valeu pela confiança.

— Você sabe o que eu quis dizer — diz ela, rindo. — Estamos falando de Ryle. Nunca, em toda a vida, Ryle Kincaid conheceu os pais de uma garota.

Óbvio que rio quando ela diz isso, mas depois me pergunto se ele não está agindo assim só para me agradar. Se ele não está fazendo coisas que na verdade não quer fazer só porque sabe que quero um namorado.

Então sorrio ainda mais, porque não é exatamente essa a questão? Sacrificar-se pela pessoa que você gosta só para vê-la feliz?

— Seu irmão deve gostar *mesmo* de mim — digo, brincando.

Olho para Allysa, esperando que ria, mas ela exibe uma expressão séria.

— Pois é, pelo visto sim. — Ela pega a bolsa embaixo do balcão. — Vou sair agora. Depois me conte como foi, tá?

Ela passa por mim, eu a observo sair e depois fico encarando a porta por bastante tempo.

Fico incomodada por ela não parecer animada com a possibilidade de Ryle e eu namorarmos. Fico me perguntando se tem mais a ver com o que ela sente por mim ou com o que sente pelo irmão.

Vinte minutos depois, viro a placa para "Fechado". *Só mais alguns dias*. Tranco a porta e vou até o carro, mas vejo alguém encostado ali. Demoro um instante para reconhecê-lo. Ryle está virado para o outro lado, falando ao celular.

Achei que a gente ia se encontrar no restaurante, mas tudo bem.

O alarme de meu carro soa quando aperto o botão de destrancar, e Ryle se vira. Ele sorri ao me ver.

— Sim, concordo — diz ele ao celular. Depois põe o braço ao redor de meu ombro e me puxa para perto, beijando o topo de minha cabeça. — Amanhã nós conversamos. Acabou de acontecer uma coisa muito importante aqui.

Ele desliga, guarda o celular no bolso e me beija. Não é um beijo de oi. É um beijo de "não consigo parar de pensar em você". Ele me envolve com os braços e me gira até eu encostar no carro, e continua me beijando até eu começar a me sentir tonta outra vez. Quando se afasta, está me olhando, contente.

— Sabe qual parte sua me enlouquece mais? — Ele leva os dedos até minha boca e percorre meu sorriso. — Isso. Seus lábios. Amo que eles são tão vermelhos quanto seu cabelo, e você nem usa batom.

Sorrio e beijo seus dedos.

— Então é melhor eu tomar cuidado quando você estiver com minha mãe, porque todo mundo diz que a gente tem a mesma boca.

Ele para de correr os dedos por meus lábios, e o sorriso some.

— Lily... *não.*

Eu rio e abro a porta.

— Vamos em carros separados?

Ele termina de abrir a porta para mim e diz:

— Peguei um Uber do trabalho até aqui. Vamos juntos.

* * *

Minha mãe já está na mesa quando chegamos. Está de costas para a porta, e eu vou na frente.

Fico impressionada com o restaurante. Meus olhos são atraídos pelas cores neutras e quentes das paredes, e pela árvore quase de tamanho real no meio do salão. Parece ter crescido ali no chão, e é quase como se o restaurante inteiro tivesse sido projetado ao redor do tronco. Ryle vem logo atrás de mim, a mão em minhas costas. Quando chegamos à mesa, começo a tirar a jaqueta.

— Oi, mãe.

— Ah, oi, querida — cumprimenta ela, desviando os olhos do celular. Guarda o aparelho na bolsa e gesticula para o restaurante. — Já estou adorando. Olhe só essa iluminação — diz ela, apontando para cima. — As instalações parecem algo que você cultivaria em um de seus jardins. — Então ela percebe Ryle, que está parado pacientemente a meu lado enquanto me sento. Minha mãe sorri para ele. — Vamos querer duas águas, por favor.

Olho para Ryle e depois para minha mãe.

— *Mãe.* Ele está comigo. Não é o garçom.

Ela olha de novo para Ryle, confusa. Ele apenas sorri e estende a mão.

— Um simples engano, senhora. Sou Ryle Kincaid.

Minha mãe retribui o aperto de mão, olhando nós dois. Ryle solta sua mão e senta. Ela parece um pouco desorientada, mas enfim diz:

— Jenny Bloom. Prazer em conhecê-lo. — Ela volta a atenção para mim e ergue a sobrancelha. — É seu amigo, Lily?

Não acredito que não me preparei melhor para este momento. Vou dizer que ele é o quê? Meu teste? Não posso dizer *namorado*, mas também não posso dizer *amigo*. *Pretendente* parece um pouco antiquado.

Ryle percebe minha hesitação, então põe a mão em meu joelho e o aperta para me tranquilizar.

— Minha irmã trabalha para Lily — diz ele. — Você a conhece? Allysa?

Minha mãe se inclina para a frente e diz:

— Ah! Sim! Certo. Vocês dois são muito parecidos, agora que você falou percebi isso — diz ela. — São os olhos, acho. E a boca.

— Nós dois puxamos a nossa mãe.

Minha mãe sorri para mim.

— As pessoas sempre dizem que Lily puxou a mim.

— Puxou mesmo — concorda ele. — Bocas idênticas. Impressionante. — Ryle aperta meu joelho de novo embaixo da mesa enquanto tento conter a risada. — Senhoras, se me dão licença, preciso ir ao toalete. — Ele se inclina e beija minha têmpora antes de se levantar. — Se o garçom aparecer, quero só uma água.

Os olhos de minha mãe o seguem enquanto ele se afasta, e depois ela se vira lentamente em minha direção. Ela aponta para mim e para o lugar vazio de Ryle.

— Por que eu não tinha ouvido falar dele?

Dou um sorriso discreto.

— As coisas estão meio... Na verdade, não é... — Não faço ideia de como explicar nossa situação para ela. — Ele trabalha muito, então não passamos tanto tempo juntos. Quase nada. Na realidade, hoje é a primeira vez que jantamos juntos.

Minha mãe ergue a sobrancelha.

— É mesmo? — pergunta ela, recostando-se. — Pelo jeito do rapaz, não parece. Quero dizer, ele está muito à vontade com demonstrações de carinho. Não é um comportamento normal para quem acabou de se conhecer.

— A gente não se conheceu agora — digo. — Faz mais de um ano que nos conhecemos. E já passamos tempo juntos, mas não em um encontro. Ele trabalha muito.

— Onde?

— No Massachusetts General Hospital.

Minha mãe se inclina para a frente, e seus olhos praticamente saltam para fora.

— Lily! — sussurra ela. — Ele é *médico*?

Confirmo com a cabeça, contendo o sorriso.

— Neurocirurgião.

— Desejam beber alguma coisa? — oferece um garçom.

— Sim — digo. — Vamos querer três...

Então fecho a boca na hora.

Fico encarando o garçom, e ele me encara de volta. Meu coração foi parar na garganta. Não lembro mais como se fala.

— Lily? — chama minha mãe. Ela vira a mão para o garçom. — Ele está esperando você pedir a bebida.

Balanço a cabeça e começo a gaguejar.

— Eu... hum...

— Três águas — corta minha mãe, interrompendo minhas palavras atrapalhadas.

O garçom sai do transe a tempo de bater o lápis no bloco de papel.

— Três águas — diz ele. — Ok.

Ele se vira e vai embora, mas vejo quando ele me olha de novo antes de empurrar as portas da cozinha.

— O que você tem, hein? — pergunta minha mãe, se inclinando para mim.

Aponto por cima do ombro.

— O garçom — digo, balançando a cabeça. — Ele era igualzinho a...

Estou prestes a dizer *Atlas Corrigan* quando Ryle se aproxima e se senta novamente.

Ele olha para nós duas.

— O que foi que eu perdi?

Engulo em seco, balançando a cabeça. *Evidentemente não era Atlas.* Mas aqueles olhos... aquela boca. Sei que faz anos que não nos vemos, mas nunca vou me esquecer de sua aparência. *Só pode* ser ele. Sei que era, e sei que ele também me reconheceu, porque no instante que nossos olhares se encontraram... parecia que ele tinha visto um fantasma.

— Lily? — chama Ryle, apertando minha mão. — Você está bem?

Faço que sim e forço um sorriso, depois pigarreio.

— Estou. A gente só estava falando de você — digo, olhando de novo para minha mãe. — Ryle participou de uma cirurgia de 18 horas esta semana.

Minha mãe se inclina para a frente, interessada. Ryle começa a contar sobre a cirurgia. Nossa água chega, mas é trazida por um garçom diferente. Ele pergunta se já demos uma olhada nos cardápios e nos informa os pratos especiais do chef. Nós pedimos a comida, e estou fazendo de tudo para me concentrar, mas minha atenção está dispersa pelo restaurante, procurando Atlas. *Preciso me recompor.* Depois de alguns instantes, eu me aproximo de Ryle e aviso:

— Preciso ir ao banheiro.

Ele se levanta para que eu saia, e meus olhos analisam os rostos de todos os garçons enquanto atravesso o restaurante. Empurro a porta do corredor que leva aos banheiros. Sozinha, me encosto na parede. Eu me inclino para a frente e expiro com força. Decido parar por um instante e me recompor antes de voltar. Levo as mãos à testa e fecho os olhos.

Fazia nove anos que eu me perguntava o que acontecera com ele. *Anos.*

— Lily?

Olho para cima e inspiro pela boca. Ele está parado no fim do corredor, parecendo mais um fantasma direto do passado. Meus olhos vão até seus pés para checar se não está pairando no ar.

Não está. Ele é real e está parado bem na minha frente.

Continuo encostada na parede, sem saber o que dizer.

— Atlas?

Assim que digo seu nome, ele solta o ar depressa, aliviado, e depois avança três passos largos. Percebo que faço a mesma coisa. Nós nos encontramos no meio e nos abraçamos.

— Puta merda! — exclama ele, me abraçando com força.

Balanço a cabeça.

— Pois é. Puta merda.

Ele põe as mãos em meus ombros e recua para me olhar.

— Você não mudou nada.

Tapo a boca com a mão, ainda chocada, e o examino. Seu rosto parece o mesmo, mas ele não é mais o adolescente magrelo de que me lembro.

— Já eu não posso dizer o mesmo.

Ele olha para si mesmo e ri.

— Pois é — diz. — Oito anos como militar faz isso com a pessoa.

Estamos chocados, então não dizemos mais nada. Ficamos apenas balançando as cabeças, sem acreditar. Ele ri, e depois eu rio. Por fim, ele solta meus ombros e cruza os braços.

— Por que você está em Boston? — pergunta ele.

Ele fala de maneira muito casual, o que acho bom. Talvez não se lembre de nossa conversa de muitos anos antes sobre Boston, o que me pouparia da vergonha.

— Eu moro aqui — respondo, forçando uma réplica tão casual quanto a sua. — Tenho uma floricultura em Park Plaza.

Ele sorri, como se não estivesse nem um pouco surpreso. Olho a porta, sabendo que devia voltar. Ele percebe e dá outro passo para trás. Olha em meus olhos por um instante, e entre nós paira um silêncio absoluto. Um silêncio excessivo. Temos muito a dizer, mas nenhum de nós sabe por onde começar. O brilho desaparece de seus olhos por um instante, e ele aponta para a porta.

— É melhor você voltar para a mesa — diz ele. — Qualquer dia desses, procuro você. Park Plaza, né?

Faço que sim.

Ele também balança a cabeça.

A porta se abre, e uma mulher segurando uma criança entra. Ela passa por nós, o que nos distancia ainda mais. Dou um passo em direção à porta, mas ele continua no mesmo lugar. Antes de sair, me viro para ele e sorrio.

— Adorei te ver, Atlas.

Ele sorri um pouco, mas o sorriso não alcança seus olhos.

— Sim. Igualmente, Lily.

● ● ●

Passo o resto da refeição mais quieta. Mas não sei se Ryle e minha mãe percebem, porque ela não está encontrando nenhuma dificuldade em fazer uma pergunta atrás da outra. Ryle lida muito bem com tudo. Está sendo encantador da maneira perfeita.

Esbarrar em Atlas inesperadamente abalou muito meus sentimentos, mas no fim do jantar Ryle já tinha colocado tudo no lugar de novo.

Minha mãe pega o guardanapo, limpa a boca e aponta para mim.

— Este é meu novo restaurante preferido — diz ela. — Incrível.

Ryle balança a cabeça.

— Concordo. Preciso trazer Allysa aqui. Ela adora conhecer restaurantes novos.

A comida é boa mesmo, mas não quero que eles tenham vontade de voltar aqui.

— Achei normal — digo.

Ele paga a conta, lógico, e depois insiste que a gente acompanhe minha mãe até o carro. A julgar pelo olhar orgulhoso, ela vai me ligar mais tarde para falar sobre ele.

Depois que minha mãe vai embora, Ryle me acompanha até meu carro.

— Pedi um Uber para que você não tivesse de dar uma volta para me deixar. A gente tem aproximadamente... — Ele confere o celular. — Um minuto e meio para se agarrar.

Eu rio. Ele me abraça e beija primeiro meu pescoço, depois minha bochecha.

— Eu me convidaria para ir até sua casa, mas tenho uma cirurgia amanhã cedo, e com certeza meu paciente ficaria feliz em saber que não passei boa parte da noite dentro de você.

Retribuo o beijo, ao mesmo tempo desapontada e aliviada por ele não me acompanhar.

— Minha inauguração é daqui a alguns dias. É melhor eu dormir também.

— Quando é sua próxima folga? — pergunta ele.

— Nunca. Quando é a sua?

— Nunca.

Balanço a cabeça.

— Estamos ferrados. Tem sucesso e determinação demais entre nós.

— Assim vamos ficar na fase da lua de mel até chegarmos aos 80 anos — diz ele. — Vou à inauguração, e depois nós quatro podemos sair para comemorar. — Um carro para a nosso lado, ele passa a mão em meu cabelo e se despede com um beijo. — Aliás, sua mãe é maravilhosa. Obrigado por ter me deixado jantar com vocês.

Ele se afasta e entra no carro. Eu o observo sair do estacionamento.

Estou com uma sensação muito boa em relação a esse homem.

Sorrio e me viro para meu carro, mas coloco a mão no peito e arfo quando o vejo.

Atlas está parado bem atrás de meu carro.

— Desculpe. Não quis te assustar.

Solto o ar pela boca.

— Bem, mas assustou.

Eu me encosto no carro, e Atlas fica onde está, a 1 metro de distância. Ele olha para a rua.

— E então? Quem é o sortudo?

— Ele é... — Minha voz falha. É tudo tão estranho... Ainda estou com um aperto no peito e um frio na barriga, e não sei se é consequência do beijo de Ryle ou da presença de Atlas. — O nome dele é Ryle. A gente se conheceu há cerca de um ano.

Na mesma hora me arrependo de dizer que nos conhecemos há tanto tempo. Ficou parecendo que Ryle e eu estamos juntos há um ano, e na verdade nem estamos namorando oficialmente.

— E você? Casou? Tem namorada?

Não sei se pergunto para continuar a conversa ou se estou genuinamente curiosa.

— Na verdade, tenho, sim. O nome dela Cassie. Estamos juntos há quase um ano.

Azia. Estou com azia. *Um ano?* Coloco a mão no peito e balanço a cabeça.

— Que bom. Você parece feliz.

Ele parece feliz? Não faço ideia.

— Pois é. Bem... adorei te ver, Lily. — Ele se vira para partir, mas depois se volta para mim com as mãos nos bolsos de trás. — Mas vou dizer uma coisa... eu meio que queria ter te reencontrado um ano atrás.

Estremeço com as palavras, tentando me impedir de assimilá-las. Ele volta para o restaurante.

Eu me atrapalho com as chaves e aperto o botão de destrancar o carro. Entro e fecho a porta, agarrando o volante. Por algum motivo, uma lágrima enorme escorre por minha bochecha. Uma lágrima enorme, ridícula, do tipo "O que diabo é essa coisa molhada"?

Eu a seco e aperto o botão para ligar o carro. Eu não esperava ficar tão magoada depois de vê-lo. Mas é bom. Isso aconteceu por um motivo. Meu coração precisava desse ponto final para que eu pudesse entregá-lo a Ryle, e talvez só fosse possível depois que isso acontecesse.

Isso é bom.

Sim, estou chorando.

Mas vai passar. É a natureza humana: curar uma ferida antiga e preparar uma nova pele.

Só isso.

Capítulo Onze

Eu me enrosco na cama e fico o encarando.

Quase acabei. Só faltam mais alguns dias.

Pego o diário e o coloco no travesseiro a meu lado.

— Não vou ler você — sussurro.

Porém, se eu lesse o que falta, eu encerraria. Ter visto Atlas hoje, saber que ele tem uma namorada, um emprego e muito provavelmente uma casa é o ponto final de que eu precisava para esse capítulo. Se eu simplesmente acabar de ler o maldito diário, vou poder guardá-lo na caixa de sapatos e nunca mais abri-lo.

Finalmente o pego e me deito de costas.

— Ellen DeGeneres, você é a *maior* vaca.

Querida Ellen,

"Continue a nadar".

Reconhece a frase, Ellen? É o que Dory diz para Marlin em Procurando Nemo.

"Continue a nadar, nadar, nadar".

Não sou muito fã de desenho animado, mas parabéns por esse. Gosto de desenhos animados que nos fazem rir, mas que também nos fazem sentir algo. Depois de hoje, acho que esse é meu desenho animado preferido. Porque ultimamente sinto como se eu fosse me afogar, e às vezes as pessoas precisam lembrar que só devem continuar a nadar.

Atlas ficou doente. Tipo, muito doente.

Ele tem entrado escondido pela janela e dormido no chão de meu quarto há algumas noites, mas ontem, assim que olhei para ele, percebi algo errado. Era domingo, então eu não o via desde a noite anterior, mas ele parecia péssimo. Seus olhos estavam vermelhos, sua pele, pálida, e, apesar do frio, seu cabelo pingava suor. Nem perguntei se ele se sentia bem, porque eu já sabia que não. Coloquei a mão em sua testa, e ele estava tão quente que quase gritei para chamar minha mãe.

— Vou ficar bem, Lily — disse ele.

E depois começou a arrumar sua cama no chão. Eu disse para ele esperar um pouco, fui até a cozinha e peguei um copo de água. Achei remédio no armário. Era para gripe, e eu nem sabia o que ele tinha, mas o obriguei a tomar mesmo assim.

Ele ficou deitado no chão, em posição fetal, e meia hora depois disse:

— Lily? Acho que vou precisar de uma lixeira.

Pulei da cama, peguei a lixeira embaixo da escrivaninha e me ajoelhei na frente dele. Assim que a coloquei no chão, ele se inclinou e começou a vomitar.

Meu Deus, estou me sentindo mal por ele. Estar tão doente e não ter um banheiro, nem uma cama, nem uma casa, nem uma mãe. Atlas só tinha a mim, e eu nem sabia o que fazer.

Quando ele terminou, fiz ele tomar um pouco de água e disse para ele se deitar na cama. Ele se recusou, mas não aceitei. Coloquei a lixeira no chão ao lado da cama e o forcei a se deitar.

Ele estava tão quente e tremendo tanto que fiquei com medo de deixá-lo no chão. Eu me deitei a seu lado, e ele vomitou a cada hora nas próximas seis horas. Precisei ir ao banheiro várias vezes para esvaziar a lixeira. Não vou mentir, foi nojento. A noite mais nojenta de minha vida, porém o que mais eu podia fazer? Ele precisava de minha ajuda, e só tinha a mim.

Quando chegou a hora de ele sair de meu quarto hoje pela manhã, eu mandei ele voltar para casa e avisei que passaria lá antes do colégio para ver como ele estava. Fiquei surpresa ao notar que ele tinha energia para saltar minha janela. Deixei a lixeira ao lado da cama e esperei que minha mãe viesse me acordar. Quando ela chegou e viu a lixeira, tocou minha testa imediatamente.

– Lily, você está bem?

Gemi e balancei a cabeça.

– Não. Passei a noite mal. Acho que já estou melhor, mas não dormi.

Ela pegou a lixeira e me disse para ficar na cama; falou que avisaria ao colégio que eu não iria. Depois que ela saiu para o trabalho, fui buscar Atlas e disse que ele poderia passar o dia inteiro em casa comigo. Ainda estava mal, então deixei ele dormir em meu quarto. A cada meia hora eu dava uma olhada nele, e finalmente no horário do almoço ele parou de vomitar. Tomou um banho, e eu fiz sopa para ele.

Atlas estava cansado demais até mesmo para tomá-la. Peguei um cobertor, nos sentamos no sofá e nos cobrimos juntos. Não sei quando foi que comecei a me sentir tão à vontade a ponto de me aconchegar a ele, mas simplesmente pareceu certo. Alguns minutos depois, ele se aproximou um pouco e encostou os lábios em minha clavícula, bem entre meu ombro e meu pescoço. Foi um beijo rápido, e acho que a intenção não foi romântica. Foi mais um gesto de agradecimento, sem o uso de palavras. Mas isso me fez sentir as mais diversas coisas. Foi algumas horas atrás, e continuo tocando os dedos no local porque ainda sinto seu beijo.

Sei que deve ter sido o pior dia da vida dele, Ellen. Mas foi um de meus preferidos.

E estou me sentindo péssima por isso.

Assistimos a Procurando Nemo, e quando chegou àquela parte em que Marlin está procurando Nemo e se sentindo muito derrotado, Dory disse para ele: "Quando a vida te desanimar sabe o que precisa fazer?... Continue a nadar. Continue a nadar. Continue a nadar, nadar, nadar".

Atlas agarrou minha mão quando Dory disse isso. Ele não a segurou como um namorado segura a mão da namorada. Ele a apertou, como se estivesse dizendo que aqueles personagens eram nós dois. Ele era Marlin, e eu, Dory, e eu o estava ajudando a nadar.

– Continue a nadar – sussurrei para ele.

Lily

Querida Ellen,

Estou com medo. Muito medo.

Gosto demais de Atlas. Só penso nele quando estamos juntos, e fico preocupada demais quando não estamos. Minha vida está começando a girar em torno dele, e sei que isso não é bom. Mas não consigo evitar, não sei o que fazer, e agora talvez ele vá embora.

Ele foi embora depois que vimos Procurando Nemo *ontem, e quando meus pais foram dormir, ele entrou pela janela. Tinha dormido em minha cama na noite anterior porque estava doente, e sei que eu não devia ter feito isso, mas coloquei os cobertores na máquina de lavar logo antes de me deitar. Ele perguntou onde estava sua cama, e eu disse que ele teria de dormir de novo na minha, porque eu quis lavar os cobertores para que não ficasse doente de novo.*

Por um instante, ele parecia prestes a sair pela janela. Mas depois ele a fechou, tirou os sapatos e se deitou na cama comigo.

Ele não estava mais doente, mas, quando se deitou, achei que eu estava doente, porque fiquei enjoada. Mas não era doença. É que me sinto meio enjoada toda vez que ele fica muito perto de mim.

Estávamos de frente um para o outro na cama, e ele perguntou:

– Quando você faz 16 anos?

– Daqui a dois meses – sussurrei. Nós continuamos nos encarando, e meu coração batia cada vez mais rápido. – Quando você faz 19 anos?

Eu só queria puxar assunto para que ele não ouvisse minha respiração acelerada.

– Só em outubro – respondeu.

Balancei a cabeça. Fiquei pensando... por que ele estava curioso a respeito de minha idade? E, ainda, o que ele achava de garotas de 15 anos? Será que ele me via apenas como uma criança? Uma irmã mais nova? Tenho quase 16 anos, e dois anos e meio de diferença não é tanto assim. Se um tem 15 e o outro, 18, talvez a diferença pareça muito grande. Mas depois que eu fizer 16 anos, aposto que ninguém se importaria com uma diferença de dois anos e meio.

– Preciso te contar uma coisa – disse ele.

Prendi a respiração, sem saber o que ele ia dizer.

– Hoje falei com meu tio. Minha mãe e eu morávamos com ele em Boston. Disse que posso ficar lá depois que ele voltar de uma viagem a trabalho.

Nesse momento eu deveria ter ficado muito feliz por ele. Deveria ter sorrido e dado parabéns. Mas senti toda minha imaturidade quando fechei os olhos e senti pena de mim mesma.

– Você vai? – perguntei.

Ele deu de ombros.

– Não sei. Eu queria falar com você primeiro.

Ele estava tão perto de mim na cama que dava para sentir o sopro quente de sua respiração. Também percebi que ele tinha cheiro de menta... Será que escovava os dentes com água de garrafa antes de vir para cá? Sempre dou muita água para ele levar para casa.

Coloquei a mão no travesseiro e comecei a puxar uma pena que estava para fora. Depois de soltá-la, eu a torci entre os dedos.

– Não sei o que dizer, Atlas. Fico feliz por você ter onde ficar. Mas e o colégio?

– Posso terminar o ano lá – disse ele.

Assenti. Pelo visto, ele já tinha se decidido.

– Quando você vai?

Qual seria a distância de Boston até aqui? Deve ficar a algumas horas, mas é um mundo inteiro de distância para quem não tem carro.

– Ainda não tenho certeza se vou.

Larguei a pena no travesseiro e coloquei a mão do lado do corpo.

– O que está te impedindo? Seu tio está te oferecendo um lugar para ficar. Isso é bom, não é?

Ele comprimiu os lábios e fez que sim. Depois pegou a pena que eu tinha largado e começou a mexê-la entre os dedos. Colocou-a de novo no travesseiro e depois fez algo que eu não esperava: levou os dedos até meus lábios e os tocou.

Meu Deus, Ellen. Achei que ia morrer bem ali. Jamais tinha sentido algo tão intenso dentro de mim. Ele deixou os dedos parados por alguns segundos e disse:

– Obrigado, Lily. Por tudo.

Ele levou os dedos até meu cabelo, depois se inclinou para a frente e deu um beijo em minha testa. Eu estava com a respiração tão acelerada que precisei abrir a boca em busca de mais ar. Percebi que ele arfava tanto quanto eu. Ele olhou para mim, e eu observei seus olhos se voltarem para minha boca.

– Você já foi beijada alguma vez, Lily?

Neguei com a cabeça e ergui o rosto na direção do dele, porque eu precisava que Atlas fizesse algo a respeito dessa situação bem naquele momento, caso contrário eu não conseguiria mais respirar.

Então – quase como se eu fosse tão delicada quanto uma casca de ovo – ele aproximou a boca da minha e parou bem ali. Eu não sabia o que fazer em seguida, mas não me importei. Eu não ligaria se a gente passasse a noite inteira daquele jeito, sem nunca sequer mover as bocas, de tão bom que era.

Seus lábios se fecharam em cima dos meus, e eu meio que senti sua mão tremendo. Fiz o mesmo que ele e comecei a imitar seus movimentos. Senti a ponta de sua língua roçar uma vez em meus lábios, e achei que meus olhos iam se virar para dentro de minha cabeça. Ele fez isso de novo, e depois uma terceira vez, então eu fiz o mesmo. Quando nossas línguas se encostaram pela primeira vez, dei um sorrisinho, porque eu já tinha imaginado muitas vezes meu *primeiro beijo. Onde seria, com quem seria. Nunca em um milhão de anos imaginei que me sentiria assim.*

Ele me deitou, pressionou a mão em minha bochecha e continuou me beijando. Tudo só melhorou à medida que fui relaxando. Meu momento preferido foi quando ele se afastou por um segundo e ficou me olhando, depois voltou com um beijo ainda mais intenso.

Não sei por quanto tempo nos beijamos. Foi muito tempo. Tanto que minha boca começou a doer e eu não conseguia mais manter os olhos abertos. Quando dormimos, tenho certeza de que a boca de Atlas ainda estava encostando na minha.

Não falamos mais sobre Boston.

Ainda não sei se ele vai se mudar.

Lily

* * *

Querida Ellen,

Preciso te pedir desculpas.

Faz uma semana que não te escrevo, e uma semana que não vejo seu programa. Não se preocupe porque continuo gravando para você não perder a audiência, mas todo dia, quando descemos do ônibus, Atlas toma um banho rápido e a gente fica se agarrando.

Todo dia.

É o máximo.

Não sei exatamente o que ele tem, mas me sinto muito à vontade. Atlas é tão meigo e atencioso. Nunca faz nada que me deixe constrangida, mas até agora ele não tentou fazer nada que poderia me deixar constrangida.

Não sei até que ponto devo revelar aqui, porque nós duas nunca nos conhecemos pessoalmente. Mas vou apenas dizer que, se alguma vez ele se perguntou como seria tocar em meus seios...

Agora ele sabe a resposta.

Não faço a mínima ideia de como as pessoas conseguem cumprir as tarefas do cotidiano quando gostam tanto assim de alguém. Se dependesse de mim, a gente se beijaria o dia inteiro e a noite inteira, sem fazer nada além disso, talvez só conversar um pouco. Ele conta histórias engraçadas. Adoro quando ele está mais tagarela, porque isso não acontece com frequência, mas ele gesticula muito. Também sorri bastante, e eu amo seu sorriso mais que seu beijo. E às vezes eu simplesmente preciso dizer para ele calar a boca e parar de sorrir, de me beijar ou de falar só para que eu possa ficar olhando para ele. Gosto de encará-lo. Seus olhos são tão azuis que se ele estivesse do outro lado do cômodo, uma pessoa perceberia a cor intensa. A única coisa de que não gosto é que ele fecha os olhos durante o beijo.

E não. Ainda não conversamos sobre Boston.

Lily

Querida Ellen,

Ontem à tarde, quando estávamos no ônibus, Atlas me beijou. Não foi nada novo para nós dois, afinal já nos beijamos muito, mas foi a primeira vez que ele fez isso em público. Quando estamos juntos parece que todo o resto some, então acho que ele nem pensou nas outras pessoas nos vendo. Mas Katie viu. Ela estava sentada bem atrás de nós, e assim que ele se inclinou e me beijou, escutei ela dizer:

— Que nojo.

Ela estava falando com a menina a seu lado e acrescentou:

— Não acredito que Lily o deixa encostar nela. Ele usa a mesma roupa quase todo dia.

Ellen, fiquei com tanta raiva! E também me senti péssima por Atlas. Ele se afastou de mim, e percebi que ficou incomodado com o que ela disse. Eu estava prestes a me virar e gritar com ela por ter julgado alguém que nem conhece, mas ele agarrou minha mão e balançou a cabeça.

– Não, Lily – disse ele.

Então não fiz nada.

Mas fiquei morrendo de raiva durante o restante do trajeto. Fiquei com raiva por Katie ter dito algo tão ignorante só para magoar alguém que considerava inferior. Também fiquei magoada por ver que Atlas parecia acostumado a ouvir comentários assim.

Eu não queria que ele achasse que fiquei envergonhada por alguém tê-lo visto me beijar. Conheço Atlas melhor que todas as outras pessoas, e sei que ele é uma pessoa boa, independentemente das roupas que usa ou do cheiro que tinha antes de passar a tomar banho lá em casa.

Eu me aproximei, dei um beijo em sua bochecha e apoiei a cabeça em seu ombro.

– Sabe de uma coisa? – perguntei.

Ele deslizou os dedos entre os meus e apertou minha mão.

– O quê?

– Você é minha pessoa preferida.

Senti ele rir um pouco, o que me fez sorrir.

– Entre quantas pessoas? – perguntou ele.

– Todas.

Ele beijou minha cabeça e disse:

– Você também é minha pessoa preferida, Lily. De longe.

Quando o ônibus parou na minha rua, ele não soltou minha mão enquanto descíamos. Ele foi andando a minha frente pelo corredor, e eu o segui, então ele não viu quando me virei e mostrei o dedo do meio para Katie.

Eu provavelmente não deveria ter feito isso, mas valeu a pena só pelo olhar dela.

Quando chegamos a minha casa, ele pegou a chave de minha mão e destrancou a porta. Foi estranho perceber como ele fica à vontade em minha casa agora. Trancou a porta depois de entrarmos. E então notamos que a casa estava sem luz. Olhei pela janela e reparei que havia um carro da companhia de eletricidade na rua e homens mexendo nos cabos, então a gente não poderia assistir a seu programa. Não fiquei muito chateada, porque assim a gente provavelmente ficaria se beijando por uma hora e meia.

— Seu fogão é elétrico ou a gás? — indagou ele.

— A gás — respondi, um pouco confusa com essa pergunta.

Ele tirou os sapatos (que eram na verdade sapatos velhos de meu pai) e saiu em direção à cozinha.

— Vou preparar uma coisa para você — disse ele.

— Sabe cozinhar?

Ele abriu a geladeira e começou a mexer nas coisas.

— Sei. Provavelmente gosto de cozinhar tanto quanto você gosta de plantar.

Ele tirou algumas coisas da geladeira e pré-aqueceu o forno. Eu me encostei no balcão e fiquei olhando. Ele nem verificou alguma receita. Simplesmente colocava ingredientes nas tigelas e mexia sem nem ao menos usar um copo medidor.

Nunca vi meu pai erguer um dedo na cozinha. Tenho certeza de que ele nem saberia pré-aquecer o forno. Eu meio que achava que todos os homens eram assim, mas ver Atlas fazendo várias coisas na cozinha provou que eu estava errada.

— O que você está preparando? — perguntei.

Apoiei as mãos na ilha e me sentei ali.

— Cookies — respondeu.

Ele me trouxe a tigela e enfiou uma colher na mistura. Depois levou a colher até minha boca, e eu provei. Um de meus pontos fracos é massa de cookie, e a dele foi a melhor que já provei.

— Ah, nossa! — exclamei, lambendo os lábios.

Ele pôs a tigela a meu lado, se inclinou para a frente e me beijou. A massa de cookies com a boca de Atlas é o paraíso, caso esteja se perguntando. Fiz um barulho no fundo da garganta, demonstrando como gostei da combinação, e ele riu. Mas não parou de me beijar. Ele riu enquanto me beijava, o que derreteu completamente meu coração. Um Atlas feliz era quase incrível. Fiquei com vontade de descobrir do que ele gosta, depois oferecer tudo a ele.

Enquanto Atlas me beijava, fiquei questionando se eu o amava. Nunca namorei ninguém, então não tenho como comparar o que sinto. Na verdade, antes de Atlas jamais quis um namorado ou um relacionamento. Não estou crescendo em uma casa com um bom exemplo de como um homem deve tratar alguém que ama, então sempre tive uma desconfiança enorme sobre relacionamentos e outras pessoas.

Em alguns momentos, até me perguntei se algum dia eu conseguiria confiar num rapaz. Por boa parte do tempo, odeio os homens, porque o único exemplo que tenho é meu pai. Mas ficar tanto tempo com Atlas tem me mudado. Não de uma maneira significativa, acho que não. Ainda desconfio da maioria das pessoas. Mas Atlas me mudou a ponto de me fazer acreditar que talvez ele seja uma exceção à regra.

Ele parou de me beijar e pegou a tigela de novo. Levou-a ao balcão do outro lado e começou a espalhar a massa em duas folhas de papel manteiga para assar.

— Quer saber o truque para cozinhar com um fogão a gás?

Nunca liguei para a cozinha, mas Atlas me dá vontade de aprender tudo o que ele sabe. Deve ter sido por causa de como ele estava feliz enquanto falava sobre o assunto.

— Os fogões a gás têm zonas de calor — explicou, enquanto abria a porta do forno e colocava as folhas de papel manteiga ali dentro. — Precisa checar isso e girar os tabuleiros para que cozinhem igualmente. — Ele fechou a porta, tirou a luva de cozinha da mão e jogou-a no balcão. — Uma pedra para pizza também ajuda. Deixá-la no forno, mesmo quando não estiver assando uma pizza, ajuda a eliminar as zonas de calor.

Ele se aproximou e colocou uma mão em cada lado de meu corpo. A eletricidade voltou bem no instante que ele puxava a gola de minha camisa para baixo. Atlas beijou o ponto de meu ombro que sempre ama beijar, e suas mãos subiram lentamente por minhas costas. Juro que, às vezes, mesmo quando ele não está aqui, sinto seus lábios no meu ombro.

Ele estava prestes a me beijar na boca quando escutamos um carro parar na frente de casa e o portão da garagem se abrir. Desci num pulo da ilha e olhei ao redor freneticamente. Atlas levou as mãos até minhas bochechas e me fez olhar para ele.

— Fique de olho nos cookies. Vão ficar prontos daqui a uns vinte minutos.

Ele pressionou os lábios nos meus e me soltou, correndo até a sala para pegar sua mochila. Saiu pela porta dos fundos enquanto eu escutava o motor do carro de meu pai desligar.

Comecei a juntar todos os ingredientes, e meu pai entrou na cozinha vindo da garagem. Ele olhou ao redor e notou a luz do forno acesa.

— Está cozinhando? — perguntou.

Fiz que sim porque meu coração estava tão acelerado que tive medo de que ele percebesse minha voz trêmula caso eu respondesse em voz alta. Esfreguei uma parte do balcão que já estava perfeitamente limpa. Então pigarreei e disse:

— Cookies. Estou fazendo cookies.

Ele deixou a maleta na mesa da cozinha, foi até a geladeira e pegou uma cerveja.

— Estávamos sem luz — comentei. — Fiquei entediada, então decidi cozinhar enquanto esperava a eletricidade voltar.

Meu pai se sentou à mesa e passou os dez minutos seguintes perguntando sobre meu colégio e se eu pensava em fazer uma faculdade. De vez em quando, quando nós dois ficávamos sozinhos, eu tinha uma noção de como seria ter um relacionamento normal com um pai. Ficar sentada na cozinha com ele, conversando sobre faculdade, escolhas de carreira e colégio. Por mais que eu o odiasse durante a maior parte do tempo, eu ainda aguardava, ansiosa, por mais momentos assim com ele. Se conseguisse ser sempre o homem que era capaz de ser nesses momentos, as coisas seriam muito diferentes. Para todos nós.

Girei os cookies como Atlas tinha me avisado para fazer, e os tirei do forno quando ficaram prontos. Peguei um da folha e o entreguei para meu pai. Eu odiava ser gentil com ele. Quase parecia que eu estava desperdiçando um dos cookies de Atlas.

— Uau! — exclamou meu pai. — Está muito bom, Lily.

Eu me forcei a agradecer, apesar de não ter feito os cookies. Só que eu não poderia revelar isso.

— São para o colégio, então você só pode comer um — menti.

Esperei o resto esfriar, guardei tudo em um pote e levei para o quarto. Não quis provar sem Atlas, então deixei para fazer isso mais tarde, quando ele viesse para cá.

— Você devia ter provado enquanto estava quente — disse ele. — É quando fica melhor.

— Não quis comer sem você — respondi.

Estávamos sentados na cama, encostados na parede, e comemos metade da tigela de cookies. Eu disse que eram deliciosos, mas não falei que eram de longe os melhores cookies que já tinha comido. Não queria que ele ficasse metido. Eu meio que gostava de como ele era modesto.

Tentei pegar outro, mas ele puxou a tigela e a tampou.

— Se comer demais, vai passar mal e não vai mais gostar de meus cookies.

Eu ri.

— Impossível.

Ele tomou um gole de água e se levantou, virando para a cama.

— Fiz uma coisa para você — disse ele, enfiando a mão no bolso.

— Mais cookies? — perguntei.

Ele sorriu, balançou a cabeça e estendeu o punho cerrado. Ergui a mão, e ele soltou algo duro em minha palma. Era um contorno pequeno de coração, com cerca de 5 centímetros, feito de madeira.

Passei o dedão, tentando não exagerar no sorriso. Não era um coração anatomicamente correto, mas também não parecia um coração desenhado à mão. Era irregular e oco no meio.

– Você fez isso? – perguntei, olhando para ele.

Atlas confirmou com a cabeça.

– Fiz com uma faca para entalhe antiga que achei na casa.

As pontas do coração não se encontravam. Apenas se encurvavam um pouco para dentro, deixando um pequeno espaço no topo. Eu nem sabia o que dizer. Eu o senti sentar de novo na cama, mas eu não conseguia parar de olhar para o coração nem para agradecer a ele.

– Entalhei em um galho – sussurrou ele. – Do carvalho do quintal.

Eu juro, Ellen. Nunca achei que poderia amar tanto alguma coisa. Ou talvez eu não estivesse sentindo algo pelo presente, mas por ele. Cerrei o punho com o coração dentro, me inclinei e o beijei tão intensamente que ele caiu de novo na cama. Joguei a perna por cima de seu corpo e o montei. Atlas agarrou minha cintura e sorriu com os lábios encostados aos meus.

– Assim vou entalhar uma casa inteira naquele carvalho se minha recompensa for essa – sussurrou ele.

Eu ri.

– Você tem de parar de ser tão perfeito – respondi. – Já é minha pessoa preferida, mas agora está ficando injusto com todos os outros seres humanos, porque ninguém nunca vai conseguir te alcançar.

Ele colocou a mão em minha nuca e me rolou até que ficasse por cima.

– Então meu plano está dando certo – disse ele, logo antes de me beijar de novo.

Segurei o coração enquanto a gente se beijava, querendo acreditar que era um presente sem qualquer motivação oculta. Mas *parte de mim tinha medo de que fosse um presente para que eu me lembrasse dele depois que fosse para Boston.*

Não queria me lembrar dele. Se eu tivesse de me lembrar de Atlas, isso significaria que ele não faz mais parte de minha vida.

Não quero que ele se mude para Boston, Ellen. Sei que estou sendo egoísta, porque ele não pode continuar morando naquela casa. Não sei qual meu maior medo. Ver ele partir ou implorar para ele não ir; bem egoísta.

Sei que a gente precisa conversar sobre isso. Depois vou perguntar a ele sobre Boston, quando vier para cá. Só não quis perguntar ontem porque foi mesmo um dia perfeito.

Lily

Querida Ellen,

Continue a nadar. Continue a nadar.

Ele vai se mudar para Boston.

Não estou muito a fim de falar sobre isso.

Lily

Querida Ellen,

Dessa vez, vai ser difícil para minha mãe disfarçar.

Meu pai normalmente não a acerta onde pode deixar marcas visíveis. A última coisa que deve querer é que as pessoas da cidade descubram que bate na mulher. Já o vi chutá-la algumas vezes, estrangulá-la, golpear suas costas, sua barriga, puxar seu cabelo. Sempre que ele bateu no rosto de minha mãe, foi sempre um tapa, acredito que para minimizar as marcas.

Mas eu jamais o vira fazer o que fez ontem.

Era bem tarde quando eles chegaram. Era fim de semana, então os dois foram a algum evento da comunidade. Meu pai tem uma imobiliária e também é prefeito, então eles têm muitas coisas para fazer em público, como ir a jantares de caridade. O que é irô-

nico, porque meu pai odeia instituições de caridade. Mas acho que ele tinha uma reputação a zelar.

Atlas já estava no quarto quando eles chegaram. Escutei a briga assim que entraram pela porta. Grande parte da conversa estava abafada, mas parecia que meu pai acusava minha mãe de dar em cima de outro homem.

Mas eu conheço minha mãe, Ellen. Ela nunca faria uma coisa dessas. Se tiver acontecido algo, deve ter sido algum homem que olhou para ela e deixou meu pai enciumado. Afinal, minha mãe é muito bonita.

Eu o escutei chamá-la de puta, depois ouvi o primeiro golpe. Comecei a sair da cama, mas Atlas me segurou e me disse para não ir, que eu me machucaria. Argumentei que na verdade isso ajuda. Quando eu entro, meu pai se afasta.

Atlas tentou me convencer, mas acabei me levantando e indo até a sala.

Ellen.

Eu simplesmente...

Ele estava em cima de minha mãe.

Os dois estavam no sofá, e ele estava com a mão em volta de seu pescoço, enquanto a outra mão puxava seu vestido para cima. Ela se debatia para se livrar, e eu fiquei paralisada. Minha mãe continuou implorando para que ele saísse de cima dela, e então ele bateu em seu rosto e a mandou calar a boca. Nunca vou esquecer suas palavras:

— Quer atenção? Eu te dou um pouco de atenção, porra.

Então, ela ficou muito quieta e parou de se debater. Escutei seu choro, quando disse:

— Por favor, faça silêncio. Lily está aqui.

Ela disse: "Por favor, faça silêncio".

"Por favor, faça silêncio enquanto me estupra, querido".

Ellen, eu não sabia que um ser humano era capaz de sentir tanto ódio no coração. E não estou falando de meu pai. Estou falando de mim mesma.

Fui direto para a cozinha e abri uma gaveta. Peguei a maior faca que achei e... não sei explicar. Foi como se eu estivesse fora de mim. Eu me vi andar pela cozinha com a faca na mão, por mais que soubesse que não ia usá-la. Eu só queria estar com alguma coisa que fosse maior que eu, que o assustasse e o fizesse se afastar dela. Mas, antes que eu pudesse sair da cozinha, dois braços envolveram minha cintura e me agarraram por trás. Soltei a faca, e meu pai nem escutou, mas minha mãe sim. Nós nos olhamos enquanto Atlas me carregava de volta para o quarto. Quando estávamos no quarto, comecei a bater no peito dele, tentando voltar para a sala. Eu estava chorando e fazendo de tudo para que Atlas saísse de minha frente, mas ele não se mexeu.

Ele apenas me abraçou e disse:

– Lily, se acalme.

Ele continuou repetindo isso, e me abraçou por bastante tempo até eu aceitar que ele não ia me deixar voltar. Ele não ia me deixar pegar aquela faca.

Ele foi até a cama, pegou o casaco e começou a calçar os sapatos.

– Vamos à casa do vizinho – sugeriu ele. – Vamos chamar a polícia.

A polícia.

Minha mãe já havia me avisado para nunca chamar a polícia. Disse que a carreira de meu pai correria risco. Porém, para ser totalmente sincera, naquele momento eu não ligava para isso. Não ligava se ele era prefeito ou se todos os amigos não conheciam esse seu lado terrível. Eu só queria ajudar minha mãe, então vesti o casaco e fui até o closet pegar um sapato. Quando saí do closet, Atlas estava encarando a porta de meu quarto.

Que estava se abrindo.

Minha mãe entrou e rapidamente fechou a porta, trancando-a. Jamais vou me esquecer de como ela estava. O lábio sangrando. O olho já começando a inchar, e um tufo do cabelo caído sobre o ombro. Ela olhou para Atlas e depois para mim.

Nem parei para sentir medo por ela ter visto um garoto em meu quarto. Não me importei com isso. Eu estava preocupada com ela, nada mais. Eu me aproximei, agarrei suas mãos e a levei até minha cama. Afastei o cabelo de seu ombro e de sua testa.

— Ele vai chamar a polícia, tá bom, mãe?

Seus olhos se arregalaram de forma exagerada, e ela começou a balançar a cabeça.

— Não — respondeu, olhando para Atlas. — Não pode fazer isso. Não.

Ele já estava na janela, prestes a ir embora, então parou e se virou para mim.

— Ele está bêbado, Lily — argumentou minha mãe. — Ele escutou sua porta se fechando, então foi para nosso quarto. Ele parou. Se chamar a polícia, as coisas só vão piorar, acredite em mim. Deixe ele dormir, e isso vai passar, amanhã vai estar melhor.

Balancei a cabeça e senti as lágrimas ardendo nos olhos.

— Mãe, ele estava tentando te estuprar!

Ela negou com a cabeça e se contraiu quando eu disse isso. Balançou a cabeça de novo e disse:

— Não é assim, Lily. Nós somos casados, e às vezes o casamento é simplesmente... Você é nova demais para entender.

Fiquei completamente quieta por um instante e depois disse:

— Nossa, espero nunca entender.

Ela começou a chorar. Apoiou a cabeça nas mãos, começou a soluçar e não pude fazer nada além de abraçá-la e chorar com ela. Jamais havia visto minha mãe tão abalada. Tão magoada. Ou tão assustada. Fiquei de coração partido, Ellen.

Fiquei arrasada.

Quando ela parou de chorar, dei uma olhada no quarto e Atlas já tinha ido embora. Fomos até a cozinha, e eu a ajudei a limpar o lábio e o olho. Ela nunca fez nenhum comentário sobre ele estar em meu quarto. Nem uma palavra. Fiquei esperando ela me botar de castigo, mas isso não aconteceu. Percebi que deve ter sido porque ela é assim: varre para baixo do tapete tudo o que a magoa, e nunca mais toca no assunto.

Lily

Querida Ellen,

Acho que estou pronta para falar sobre Boston.

Atlas foi embora hoje.

Embaralhei minhas cartas tantas vezes que estou com as mãos doendo. Tenho medo de enlouquecer se não escrever e colocar para fora o que estou sentindo.

Ontem à noite não foi tão bom! A gente se beijou muito no início, mas estávamos tristes demais para nos importar. Pela segunda vez em dois dias, ele me disse que tinha mudado de ideia e não ia mais embora. Falou que não queria me deixar sozinha aqui em casa. Mas moro com meus pais há quase 16 anos. Era besteira ele recusar uma casa para ficar só por minha causa. Nós dois sabíamos disso, mas doeu mesmo assim.

Tentei não ficar muito triste, então, enquanto estávamos deitados, pedi para ele me contar sobre Boston. Falei que talvez um dia, quando me formasse, poderia ir para lá.

Seu olhar mudou quando começou a falar sobre a cidade. Com um brilho que eu nunca havia visto. Parecia até que ele estava falando do paraíso. Ele me disse que todo mundo lá tem um sotaque lindo. Em vez de "par", eles dizem "pah". Atlas jamais deve ter percebido que ele mesmo às vezes pronuncia o "r" assim. Disse que morou lá dos 9 aos 14 anos, então acho que pegou um pouco do sotaque.

Contou que o tio mora em um prédio com uma área de lazer incrível no telhado.

— Muitos apartamentos têm isso — disse ele. — Alguns têm até piscina.

Plethora, no Maine, não devia ter nenhum prédio alto o suficiente para ter um telhado com área de lazer. Fiquei imaginando como deveria ser... morar tão alto. Perguntei se ele já tinha subido lá, e ele disse que sim. Quando era mais novo, às vezes ia ao telhado e ficava sentado, pensando enquanto observava a cidade.

Ele me contou sobre a comida. Eu já sabia que ele gostava de cozinhar, mas não fazia ideia de como era apaixonado por gastronomia. Deve ser porque ele não tem fogão nem cozinha, então tirando os cookies que fez para mim, ele nunca falou sobre culinária.

Contou sobre o porto onde, antes de se casar de novo, sua mãe o levava para pescar.

— Quero dizer, acho que Boston não é diferente das outras cidades grandes — disse ele. — Não se destaca por nada. É que... não sei. Lá tem uma energia. Uma energia muito boa. Quando as pessoas dizem que moram em Boston, elas têm orgulho. Às vezes sinto falta disso.

Passei os dedos em seu cabelo e falei:

— Bem, assim fica parecendo que é o melhor lugar do mundo. Que tudo é melhor em Boston.

Ele olhou para mim, e seus olhos estavam tristes quando disse:

— Quase tudo é melhor em Boston. Menos as garotas. Boston não tem você.

Isso me fez corar. Ele me deu um beijo muito meigo, e eu respondi:

— Boston não me tem ainda. Um dia vou me mudar para lá e te encontrar.

Ele me fez prometer. Disse que, se eu me mudasse para Boston, tudo seria realmente melhor lá, e então se tornaria a melhor cidade do mundo.

Nós nos beijamos mais um pouco. E fizemos outras coisas, mas não quero entediar você falando sobre isso. Mas isso não quer dizer que as coisas que fizemos foram entediantes.

Porque não foram.

Mas hoje de manhã precisei me despedir. Atlas me abraçou e me beijou tanto que achei que morreria se ele me soltasse.

Mas não morri. Porque ele me soltou e eu ainda estou aqui. Ainda estou viva. Ainda respiro.

Mas bem pouco.

Lily

Viro mais uma página e, então, fecho o diário. Só tem mais um texto, e não sei se estou a fim de ler agora. Talvez nunca esteja. Guardo o diário no armário, sabendo que meu capítulo com Atlas acabou. Agora ele está feliz.

Agora *eu* estou feliz.

O tempo definitivamente cura todas as feridas.

Ou pelo menos a maioria.

Apago o abajur e pego o celular para carregá-lo. Tem duas mensagens de Ryle e uma de minha mãe.

Ryle: Oi. Verdade Nua e Crua começando em 3... 2...

Ryle: Eu tinha medo de que um relacionamento fosse aumentar minhas responsabilidades. Por isso os evitei a vida inteira. Já tenho preocupações demais, e ver o estresse que o casamento de meus pais causou para os dois, e os casamentos que deram errado de alguns amigos... eu não queria nenhuma dessas coisas. Mas depois de hoje, percebi que talvez tenha muita gente fazendo tudo errado. Porque o que está acontecendo entre nós dois não parece uma responsabilidade. Parece uma recompensa. E vou dormir pensando no que foi que fiz para merecer isso.

Coloco o celular no peito e sorrio. Depois tiro print da mensagem porque vou guardá-la para sempre. Abro a terceira mensagem.

Mãe: Um médico, Lily? E TAMBÉM o próprio negócio? Quero ser você quando crescer.

Também tiro print dessa.

Capítulo Doze

— O que você está fazendo com essas pobres flores? — pergunta Allysa atrás de mim.

Fecho mais uma junta prateada e a deslizo pelo caule.

— *Steampunk*.

Ficamos paradas admirando o buquê. Quero dizer, pelo menos... eu *espero* que ela esteja admirando. Ficou melhor que imaginei. Usei anilina para tingir algumas rosas brancas de roxo. Depois, decorei os caules com diferentes elementos *steampunk*, como minúsculas juntas metálicas, e até colei um pequeno relógio na faixa de couro marrom usada para amarrar o buquê.

— *Steampunk*?

— É tendência. É um subgênero da ficção, mas está influenciando outras áreas. Arte. Música. — Eu me viro e sorrio, erguendo o buquê. — E agora... *flores*.

Allysa tira as flores de minha mão e as segura a sua frente.

— Elas são tão... estranhas. Amei demais. — Então as abraça. — Posso ficar com elas?

Eu as afasto de Allysa.

— Não, são para a vitrine da inauguração. Não estão à venda.

Pego as flores e o vaso feito na véspera. Na semana passada, encontrei um par de botas velhas com botões em um mercado de pulgas. Elas me lembraram do estilo *steampunk*, e, na verdade, foram as botas que me deram a ideia para as flores. Lavei as botas, sequei-as e colei peças de metal no couro. Depois de pincelá-las com cola, coloquei dentro de cada uma o vaso para a água.

— Allysa? — Coloco as flores na mesa central. — Tenho certeza de que é exatamente isso que eu devo fazer da vida.

— *Steampunk?* — pergunta ela.

Eu rio e me viro.

— Criar! — exclamo.

Depois viro a placa para o lado "aberto", quinze minutos antes.

Nós passamos o dia mais ocupadas que imaginamos. Entre os pedidos por telefone, pedidos pela internet e clientes na loja, nenhuma de nós tem tempo de parar e almoçar.

— Você precisa de mais funcionários — avisa Allysa ao passar por mim às 13h, segurando dois buquês — Você precisa de mais funcionários — diz ela às 14h, segurando o celular no ouvido e anotando um pedido enquanto registra a compra de alguém no caixa.

Marshall passa na loja depois das 15h e pergunta como estão as coisas.

— Ela precisa de mais funcionários — responde Allysa.

Às 16h, ajudo uma mulher a levar um buquê até o carro, e, quando volto à loja, Allysa está saindo, segurando outro buquê.

— Você precisa de mais funcionários — repete ela, exasperada.

Às 18h, ela tranca a porta e vira a placa. Depois se encosta na porta e desliza até o chão, olhando para mim.

— Eu sei — digo. — Preciso de mais funcionários.

Ela apenas concorda com a cabeça.

E depois nós duas rimos. Eu me aproximo e me sento a seu lado. Encostamos nossas cabeças e observamos a loja.

As flores *steampunk* estão em grande destaque, e apesar de eu ter me recusado a vender aquele buquê em particular, tivemos oito pedidos do tipo.

— Estou orgulhosa de você, Lily — diz ela.

Sorrio.

— Eu não teria conseguido sem você, Issa.

Ficamos sentadas por vários minutos, curtindo o descanso que nossos pés finalmente desfrutavam. Para ser sincera, esse foi um dos melhores dias de minha vida, mas não consigo deixar de sentir uma tristeza chata por Ryle não ter aparecido. Nem ao menos mandou uma mensagem.

— Teve notícias de seu irmão hoje? — pergunto.

Ela nega com a cabeça.

— Não, ele deve estar ocupado, só isso.

Assinto. Sei que ele está ocupado.

Olhamos para cima quando alguém bate à porta. Sorrio quando o vejo com as mãos em concha ao redor dos olhos, encostando o rosto na vitrine. Ele finalmente olha para baixo e nos encontra sentadas no chão.

— Falando no diabo... — diz Allysa.

Eu me levanto em um pulo e destranco a porta. Assim que faço isso, ele já vai entrando.

— Eu perdi, não foi? Perdi. — Ele me abraça. — Desculpe, tentei chegar o mais rápido que pude.

— Tudo bem — digo, retribuindo o abraço. — Você veio. Foi perfeito.

Estou muito animada porque ele conseguiu vir, no fim das contas.

— *Você* que é perfeita — diz ele, me beijando.

Allysa passa por nós.

— *Você* que é perfeita — imita ela. — Ei, Ryle, adivinhe só?

Ryle me solta.

— O quê?

Allysa pega a lixeira e a coloca no balcão.

— Lily precisa contratar mais funcionários.

Rio de sua repetição sem fim.

— Pelo jeito os negócios foram bem — diz Ryle, e aperta minha mão.

Dou de ombros.

— Não dá para reclamar. Quero dizer... não sou uma *neurocirurgiã*, mas sou muito boa no que faço.

Ryle ri.

— Vocês precisam de ajuda para limpar?

Allysa e eu o colocamos para trabalhar, nos ajudando a arrumar depois do grande dia. Terminamos tudo e deixamos a loja pronta para o dia seguinte, e então Marshall chega assim que acabamos. Ele traz uma sacola e a coloca no balcão. Começa a tirar grandes pedaços amontoados de tecido e joga um para cada um de nós. Pego o meu e o desdobro.

É um kigurumi.

Com estampa de gatinhos.

— Jogo do Bruins. Cerveja de graça. Vamos nos vestir, time!

— Marshall — diz Allysa, gemendo. — Você ganhou seis milhões de dólares este ano. A gente *realmente* precisa de cerveja de graça?

Ele coloca o dedo nos lábios da mulher, empurrando-os em direções opostas.

— Shh! Não fale como uma garota rica, Issa. Que blasfêmia.

Ela ri, e Marshall pega o macacão de suas mãos. Ele abre o zíper e a ajuda a se vestir. Depois que estamos todos prontos, trancamos a porta e vamos para o bar.

Nunca na vida vi tantos homens de macacão pijama. Allysa e eu somos as únicas mulheres vestidas assim, mas meio que gosto disso. Está o maior barulho. Tanto que toda vez que o Bruins acerta uma jogada, eu e Allysa tapamos os ouvidos por causa dos gritos. Depois de meia hora, uma mesa fica vaga no primeiro andar e nós corremos para pegá-la.

— Bem melhor — comenta Allysa enquanto nos sentamos.

Aqui em cima é bem mais silencioso, apesar de ser barulhento se comparado aos padrões normais.

Uma garçonete aparece para anotar o que queremos beber. Peço vinho tinto, e, assim que faço isso, Marshall praticamente pula da cadeira.

— Vinho? — grita ele. — Você está à caráter! Vinho não é grátis com o pijama!

Ele pede à garçonete uma cerveja para mim. Ryle fala para ela trazer vinho. Allysa quer água, o que deixa Marshall ainda mais chateado. Ele insiste para a garçonete trazer quatro garrafas de cerveja, mas depois Ryle diz:

— Duas cervejas, um vinho tinto e uma água.

A garçonete se afasta bem confusa de nossa mesa.

Marshall joga os braços ao redor de Allysa e a beija.

— Como vou tentar te engravidar hoje se você não estiver nem um pouco bêbada?

A expressão de Allysa muda, e imediatamente me sinto mal por ela. Sei que Marshall está brincando, mas ela deve se chatear com essas coisas. Uns dias antes, ela me contou como se sentia deprimida por não conseguir engravidar.

— Não posso beber cerveja, Marshall.

— Então pelo menos tome vinho. Você gosta mais de mim quando está altinha.

Ele ri de si mesmo, mas Allysa não o acompanha.

— Também não posso beber vinho. Não posso tomar *nenhuma* bebida alcoólica.

Marshall para de rir.

Meu coração dá uma cambalhota.

Marshall se vira e lhe agarra os ombros, forçando-a a encará-lo.

— Allysa?

Ela começa a balançar a cabeça, e não sei quem começa a chorar primeiro. Eu, Marshall ou Allysa.

— Vou ser pai? — grita ele.

Ela continua balançando a cabeça, e estou aos prantos feito uma idiota. Marshall se levanta em um pulo da mesa e grita:

— Vou ser pai!

Nem sei descrever em palavras o momento. Um adulto de *kigurumi*, ficando em pé em uma mesa de bar, gritando que vai ser pai para quem quiser ouvir. Ele levanta Allysa e a puxa para cima da mesa. Ele a beija, e é a coisa mais meiga que já vi.

Até eu olhar para Ryle e perceber que ele está mordendo o lábio inferior, como se tentasse conter uma possível lágrima. Ele olha para mim e nota que o estou encarando, então desvia o olhar.

— Cale a boca — diz ele. — Ela é minha irmã.

Sorrio, me aproximo e beijo sua bochecha.

— Parabéns, tio Ryle.

Depois que os futuros pais param de se agarrar, eu e Ryle nos levantamos e desejamos parabéns. Allysa explica que tem se sentido enjoada há um tempo, mas só fez o teste hoje de manhã antes da inauguração. Ela ia esperar e contar para Marshall quando chegassem em casa, mas não conseguiu se segurar por nem mais um segundo.

Nossas bebidas chegam, e pedimos a comida. Quando a garçonete se afasta, olho para Marshall.

— Como vocês se conheceram?

— Allysa conta a história melhor que eu — responde ele.

Allysa se anima e se inclina para a frente.

— Eu o odiava — confessa ela. — Era o melhor amigo de Ryle e estava sempre lá em casa. Eu o achava tão irritante... Havia acabado de se mudar para Ohio, e tinha sotaque de Boston. Ele se achava o máximo por causa disso, mas eu queria dar um tapa em sua cara toda vez que falava alguma coisa.

— Ela é um *amor* — ironiza Marshall.

— Você era um idiota — retruca Allysa, revirando os olhos. — Enfim, um dia Ryle e eu convidamos alguns amigos lá para casa. Nada de mais. Nossos pais estavam viajando, então é evidente que fizemos uma festinha.

— Eram trinta pessoas — corrige Ryle. — Era uma festa de verdade.

— Tá, uma festa de verdade — cede Allysa. — Entrei na cozinha, e Marshall estava lá com uma baranga.

— Ela não era baranga — explica ele. — Era uma garota legal. Tinha gosto de Cheetos, mas...

Allysa o fulmina com o olhar, então ele cala a boca. Então ela se volta para mim.

— Eu surtei — confessa ela. — Comecei a gritar que ele devia levar as piriguetes para a própria casa. A garota ficou com tanto medo de mim que literalmente saiu correndo da casa e não voltou mais.

— Empata-foda — comenta Marshall.

Allysa lhe dá um soco no ombro.

— Enfim, depois que dei uma de empata-foda, fui correndo para meu quarto com vergonha do que tinha feito. Foi puro ciúme, e eu só percebi que gostava de Marshall quando vi suas mãos na bunda de outra. Eu me joguei na cama e comecei a chorar. Alguns minutos depois, ele entrou no quarto e perguntou se eu estava bem. Rolei na cama e gritei: "Eu gosto de você, seu cara de merda ridículo!".

— E o resto é história... — diz Marshall.

Eu rio.

— Ohn. Cara de merda ridículo. Que meigo.

— Está esquecendo a melhor parte — diz Ryle, erguendo o dedo.

Allysa dá de ombros.

— Ah, é! Então Marshall se aproximou de mim, me puxou da cama, me beijou com a mesma boca que estava beijando a piriguete, e a gente ficou se agarrando por meia hora. Até que Ryle entrou em meu quarto e começou a gritar com Marshall. E depois Marshall empurrou meu irmão para fora, trancou a porta e ficou me agarrando por mais uma hora.

Ryle balança a cabeça.

— Fui traído pelo meu melhor amigo!

Marshall puxa Allysa para perto.

— Eu gosto de sua irmã, seu cara de merda ridículo.

Eu rio, mas Ryle se vira para mim, sério.

— Fiquei sem falar com ele por um mês de tanta raiva. Com o tempo, superei. A gente tinha 18 anos, ela, 17. Eu não podia impedir os dois.

— Nossa! — exclamo. — Às vezes esqueço que vocês têm quase a mesma idade.

— Três filhos em três anos — diz Allysa e sorri. — Tenho muita pena de meus pais.

Todo mundo na mesa fica quieto. Vejo um olhar pesaroso passar de Allysa para Ryle.

— Três? — pergunto. — Vocês têm outro irmão?

Ryle se empertiga e toma um gole da cerveja. Ele a coloca de volta na mesa e diz:

— A gente tinha um irmão mais velho. Ele faleceu quando éramos crianças.

Uma noite tão boa estragada por uma única pergunta. Felizmente, Marshall muda de assunto de forma muito eficaz.

Passo o resto da noite escutando histórias sobre a infância dos três. Acho que nunca ri tanto quanto hoje.

Quando o jogo acaba, todos voltamos para a loja para pegar nossos carros. Ryle disse que veio de Uber mais cedo, então me acompanha. Antes que Allysa e Marshall se despeçam, digo para ela esperar. Entro na loja correndo, pego as flores *steampunk* e volto para o carro dos dois. Seu rosto se alegra quando as entrego a ela.

— Estou feliz pela gravidez, mas não é por isso que estou te dando as flores. Simplesmente quero que fique com elas. Porque você é minha melhor amiga.

Allysa me aperta e sussurra em meu ouvido:

— Espero que ele se case com você um dia. Seremos irmãs ainda melhores.

Ela entra no carro, e eles partem. Fico parada, observando, porque acho que nunca tive uma amiga como ela. Talvez seja o vinho. Não sei, mas estou amando o dia. Tudo o que aconteceu. Amo especialmente ver Ryle com essa aparência, encostado em meu carro, me observando.

— Você fica muito bonita quando está feliz.

Ohn! Que dia! Perfeito!

. . .

Enquanto subimos os degraus de meu prédio, Ryle agarra minha cintura e me joga na parede. E simplesmente começa a me beijar ali, bem no meio da escada.

— Impaciente — murmuro.

Ele ri e aperta minha bunda.

— Não. É o *kigurumi*. Você devia mesmo considerar usar isso no trabalho.

Ele me beija novamente, e só para quando alguém passa por nós, descendo a escada.

— Belos pijamas — murmura um cara ao passar por nós.

— Os Bruins ganharam?

Ryle confirma com a cabeça.

— Três a um — responde ele, sem olhar para o rapaz.

— Legal.

Depois que ele vai embora, eu me afasto de Ryle.

— E essa história do pijama, todo homem de Boston conhece, é?

— Cerveja grátis, Lily — responde, rindo. — É cerveja grátis.

Ele me puxa pela escada, e, quando entramos no apartamento, encontramos Lucy na cozinha, fechando com fita uma caixa com suas coisas. Ainda há outra caixa, que ela não fechou, e juro que vi uma tigela que comprei na loja HomeGoods bem em cima. Ela disse que levaria todas as suas coisas na próxima semana, mas tenho a impressão de que vai levar convenientemente alguns objetos *meus* também.

— Quem é você? — pergunta ela, olhando Ryle da cabeça aos pés.

— Ryle Kincaid. Namorado de Lily.

Namorado de Lily.

Escutou isso?

Namorado.

É a primeira vez que ele confirma, e falou cheio de convicção.

— Meu namorado, é?

Entro na cozinha, pego uma garrafa de vinho e duas taças.

Ryle se aproxima por trás enquanto sirvo a bebida, e seus braços envolvem minha cintura.

— Isso mesmo. Seu namorado.

— Então quer dizer que sou sua namorada? — pergunto ao lhe entregar o cálice.

Ele ergue a taça e a encosta na minha.

— Ao fim dos testes e ao começo de coisas definidas.

Estamos sorrindo enquanto tomamos um gole do vinho. Lucy empilha as caixas e surge na porta.

— Pelo jeito, saí daqui na hora certa — diz ela.

A porta se fecha, e Ryle ergue a sobrancelha.

— Acho que sua companheira de apartamento não gosta muito de mim.

— Você nem imagina. Eu também pensei que ela não gostava de mim, mas ontem me convidou para ser madrinha de seu casamento. Mas acho que só está fazendo isso para ganhar as flores. É muito oportunista.

Ryle ri e se encosta na geladeira. Os olhos se fixam em um ímã que diz *Boston*. Ele o tira da geladeira e ergue a sobrancelha.

— Você nunca vai sair do purgatório de Boston se tiver uma lembrancinha da cidade na geladeira como uma turista.

Rio e pego o ímã, devolvendo-a à geladeira. Fico feliz por ele se lembrar de tanta coisa da noite em que nos conhecemos.

— Foi um presente. Só conta como lembrancinha de turista se eu mesma comprar.

Ele se aproxima de mim e tira a taça de minha mão. Coloca as duas taças no balcão, chega mais perto e me dá um beijo apaixonado e bêbado. Sinto o gosto frutado e ácido do vinho em sua língua e acho gostoso. Suas mãos vão até o zíper de meu pijama.

— Vamos tirar essa roupa.

Ele me puxa até o quarto, me beijando enquanto nós, atrapalhados, tiramos nossas roupas. Quando chegamos ao quarto, estou só de calcinha e sutiã.

Ele me encosta na porta, e eu arfo com esse movimento inesperado.

— Não se mexa — diz.

Ele pressiona os lábios em meu peito e começa a me beijar lentamente enquanto desce por meu corpo.

Meu Deus. Impossível este dia ficar ainda melhor.

Passo as mãos em seu cabelo, mas Ryle agarra meus pulsos e os encosta na porta. Ele sobe de volta por meu corpo, apertando meus pulsos com firmeza. Então ergue a sobrancelha, me avisando:

— Eu disse... não se mexa.

Tento não sorrir, mas é difícil disfarçar. Sua boca se arrasta de novo, descendo por meu corpo. Ele abaixa minha calcinha lentamente até os tornozelos, mas ele disse para eu não me mexer, então não a tiro do lugar.

Sua boca sobe por minha coxa, deslizando até...

Pois é.

Melhor.

Dia.

De.

Todos.

Capítulo Treze

Ryle: Está em casa ou no trabalho?
Eu: Trabalho. Devo terminar em uma hora.
Ryle: Posso passar aí?
Eu: Sabe quando as pessoas dizem que não existe pergunta idiota? Elas não têm razão. Sua pergunta foi idiota.
Ryle: :)

Meia hora depois, ele bate à porta da floricultura. Já fechei há quase três horas, mas ainda estou no escritório, tentando me organizar em meio ao caos que foi esse primeiro mês. A loja ainda é muito recente para projetar com precisão o retorno. Alguns dias são ótimos, outros são tão lentos que dispenso Allysa. Mas, no geral, estou feliz com o resultado até o momento.

E feliz com Ryle e nosso relacionamento.

Destranco a porta para Ryle entrar. Ele veste uniforme hospitalar azul-claro, e ainda traz o estetoscópio no pescoço. Acabou de sair do trabalho. Um detalhe muito bom. Juro que toda vez que o vejo assim, preciso disfarçar meu sorriso ridículo. Eu lhe dou um beijo rápido e volto a atenção para o escritório.

— Preciso terminar algumas coisas, e depois a gente pode ir lá para casa.

Ele me acompanha até o escritório e fecha a porta.

— Tem um sofá aqui? — pergunta ele, olhando ao redor. Passei parte da semana dando os retoques finais. Comprei alguns abajures para não ter de ligar as fortes lâmpadas fluorescentes. Os abajures deixam o cômodo com uma luz suave. Também comprei algumas plantas para decorar. Não é um jardim, porém é o mais próximo de um. Este cômodo mudou bastante desde que era usado para guardar engradados.

Ryle se aproxima do sofá e se joga ali, o rosto virado para baixo.

— Não precisa ter pressa — murmura ele no travesseiro. — Fico cochilando aqui até você terminar.

Às vezes, me preocupo por ele ser muito exigente consigo mesmo no trabalho, mas não digo nada. Estou sentada em meu escritório há doze horas, então, quem sou eu para falar sobre ambição demais?

Passo uns quinze minutos finalizando pedidos. Quando termino, fecho o laptop e olho para Ryle.

Achei que ele estaria dormindo, mas está de lado, apoiando a cabeça na mão. Passou o tempo inteiro me observando, e ver seu sorriso me faz corar. Empurro a cadeira para trás e me levanto.

— Lily, acho que gosto de você um pouco demais — confessa ele, enquanto me aproximo.

Enrugo o nariz. Ele se senta no sofá e me põe no colo.

— Um pouco demais? Isso não parece um elogio.

— Porque não sei se é — diz ele, ajustando minhas pernas, uma em cada lado do corpo, e envolvendo minha cintura com os braços. — É meu primeiro relacionamento de verdade. Não sei se eu já devia gostar tanto de você assim. Não quero assustá-la.

Sorrio.

— Como se isso fosse possível. Você trabalha demais, não daria tempo para me sufocar.

Ele esfrega as mãos em minhas costas.

— Você se incomoda que eu trabalhe muito?

Nego com a cabeça.

— Não. Eu me preocupo porque não o quero exaurido. Mas não me incomodo de te dividir com sua paixão. Na verdade, gosto de como é ambicioso. Acho sexy. Talvez seja até o que eu mais goste em você.

— Sabe o que eu mais gosto em você?

— Essa resposta eu já sei — digo, sorrindo. — Minha boca.

Ele inclina a cabeça e a encosta no sofá.

— Ah, é. Isso em primeiro lugar. Mas sabe qual é minha segunda coisa preferida?

Balanço a cabeça.

— Você não me pressionou para que eu fosse algo que não sou capaz de ser. Me aceitou exatamente como sou.

Eu rio.

— Bem, para ser justa, você está um pouco diferente de quando te conheci. Não é mais tão antinamorada.

— É porque você facilita tudo — argumenta ele, deslizando a mão por dentro da parte de trás de minha camisa. — É fácil ficar com você. Ainda posso ter a carreira que sempre quis, mas com todo o apoio que você me dá, ela fica dez vezes melhor. Quando estamos juntos, sinto que posso ter tudo.

Agora sua outra mão também está debaixo de minha camisa, pressionando minhas costas. Ele me puxa para perto e me beija. Sorrio em sua boca e sussurro:

— E o que você acha de ter tudo?

Uma de suas mãos sobe até a parte de trás de meu sutiã e o abre com facilidade.

— Acho bom, mas preciso provar mais uma vez só para garantir.

Ele puxa minha camisa e meu sutiã pela cabeça. Começo a me afastar, querendo tirar a calça jeans, mas ele me puxa de volta para seu colo. Depois pega o estetoscópio, coloca nos ouvidos e pressiona o diafragma em meu peito, bem em cima do coração.

— Por que seu coração está tão acelerado, Lily?

Dou de ombros inocentemente.

— Deve ter alguma coisa a ver com você, Dr. Kincaid.

Ele solta a ponta do estetoscópio e me tira do colo, me empurrando no sofá. Depois abre minhas pernas e se ajoelha entre elas, colocando o estetoscópio em meu peito novamente. Ele usa a outra mão para se apoiar enquanto fica ouvindo meu coração.

— Eu diria que deve estar a uns 90 batimentos por minuto — constata ele.

— Isso é bom ou ruim?

Ele sorri e se acomoda em cima de mim.

— Vou ficar satisfeito quando atingir 140.

Pois é. Se meu coração alcançar 140, também acho que vou ficar satisfeita.

Ele aproxima a boca de meu peito e meus olhos se fecham quando sinto sua língua deslizar em meus seios. Ele me toma em sua boca, mantendo o estetoscópio em meu peito o tempo inteiro.

— Agora deve estar em 100 — diz ele.

Ryle põe o estetoscópio no pescoço de novo e se afasta, desabotoando minha calça. Depois de tirá-la, ele me vira para que eu fique deitada de barriga para baixo, com os braços por cima do braço do sofá.

— Fique de joelhos — pede.

Faço o que ele diz, e, antes mesmo de me ajeitar, sinto o metal frio do estetoscópio em meu peito de novo, desta vez com seu braço me segurando por trás. Fico parada enquanto ele escuta meu batimento cardíaco. Sua outra mão começa a procurar um caminho entre minhas pernas, entrando em minha calcinha e em mim. Agarro o sofá, mas tento fazer o mínimo de barulho enquanto ele ausculta meu coração.

— 110 — diz ele, ainda insatisfeito.

Depois puxa meus quadris para perto, para que eu encoste nele, e então o sinto despir o uniforme. Ele agarra meu quadril com uma das mãos enquanto afasta minha calcinha para o lado com a outra. Depois me penetra até ficar totalmente dentro de mim.

Estou agarrando o sofá com os punhos cerrados em desespero, e ele para, querendo escutar meu coração de novo.

— Lily — diz ele, fingindo decepção. — Cento e vinte. Ainda não chegou aonde eu quero.

O estetoscópio desaparece novamente, e seu braço envolve minha cintura. Sua mão desce deslizando em minha barriga e se acomoda entre minhas pernas. Não consigo mais aguentar seu ritmo. Mal consigo ficar de joelhos. De algum modo, ele está me segurando com uma das mãos, e acabando comigo da melhor maneira possível com a outra. Assim que começo a tremer, ele me ergue até minhas costas encostarem em seu peito. Ele ainda está dentro de mim, mas se concentra em meu coração de novo, enquanto leva o estetoscópio para a frente de meu peito.

Gemo, e ele pressiona os lábios em meu ouvido.

— Shh. Sem barulho.

Não faço ideia de como aguentar os próximos trinta segundos sem gemer. Um de seus braços está a meu redor, com o estetoscópio pressionado em meu peito; seu outro braço está firme em minha barriga, e sua mão continua fazendo mágica entre minhas pernas. De algum modo, ele continua dentro de mim, e eu tento me mover em sua direção, mas Ryle continua firme como uma pedra enquanto os tremores começam a percorrer meu corpo. Minhas pernas estremecem, e minhas mãos estão nas laterais de meu corpo, agarrando suas coxas enquanto uso todas as minhas forças para não gritar seu nome.

Ainda estou tremendo quando ele ergue minha mão e coloca o diafragma no pulso. Depois de vários segundos, afasta o estetoscópio e o joga no chão.

— Cento e cinquenta — diz ele, satisfeito.

Ryle sai de mim e me coloca deitada de costas. Sua boca encontra a minha, e ele me penetra de novo.

Meu corpo está fraco demais para se mover, e nem consigo abrir os olhos para observá-lo. Ele dá várias estocadas dentro de mim, e depois fica parado, gemendo em minha boca. Ele se acomoda em cima de mim, rijo, mas trêmulo.

Depois beija meu pescoço, e seus lábios encostam na tatuagem de coração em minha clavícula. Por fim, se acomoda na curva de meu pescoço e suspira.

— Já disse esta noite como eu gosto de você?

Eu rio.

— Uma ou duas vezes.

— Então vai ser a terceira vez — diz ele. — Eu gosto de você. Gosto de tudo em você, Lily. De ficar dentro de você. De ficar fora de você. De ficar perto de você. Gosto de tudo.

Sorrio, amando sentir suas palavras na pele. Dentro do coração. Abro a boca para dizer que também gosto dele, mas minha voz é interrompida pelo toque de seu celular.

Ele geme em meu pescoço, sai de mim e pega o aparelho. Coloca o uniforme no lugar e ri ao ver o identificador de chamadas.

— É minha mãe — explica ele, se inclinando e beijando meu joelho apoiado na parte de trás do sofá.

Ele deixa o celular de lado, se levanta, vai até minha escrivaninha e pega uma caixa de lenços.

É sempre constrangedor se limpar depois do sexo. Mas acho que nunca foi constrangedor assim, porque sabemos que sua mãe está à espera.

Depois de me vestir, ele me puxa para perto no sofá e eu me deito em cima dele, apoiando a cabeça em seu peito.

Já são mais de 22h, e estou tão confortável que considero passar a noite aqui. O celular de Ryle toca de novo, avisando que ele tem uma nova mensagem de voz. Só de pensar em vê-lo interagindo com a mãe, eu sorrio. Allysa fala pouco sobre os pais, mas jamais falei sobre eles com Ryle.

— Você se dá bem com seus pais?

Seu braço acaricia o meu delicadamente.

— Sim. São gente boa. Passamos por uma fase difícil quando eu era adolescente, mas já nos resolvemos. Agora eu falo com minha mãe quase todo dia.

Cruzo os braços por cima de seu peito e apoio o queixo neles, olhando para Ryle.

— Pode me contar mais sobre sua mãe? Allysa falou que eles se mudaram para a Inglaterra há alguns anos. E que estavam de férias na Austrália, mas isso foi tipo um mês atrás.

Ele ri.

— Minha mãe? Bem... minha mãe é muito autoritária. Bastante crítica, especialmente com as pessoas que mais ama. Ela nunca perdeu um culto na igreja. E jamais a ouvi referir-se a meu pai sem ser como Dr. Kincaid.

Apesar das advertências, ele sorri o tempo inteiro enquanto fala sobre ela.

— Seu pai também é médico?

Ele assente.

— Psiquiatra. Ele escolheu uma área que o permitisse levar uma vida normal. Cara esperto.

— Eles costumam visitar você em Boston?

— Não, minha mãe odeia viajar de avião, então eu e Allysa vamos à Inglaterra cerca de duas vezes ao ano. Mas ela quer te conhecer, então acho que irá conosco da próxima vez.

Sorrio.

— Você falou de mim para sua mãe?

— Óbvio — diz ele. — Isso é meio que extraordinário, sabe? Eu com uma namorada. Ela me liga todo dia para conferir se eu não acabei estragando tudo.

Eu rio, o que o faz pegar o celular.

— Acha que estou brincando? Tenho certeza de que ela mencionou você na mensagem de voz que acabou de deixar.

Ele pressiona alguns números e toca a mensagem de voz.

— *Oi, querido! É sua mãe. Não falo com você desde ontem. Estou com saudade. Mande um beijo para Lily. Ainda estão juntos, não é? Allysa disse que você só fala sobre ela. Ainda é sua namorada, não é? Tá bom. Gretchen está aqui, estamos tomando o chá da tarde. Amo vocês. Beijinhos.*

Apoio o rosto em seu peito e rio.

— Só estamos juntos há alguns meses. Você fala tanto de mim assim?

Ele pega minha mão e a beija.

— Falo. Demais, Lily. Demais mesmo.

Sorrio.

— Não vejo a hora de conhecer seus pais. Além de criarem uma filha incrível, eles fizeram você. É bem impressionante.

Seus braços me apertam, e ele me beija no alto da cabeça.

— Qual era o nome de seu irmão? — pergunto.

Sinto ele se enrijecer um pouco com a pergunta. Eu me arrependo de tocar no assunto, mas é tarde para voltar atrás.

— Emerson.

Pelo tom de voz, percebo que ele não quer falar sobre isso. Em vez de pressioná-lo, ergo a cabeça e chego para a frente, encostando a boca na sua.

Eu devia saber que com Ryle os beijos não param por aí. Em questão de minutos, ele está dentro de mim de novo, mas agora é totalmente diferente.

Dessa vez, fazemos amor.

Capítulo Catorze

Meu telefone toca. Olho a tela para ver quem é e fico um pouco surpresa. É a primeira vez que Ryle me liga. Sempre nos falamos por mensagem. É muito estranho ter um namorado há mais de três meses e nunca ter falado com ele ao telefone.

— Alô?

— Oi, namorada — diz ele.

Sorrio melosamente ao ouvir sua voz.

— Oi, namorado.

— Adivinha só...

— O quê?

— Amanhã estou de folga. E no domingo sua floricultura só abre às 13h. Estou indo para sua casa com duas garrafas de vinho. Quer passar a noite com seu namorado, fazendo sexo embriagado a noite inteira e dormir até meio-dia?

Fico constrangida com o que as palavras causam em mim. Sorrio e digo:

— Adivinhe só...

— O quê?

— Estou preparando um jantar para você. E estou de avental.

— Ah, é? — diz ele.

— *Só* de avental.

Desligo.

Alguns segundos depois, recebo uma mensagem.

Ryle: Foto, por favor.
Eu: Venha para cá e tire você mesmo a foto.

Estou quase terminando de preparar a mistura do enso-pado quando a porta se abre. Coloco tudo na travessa de vidro e não me viro quando o escuto entrar na cozinha. Falei que estava só de avental, e é verdade. Nem estou de calcinha.

Eu o escuto respirar pela boca quando me abaixo para abrir o forno e colocar a travessa ali dentro. Talvez eu tenha abaixado um pouco mais, só para me exibir. Depois de fechar o forno, não me viro para ele. Pego um pano e começo a limpar o forno, fazendo questão de balançar o máximo possível os quadris. Dou um gritinho quando sinto uma picada no glúteo direito. Eu me viro, e Ryle está sorrindo, segurando duas garrafas de vinho.

— Você me *mordeu*?

Ele me olha com inocência.

— Não provoque o escorpião se não quiser ser picada. — Ele me olha dos pés à cabeça enquanto abre uma das garrafas. Em seguida a ergue antes de nos servir. — É *vintage*.

— *Vintage* — digo, fingindo estar impressionada. — Qual é a ocasião especial?

Ele me entrega uma taça e diz:

— Vou ser tio. Tenho uma namorada muito gostosa. E na segunda-feira vou fazer uma separação de craniopagus raríssima, talvez pela única vez na vida.

— Cranio... *o quê*?

Ele termina de beber a taça e se serve de outra.

— Separação de craniopagus. Gêmeos siameses — diz ele. Depois aponta para um ponto no topo da cabeça e encosta o dedo. — Ligados aqui. Estudamos os dois desde que nasceram. É uma cirurgia muito rara. *Muito* rara.

Pela primeira vez, estou genuinamente animada por ele ser médico. Quero dizer, admiro sua determinação. Admiro sua dedicação. Mas observá-lo se empolgar com o que faz da vida é extremamente sexy.

— Quanto tempo acha que vai demorar? — pergunto.

Ele dá de ombros.

— Não sei direito. Eles são novos, então é preocupante deixá-los sob efeito da anestesia geral por tempo demais. — Ele ergue a mão direita e balança os dedos. — Mas esta aqui é uma mão muito especial, que já passou por quase meio milhão de dólares de especialização. Levo muita fé nesta mão.

Eu me aproximo e pressiono os lábios na palma de sua mão.

— Também gosto um pouquinho desta mão.

Ele desliza a mão até meu pescoço e me vira, me encostando no balcão. Arfo, porque não esperava isso.

Ele se encosta em mim, vindo por trás, e suas mão descem lentamente pela lateral de meu corpo. Encosto as mãos no granito e fecho os olhos, já sentindo o efeito do vinho.

— Esta mão... — sussurra ele. — Esta é a mão mais firme de toda a cidade de Boston.

Ele empurra minha nuca, me fazendo curvar por cima do balcão. Sua mão encosta na parte de dentro de meu joelho e desliza para cima. Bem devagar. *Caramba.*

Ele separa minhas pernas e enfia os dedos em mim. Gemo e tento encontrar alguma coisa onde me segurar. Agarro a torneira quando ele começa a fazer sua mágica.

E, então, feito mágica, a mão desaparece.

Escuto Ryle sair da cozinha. Eu o vejo passar diante do balcão. Pisca para mim, vira o resto do vinho e diz:

— Vou tomar uma ducha rápida.

Que provocador.

— Babaca! — grito para ele.

— Não sou nada babaca! — rebate ele de meu quarto. — Sou um neurocirurgião altamente treinado!

Eu rio e me sirvo de outra taça de vinho.

Ele vai ver quem sabe provocar.

•   •   •

Estou na terceira taça quando ele sai do quarto.

Sentada no sofá, falo ao telefone com minha mãe e o observo ir até a cozinha e se servir de outra taça.

Esse vinho é mesmo muito bom.

— O que você vai fazer hoje? — pergunta minha mãe.

Eu a coloco no viva voz. Ryle está encostado em uma parede, me vendo conversar com ela.

— Nada de mais. Vou ajudar Ryle a estudar.

— Isso... não parece muito interessante — diz ela.

Ryle pisca para mim.

— Na verdade, é bem interessante — retruco. — Eu o ajudo muito a estudar. Ajudo principalmente com a coordenação motora das mãos. Na verdade, acho que vamos passar a noite toda estudando.

As três taças de vinho me deixaram ousada. Não acredito que estou flertando com ele enquanto converso com minha mãe. *Eca!*

— Preciso ir — digo a ela. — Amanhã vamos sair para jantar com Allysa e Marshall, então te ligo na segunda.

— Ah, é? Aonde vocês vão?

Reviro os olhos. Ela não se toca.

— Não sei. Ryle, aonde vamos?

— Àquele lugar onde jantamos com sua mãe — responde ele. — Bib's. Fiz uma reserva para às 18h.

Sinto como se meu coração afundasse no peito.

— Ah, ótima escolha — comenta ela.

— Pois é, para quem gosta de pão velho... Tchau, mãe.

Desligo e olho para Ryle.

— Não quero voltar lá. Não gostei. Vamos a um lugar novo.

Não digo que *realmente* não quero voltar lá. Mas como explicar ao namorado novinho em folha que você está tentando evitar seu primeiro amor?

Ryle se afasta da parede.

— Você vai gostar — garante ele. — Allysa está animada para visitar o lugar depois que contei tudo sobre o restaurante.

Talvez eu dê sorte e Atlas não esteja trabalhando.

— Por falar em comida... — diz Ryle. — Estou morrendo de fome.

O ensopado!

— Ah, merda! — xingo, rindo.

Ryle vai correndo até a cozinha, eu me levanto e o acompanho. Entro bem na hora que ele abre o forno e acena para afastar a fumaça. *Estragado.*

De repente, fico tonta por ter me levantado depressa demais depois de tomar três taças de vinho. Eu me seguro no balcão ao lado dele para me equilibrar, e logo depois ele enfia a mão no forno para pegar o ensopado queimado.

— Ryle! Você precisa de um...

— Merda! — grita ele.

— De um pegador de panela.

O ensopado cai de sua mão e se espatifa no chão, espalhando comida para todo lado. Levanto o pé para desviar dos cacos de vidro e do frango com cogumelos. Começo a rir assim que percebo que ele nem considerou usar um pegador de panela.

Deve ser o vinho. *Esse vinho é muito forte.*

Ele bate a porta do forno e vai até a torneira, colocando a mão debaixo da água fria, murmurando palavrões. Tento me segurar para não rir, mas o vinho e todas as coisas ridículas que aconteceram nos últimos segundos não me ajudam. Olho para o chão, para a bagunça que vamos ter de limpar, e caio na gargalhada. Ainda estou rindo enquanto me inclino para dar uma olhada na mão de Ryle. Espero que ele não tenha se machucado muito feio.

De repente, não estou mais rindo. Estou no chão, pressionando a mão no canto do olho.

Em questão de um segundo, o braço de Ryle apareceu do nada e me atingiu, me derrubando para trás. Ele usou força suficiente para que eu me desequilibrasse. Quando caí, meu rosto bateu em um dos puxadores do armário.

Sinto a dor se espalhando a partir do canto do olho, chegando bem perto de minha têmpora.

E então sinto o peso.

Em seguida, aflição, que pressiona cada parte de mim. Muita gravidade empurrando para baixo minhas emoções. Tudo se despedaça.

Minhas lágrimas, meu coração, minha risada, minha *alma*. Despedaçados feito cacos de vidro, caindo ao redor.

Abraço minha cabeça e desejo, com toda a força, que os últimos dez segundos desapareçam.

— Que saco, Lily! — reclama ele. — Não tem graça. Esta mão é minha carreira, porra!

Não o encaro. Dessa vez, sua voz não se infiltra em meu corpo. Parece que está me esfaqueando, as palavras afiadas me atingindo como espadas. Então sinto que ele está a meu lado, com sua *maldita mão* em minhas costas.

Massageando.

— Lily — diz ele. — Meu Deus. *Lily*.

Ele tenta afastar meus braços da cabeça, mas me recuso a permitir. Começo a balançar a cabeça, querendo esquecer os últimos quinze segundos. *Quinze segundos.* Só isso já basta para mudar completamente tudo sobre uma pessoa.

Quinze segundos que nunca teremos de volta.

Ele me puxa para perto e começa a beijar o topo de minha cabeça.

— Me desculpe mesmo. Foi só que... Eu queimei minha mão. Entrei em pânico. Você estava rindo e... me desculpe mesmo, Lily, aconteceu muito rápido. Eu não queria te empurrar, Lily, me desculpe.

Dessa vez, não escuto a voz de Ryle. Tudo que ouço é a voz de meu pai.

"Desculpe, Jenny. Foi um acidente. Me desculpe mesmo".

— Desculpe, Lily. Foi um acidente. Me desculpe mesmo.

Só quero que ele se afaste de mim. Uso todas as forças que tenho nas mãos e nas pernas e o obrigo a ficar longe de mim, *porra.*

Ele cai para trás e se apoia nas mãos. Seus olhos estão cheios de remorso genuíno, mas depois se enchem de outra coisa.

Preocupação? Pânico?

Lentamente, ele ergue a mão direita coberta de sangue, que escorre de sua palma e desce pelo pulso. Olho para o chão, para os cacos de vidro da travessa do ensopado. *Sua mão.* Acabei de empurrá-lo em cima do vidro.

Ele se vira e se levanta. Põe a mão debaixo da água e começa a limpar o sangue. Fico de pé, bem no instante que ele arranca um caco de vidro da palma e o joga no balcão.

Estou morrendo de raiva, mas de algum modo ainda consigo ficar preocupada. Pego uma toalha e a estendo para ele. Está sangrando muito.

É a mão direita.

A cirurgia de segunda-feira.

Tento conter o sangramento, mas estou tremendo muito.

— Ryle, sua mão.

Ele afasta a mão e, com a outra, ergue meu queixo.

— Minha mão que se *foda*, Lily. Não me importo. Você está bem?

Ele observa freneticamente meus olhos, analisando o corte em meu rosto.

Meus ombros começam a tremer, e lágrimas enormes e cheias de mágoa me escorrem pelas bochechas.

— Não. — Estou um pouco chocada, e sei que ele percebe meu coração se partindo quando respondo, porque sinto isso reverberar em todo o corpo. — Meu Deus. Você me *empurrou*, Ryle. Você...

Perceber o que acabou de acontecer dói mais que a própria situação.

Ryle põe o braço ao redor de meu pescoço e me dá um abraço desesperado.

— Me desculpe, Lily. *Meu Deus*, me desculpe mesmo. — Ele enfia o rosto em meu cabelo, me apertando com tudo o que está sentindo. — Por favor, não me odeie. *Por favor.*

Sua voz volta lentamente a ser a voz de Ryle, e eu a sinto na barriga, nos dedos dos pés. Sua carreira inteira depende da mão, então o fato de ele nem estar preocupado com ela só pode significar alguma coisa. *Não?* Estou tão confusa.

Tem coisa demais acontecendo. A fumaça, o vinho, os cacos de vidro, a comida espalhada por todo canto, o sangue, a raiva, os pedidos de desculpa, *é coisa demais.*

— Me desculpe mesmo — repete ele. Eu me afasto, e seus olhos estão vermelhos. Nunca o vi tão triste. — Entrei em pânico. Eu não queria te empurrar, só entrei em pânico. Estava pensando na cirurgia de segunda-feira e na minha mão e... me desculpe.

Ele me beija na boca e respira encostado a mim.

Ele não é como meu pai. Não pode ser. Não é nada parecido com aquele filho da mãe insensível.

Nós estamos chateados, nos beijando, confusos e tristes. Nunca senti nada como estou sentindo agora, nada tão feio e doloroso. Porém, por alguma razão, a única coisa que ameniza a dor recém-causada por este homem *é* este homem. Minhas lágrimas são acalmadas por sua tristeza, minhas emoções são aplacadas pela boca na minha, sua mão me agarrando como se jamais quisesse me soltar.

Sinto seus braços envolverem minha cintura, e ele me levanta, passando cuidadosamente pela bagunça que fizemos. Ainda não sei se estou mais desapontada com ele ou comigo mesma. Com ele por ter se descontrolado, ou comigo porque, de algum modo, encontrei consolo em seu pedido de desculpas.

Ele me carrega e vai me beijando até o quarto. Ainda está me beijando quando me coloca na cama e sussurra:

— Me desculpe, Lily. — Ele aproxima os lábios do local em que meu olho bateu no armário, e me beija ali. — Me desculpe mesmo.

Sua boca está encostada à minha de novo, úmida e quente, e nem sei o que está acontecendo comigo. Estou sofrendo tanto por dentro, mas meu corpo anseia pelo pedido de desculpas com sua boca e suas mãos em mim. Quero atacá-lo e reagir como sempre quis que minha mãe fizesse quando meu pai lhe batia, mas no fundo quero acreditar que tudo não passou de um acidente. Ryle não é como meu pai. *Ele não é nada parecido com ele.*

Preciso sentir sua tristeza. Seu arrependimento. Percebo essas duas coisas na maneira como ele me beija. Abro as pernas para ele, e sua tristeza é demonstrada de outra forma. Com movimentos lentos e arrependidos para dentro de mim. Toda vez que ele me penetra, sussurra mais um pedido de desculpas. E, como um milagre, toda vez que sai de mim, minha raiva sai com ele.

. . .

Ryle está beijando meu ombro. Minha bochecha. Meu olho. Ainda está em cima de mim, me tocando com delicadeza. Nunca fui tocada assim... com tanta gentileza. Tento esquecer o que aconteceu na cozinha, mas não consigo.

Ele me empurrou para longe.

Ryle me empurrou.

Durante quinze segundos, vi um lado seu que *não era* ele. Que não era *eu*. Ri quando devia ter ficado preocupada. Ryle me empurrou mesmo não devendo ter encostado em mim. Eu o empurrei para longe e o fiz cortar a mão.

Foi terrível. Tudo, os quinze segundos inteiros, foram totalmente horrorosos. Jamais quero pensar naquilo.

Ele ainda está com o pano encharcado de sangue enrolado na mão. Empurro seu peito.

— Já volto — aviso.

Ele me beija mais uma vez e sai de cima de mim. Vou até o banheiro e fecho a porta. Olho no espelho e suspiro.

Sangue. Em meu cabelo, nas bochechas, em meu corpo. O sangue é todo de Ryle. Pego um pano e tento limpar, em seguida procuro o kit de primeiros socorros embaixo da pia. Não faço ideia de como está sua mão. Primeiro queimou, depois cortou. Não faz nem uma hora que ele estava me contando como a cirurgia era importante.

Já chega de vinho. Nunca mais podemos tomar vinho vintage.

Pego o kit debaixo da pia e abro a porta do quarto. Ele está saindo da cozinha em direção ao quarto, com uma pequena bolsa de gelo.

— Para seu olho — explica ele, erguendo-a.

Mostro o kit de primeiros socorros.

— Para sua mão.

Nós dois sorrimos e nos sentamos na cama. Ryle se encosta na cabeceira enquanto ponho sua mão no colo. Enquanto cuido do ferimento, ele segura a bolsa de gelo em meu olho o tempo inteiro.

Coloco um pouco de creme antisséptico no dedo e nas queimaduras. Não parece tão grave quanto imaginei, o que é um alívio.

— Pode impedir que fique com bolhas? — pergunto.

Ele nega com a cabeça.

— Se for de segundo grau, não.

Quero perguntar se ele ainda pode fazer a cirurgia se estiver com bolhas nos dedos, mas não toco no assunto. Tenho certeza de que ele deve estar pensando nisso.

— Quer que eu passe um pouco no corte?

Ele faz que sim. O sangramento parou. Tenho certeza de que, se precisasse de pontos, ele os tomaria, mas acho que está tudo bem. Tiro a atadura elástica do kit de primeiros socorros e começo a envolver sua mão.

— Lily — sussurra. Olho para ele. Está com a cabeça encostada na cabeceira e parece com vontade de chorar. — Eu me sinto péssimo. Se eu pudesse voltar atrás...

— Eu sei — digo, interrompendo-o. — Eu sei, Ryle. Foi terrível. Você me empurrou e me fez questionar tudo o que eu sabia a seu respeito. Mas sei que está se sentindo mal. Não dá para desfazer o que aconteceu. Não quero mais falar sobre isso. — Prendo a atadura ao redor de sua mão e depois o encaro. — Mas Ryle... se acontecer uma coisa dessas de novo, vou saber que não foi só um acidente. E vou largar você sem nem pensar duas vezes.

Ele me encara por um bom tempo, franzindo as sobrancelhas em uma expressão de arrependimento. Ele se inclina para a frente e me beija na boca.

— Não vai acontecer de novo, Lily. Juro. Não sou como ele. Sei que é isso que você está pensando, mas juro que...

Balanço a cabeça, querendo que ele pare. Não aguento o sofrimento em sua voz.

— Sei que você não tem nada a ver com meu pai — digo. — Só... não me faça duvidar de você novamente. Por favor.

Ele afasta o cabelo de minha testa.

— Você é a parte mais importante de minha vida, Lily. Quero trazer felicidade para você. Não quero te magoar. — Ele me beija, se levanta e se inclina, segurando o gelo em meu rosto. — Fique segurando por mais uns dez minutos. Assim não vai inchar.

Substituo a mão dele pela minha.

— Aonde você vai?

— Limpar a bagunça — responde ele, e beija minha testa.

Ryle passa os próximos vinte minutos limpando a cozinha. Escuto vidro sendo jogado na lixeira, vinho sendo derramado na pia. Vou até o banheiro e tomo uma ducha rápida para limpar seu sangue. Em seguida, troco os lençóis da cama. Depois de finalmente limpar a cozinha, ele entra no quarto com um copo e o entrega para mim.

— É refrigerante — diz ele. — A cafeína vai ajudar.

Tomo um gole e sinto o gás descendo a garganta. Na verdade, é mesmo o ideal. Tomo outro gole e deixo o copo na mesa de cabeceira.

— É para ajudar com o quê? Com a ressaca?

Ryle se deita na cama e nos cobre. Balança a cabeça.

— Não, na verdade acho que o refrigerante não ajuda em nada. É que minha mãe costumava me dar um copo de refrigerante quando eu tinha um dia ruim, e isso sempre me fazia sentir um pouco melhor.

Sorrio.

— Bem, funcionou.

Ele acaricia minha bochecha, e vejo em seus olhos e na maneira como me toca que merece pelo menos uma chance de perdão. Se eu não achar uma maneira de perdoá-lo, sinto que o estarei culpando pelo ressentimento que ainda tenho de meu pai. *Ele não é parecido com meu pai.*

Ryle me ama. Ele nunca falou isso, mas sei que me ama. E eu o amo. Tenho certeza de que o que aconteceu na cozinha hoje não vai se repetir. Não depois de ver como ele ficou chateado por ter me machucado.

Todo mundo erra. O que determina o caráter de uma pessoa não são os erros cometidos. É como ela usa esses erros e os transforma em aprendizados, não em desculpas.

Os olhos de Ryle ficam ainda mais sinceros, e ele se inclina para beijar minha mão. Acomoda a cabeça no travesseiro, e ficamos deitados, nos olhando, compartilhando a energia tácita que preenche todos os buracos que a noite nos deixou.

Depois de alguns minutos, ele aperta minha mão.

— Lily — diz, roçando o polegar no meu. — Eu te amo.

Sinto as palavras em cada parte do corpo.

— Também te amo — sussurro.

Foi a verdade mais nua e crua que eu já lhe disse.

Capítulo Quinze

Chego ao restaurante com quinze minutos de atraso. Bem na hora que eu estava fechando a loja, chegou um cliente com um pedido de flores para um funeral. Não tive como recusar porque... infelizmente... funerais são as melhores oportunidades para floriculturas.

Ryle acena para mim, e vou até a mesa, fazendo o possível para não olhar ao redor. Não quero ver Atlas. Tentei fazer com que mudassem o restaurante duas vezes, mas Allysa insistiu em jantar aqui depois dos elogios de Ryle.

Eu me sento, e Ryle se inclina para me beijar.

— Oi, namorada.

Allysa resmunga.

— Meu Deus, vocês são tão fofos que enjoa. — Sorrio para ela, que fixa imediatamente o olhar em meu rosto. Não está tão ruim quanto achei que estaria hoje, deve ter sido porque Ryle insistiu para que eu colocasse gelo. — Meu Deus! Ryle me contou o que aconteceu, mas não achei que estivesse tão ruim.

Olho para ele, querendo saber o que disse a ela. *A verdade?* Ele sorri e diz:

— O azeite se espalhou por todo canto. Quando ela escorregou, foi tão fofo que parecia uma bailarina.

Uma mentira.

Tudo bem. Eu teria feito a mesma coisa.

— Foi bem ridículo — digo, rindo.

De algum modo, o jantar segue sem nenhum incidente. Nenhum sinal de Atlas, nenhum pensamento sobre ontem à noite, e Ryle e eu evitamos beber vinho. Depois de comermos, o garçom se aproxima da mesa.

— Gostariam de sobremesa? — pergunta ele.

Nego com a cabeça, mas Allysa se anima.

— O que vocês têm?

Marshall também parece interessado.

— Estamos comendo por dois, então pode trazer qualquer coisa com chocolate — diz ele.

O garçom assente, e, depois que ele vai embora, Allysa olha para Marshall.

— O bebê ainda está do tamanho de um percevejo. Acho bom você não incentivar maus hábitos pelos próximos meses.

O garçom volta com o carrinho de sobremesas.

— Para as futuras mamães, o chef falou que a sobremesa é por conta da casa — diz ele. — Parabéns.

— É mesmo? — pergunta Allysa, empolgada.

— Por isso o nome do lugar é Bib's, babador em inglês — explica Marshall. — O chef gosta de bebês.

Todos observamos o carrinho de sobremesas.

— Meu Deus! — exclamo, avaliando as opções.

— Este é meu novo restaurante preferido — comenta Allysa.

Escolhemos três sobremesas para a mesa. Enquanto esperamos serem servidas, discutimos nomes de bebês.

— Não — diz Allysa para Marshall. — O bebê não vai ter nome de um estado.

— Mas eu adoro Nebraska — reclama ele. — Idaho?

Allysa apoia a cabeça nas mãos.

— Isso vai causar o divórcio.

— Divórcio — diz Marshall. — Belo nome.

O assassinato de Marshall é interrompido pela chegada das sobremesas. Nosso garçom põe uma fatia de bolo de chocolate na frente de Allysa e se afasta para que o rapaz atrás dele, que está segurando as outras duas sobremesas, se aproxime. O garçom gesticula para o cara que está servindo nossas sobremesas e diz:

— O chef gostaria de parabenizá-la.

— O que acharam da comida? — pergunta ele, olhando para Allysa e Marshall.

Quando seus olhos encontram os meus, minha ansiedade já está passando. Atlas me encara, e, sem nem pensar, pergunto, bruscamente:

— Você é o *chef*?

O garçom se inclina ao redor de Atlas e diz:

— O chef. O dono. Às vezes garçom, outras vezes lavador de pratos. Ele dá um novo significado ao termo "mão na massa".

Ninguém de nossa mesa percebe os próximos cinco segundos, mas para mim passam em câmera lenta.

Os olhos de Atlas focam no corte em meu olho.

Na atadura na mão de Ryle.

Em meu olho de novo.

— Adoramos seu restaurante. É incrível — elogia Allysa.

Atlas não olha para ela. Percebo o movimento em sua garganta enquanto ele engole em seco. Seu maxilar se enrijece, e ele não diz nada ao se afastar.

Merda.

Para tentar disfarçar a saída repentina de Atlas, o garçom sorri e mostra demais os dentes.

— Aproveitem a sobremesa — diz ele, indo para a cozinha.

— Que pena — comenta Allysa. — A gente descobre um novo restaurante preferido, mas o chef é um babaca.

Ryle ri.

— Pois é, mas os babacas são os melhores chefs. Gordon Ramsay?

— Bem lembrado — diz Marshall.

Ponho a mão no braço de Ryle.

— Banheiro — digo a ele.

Ryle assente enquanto saio da mesa, e Marshall diz:

— E Wolfgang Puck? Acha ele um babaca?

Atravesso depressa o restaurante de cabeça baixa. Assim que entro no corredor que já me é familiar, sigo em frente. Abro a porta do banheiro feminino, me viro e o tranco.

Merda. Merda, merda, merda.

O olhar. A raiva em seu maxilar.

Fico aliviada por ele ter ido embora, mas tenho quase certeza de que ele vai estar nos esperando lá fora quando sairmos, pronto para sair no braço com Ryle.

Inspiro pelo nariz, expiro pela boca, lavo as mãos, repito a respiração. Um pouco mais calma, seco as mãos na toalha.

Vou voltar lá e dizer a Ryle que não estou me sentindo muito bem. A gente pode ir embora e nunca mais voltar aqui. Todos eles acham o chef um babaca, então posso usar isso como desculpa.

Destranco a porta, mas não a abro. Ela começa a ser aberta pelo lado de fora, então recuo. Atlas entra no banheiro e fecha a porta. Ele se encosta na madeira enquanto me encara, focando no corte perto de meu olho.

— O que aconteceu? — pergunta.

Balanço a cabeça.

— Nada.

Ele semicerra os olhos, que ainda são azuis como gelo, mas de algum modo estão pegando fogo.

— Você está mentindo, Lily.

Dou um sorrisinho para me safar.

Atlas ri, mas depois fica sério.

— Largue esse cara.

Largar esse cara?

Meu Deus, ele está entendendo tudo errado. Dou um passo à frente e balanço a cabeça.

— Ele não é assim, Atlas. Não foi nada disso. Ryle é uma boa pessoa.

Ele inclina a cabeça e a aproxima um pouco de mim.

— Engraçado. Parece sua mãe falando.

Suas palavras magoam. No mesmo instante, tento alcançar a maçaneta atrás de Atlas, mas ele agarra meu pulso.

— *Largue* ele, Lily.

Afasto minha mão. Fico de costas para ele e respiro fundo. Expiro devagar enquanto me viro de novo em sua direção.

— Só para comparar, eu *nunca* senti tanto medo dele quanto estou sentindo agora de você.

Minhas palavras fazem Atlas parar. Ele começa a balançar lentamente a cabeça, depois com mais determinação, enquanto sai pela porta.

— Eu realmente não queria te incomodar. — Ele gesticula para a porta. — Só estava tentando retribuir a preocupação que você sempre demonstrou ter por mim.

Fico o encarando por um instante, sem assimilar suas palavras. Ele ainda está furioso por dentro, dá para perceber. Mas por fora está calmo... centrado. Está me deixando sair. Estico o braço, destranco a porta e a abro.

Suspiro quando meus olhos encontram os de Ryle. Dou uma rápida olhada por cima do ombro e observo Atlas deixando o banheiro comigo.

Os olhos de Ryle ficam muito confusos enquanto ele olha de mim para Atlas.

— Que *porra* é essa, Lily?

— Ryle.

Minha voz sai trêmula. *Meu Deus, isso parece muito pior do que é.*

Atlas passa por mim e segue em direção às portas da cozinha, como se Ryle nem existisse. Os olhos de Ryle estão fixos nas costas de Atlas. *Continue andando, Atlas.*

Ele para bem no instante que chega às portas da cozinha.

Não, não, não. Continue andando.

No que se torna um dos momentos mais terríveis que consigo imaginar, ele se vira e avança na direção de Ryle, agarrando-o pela gola da camisa. Assim que isso acontece, Ryle joga Atlas para trás e o imprensa na parede oposta. Atlas se lança para cima de Ryle de novo, agora empurrando o antebraço no pescoço deste, prendendo-o na parede.

— Se a tocar de novo, vou cortar a porra de sua mão e enfiá-la em sua garganta, seu merda imprestável!

— Atlas, pare! — grito.

Ele solta Ryle com força, dando um grande passo para trás. Ryle está ofegante, encarando Atlas intensamente. Até que volta a atenção para mim.

— *Atlas?* — diz ele, com familiaridade.

Por que Ryle está dizendo o nome de Atlas desse jeito? Como se já tivesse me escutado falar sobre ele? Jamais lhe contei sobre Atlas.

Espere.

Contei, sim.

Naquela primeira noite no telhado. Foi uma de minhas verdades nuas e cruas.

Ryle ri de incredulidade e aponta para Atlas, mas continua olhando para mim.

— *Este* é Atlas? O garoto sem casa com quem você trepou por *pena?*

Ai, meu Deus!

Imediatamente, o corredor se transforma em um borrão de punhos, cotovelos e gritos de "parem". Dois garçons empurram a porta logo atrás de onde estou, e passam por mim, separando os dois com a mesma rapidez com que a briga começou.

Eles são empurrados contra paredes opostas e ficam se encarando, ofegantes. Não consigo olhar para nenhum dos dois.

Não consigo olhar para Atlas. Não depois do que Ryle acabou de dizer. Também não consigo olhar para Ryle, porque ele deve estar imaginando as piores coisas neste instante.

— Fora! — grita Atlas, apontando para a porta, mas olhando para Ryle. — Saia de meu restaurante, cacete!

Meus olhos encontram os de Ryle enquanto ele passa por mim. Tenho medo do que vou encontrar ali. Mas não vejo nenhuma raiva.

Somente mágoa.

Muita mágoa.

Ele hesita, como se estivesse prestes a me dizer alguma coisa. Porém, me olha desapontado e volta ao restaurante.

Finalmente encaro Atlas e noto sua expressão de decepção. Antes que eu possa explicar o que Ryle disse, ele se vira e vai embora, empurrando as portas da cozinha.

Imediatamente me viro e corro atrás de Ryle. Ele pega a jaqueta na mesa e segue para a saída, sem nem ao menos olhar para Allysa e Marshall.

Allysa olha para mim e ergue as mãos, sem entender. Balanço a cabeça, pego minha bolsa e digo:

— É uma longa história. Amanhã a gente conversa.

Vou atrás de Ryle até lá fora. Ele está andando na direção do estacionamento. Corro para alcançá-lo, e ele simplesmente para e soca o ar.

— Não vim de *carro*, porra! — grita ele, frustrado.

Tiro as chaves da bolsa, e ele se aproxima de mim e as tira de minha mão. Mais uma vez, eu o sigo até meu carro.

Não sei o que fazer. Nem sei se ele quer falar comigo agora. Acabou de me ver trancada no banheiro com o cara por quem eu era apaixonada. Depois, do nada, o sujeito o atacou.

Meu Deus, a situação é feia.

Quando chegamos ao carro, ele vai direto para o lado do motorista. Aponta para o banco do carona e diz:

— Entre, Lily.

Ele não fala nada durante todo o trajeto. Digo seu nome uma vez, mas ele apenas balança a cabeça, como se ainda não estivesse pronto para escutar minha explicação. Quando chegamos à garagem, ele sai do carro assim que o desliga, de tão desesperado para se afastar de mim.

Ele anda de um lado para outro quando eu salto do veículo.

— Não era o que parecia, Ryle. Juro.

Ele para de andar, e, ao olhar para mim, meu coração se aperta. Há tanto sofrimento desnecessário em seu olhar. Tudo não passou de um mal-entendido ridículo.

— Eu não queria isso, Lily — diz ele. — Eu não queria namorar! Não queria esse tipo de estresse em minha vida!

Por mais que ele esteja magoado por causa do que acha que viu, suas palavras me enfurecem.

— Ué, então *vá embora*!

— *O quê?*

Ergo as mãos.

— Não quero ser um fardo, Ryle! Sinto muito se minha presença em sua vida é tão *insuportável*!

Ele dá um passo à frente.

— Lily, não é nada disso que estou dizendo.

Ele também ergue as mãos, frustrado, e passa por mim. Depois se encosta no carro e cruza os braços. Passamos bastante tempo em silêncio enquanto espero para ouvir o que ele tem a dizer. Ele está de cabeça baixa, mas a levanta um pouco e olha para mim.

— Verdades nuas e cruas, Lily. É tudo o que eu quero de você agora. Pode me dar isso?

Assinto.

— Você sabia que ele trabalhava lá?

Comprimo os lábios e ponho o braço no peito, agarrando meu cotovelo.

— Sabia. Por isso eu não queria voltar lá, Ryle. Não queria encontrá-lo.

Minha resposta parece aliviar um pouco a tensão. Ryle passa a mão no rosto.

— Você contou a ele sobre ontem? Contou a ele sobre nossa briga?

Dou um passo à frente e balanço com firmeza a cabeça.

— Não. Ele presumiu. Viu meu olho e sua mão, e simplesmente presumiu.

Ele exala com força e inclina a cabeça para trás, observando o teto. Quase parece incapaz de fazer a próxima pergunta tamanho seu sofrimento.

— Por que você estava sozinha com ele no banheiro?

Dou outro passo à frente.

— Ele me seguiu até lá. Não sei mais nada sobre ele, Ryle. Nem sabia que ele era o dono do restaurante, achei que era só um garçom. Ele não faz mais parte de minha vida, juro. É que ele... — Cruzo os braços e abaixo o tom de voz. — Nós crescemos em casas violentas. Ele viu meu rosto e sua mão e... ficou preocupado comigo, só isso. Nada além disso.

Ryle tapa a boca com a mão. Escuto o ar passando por seus dedos enquanto ele exala. Endireita a postura, parando um momento para assimilar tudo o que acabei de dizer.

— Minha vez — avisa.

Ele se afasta do carro e atravessa os três passos nos separando. Põe as mãos em meu rosto e me olha bem nos olhos.

— Se não quer ficar comigo... por favor, me diga agora, Lily. Porque, quando o vi com ele... isso *doeu*. Não quero sentir aquilo de novo. E, se está doendo tanto agora, morro de medo quando penso em como seria daqui a um ano.

Sinto as lágrimas começarem a escorrer por minhas bochechas. Ponho as mãos em cima das dele e balanço a cabeça.

— Não quero mais ninguém, Ryle. Só você.

Ele força o sorriso mais triste que já vi em alguém. Ele me puxa para perto e me abraça. Ponho os braços a seu redor com o máximo de firmeza, e ele encosta os lábios em minha têmpora.

— Eu te amo, Lily. *Meu Deus*, como eu te amo.

Eu o aperto com força, beijando seu ombro.

— Também te amo.

Fecho os olhos. Queria poder apagar os dois últimos dias inteiros.

Atlas está errado a respeito de Ryle.

Eu só queria que *Atlas* soubesse que está errado.

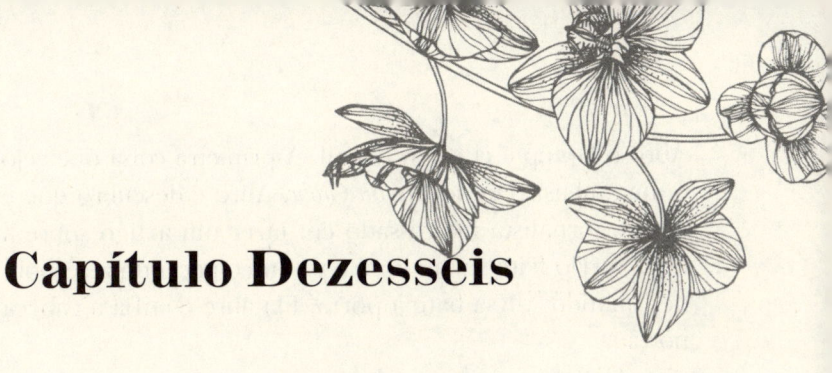

Capítulo Dezesseis

— Quero dizer... não estou tentando ser egoísta, mas você não provou a sobremesa, Lily. — resmunga Allysa. — Ah, estava *tããão* boa.

— A gente nunca mais vai voltar — digo.

Ela bate o pé no chão feito uma criança.

— Mas...

— Não. Precisamos respeitar os sentimentos de seu irmão.

Ela cruza os braços.

— Eu sei, eu sei. Por que você foi uma adolescente cheia de hormônios e se apaixonou pelo melhor chef de Boston?

— Ele não era um chef quando nos conhecemos.

— Que seja... — rebate ela, saindo do escritório e fechando a porta.

Meu celular vibra com uma nova mensagem.

Ryle: Cinco horas já se passaram. Faltam mais cinco. Até agora tudo bem. Mão ótima.

Suspiro, aliviada. Eu não sabia se ele conseguiria operar hoje, mas fico feliz porque sabia como ele estava ansioso por essa cirurgia.

Eu: As mãos mais firmes de Boston.

Abro o laptop e checo o e-mail. A primeira coisa que vejo é uma mensagem do *Boston Globe*. Abro e descubro que é de um jornalista interessado em fazer um artigo sobre a loja. Sorrio feito uma idiota e estou começando a responder quando Allysa bate à porta. Ela abre e enfia a cabeça no vão.

— Oi — cumprimenta ela.

— Oi — respondo.

Ela tamborila os dedos na porta.

— Lembra que, há alguns minutos, me disse que eu nunca mais poderia voltar ao Bib's, que é injusto com Ryle, porque o dono é o garoto que você amava na adolescência?

Encosto na cadeira.

— O que você quer, Allysa?

— Se não é justo a gente voltar lá por causa do dono, por que é justo o dono poder vir aqui? — argumenta, enrugando o nariz.

O quê?

Fecho o laptop e me levanto.

— Por que está dizendo isso? Ele está aqui?

Ela assente e entra no escritório, fechando a porta.

— Sim. E perguntou por você. Sei que você está com meu irmão e que estou grávida, mas podemos só parar um instante e admirar em silêncio a perfeição que é aquele homem?

Ela sorri de um jeito sonhador, e eu reviro os olhos.

— Allysa.

— Mas aqueles *olhos*. — Ela abre a porta e sai. Eu a sigo e me deparo com Atlas. — Ela está bem aqui. Gostaria que eu guardasse seu casaco?

A gente não guarda os casacos das pessoas.

Atlas ergue o olhar quando saio do escritório. Seus olhos se voltam para Allysa, e ele balança a cabeça.

— Não, obrigado. Não vou demorar.

Allysa se inclina para a frente por cima do balcão, apoiando o queixo nas mãos.

— Fique o tempo quiser. Na verdade, está procurando um trabalho extra? Lily precisa contratar mais gente, e estamos procurando alguém capaz de levantar coisas bem pesadas. Requer muita flexibilidade.

Semicerro os olhos para Allysa e articulo com os lábios:

— *Chega.*

Ela dá de ombros inocentemente. Mantenho a porta aberta para Atlas, mas evito encará-lo quando passa por mim. Estou sentindo uma culpa imensa pelo que aconteceu ontem à noite, mas também uma raiva imensa.

Dou a volta na escrivaninha e me sento na cadeira, preparada para discutir. Porém, quando o olho, fecho a boca.

Ele está sorrindo. Gesticula ao redor enquanto se senta na minha frente.

— Isso é incrível, Lily.

Faço uma pausa.

— Obrigada.

Ele continua sorrindo para mim, como se estivesse orgulhoso. Depois coloca uma sacola em cima da mesa e a empurra em minha direção.

— Um presente — explica. — Pode abrir mais tarde.

Por que ele está comprando presentes para mim? Tem namorada. E eu tenho namorado. Nosso passado já causou problemas demais a meu presente. Certamente não preciso de lembrancinhas para piorar as coisas.

— Por que está comprando presentes para mim, Atlas?

Ele se encosta na cadeira e cruza os braços.

— Comprei faz três anos. Estava guardando caso a gente se reencontrasse algum dia.

Atlas atencioso. Ele não mudou. Droga.

Pego o presente e o coloco no chão atrás da mesa. Tento liberar um pouco da tensão que estou sentindo, mas é muito difícil quando sua presença me deixa tão tensa.

— Vim pedir desculpas — explica.

Aceno para que ele deixe isso para lá, indicando que não é necessário.

— Não tem problema. Foi um mal-entendido. Ryle está bem.

Ele ri baixinho.

— Não é por causa disso que estou me desculpando — diz ele. — Nunca me desculparia por te defender.

— Você não estava me defendendo — digo. — Não tinha do que me defender.

Ele inclina a cabeça, com o mesmo olhar de ontem à noite. O olhar que indica como está desapontado comigo. Sinto uma pontada na barriga.

Pigarreio.

— Então por que está se desculpando?

Ele fica quieto por um instante. Contemplativo.

— Queria me desculpar por ter dito que você parecia sua mãe. Isso foi ofensivo. Peço desculpas.

Não sei por que sempre sinto vontade de chorar quando estou com ele. Quando penso nele. Quando leio sobre ele. É como se minhas emoções ainda estivessem conectadas a ele de alguma maneira, e não sei como me desprender.

Seu olhar se fixa em minha mesa. Ele estende o braço e pega três coisas. Uma caneta. Um post-it. Meu celular.

Ele anota alguma coisa no post-it e depois começa a desmontar meu celular. Tira a capa e coloca o post-it entre a capa e o celular, depois põe a capa de volta. Ele desliza meu celular pela mesa. Olho para o telefone e depois para ele. Atlas se levanta e joga a caneta na mesa.

— É o número de meu celular. Deixe aí escondido caso precise algum dia.

Eu me contraio com seu gesto. Seu gesto *desnecessário*.

— Não vou precisar.

— Espero que não.

Ele vai até a porta e toca a maçaneta. E sei que é minha única chance de dizer o que preciso dizer antes que ele suma de minha vida para sempre.

— Atlas, espere.

Eu me levanto tão depressa que minha cadeira sai deslizando pelo escritório e esbarra na parede. Ele vira metade do corpo e me encara.

— Sobre o que Ryle te disse ontem. Eu nunca... — Levo a mão trêmula ao pescoço. Sinto meu coração batendo na garganta. — Eu *nunca* disse aquilo a ele. Ryle estava magoado e chateado, então adulterou o sentido de minhas palavras de muito tempo atrás.

O canto da boca de Atlas se contrai, e não sei se ele tentava não sorrir ou não franzir o rosto. Ele se vira completamente para mim.

— Pode acreditar em mim, Lily. Sei que não foi uma trepada por *pena*. Eu estava lá.

Ele sai pela porta, e suas palavras me derrubam na cadeira.

Mas... minha cadeira não está mais no lugar. Está do outro lado da sala, e agora estou no chão.

Allysa entra correndo, e estou deitada atrás da mesa.

— Lily? — Ela dá a volta na escrivaninha e para a meu lado. — Você está bem?

Ergo o polegar.

— Estou. Só não acertei a cadeira.

Ela estende a mão e me ajuda a ficar de pé.

— O que foi que aconteceu?

Olho para a porta enquanto pego a cadeira. Eu me sento e olho meu celular.

— Nada. Ele só queria se desculpar.

Allysa suspira cheia de desejo e olha para a porta.

— Isso quer dizer que ele não quer o emprego?

Uma coisa preciso admitir: mesmo no meio de um turbilhão de emoções, ela me faz rir.

— Volte para o trabalho antes que eu diminua seu salário.

Ela ri e começa a se afastar. Bato a caneta na mesa e digo:

— Allysa. Espere.

— Eu sei — diz ela, me interrompendo. — Ryle não deve saber sobre essa visita. Não precisa me pedir.

Sorrio.

— Obrigada.

Ela fecha a porta.

Estendo o braço e pego a sacola com o presente comprado três anos atrás. Percebo facilmente que é um livro, embrulhado em papel delicado. Rasgo a embalagem e caio para trás na cadeira.

Tem uma foto de Ellen DeGeneres na capa, com o título *É Sério... Estou Brincando*. Rio e depois abro o livro, suspirando baixinho quando vejo o autógrafo. Passo os dedos pelas palavras da dedicatória.

Lily,
Atlas pede que continue a nadar.
Ellen DeGeneres

Passo o dedo pela assinatura. Depois deixo o livro em minha mesa, encostando a testa na capa, e finjo chorar.

Capítulo Dezessete

Chego em casa depois das 19h. Ryle ligou há uma hora e disse que não passaria aqui hoje à noite. A separação do confuxopago (sei lá qual o palavrão que usou) foi um sucesso, mas ele vai passar a noite no hospital para qualquer eventualidade.

Entro no apartamento silencioso. Visto meu pijama em silêncio. Como um sanduíche em silêncio. Depois me deito no quarto silencioso e abro meu novo livro silencioso, esperando que ele silencie meus sentimentos.

Óbvio que, depois de três horas lendo, todos os sentimentos dos últimos dias aos poucos vão ficando para trás. Ponho um marcador na página em que parei, e fecho o livro.

Fico o encarando por um bom tempo. Penso em Ryle. Penso em Atlas. Penso que, às vezes, por mais que você esteja convencida de que sua vida vai seguir determinado rumo, toda a certeza pode sumir com uma simples mudança de maré.

Pego o livro que Atlas me deu e o guardo no armário com meus diários. Em seguida, pego o diário cheio de lembranças. E sei que, finalmente, chegou a hora de ler o último texto. Depois posso fechá-lo de vez.

Querida Ellen,
Na maior parte do tempo, fico feliz por você não saber que eu existo e eu nunca ter te mandado pelo correio essas cartas.

Mas, às vezes, especialmente hoje, eu queria que você me conhecesse, sim. Só preciso de alguém com quem conversar sobre tudo o que estou sentindo. Não vejo Atlas há seis meses, e não faço ideia de onde ele está nem de como está. Muita coisa aconteceu desde que escrevi pela última vez, quando Atlas se mudou para Boston. Achei que era a última vez que eu o veria por um tempo, mas não foi.

Eu o vi uma vez depois que ele foi embora, várias semanas mais tarde. Era meu aniversário de 16 anos, e, quando ele chegou, aquele se tornou o melhor dia de minha vida.

E depois o pior.

Fazia exatamente quarenta e dois dias que Atlas tinha ido para Boston. Contei cada um deles, como se fosse ajudar de algum modo. Eu estava muito deprimida, Ellen. Ainda estou. As pessoas dizem que adolescentes não sabem amar igual a um adulto. Parte de mim acredita nisso, mas não sou adulta então não tenho como comparar. Mas acredito que deve ser diferente. Tenho certeza de que tem mais conteúdo no amor entre dois adultos que entre dois adolescentes. Deve ter mais maturidade, mais respeito, mais responsabilidade. Porém, por mais que o conteúdo de um amor seja outro em idades diferentes na vida de uma pessoa, sei que o amor precisa ter o mesmo peso. Dá para sentir o peso nos ombros, na barriga e no coração, não importa a idade. E meus sentimentos por Atlas são muito pesados. Toda noite, choro até dormir e sussurro: "Continue a nadar". Mas é muito difícil nadar quando você se sente ancorada dentro da água.

Agora que parei para pensar, eu devia estar passando pelas fases do luto. Negação, raiva, negociação, depressão e aceitação. Eu estava justamente na fase da depressão na noite de meu aniversário de 16 anos. Minha mãe se esforçou para que eu tivesse um dia bom. Comprou instrumentos de jardinagem, fez meu bolo favorito, e nós duas saímos para jantar. Porém, quando me deitei na cama à noite, não consegui ignorar a tristeza.

Eu estava chorando quando ouvi a batida na janela. No início achei que tinha começado a chover. Mas depois ouvi sua voz. Pulei da cama e corri até a janela, com o coração acelerado. Ele estava parado no escuro, sorrindo para mim. Levantei a janela e o ajudei a entrar, e ele ficou me abraçando por muito tempo enquanto eu chorava.

Atlas estava tão cheiroso... Enquanto o abraçava, percebi que ele tinha ganhado alguns quilos muito necessários nas seis semanas desde que o vi pela última vez. Ele se afastou e enxugou as lágrimas de minhas bochechas.

— Por que você está chorando, Lily?

Eu estava com vergonha de estar chorando. Já tinha chorado muito naquele mês, deve ter sido o mês em que mais chorei na vida. Provavelmente eram os hormônios de uma adolescente misturados com o estresse de como meu pai tratava minha mãe, e com o fato de que tive de me despedir de Atlas.

Peguei uma camisa no chão e enxuguei os olhos, depois nos sentamos na cama. Ele me puxou para perto e se encostou na cabeceira.

— O que você está fazendo aqui? — perguntei.

— É seu aniversário — disse ele. — E você ainda é minha pessoa preferida. E eu estava com saudade.

Ele deve ter chegado antes das 22h, mas conversamos tanto que era mais de meia-noite quando olhei outra vez para o relógio. Não lembro sobre o que conversamos, mas lembro como me senti. Ele parecia feliz, e havia um brilho em seus olhos que eu nunca tinha visto. Parecia que ele finalmente havia encontrado seu lar.

Ele disse que queria me contar uma coisa, e seu tom de voz ficou sério. Ele me ajustou para que eu ficasse no seu colo, porque queria que eu o olhasse nos olhos enquanto contava. Eu estava achando que ele ia me dizer que tinha namorada ou que ia entrar para as forças armadas mais cedo. Mas o que ele me disse me chocou.

Falou que, na primeira noite que foi para aquela casa, não o fez porque estava atrás de um lugar para ficar.

Ele foi para se matar.

Levei as mãos até a boca, porque eu não fazia ideia de que ele estava tão mal. Tão mal que nem queria mais viver.

— Espero que você nunca saiba o que é se sentir tão sozinho assim, Lily — disse ele.

Ele continuou e me falou que, na primeira noite naquela casa, estava sentado na sala de estar com uma lâmina no pulso. Quando estava prestes a usá-la, a luz de meu quarto se acendeu.

— Você estava parada parecendo um anjo, iluminada pela luz do céu — disse ele. — Não consegui tirar os olhos de você.

Ele ficou um tempo me observando andar pelo quarto. Viu quando me deitei na cama e escrevi no diário. E deixou a lâmina de lado porque disse que fazia um mês que a vida não lhe provocava nenhum sentimento, mas olhar para mim o fez sentir algo. O suficiente para não ficar mais tão entorpecido a ponto de querer acabar com tudo naquela noite.

Então um ou dois dias depois, levei comida para ele e coloquei na varanda dos fundos. Acho que o resto da história você já sabe.

— Você salvou minha vida, Lily — disse ele para mim. — E eu nem queria que fosse salva.

Ele se inclinou para a frente e beijou o local entre meu ombro e meu pescoço que beija toda vez. Gostei do que ele fez. Não gosto de muita coisa em meu corpo, mas essa área na clavícula se tornou a parte que mais gosto em mim.

Ele segurou minhas mãos e disse que ia entrar para a Marinha antes do que tinha planejado, mas que não podia ir embora sem me agradecer. Disse que passaria quatro anos longe e que a última coisa que desejava para mim era que eu fosse uma garota de 16 anos que não aproveitava a vida por causa de um namorado que nunca mandava notícias, que eu nunca via.

A próxima coisa que ele disse fez seus olhos lacrimejarem até ficarem límpidos.

— Lily. A vida é engraçada. A gente só tem alguns anos para viver, então precisamos fazer o possível para viver esses anos inten-

samente. *Não devemos perder tempo com coisas que talvez aconte-
çam algum dia ou então nunca.*

*Entendi o que ele estava dizendo. Que ia se alistar e não queria
que eu me prendesse a ele enquanto estivesse longe. Ele não estava
terminando nada comigo porque nunca estivemos realmente juntos. Éramos só duas pessoas que se ajudavam quando era preciso
e que fundiram seus corações um ao outro no meio do caminho.*

*Foi difícil ver alguém que nunca ficou comigo de verdade se
afastar de mim. Durante todo o tempo que passamos juntos, acho
que nós meio que sabíamos que não era algo para sempre. Não
sei por quê, afinal eu poderia facilmente amá-lo desse jeito. Acho
que talvez em circunstâncias normais, se estivéssemos juntos como
típicos adolescentes, e ele tivesse uma vida comum com uma casa,
nós dois poderíamos ser esse casal. O tipo de casal que se une com
facilidade e cuja vida nunca é interrompida pela crueldade.*

*Nem tentei fazê-lo mudar de ideia naquela noite. Sinto que a
gente tem uma conexão que nem os fogos do inferno quebrariam.
Sinto que ele pode passar um tempo na Marinha e que eu posso
viver mais alguns anos como uma adolescente normal, porque depois tudo vai se encaixar quando for a hora certa.*

*— Vou te prometer uma coisa — disse ele. — Quando minha vida
estiver boa o suficiente para que você faça parte dela, vou te encontrar. Mas não quero que fique me esperando, porque talvez isso
nunca aconteça.*

*Não gostei dessa promessa, pois significava duas possibilida-
des. Ou ele achava que nunca sairia vivo da Marinha, ou que sua
vida nunca seria boa o suficiente para mim.*

*Sua vida já era boa o suficiente para mim, mas apenas assenti
e forcei um sorriso.*

*— Se você não vier atrás de mim, eu vou atrás de você. E isso
não vai ser nada bom, Atlas Corrigan.*

Ele riu de minha ameaça.

*— Bem, não vai ser muito difícil me achar. Você sabe exatamen-
te onde estarei.*

Sorri.

— Onde tudo é melhor.

Ele retribuiu o sorriso.

— Em Boston.

E depois me beijou.

Ellen, sei que você é adulta e sabe tudo sobre o que aconteceu em seguida, mas mesmo assim não me sinto à vontade contando o que fizemos nas duas horas seguintes. Vamos dizer apenas que a gente se beijou muito. Rimos muito. Amamos muito. Suspiramos muito. Muito. E nós dois tivemos de tapar as bocas e fazer o máximo de silêncio possível para que não nos flagrassem.

Quando terminamos, ele me abraçou, pele com pele, mão no coração. Ele me beijou e me olhou bem nos olhos.

— Eu te amo, Lily. Tudo que você é. Eu te amo.

Sei que essas palavras são muito repetidas por aí, principalmente por adolescentes. Muitas vezes de forma prematura e sem muito mérito. Mas, quando ele as disse para mim, sei que não queria falar que estava apaixonado por mim. Não era esse tipo de "eu te amo".

Imagine todas as pessoas que você conhece ao longo da vida. São muitas. Elas surgem como ondas, entrando e saindo aos poucos, dependendo da maré. Algumas ondas são muito maiores e causam mais impacto que outras. Às vezes, as ondas trazem coisas lá do fundo do mar e as largam no litoral. Marcas nos grãos de areia que provam que as ondas estiveram lá, muito depois de a maré recuar.

Foi isso que Atlas quis dizer ao falar "eu te amo". Estava me contando que eu era a maior onda que tinha aparecido em sua vida. E eu havia trazido tanta coisa comigo que minhas marcas sempre estariam presentes, mesmo quando a maré recuasse.

Depois de dizer que me amava, ele falou que tinha um presente de aniversário para mim. Pegou uma pequena sacola marrom.

— Não é nada de mais, mas foi tudo o que consegui comprar.

Abri a sacola e tirei o melhor presente que já ganhei. Era um ímã que dizia "Boston" em cima. Embaixo, com letras pequenas, estava escrito: "Onde tudo é melhor". Eu disse que guardaria para sempre e que pensaria nele toda vez que o visse.

Quando comecei a escrever esta carta, falei que meu aniversário de 16 anos tinha sido um dos melhores dias de minha vida. Porque até aquele segundo, tinha sido mesmo.

Os próximos minutos é que não foram.

Antes de Atlas aparecer naquela noite, eu não estava esperando por ele, então não pensei em trancar a porta do quarto. Meu pai me escutou conversando com alguém e, ao escancarar a porta e encontrar Atlas na cama comigo, ele ficou mais zangado do que eu já o vira antes. E Atlas estava em desvantagem, porque não estava preparado para o que veio em seguida.

Nunca vou esquecer aquele momento enquanto estiver viva. Eu não podia fazer absolutamente nada enquanto meu pai o golpeava com um bastão de baseball. O barulho dos ossos se quebrando foi a única coisa que escutei acima de meus gritos.

Ainda não sei quem chamou a polícia. Tenho certeza de que foi minha mãe, mas já se passaram seis meses e ainda não conversamos sobre aquela noite. Quando a polícia apareceu em meu quarto e tirou meu pai de cima dele, eu nem reconheci Atlas de tão ensanguentado que ele estava.

Fiquei histérica.

Histérica.

Não só tiveram de levar Atlas em uma ambulância, como também precisaram chamar uma para mim porque eu não conseguia respirar. Foi o primeiro e único ataque de pânico que já tive.

Ninguém queria me dizer onde ele estava ou se estava bem. Meu pai nem foi preso pelo que fez. Espalharam a notícia de que Atlas estava naquela casa antiga, sem ter onde morar. Meu pai foi venerado pelo ato heroico, por ter salvado a filhinha do mendigo que a manipulou para que transasse com ele.

Meu pai disse que eu tinha envergonhado a família, dando um motivo para a cidade inteira fofocar. E vou te contar, até hoje falam sobre isso. Esta manhã escutei Katie dizer a alguém no ônibus que tentou me alertar sobre Atlas. Disse que sabia que ele era uma má influência desde o momento que o viu. Mas isso é mentira. Se Atlas estivesse no ônibus comigo, eu provavelmente teria ficado de boca calada e agido com maturidade, como ele tentou me ensinar. Em vez disso, fiquei com tanta raiva que me virei e mandei Katie ir para o inferno. Disse que Atlas era um ser humano melhor que ela jamais seria, e que, se eu a escutasse falar mal dele de novo, ela ia se arrepender.

Ela apenas revirou os olhos e disse:

— Meu Deus, Lily. Ele fez lavagem cerebral em você, foi? Era um mendigo sujo e ladrão, que provavelmente usava drogas. Ele te usou porque queria comida e sexo, e agora você o está defendendo?

Ela teve sorte de o ônibus chegar a minha casa bem naquele instante. Peguei minha mochila, saí do ônibus, entrei em casa e passei três horas chorando no quarto. Agora minha cabeça está doendo, mas eu sabia que só ficaria melhor se finalmente colocasse tudo para fora aqui no diário. Já faz seis meses que evito escrever esta carta.

Sem querer ofender, Ellen, mas minha cabeça continua doendo. Meu coração também. Talvez esteja doendo ainda mais que ontem. Esta carta não ajudou nem um pouco.

Acho que vou passar um tempo sem escrever. Porque me lembro dele quando escrevo para você, e tudo isso dói muito. Até ele vir atrás de mim, vou apenas fingir que está tudo bem. Vou continuar fingindo que estou nadando, quando na verdade só estou boiando. Quase sem conseguir manter a cabeça fora da água.

Lily

Viro para a próxima página, mas está em branco. Foi a última vez que escrevi para Ellen.

Também nunca mais tive notícias de Atlas, e uma grande parte de mim jamais o culpou por isso. Ele quase morreu nas mãos de meu pai. Não dá para perdoar.

Soube que ele tinha sobrevivido e ficado bem porque, às vezes, ao longo dos anos, minha curiosidade falava mais alto e eu descobria o que dava sobre ele na internet. Mas não tinha muita coisa. Só o suficiente para que eu soubesse que estava vivo e tinha se alistado.

Porém, ele nunca saiu de minha cabeça. O tempo amenizou as coisas, mas, às vezes, eu me deparava com algo que me fazia lembrar dele, e ficava mal. Só depois de uns dois anos na faculdade, quando comecei a namorar outra pessoa, percebi que talvez Atlas não fosse tudo em minha vida. Talvez fosse só uma parte dela.

Talvez o amor não seja um ciclo completo. Apenas suba e desça, entre e saia, assim como as pessoas em nossas vidas.

Certa noite, eu me sentia muito sozinha na faculdade, então fui a um estúdio de tatuagem e pedi para desenhar um coração onde ele me beijava. É um coração pequeno, mais ou menos do tamanho de um polegar, e parece muito com o coração que ele entalhou para mim em um pedaço de carvalho. Ele não se fecha totalmente no topo, e fico na dúvida se Atlas entalhou o coração assim de propósito. Porque é desse jeito que meu coração se sente toda vez que penso nele. Parece que tem um buraco, deixando todo o ar sair.

Depois da faculdade, acabei me mudando para Boston, não necessariamente porque esperava encontrá-lo, mas porque eu precisava ver com os próprios olhos se Boston era mesmo melhor. De qualquer jeito, não havia nada para mim em Plethora, e eu queria ficar o mais longe possível de meu pai. Apesar de doente e de não mais conseguir machucar ninguém, ele ainda me dava ânsias de escapar do Maine, então foi exatamente o que fiz.

Ver Atlas no próprio restaurante pela primeira vez me causou tantas emoções que eu não sabia processá-las. Fiquei feliz por saber que ele estava bem. Fiquei feliz ao ver que parecia saudável. Mas eu estaria mentindo se dissesse que não fiquei um pouco magoada por ele nunca ter tentado me encontrar, como prometeu.

Eu o amo. Ainda amo e sempre amarei. Ele foi uma onda enorme que deixou muitas marcas em minha vida, e vou sentir o peso desse amor até morrer. Já aceitei isso.

Mas agora as coisas são diferentes. Hoje, depois que ele saiu do escritório, pensei muito em nós dois. Acho que nossas vidas estão onde deveriam estar. Eu tenho Ryle. Atlas tem uma namorada. Ambos construímos as carreiras que sempre quisemos. Só porque não terminamos juntos na mesma onda não significa que não somos parte do mesmo oceano.

As coisas com Ryle ainda são bem recentes, mas o que sinto por ele é tão intenso quanto o que eu sentia por Atlas. Ele me ama assim como Atlas me amava. E sei que, se Atlas tivesse a oportunidade de conhecê-lo, perceberia isso e ficaria feliz por mim.

Às vezes, uma onda inesperada surge e te suga, se recusando a cuspir para fora. Ryle é minha onda inesperada da maré, e, no momento, estou tocando de leve em sua bela superfície.

Parte Dois

Capítulo Dezoito

— Meu Deus. Acho que vou vomitar.

Ryle põe o polegar debaixo de meu queixo e inclina meu rosto na direção do seu. Sorri para mim.

— Você vai ficar bem. Pare de surtar.

Balanço as mãos e dou um pulo dentro do elevador.

— Não consigo — digo. — Tudo o que você e Allysa me contaram sobre sua mãe me deixa muito nervosa. — Arregalo os olhos e levo a mão à boca. — Meu Deus, Ryle. E se ela me perguntar sobre *Jesus*? Eu não vou à igreja. Quero dizer, li a Bíblia quando era mais nova, mas não sei responder nenhuma pergunta.

Agora Ryle está rindo de verdade. Ele me puxa para perto e beija minha têmpora.

— Ela não vai falar sobre Jesus. Minha mãe já te ama por causa das coisas que contei a ela. Você só precisa ser você mesma, Lily.

Concordo com a cabeça.

— Ser eu mesma. Ok. Acho que consigo fingir ser eu mesma por uma noite. Não é?

As portas se abrem, ele sai do elevador comigo, e seguimos na direção do apartamento de Allysa. É engraçado o ver batendo à porta, porque acho que tecnicamente não mora mais aqui. Nos últimos meses, ele foi aos poucos passando cada vez mais tempo em minha casa. Todas as suas roupas estão em meu apartamento. Seus itens de higiene pessoal. Na semana passada, ele até pendurou aquela foto minha ridícula e desfocada em nosso quarto, e realmente pareceu algo oficial a partir de então.

— Ela sabe que moramos juntos? — pergunto. — Ela vê algum problema nisso? Quero dizer, não somos casados. E ela vai à igreja todo domingo. Ah, não, Ryle! E se sua mãe achar que sou uma vagabunda blasfema?

Ryle aponta a cabeça para o apartamento, e, quando me viro, vejo sua mãe parada na porta, chocada.

— Mãe — diz Ryle. — Esta é Lily. Minha vagabunda blasfema.

Ai, meu Deus.

A mãe de Ryle estende a mão e me puxa para um abraço, e sua risada é tudo de que preciso para sobreviver ao momento.

— Lily! — exclama ela, me afastando um pouco para poder me olhar. — Querida, não acho que você seja uma vagabunda blasfema. Você é o anjo que há dez anos peço a Deus para cair no colo de Ryle!

Ela nos acompanha para dentro do apartamento. O pai de Ryle é o próximo a me cumprimentar com um abraço.

— Não, não é de jeito algum uma vagabunda blasfema — diz ele. — Bem diferente do Marshall aqui, que colocou suas garras em minha garotinha quando ela só tinha 17 anos.

Ele lança um olhar fulminante para o genro, que está sentado no sofá.

Marshall ri.

— Está enganado, Dr. Kincaid, porque foi Allysa que colocou as garras em mim primeiro. Minhas garras estavam em outra garota que tinha gosto de Cheetos e...

Marshall se curva para a frente quando Allysa lhe dá uma cotovelada na lateral do corpo.

E, como mágica, todos os meus medos desaparecem.

Eles são perfeitos. Normais. Dizem *vagabunda* e riem das piadas de Marshall.

Impossível querer algo melhor que isso.

Três horas depois, estou deitada na cama de Allysa com ela. Seus pais foram dormir cedo, culpando o fuso horário. Ryle e Marshall estão na sala, assistindo a algum jogo. Estou com a mão na barriga de Allysa, esperando sentir o bebê chutar.

— Os pés estão bem aqui — diz, movendo minha mão alguns centímetros. — É só esperar alguns segundos. Ela está bem agitada hoje à noite.

Ficamos em silêncio enquanto esperamos a bebê chutar. Quando acontece, dou um gritinho e rio.

— Meu Deus! Parece um alienígena!

Allysa entrelaça as mãos em cima da barriga, sorrindo.

— Estas últimas dez semanas vão ser um inferno — diz ela. — Já estou pronta para conhecê-la.

— Eu também. Não vejo a hora de ser tia.

— E eu não vejo a hora de você e Ryle terem um bebê — diz ela.

Eu me deito e ponho as mãos atrás da cabeça.

— Não sei se ele quer ter filhos. Nunca conversamos sobre isso.

— Não importa se ele quer ou não — retruca ela. — Ele vai ter. Ryle nem queria se relacionar com alguém antes de você. Não queria se casar antes de você, e sinto que um pedido de casamento deve acontecer em breve.

Apoio a cabeça na mão e me viro para ela.

— Faz só seis meses que estamos juntos. Tenho certeza de que ele quer esperar bem mais que isso.

Não pressiono Ryle a acelerar nosso relacionamento. Nossas vidas estão perfeitas como estão. E, de todo jeito, estamos ocupados demais para organizar um casamento, então não me importo se ele quiser esperar mais tempo.

— E você? — insiste Allysa. — Aceitaria se ele te pedisse em casamento?

Eu rio.

— Está brincando? Com certeza. Eu me casaria com ele hoje mesmo.

Allysa olha por cima de meu ombro para a porta do quarto. Ela comprime os lábios e tenta conter o sorriso.

— Ele está parado na porta, não é?

Ela assente.

— Ele escutou o que eu disse, não foi?

Ela faz que sim de novo.

Eu me deito na cama e olho para Ryle, apoiado no batente da porta com os braços cruzados. Não sei o que está pensando depois de ouvir o que eu disse. Exibe uma expressão tensa; maxilar cerrado, os olhos semiabertos focados em mim.

— Lily — começa ele, firme. — Eu me casaria com você *agora*.

Suas palavras me fazem abrir o maior sorriso envergonhado, em seguida escondo o rosto com um travesseiro.

— Puxa, obrigada, Ryle — digo, minhas palavras abafadas pelo travesseiro.

— Que meigo — comenta Allysa. — Meu irmão é mesmo um fofo.

O travesseiro é puxado de mim, e Ryle está parado a meu lado, segurando-o.

— Então vamos.

Meu coração se acelera.

— Agora?

Ele faz que sim.

— Tirei o fim de semana de folga porque meus pais estão aqui. Seus funcionários podem cuidar da loja. Vamos para Las Vegas nos casar.

Allysa se senta na cama.

— Não pode fazer isso — avisa ela. — Lily é uma garota. Ela quer um casamento de verdade, com flores, madrinhas e todas essas besteiras.

Ryle olha para mim.

— Você quer um casamento de verdade com flores, madrinhas e todas essas besteiras?

Penso por um segundo.

— Não.

Ficamos em silêncio por um instante, e depois Allysa começa a chutar as pernas para cima e para baixo na cama, muito empolgada.

— Eles vão se casar! — grita ela. Depois sai da cama e vai correndo até a sala. — Marshall, faça nossas malas! Vamos para Las Vegas!

Ryle estende o braço e segura minha mão, me puxando para que eu fique de pé. Ele está sorrindo, mas não vou fazer isso de jeito nenhum, a não ser que eu tenha certeza do que ele quer.

— Tem certeza, Ryle?

Ele passa as mãos em meu cabelo e puxa meu rosto para perto, roçando os lábios nos meus.

— Verdade nua e crua — sussurra ele. — Estou tão animado para ser seu marido que até mijaria nas calças.

Capítulo Dezenove

— Já se passaram seis semanas, mãe. Você precisa superar.

Minha mãe suspira ao telefone.

— Você é minha única filha. Desde que nasceu, venho sonhando com seu casamento.

Ela ainda não me perdoou, mesmo estando presente na hora. Ligamos para ela logo antes de Allysa reservar nossos voos. Nós a obrigamos, e os pais de Ryle, a sair da cama, e depois convencemos todo mundo a voar para Las Vegas à meia-noite. Ela não tentou me dissuadir da ideia porque tenho certeza de que percebeu nosso estado de espírito quando chegou ao aeroporto. Mas ela não me deixou esquecer o assunto. Tem sonhado com uma festa enorme de casamento, com provas de vestido e de bolo desde o dia em que nasci.

Chuto os pés para cima no sofá.

— E se eu te recompensar? — sugiro. — E se, quando decidirmos ter um bebê, eu prometer seguir o método tradicional, não comprar um em Las Vegas?

Minha mãe ri, depois suspira.

— Desde que você me dê netos um dia, acho que posso esquecer do assunto.

Ryle e eu conversamos sobre ter filhos no voo para Vegas. Eu queria discutir a possibilidade antes de me comprometer a passar o resto da vida com ele. Ryle disse que isso certamente poderia ser discutido. Depois resolvemos várias outras causas prováveis de problemas futuros. Faço questão de contas bancárias separadas, mas, como ele ganha muito mais, deve me comprar vários presentes e me deixar feliz. Ele concordou. E ainda me fez prometer jamais me tornar vegana. O que foi fácil. Eu amo queijo. Falei que a gente teria de abrir alguma instituição de caridade, ou pelo menos doar para as instituições que Marshall e Allysa indicassem. Ele disse que já faz isso, o que me deixou com vontade de me casar com ele ainda mais rápido. Ele me fez prometer que eu votaria nas eleições. Disse que eu poderia votar nos democratas, republicanos ou independentes, contanto que votasse. Entramos em acordo.

Quando chegamos a Vegas, estávamos completamente em sintonia.

Escuto a porta da frente destrancar, então me deito.

— Preciso desligar — aviso a minha mãe. — Ryle acabou de chegar. — Ele fecha a porta, então eu sorrio e digo: — Espere. Vou reformular a frase, mãe. Meu *marido* acabou de chegar.

Minha mãe ri e se despede de mim. Desligo e deixo o telefone de lado. Ergo o braço acima da cabeça e o apoio preguiçosamente no braço do sofá. Em seguida, coloco a perna no encosto, deixando minha saia escorregar pelas coxas e se aglomerar na cintura. Os olhos de Ryle devoram meu corpo, e ele sorri enquanto se aproxima. Depois se ajoelha no sofá e lentamente deita em mim.

— Como está minha esposa? — sussurra ele, dando beijos ao redor de minha boca.

Ele pressiona o corpo entre minhas pernas, e eu deixo minha cabeça tombar para trás enquanto ele beija meu pescoço.

Isso é que é vida.

Nós trabalhamos quase diariamente. Ryle trabalha o dobro de horas que eu, e só duas ou três vezes por semana estou acordada quando ele chega. Porém, nesse caso, costumo exigir que passe tais noites dentro de mim.

Ele não reclama.

Ryle escolhe um ponto em meu pescoço e o domina, beijando-o com tanta força que chega a doer.

— Ai.

Ele se abaixa, ainda em cima de mim, e murmura contra meu pescoço:

— Vou deixar um chupão em você. Não se mexa.

Eu rio, mas concordo. Meu cabelo é comprido o suficiente para esconder, e jamais ganhei um chupão.

Seus lábios continuam no mesmo lugar, chupando e beijando até eu parar de sentir dor. Ele pressiona o corpo no meu, se avolumando dentro do uniforme. Mexo as mãos e puxo sua calça o suficiente para que ele possa entrar em mim. Ryle continua beijando meu pescoço enquanto me possui no sofá.

· · ·

Ele tomou uma ducha primeiro, e, assim que terminou, eu entrei. Achei melhor nos livrarmos do cheiro de sexo antes de jantar com Allysa e Marshall.

A bebê chega em algumas semanas, então Allysa está requisitando nossa companhia sempre que possível. Ela está preocupada, com medo do impacto em nossa vida social quando a bebê nascer, mas sei que isso é ridículo. Vamos passar a visitá-los mais. Já amo minha sobrinha mais que eles dois.

Ok, talvez não. Mas quase.

Tento não molhar o cabelo enquanto me enxaguo porque já estamos atrasados. Pego a gilete e a encosto na axila quando escuto um estrondo. Paro.

— Ryle?

Nada.

Termino de me depilar e depois tiro o sabão. Mais um estrondo.

Mas o que ele está fazendo?

Fecho a torneira, pego uma toalha e a enrolo no corpo.

— Ryle!

Ele continua sem responder. Visto depressa a calça jeans e abro a porta enquanto enfio a camisa por cima da cabeça.

— Ryle?

A mesa de cabeceira ao lado de nossa cama está virada. Vou até a sala de estar e o encontro ao lado do sofá, a cabeça apoiada na mão. Está olhando para alguma coisa na outra mão.

— O que está fazendo?

Ele me encara, e não reconheço a expressão. Fico confusa sem entender o que está acontecendo. Não sei se ele recebeu alguma notícia ruim ou... *Meu Deus, Allysa.*

— Ryle, você está me assustando. O que aconteceu?

Ele ergue meu celular e olha para mim, como se eu devesse saber o que está acontecendo. Quando balanço a cabeça, confusa, ele mostra um pedaço de papel.

— Engraçado — diz ele, colocando meu celular na mesa de centro à frente. — Derrubei seu celular sem querer. A capa saiu. E encontrei esse número escondido atrás.

Meu Deus.

Não, não, não.

Ele amassa o papel.

— Aí pensei: Hum, que estranho, Lily não esconde coisas de mim. — Ele se levanta e pega meu celular. — Então liguei para o número. — Cerra o punho ao redor do celular. — Ele deu sorte porque caiu na porra da caixa postal.

Ryle joga meu celular do outro lado da sala. O aparelho bate na parede, se despedaçando no chão.

Há uma pausa de três segundos, e penso que duas coisas podem acontecer.

Ele vai me deixar.

Ou ele vai bater em mim.

Ryle passa a mão no cabelo e vai direto para a porta.

Ele me deixa.

— Ryle! — grito.

Por que nunca joguei aquele número fora?!

Abro a porta e saio correndo atrás dele. Ryle está descendo dois degraus de cada vez, e finalmente o alcanço no patamar do segundo andar. Eu me jogo a sua frente e lhe agarro a camisa com os punhos cerrados.

— Ryle, por favor, me deixe explicar.

Ele agarra meus pulsos e me empurra para longe.

. . .

— Fique parada.

Sinto suas mãos em mim. Delicadas. Firmes.

Lágrimas escorrem e, por algum motivo, doem.

— Lily, fique parada. Por favor.

Seu tom de voz é tranquilizador. Mas minha cabeça dói.

— Ryle?

Tento abrir os olhos, mas a luz está forte demais. Sinto uma ardência no canto do olho e me contraio. Tento me sentar, mas sinto sua mão empurrar meu ombro para baixo.

— Precisa ficar parada até eu terminar, Lily.

Abro os olhos de novo e encaro o teto. É o teto de nosso quarto.

— Terminar o quê?

Minha boca dói quando falo, então toco meus lábios com a mão.

— Você caiu da escada — diz ele. — Está machucada.

Meus olhos encontram os seus. Há preocupação em seu olhar, mas também mágoa. Raiva. Ele está sentindo *tudo*, enquanto só consigo ficar confusa.

Fecho os olhos de novo e tento lembrar por que ele está zangado, magoado.

Meu celular.

O número de Atlas.

A escada.

Agarrei sua camisa.

Ele me empurrou.

— *Você caiu da escada.*

Mas eu *não* caí.

Ele me empurrou. De novo.

É a segunda vez.

Você me empurrou, Ryle.

Sinto o corpo inteiro começar a tremer com meus soluços. Não faço ideia da gravidade de meus ferimentos, mas nem me importo. Nenhuma dor física se compara à do meu coração. Dou tapinhas na mão de Ryle para que se afaste. Sinto ele se levantar da cama enquanto fico em posição fetal.

Espero que ele tente amenizar a situação como fez da última vez que me machucou, mas isso não acontece. Escuto Ryle andar pelo quarto. Não sei o que está fazendo. Ainda estou chorando quando ele se ajoelha a minha frente.

— Talvez você esteja com uma concussão — explica ele, inexpressivo. — Está com um pequeno corte na boca. Só tratei do curativo no olho. Não vai precisar levar pontos.

Seu tom de voz é frio.

— Tem mais algum lugar doendo? Os braços? Suas pernas?

Ele fala como um médico, não parece em nada um marido.

— Você me empurrou — acuso, em meio às lágrimas.

É só nisso que consigo pensar. Só isso que consigo dizer ou ver.

— Você caiu — comunica ele, calmamente. — Cerca de cinco minutos atrás. Logo depois de eu ter descoberto que me casei com a porra de uma mentirosa. — Ele deixa algo no travesseiro a meu lado. — Se precisar de alguma coisa, tenho certeza de que pode ligar para este número.

Olho para o pedaço de papel amassado perto de minha cabeça, com o número de Atlas.

— Ryle — chamo, soluçando.

O que está acontecendo?

Escuto a porta do apartamento bater.

Meu mundo inteiro desmorona ao redor.

— Ryle — sussurro para ninguém.

Tapo o rosto com as mãos e choro, como nunca fiz na vida. Estou destruída.

Cinco minutos.

É o necessário para destruir completamente uma pessoa.

• • •

Alguns minutos se passam.

Dez, talvez?

Não consigo parar de chorar. Ainda não saí da cama. Estou com medo de me olhar no espelho. Estou apenas... com medo.

Escuto a porta da frente se abrir e bater de novo. Ryle aparece na porta, e não faço ideia se devo sentir raiva.

Ou morrer de medo.

Ou me sentir mal.

Como posso estar sentindo as três coisas ao mesmo tempo?

Ele encosta a testa na porta de nosso quarto, e eu fico observando ele bater a cabeça ali. Uma vez. Duas vezes. Três vezes.

Ele se vira, se aproxima depressa de mim e se ajoelha ao lado da cama. Então segura minhas mãos e as aperta.

— Lily — diz ele, o rosto inteiro contorcido em aflição. — *Por favor*, me diga que não é nada. — Ele leva a mão até a têmpora, e sinto suas mãos tremerem. — Não aguento isso, não aguento. — Ele se inclina para a frente e encosta com força os lábios em minha testa, depois encosta a testa na minha. — Por favor, me diga que não está se encontrando com ele. *Por favor.*

Nem sei o que dizer porque não estou com vontade de falar.

Ele continua se encostando em mim, segurando firmemente meu cabelo com a mão.

— Está doendo tanto, Lily. Eu te amo tanto.

Balanço a cabeça, querendo que a verdade saia de mim para que ele perceba o grande erro que cometeu.

— Até esqueci que o número estava lá — sussurro. — No dia seguinte à briga no restaurante... ele passou na loja. Pode perguntar a Allysa. Ele só ficou cinco minutos. Pegou meu celular e colocou o número de seu telefone dentro da capa porque não acreditava que eu estava segura com você. Esqueci que o tinha, Ryle. Nunca sequer olhei para esse papel.

Ele solta o ar, trêmulo, e começa a balançar a cabeça, aliviado.

— Jura, Lily? Jura por nosso casamento, por nossas vidas e por tudo o que é... não fala com ele desde aquele dia?

Ele se afasta para poder me olhar nos olhos.

— Juro, Ryle. Você teve uma reação exagerada antes de me dar a chance de explicar — digo a ele. — Agora dê o fora de meu apartamento, *porra*!

Minhas palavras o deixam sem ar. Percebo claramente. Ele se encosta na parede e me encara em silêncio. Chocado.

— Lily — sussurra ele. — Você caiu da escada.

Não sei se ele está tentando me convencer ou se convencer.

— Dê o fora de meu apartamento — repito, com calma.

Ele continua paralisado. Eu me sento na cama. Levo a mão imediatamente ao olho que está latejando. Ele se levanta do chão. Quando dá um passo à frente, eu recuo na cama.

— Você está machucada, Lily. Não vou te deixar sozinha.

Pego um dos travesseiros e o jogo em Ryle, como se pudesse machucá-lo.

— Sai daqui! — grito. Ele pega o travesseiro que joguei. Agarro o outro, fico em pé na cama e começo a lhe bater enquanto grito: — Sai daqui! Sai! Sai!

Jogo o travesseiro no chão depois que a porta do apartamento bate.

Vou correndo até a porta e passo o ferrolho.

Volto correndo para a cama e me jogo ali. A mesma cama que divido com meu marido. A mesma cama onde ele faz amor comigo.

A mesma cama onde ele me deita na hora de arrumar a bagunça.

Capítulo Vinte

Tentei salvar meu celular antes de dormir ontem à noite, mas não adiantou. Ele se partiu em dois pedaços. Coloquei o despertador para cedo; queria comprar um novo aparelho no caminho para o trabalho.

Meu rosto não está tão ruim quanto eu temia. Só não dá para esconder de Allysa, mas nem tentei. Reparto o cabelo de lado para cobrir a maior parte do curativo que Ryle colocou em meu olho. A única coisa visível do acontecido é o corte no lábio.

E o chupão que ele deixou em meu pescoço.

Que tremenda ironia da porra.

Pego minha bolsa e abro a porta do apartamento. Paro imediatamente quando vejo um volume a meus pés.

O volume se mexe.

Só depois de vários segundos que percebo que o volume é na verdade Ryle. *Ele dormiu ali fora?*

Ele se levanta assim que sente a porta abrir. Está a minha frente, com um olhar suplicante e mãos delicadas tocando minhas bochechas. Há lábios em minha boca.

— Desculpe, desculpe, desculpe.

Eu me afasto e o analiso com o olhar. *Ele dormiu ali fora?*

Saio do apartamento e fecho a porta. Passo calmamente por ele e desço a escada. Ryle me segue o caminho inteiro até o carro, implorando para que eu fale com ele.

Não falo.

Vou embora.

Uma hora depois, estou com um celular novo nas mãos. Estou sentada no carro diante da loja de celulares quando ligo o aparelho. Dezessete mensagens aparecem na tela. Todas de Allysa.

Acho que faz sentido não serem de Ryle, porque ele sabia o estado de meu telefone.

Estou prestes a abrir uma mensagem quando meu celular começa a tocar. É Allysa.

— Alô?

— Lily! O que é que está acontecendo? — pergunta ela, suspirando. — Meu Deus, você não pode fazer isso comigo, estou grávida!

Ligo o carro e coloco o celular no bluetooth enquanto dirijo até a floricultura. Allysa está de folga hoje. Ela só vai trabalhar mais alguns dias antes de sair de licença-maternidade.

— Estou bem — asseguro. — Ryle está bem. Nós brigamos. Desculpe por não ter te ligado, ele quebrou meu celular.

Ela fica em silêncio por um instante e, então, pergunta:

— Quebrou? Você está bem? Onde você está?

— Estou bem. Indo para o trabalho agora.

— Ótimo, também estou quase lá.

Começo a protestar, mas ela desliga sem me dar a chance.

Quando chego à loja, ela já está lá.

Abro a porta, pronta para responder a suas perguntas e defender meus motivos para expulsar seu irmão do apartamento. Mas paro assim que vejo os dois no balcão. Ryle está encostado ali, e Allysa pousa as mãos em cima da dele, dizendo algo que não consigo escutar.

Os dois se viram para mim ao ouvirem a porta se fechar.

— Ryle — sussurra Allysa. — O que você *fez* com Lily? — Ela dá a volta no balcão e me puxa para um abraço. — Ah, Lily — diz, afagando minhas costas com a mão.

Ela se afasta com lágrimas nos olhos, e sua reação me deixa confusa. Obviamente sabe que Ryle foi o responsável, mas, se isso for verdade, ela deveria atacá-lo, ou pelo menos gritar com ele.

Ela se vira para Ryle, que me lança um olhar arrependido. Ansioso. Como se quisesse estender o braço e me abraçar, mas está morrendo de medo de encostar em mim. E com razão.

— Você precisa contar a ela — diz Allysa para Ryle.

Imediatamente, ele apoia a cabeça nas mãos.

— Conte — insiste Allysa, mais zangada. — Ela tem o direito de saber, Ryle. É sua esposa. Se você não contar, eu conto.

Os ombros de Ryle caem para a frente, e sua cabeça está totalmente encostada no balcão. Ele está tão angustiado com o que Allysa pede que nem consegue me olhar. Sinto um frio na barriga, uma aflição mais profunda que minha alma.

Allysa se vira e põe as mãos em meus ombros.

— Escute meu irmão — implora. — Não estou pedindo para perdoá-lo, porque não faço ideia do que aconteceu ontem. Mas, por favor, como minha cunhada e minha melhor amiga, dê uma chance para Ryle conversar com você.

. . .

Allysa disse que cuidaria da loja durante a próxima hora até o outro funcionário a render. Eu ainda estava tão chateada com Ryle que não o queria no mesmo carro que eu. Ele disse que pediria um Uber e me encontraria no apartamento.

Fiquei aflita durante o caminho todo até minha casa, pensando no que ele precisa me contar e que Allysa já sabe. Imaginei muitas coisas. Será que ele está morrendo? Ou tem me traído? Ou perdeu o emprego? Ela não parecia saber os detalhes do que aconteceu entre nós, então não faço ideia de como isso tem relação com nossa noite.

Ryle finalmente entra em meu apartamento dez minutos depois de eu chegar. Estou sentada no sofá, mexendo nas unhas, nervosa.

Eu me levanto e começo a andar de um lado para o outro enquanto ele se aproxima lentamente da cadeira e se senta. Depois se inclina para a frente, unindo as mãos diante do corpo.

— Por favor, Lily, sente-se.

Seu tom é de súplica, como se não aguentasse me ver preocupada. Volto para meu lugar no sofá, mas chego perto do braço, ponho os pés em cima da almofada e levo as mãos à boca.

— Você está morrendo?

Ele arregala os olhos e balança a cabeça imediatamente.

— Não. *Não.* Não é nada disso.

— Então o que foi?

Só quero que ele diga de uma vez. Minhas mãos estão começando a tremer. Ele percebe que está me deixando nervosa, então se inclina e afasta minhas mãos do rosto, segurando-as nas suas. Parte de mim não quer que ele me toque depois do que fez ontem à noite, mas a outra parte precisa ser tranquilizada por ele. A ansiedade em relação ao que vou descobrir está me deixando enjoada.

— Ninguém está morrendo. Não estou te traindo. O que vou contar não vai te magoar, tá bom? É coisa do passado. Mas Allysa acha que você precisa saber. E... eu também acho.

Concordo, e ele solta minhas mãos. Agora é ele que se levanta, andando de um lado para o outro atrás da mesa de centro. É como se ele estivesse juntando coragem para encontrar as palavras certas, e isso me deixa ainda *mais* nervosa.

Ele se senta de novo na cadeira.

— Lily? Você se lembra da noite em que nos conhecemos?

Confirmo com a cabeça.

— Lembra quando cheguei ao telhado? De como eu estava zangado?

Faço que sim de novo. Ele saiu chutando a cadeira. Isso foi antes de descobrir que o polímero resistente à maresia era praticamente indestrutível.

— Lembra minha verdade nua e crua? O que eu contei sobre aquela noite e o que me deixou tão bravo?

Fico cabisbaixa, pensando naquela noite e em todas as verdades que ele me disse. Falou que tinha aversão a casamento. Que gostava de passar só uma noite com as mulheres. Que nunca teria filhos. Que estava bravo porque havia perdido um paciente naquela noite.

Começo a balançar a cabeça.

— O garotinho — respondi. — Por isso você estava zangado, porque um garotinho morreu e você ficou chateado.

Ele exala depressa, aliviado.

— Sim. Por isso eu estava zangado. — Ele se levanta de novo, e tenho a impressão de estar vendo sua alma se despedaçar. Ele pressiona as palmas nos olhos e se segura para não chorar. — Quando eu contei sobre ele, lembra o que você me disse?

Sinto que estou prestes a chorar, e ainda nem sei o motivo.

— Lembro. Falei que não conseguia imaginar o que aquilo deve ter causado ao irmão do garoto. O que atirou acidentalmente. — Meus lábios começam a tremer. — E depois você disse: "*É algo que vai destruir a vida dele, é isso que vai acontecer*".

Meu Deus.

Onde essa história vai parar?

Ryle se aproxima e se ajoelha diante de mim.

— Lily — diz Ryle. — Eu sabia que aquilo ia destruí-lo. Eu sabia exatamente o que aquele garotinho estava sentindo... porque a mesma coisa aconteceu comigo. Com o irmão mais velho que eu e Allysa tínhamos...

Não consigo conter as lágrimas. Começo a chorar, e seus braços envolvem minha cintura com firmeza. Ele apoia a cabeça em meu colo.

— Eu *atirei* nele, Lily. Em meu melhor amigo. Meu irmão mais velho. Eu só tinha 6 anos. E nem sabia que segurava uma arma de verdade.

O corpo inteiro de Ryle começa a tremer, e ele me agarra com ainda mais firmeza. Beijo seu cabelo, porque ele parece à beira de um ataque de nervos. Assim como naquela noite no telhado. E por mais que eu ainda esteja muito brava com ele, ainda o amo, e estou completamente arrasada por ter descoberto isso a seu respeito. A respeito de Allysa. Ficamos em silêncio por bastante tempo, sua cabeça em meu colo, seus braços ao redor de minha cintura, os lábios em meu cabelo.

— Ela só tinha 5 anos quando aconteceu. Emerson, 7. A gente estava na garagem, então demorou um tempão até alguém escutar nossos gritos. Fiquei sentado ali, e...

Ele se afasta de meu colo e se levanta, se virando para o outro lado. Depois de um longo período de silêncio, ele se senta de volta no sofá e se inclina para a frente.

— Eu estava tentando... — O rosto de Ryle se contorce de dor, e ele abaixa a cabeça, tapando-a com as mãos, se balançando para a frente e para trás. — Eu estava tentando colocar tudo de volta em sua cabeça. Achei que conseguiria *consertá-lo*, Lily.

Levo a mão à boca. Meu suspiro sai tão alto que não dá para disfarçar.

Preciso me levantar para conseguir respirar.

Não adianta.

Continuo sem conseguir respirar.

Ryle se aproxima de mim, segurando minhas mãos e me puxando para perto. Nós nos abraçamos por um minuto inteiro, e depois ele diz:

— Eu jamais usaria isso como desculpa para meu comportamento. — Ele se afasta e me olha com firmeza nos olhos. — Você precisa acreditar. Allysa queria que eu contasse toda a verdade porque, desde que isso aconteceu, eu não consigo controlar algumas coisas. Fico bravo e perco o controle. Faço terapia desde os 6 anos. Mas isso não é desculpa. É minha realidade.

Ele enxuga minhas lágrimas, fazendo carinho em minha cabeça apoiada em seu ombro.

— Quando você veio correndo atrás de mim ontem à noite, juro que não tinha nenhuma intenção de te machucar. Eu estava chateado e bravo. E, às vezes, quando sinto algo tão intenso assim, alguma coisa dentro de mim simplesmente arrebenta. Não me lembro de tê-la empurrado. Mas sei que fiz isso. Eu *sei*. Enquanto você corria atrás de mim, eu só conseguia pensar que precisava sair de perto de você. Eu a queria fora do caminho. Não pensei que tinha uma escada perto de nós dois. Não processei que sou mais forte que você. Eu fiz merda, Lily. Fiz merda.

Ele aproxima a boca de minha orelha. Sua voz falha ao dizer:

— Você é minha *esposa*. Eu deveria te proteger de monstros. E não *ser* um.

Ele me abraça com tanto desespero que começa a chorar. Jamais senti tanto sofrimento sendo irradiado por um ser humano.

Fico arrasada. É algo que me destrói de dentro para fora. Tudo o que meu coração quer é envolver firmemente o dele.

Porém, mesmo depois de tudo o que ele acabou de confessar, continuo relutando em perdoá-lo. Jurei que nunca mais deixaria uma coisa dessas acontecer. Jurei a ele e a mim mesma que, se Ryle me machucasse de novo, eu iria embora.

Eu me afasto, sem conseguir olhá-lo nos olhos. Vou até meu quarto, precisando de uma pausa para recuperar o fôlego. Fecho a porta do banheiro após entrar e me apoio na pia, sem conseguir endireitar a postura. Deslizo até o chão em um amontoado de lágrimas.

As coisas não deveriam ser assim. Durante toda a vida, eu sabia exatamente o que fazer se um homem me tratasse como meu pai tratava minha mãe. Era simples. Eu iria embora, e aquilo nunca mais se repetiria.

Mas eu não fui embora. E agora aqui estou: com machucados e cortes pelo corpo, causados pelo homem que deveria me amar. Causados por meu próprio marido.

E, ainda assim, tento justificar o que aconteceu.

Foi um acidente. Ele achou que estava sendo traído. Estava magoado e zangado, e eu fiquei no caminho.

Levo as mãos até o rosto e soluço, porque estou sofrendo mais por aquele homem lá fora, sabendo pelo que ele passou na infância, que por mim mesma. E não me sinto altruísta nem forte por causa disso. Fico me achando ridícula e fraca. Eu devia odiá-lo. Eu devia ser a mulher que minha mãe nunca teve forças para ser.

Porém, se estou imitando o comportamento de minha mãe, significa que Ryle está imitando o comportamento de meu pai. Mas ele não está. Preciso parar de comparar os dois. Somos outras pessoas em uma situação completamente diferente. Meu pai nunca teve uma desculpa para sua raiva, nem se arrependia logo em seguida. A maneira como ele tratava minha mãe era muito pior que o que aconteceu comigo.

Ryle acabou de desabafar, contando algo que nunca deve ter revelado a ninguém. Ele está se esforçando para se tornar uma pessoa melhor por minha causa.

Sim, ele errou ontem à noite. Mas está aqui tentando me fazer entender seu passado, e por que reagiu daquele jeito. Seres humanos não são perfeitos, e eu não posso deixar que meu único exemplo de casamento influencie meu *próprio* casamento.

Enxugo os olhos e me levanto. Quando me olho no espelho, não enxergo minha mãe. Apenas eu mesma. Uma jovem que ama o marido e que, acima de tudo, quer ajudá-lo. Sei que Ryle e eu somos fortes o bastante para superar isso. Nosso amor é forte o bastante para que consigamos.

Saio do banheiro e volto para a sala. Ryle se levanta e se vira para mim, o rosto cheio de medo. Ele teme não ser perdoado, e não sei se *realmente* o perdoo. Mas não é preciso perdoar para que se aprenda algo.

Eu me aproximo e seguro suas mãos. Digo para ele apenas verdades nuas e cruas.

— Lembra o que me disse naquela noite no telhado? "Não existem *pessoas ruins*. Todos nós somos humanos e, às vezes, fazemos coisas ruins".

Ele assente e aperta minha mão.

— Você não é uma pessoa ruim, Ryle. Eu o conheço. Ainda pode me proteger. Quando estiver chateado, é só se afastar. E eu me afasto também. Deixamos a situação de lado até você se acalmar, até conseguirmos conversar, ok? Você *não* é um monstro, Ryle. É só um ser humano. E nós, seres humanos, não podemos aguentar sozinhos toda nossa dor. Às vezes, precisamos dividi-la com quem nos ama, assim o peso não nos faz desmoronar. Mas só posso te ajudar se souber do que precisa. Peça minha ajuda. Tenho certeza de que vamos superar isso.

Ele solta o que parece ser todo o ar que prendia desde ontem à noite. Me abraça com firmeza e enfia o rosto em meu cabelo.

— Me ajude, Lily — sussurra ele. — Preciso de sua ajuda.

Ele me abraça, e no fundo do coração sei que estou fazendo a coisa certa. Dentro de Ryle há mais bem que mal. Vou fazer o que puder para convencê-lo disso.

Capítulo Vinte e Um

— Estou indo. Precisa de mais alguma coisa?

Ergo os olhos dos papéis e nego com a cabeça.

— Obrigada, Serena. Até amanhã.

Ela assente e vai embora, deixando a porta de meu escritório aberta.

O último dia de Allysa foi há duas semanas. O bebê pode nascer a qualquer momento. Tenho mais duas funcionárias em tempo integral, Serena e Lucy.

Sim. *Aquela* Lucy.

Ela casou faz alguns meses, e duas semanas atrás passou aqui procurando emprego. Na verdade, até que deu tudo certo. Ela se mantém ocupada, e, se estamos juntas aqui, é só fechar a porta do escritório para não escutar sua cantoria.

Já se passou quase um mês desde o incidente na escada. Mesmo depois de tudo o que Ryle me contou sobre sua infância, ainda assim foi difícil perdoá-lo.

Sei que ele é esquentado. Percebi isso na noite em que nos conhecemos, antes mesmo de nos falarmos. Percebi isso naquela noite terrível em minha cozinha. Percebi isso quando ele encontrou um número de telefone dentro da capa de meu celular.

Mas também sei a diferença entre Ryle e meu pai.

Ryle é compassivo. Faz coisas que meu pai nunca teria feito. Ele doa para caridade, se importa com os outros, me coloca em primeiro lugar. Ryle nunca na vida me faria estacionar na frente de casa e ficaria com a vaga da garagem.

Preciso me lembrar dessas coisas. Às vezes, a garota dentro de mim — a filha de meu pai — tem opiniões muito fortes. Ela me diz que eu não devia ter perdoado Ryle. Ela me diz que eu devia ter ido embora logo na primeira vez que aconteceu. E, às vezes, acredito nessa voz. Mas depois o lado que conhece Ryle entende que casamentos não são perfeitos. Em determinados momentos acontecem coisas das quais os dois se arrependem. E eu me pergunto como eu me sentiria comigo mesma se tivesse partido depois do primeiro incidente. Ele nunca deveria ter me empurrado, mas também fiz coisas das quais não me orgulho. Se eu tivesse simplesmente ido embora, teria contrariado nossos votos de casamento? *Na alegria e na tristeza*. Eu me recuso a desistir de meu casamento com tanta facilidade.

Sou uma mulher forte. Convivi com situações de violência a vida inteira. Jamais vou me tornar minha mãe. Acredito cem por cento nisso. E Ryle nunca vai se tornar meu pai. O incidente da escada foi necessário para que eu descobrisse seu passado e para que pudéssemos trabalhar a questão juntos.

Na semana passada, brigamos de novo.

Fiquei com medo. Nossas outras duas brigas não acabaram bem, e eu sabia que a próxima poria em teste minha decisão de ajudá-lo com a raiva.

Estávamos discutindo sobre sua carreira. Ele já terminou a residência e se inscreveu em um curso de especialização de três meses em Cambridge, na Inglaterra. Em breve vai descobrir se foi aprovado, mas não foi isso que me deixou chateada. É uma grande oportunidade, e eu nunca o impediria de ir. Três meses não são nada com nossa rotina atribulada, então não foi isso que me chateou. Foi quando ele comentou o que faria *depois* da viagem.

Ryle recebeu uma oferta de trabalho em Minnesota, no Mayo Clinic, e quer que nos mudemos para lá. Disse que o Mass General é considerado o segundo melhor hospital neurológico do mundo. E o Mayo Clinic é o primeiro.

Ele disse que jamais quis ficar em Boston para sempre. Argumentei que deveríamos ter conversado sobre isso quando discutimos nosso futuro a caminho de Las Vegas. Não posso sair de Boston. Minha mãe mora aqui. Allysa mora aqui. Ele disse que Minnesota fica a cinco horas de voo, e que poderíamos visitar sempre que quiséssemos. Falei que seria muito difícil cuidar de uma floricultura morando a vários estados de distância.

A briga ficou ainda mais intensa, e nossa raiva aumentava a cada segundo. Em determinado momento, ele derrubou o vaso de flores de cima da mesa. Eu me assustei, duvidando de minha decisão de ficar com ele. De acreditar que poderíamos lidar juntos com sua raiva.

— Vou sair por uma ou duas horas — disse Ryle, respirando fundo. — Acho que preciso me afastar. Quando eu voltar, a gente continua.

Ele saiu do apartamento e, mantendo sua palavra, voltou uma hora depois, bem mais calmo. Ele largou as chaves na mesa e se aproximou de mim. Segurou meu rosto nas mãos e disse:

— Eu avisei que queria ser o melhor de minha área, Lily. Eu te disse isso na noite em que nos conhecemos. Foi uma de minhas verdades nuas e cruas. Mas, se eu precisar escolher entre trabalhar no melhor hospital do mundo e deixar minha esposa contente... eu escolho você. Você *é* meu sucesso. Enquanto você estiver feliz, não importa onde eu trabalhe. Vamos ficar em Boston.

Então percebi que tinha tomado a decisão certa. Todo mundo merece uma segunda chance. Especialmente as pessoas mais importantes em nossa vida.

A briga completou uma semana, e ele não falou mais sobre a mudança. Eu me sinto mal, como se eu tivesse frustrado seus planos, mas no casamento é preciso chegar a um meio termo, fazer o melhor para o casal como um todo, não individualmente. E ficar em Boston é melhor para todos os lados da família.

Por falar em família, olho meu celular bem na hora que chega uma mensagem de Allysa.

Allysa: Já terminou de trabalhar? Preciso de sua opinião sobre móveis.

Eu: Chego em quinze minutos.

Não sei se é a proximidade do parto ou o fato de não estar trabalhando, mas tenho certeza de que esta semana passei mais tempo na casa de Allysa que na minha. Fecho a loja e vou para seu apartamento.

• • •

Quando saio do elevador, tem um bilhete colado na porta da frente. Vejo meu nome escrito, então o arranco.

Lily,
  Estou no sétimo andar. Apartamento 749.
  A

Ela tem um apartamento só para guardar móveis extra? Sei que eles são ricos, mas mesmo assim parece exagero. Entro no elevador e aperto o botão do sétimo andar. Quando as portas se abrem, sigo pelo corredor em direção ao apartamento 749. Ao chegar lá, não faço ideia se devo bater ou simplesmente entrar. Pode ter alguém morando ali, vai saber. Provavelmente uma das *pessoas* de Allysa.

Bato à porta e escuto passos lá dentro.

Fico chocada quando a porta se abre e Ryle aparece a minha frente.

— Oi — digo, confusa. — O que você está fazendo aqui?

Ele sorri e se encosta no batente.

— Eu moro aqui. O que *você* está fazendo aqui?

Olho para o número de estanho do lado da porta e depois para ele.

— Como assim mora aqui? Achei que morasse comigo. Durante todo esse tempo você tinha um apartamento só seu?

Acho que um apartamento deveria ser algo a se revelar a uma esposa em dado momento. Isso é um pouco irritante.

Na verdade, é um absurdo, é enganador. Estou ficando furiosa com ele.

Ryle ri e se afasta da porta. Agora ele está ocupando todo o vão enquanto leva as mãos à trave acima da cabeça e a segura.

— Ainda não tive tempo de te contar sobre o apartamento porque assinei os documentos esta manhã.

Dou um passo para trás.

— Oi? Como assim?

Ele estende o braço para segurar minha mão e me puxa para dentro.

— Bem-vinda a sua casa, Lily.

Paro no hall de entrada.

Sim. Eu disse *hall de entrada*. Tem um *hall de entrada*.

— Você comprou um apartamento?

Ele faz que sim lentamente, avaliando minha reação.

— Você comprou um apartamento — repito.

Ele continua balançando a cabeça.

— Comprei. Tudo bem? Imaginei que seria bom ter mais espaço agora que moramos juntos.

Eu me viro lentamente. Quando vejo a cozinha, eu paro. Não é tão grande quanto a de Allysa, mas é igualmente branca e quase tão bonita. Tem uma adega climatizada e um lava-louça, duas coisas que não existem em meu apartamento. Entro na cozinha e olho ao redor, com medo de tocar nas coisas. *É mesmo minha cozinha? Não pode ser...*

Olho para o teto arqueado da sala de estar e para as enormes janelas com vista para o Porto de Boston.

— Lily? — chama ele atrás de mim. — Não está zangada, está?

Eu me viro para ele, percebendo que aguarda minha reação há vários minutos. Mas estou totalmente sem palavras.

Balanço a cabeça e tapo a boca com a mão.

— Acho que não — sussurro.

Ele se aproxima de mim e ergue minhas mãos.

— Você *acha* que não? — Ele parece preocupado e confuso. — Por favor, me diga uma verdade nua e crua, porque começo a duvidar de que esta tenha sido uma boa surpresa.

Observo o piso de madeira. É madeira de verdade. Não é laminado.

— Tudo bem — concedo, olhando para ele. — Acho um disparate você simplesmente comprar um apartamento sem mim. Acho que é uma coisa que devíamos ter feito juntos.

Ele assente e parece prestes a se desculpar, mas ainda não terminei.

— Minha verdade nua e crua é que... é perfeito. Nem sei o que dizer, Ryle. Está tudo tão impecável... Tenho medo de me mudar, porque vou acabar sujando alguma coisa.

Ele solta o ar pela boca e me puxa para perto.

— Pode sujar as coisas, linda. É tudo seu. Pode sujar o quanto quiser.

Ele beija minha têmpora, mas nem agradeço ainda. Parece uma reação pequena demais para um gesto tão grandioso.

— Quando a gente se muda?

Ele dá de ombros.

— Amanhã? Estou de folga. E a gente tem pouca coisa. Podemos passar as próximas semanas comprando móveis novos.

Faço que sim, tentando lembrar qual é a programação de amanhã. Eu já sabia que Ryle estaria de folga, então não planejei nada.

De repente, sinto que preciso me sentar. Não tem nenhuma cadeira por perto, mas pelo menos o chão está limpo.

— Preciso me sentar.

Ryle me ajuda e depois se abaixa a minha frente, ainda segurando minhas mãos.

— Allysa sabe? — pergunto.

Ele sorri e assente.

— Ela está tão animada, Lily! Já faz um tempo que tenho pensado em comprar um apartamento no prédio. Então, quando decidimos ficar em Boston, simplesmente resolvi te surpreender. Ela ajudou, mas comecei a achar que ia te contar antes que eu o fizesse.

A ficha ainda não caiu. Eu moro aqui? Agora eu e Allysa somos vizinhas? Não sei por que me sinto no dever de ficar incomodada com isso, afinal estou muito animada.

— Sei que você precisa de um minuto para assimilar tudo — diz ele, e sorri. — Mas ainda não viu a melhor parte, e estou perdendo a cabeça com isso!

— Me mostre!

Ryle sorri e me ajuda a levantar. Atravessamos a sala de estar e seguimos pelo corredor. Ele abre as portas e me apresenta a cada cômodo, mas nem consigo entrar. Quando chegamos ao quarto principal, me dou conta de que moramos em um apartamento de três quartos e dois banheiros. Com um escritório.

Nem tenho tempo de assimilar a beleza do quarto enquanto ele me puxa para dentro. Ryle se aproxima de uma parede coberta por uma cortina e se vira para mim.

— Não dá para plantar um jardim, mas com alguns vasos, dá para chegar perto.

Ele abre a cortina e destranca a porta, revelando uma varanda enorme. Eu o sigo até lá fora, já sonhando com todos os vasos de plantas que caberiam ali.

— Tem a mesma vista que a área de lazer do telhado — diz ele. — Sempre teremos a vista da noite em que nos conhecemos.

Demorou um pouco para a ficha cair, o que acontece neste momento, então começo a chorar. Ryle me puxa para o peito e me abraça com firmeza.

— Lily — sussurra ele, passando a mão em meu cabelo. — Eu não queria fazê-la chorar.

Rio em meio às lágrimas.

— Não acredito que moro aqui.

Eu me afasto e olho para ele.

— Nós somos ricos? Como você tem dinheiro para isso? Ele ri.

— Você se casou com um neurocirurgião, Lily. Não é nenhuma pobretona.

O comentário me faz rir, e depois choro mais um pouco. Por fim, recebemos nossa primeira visita quando alguém bate à porta.

— É Allysa — diz ele. — Ela está esperando no corredor.

Corro até a porta e a escancaro, nós duas nos abraçamos e damos gritinhos. Acho até que vou chorar mais um pouco.

Passamos o resto da noite no apartamento. Ryle pede comida chinesa, e Marshall desce para comer conosco. Não temos mesas nem cadeiras, então nós quatro nos sentamos no meio da sala de estar e comemos direto das caixas. Comentamos sobre como vamos decorar, falamos de todas as coisas que faremos pela vizinhança, conversamos sobre o parto iminente de Allysa...

É tudo e ainda mais.

Mal posso esperar para contar a minha mãe.

Capítulo Vinte e Dois

A data prevista para o parto de Allysa passou faz três dias.

Estamos morando no novo apartamento há uma semana. Conseguimos trazer todas as nossas coisas no dia de folga de Ryle, e Allysa e eu fomos comprar móveis já em nosso segundo dia no apartamento. No terceiro, estávamos praticamente acomodados. Recebemos a primeira correspondência ontem. Era a conta de um serviço público, então agora sim parece oficial.

Estou casada. Tenho um marido ótimo. Uma casa incrível. Minha melhor amiga por acaso é minha cunhada, e estou prestes a ser tia.

Será que me atrevo a perguntar se a vida poderia melhorar?

Fecho o laptop e me arrumo para sair. Tenho saído mais cedo que o normal de tão animada que estou com o novo apartamento. Quando começo a fechar o escritório, Ryle usa sua chave para abrir a porta da loja. Ele deixa a porta bater enquanto entra com as mãos cheias.

Traz um jornal debaixo do braço, e dois cafés nas mãos. Apesar do olhar frenético e dos passos urgentes, ele está sorrindo.

— Lily — diz, ao se aproximar. Ryle me passa um café e depois pega o jornal debaixo do braço. — Três coisas. Um: viu o jornal? — Ele o entrega para mim. O jornal está do-

brado de dentro para fora. Ele aponta para a matéria. —
Você conseguiu, Lily. Conseguiu!

Tento frear a expectativa enquanto dou uma olhada.
Pode ser algo totalmente diferente do que estou pensando.
Depois que leio a manchete, percebo que Ryle se referia a
exatamente o que eu pensava.

— Consegui?

Fui avisada de que a loja tinha sido indicada ao prêmio
do Melhores de Boston. É um prêmio anual de votação po-
pular organizado pelo jornal, e a Lily Bloom's foi indicada
na categoria "Melhores novos estabelecimentos de Boston".
O critério engloba empresas abertas há menos de dois
anos. Suspeitei de que podia ter sido escolhida quando um
repórter do jornal me ligou na semana passada e me fez
várias perguntas.

A manchete diz: "*Melhores novos estabelecimentos de Boston.
Aqui estão os dez mais votados!*".

Sorrio e quase derrubo o café quando Ryle me puxa
para perto, me levanta e gira comigo.

Ele disse que eram três notícias, e, se começou com essa,
não faço ideia de quais são as outras.

— Qual a segunda coisa?

— Comecei com a melhor — responde ele, me colocando
no chão. — Eu estava muito empolgado. — Toma um gole de
café. — Fui selecionado para o curso de Cambrige.

Abro o maior sorriso.

— Foi mesmo? — Ele confirma com a cabeça, me abraça
e me rodopia de novo. — Estou muito orgulhosa de você!
— exclamo, beijando Ryle. — Estamos fazendo sucesso, que
ótimo!

Ele ri.

— Número três? — pergunto.

Ele se afasta.

— Ah, é. Número três. — Ele se encosta casualmente no balcão e, bem devagar, toma um gole do café. Com delicadeza, coloca o copo de volta no balcão. — Allysa entrou em trabalho de parto.

— O quê?! — grito.

— Pois é. — Ele indica os cafés com a cabeça. — Por isso trouxe cafeína para você. A gente não vai dormir esta noite.

Começo a bater palmas, a pular e, depois, entro em pânico enquanto procuro minha bolsa, minha jaqueta, minhas chaves, meu celular, o interruptor. Logo antes de chegarmos à porta, Ryle corre até o balcão, pega o jornal e o coloca debaixo do braço. Minhas mãos tremem de empolgação enquanto tranco a porta.

— Vamos ser tias! — digo, enquanto me apresso até o carro.

— *Tios*, Lily. Nós vamos ser *tios* — corrige Ryle, rindo de minha piada.

· · ·

Marshall surge calmamente no corredor. Ryle e eu nos animamos e ficamos esperando a notícia. Faz meia hora que está o maior silêncio lá dentro. Ficamos esperando Allysa gritar de dor — um sinal de que tinha dado à luz —, mas não ouvimos nada. Nem o choro de um recém-nascido. Levo as mãos à boca, e o olhar de Marshall me faz temer pelo pior.

Seus ombros começam a tremer, e suas lágrimas escorrem.

— Sou pai. — Ele soca o ar. — Eu sou PAI! — Abraça Ryle, depois me abraça e diz: — Daqui a uns quinze minutos vocês podem entrar para conhecê-la.

Quando ele fecha a porta, Ryle e eu suspiramos aliviados. Depois nos olhamos e sorrimos.

— Você também estava pensando o pior? — pergunta ele. Faço que sim e o abraço.

— Agora você é tio — constato, sorrindo.

— Você também — diz ele, ao beijar minha testa.

Meia hora depois, Ryle e eu estamos parados ao lado da cama, observando Allysa com a bebê no colo. Ela é perfeita. É nova demais para que a gente saiba com quem se parece, mas é linda mesmo assim.

— Quer segurar sua sobrinha? — pergunta Allysa para Ryle.

Ele se enrijece, como se estivesse nervoso, mas depois confirma com a cabeça. Ela se inclina para a frente e põe o bebê nos braços de Ryle, mostrando como deve segurá-la. Ele fica nervoso ao encará-la, depois vai até o sofá e se senta.

— Já escolheram o nome? — pergunta ele.

— Já — responde Allysa

Ryle e eu olhamos para ela, que sorri, com os olhos marejados.

— Queríamos que ela tivesse o nome de alguém que tanto eu quanto Marshall admiramos muito. Então acrescentamos um *E* a seu nome. O nome é Rylee.

No mesmo instante olho para Ryle, que solta rapidamente o ar pela boca, como se estivesse um pouco chocado. Ele olha para Rylee de novo e abre um sorriso.

— Caramba! — exclama ele. — Não sei o que dizer.

Aperto a mão de Allysa, me aproximo de Ryle e me sento a seu lado. Em vários momentos achei que seria impossível amá-lo mais do que já amo, mas descobri que estava errada. A maneira como ele olha para a sobrinha recém-nascida enche meu coração de felicidade.

Marshall se senta na cama ao lado de Allysa.

— Vocês ouviram como Allysa ficou quieta durante o parto? Não deu um pio. Ela nem tomou medicamento algum. — Ele põe o braço ao redor da mulher e se deita a seu lado na cama. — Eu me sinto naquele filme *Hancock*, com Will Smith, prestes a descobrir que me casei com uma super-heroína.

Ryle ri.

— Ela me encheu de porrada umas duas vezes quando éramos crianças. Então eu não me surpreenderia.

— Nada de palavras feias perto de Rylee — diz Marshall.

— *Porrada* — sussurra Ryle para a bebê.

Nós dois rimos, e depois ele pergunta se quero segurá-la. Já posiciono as mãos para pegá-la, porque eu estava desesperada esperando a minha vez. Puxo a criança para meus braços e fico chocada com o tamanho do amor que já sinto por ela.

— Quando nossos pais chegam? — pergunta Ryle para Allysa.

— Amanhã na hora do almoço.

— Então é melhor eu dormir um pouco. Acabei de terminar um longo turno. — Ele olha para mim. — Você vem comigo?

Nego com a cabeça.

— Quero ficar aqui mais um pouquinho. Pode levar meu carro, eu pego um táxi.

Ele beija minha têmpora e apoia a cabeça na minha enquanto observamos Rylee.

— Acho que a gente devia fazer um desses — diz ele.

Olho para ele, sem saber se entendi direito.

Ele pisca.

— Se eu estiver dormindo quando você chegar, pode me acordar. A gente começa a tentar hoje mesmo.

Ele se despede de Marshall e Allysa, e o amigo o acompanha até lá fora.

Olho para Allysa, que está sorrindo.

— Eu disse que ele ia querer ter filhos com você.

Sorrio e me aproximo da cama. Ela chega para o lado, abrindo espaço para mim. Devolvo Rylee para seu colo, e nós duas ficamos aconchegadas na cama, vendo Rylee dormir, como se fosse a coisa mais magnífica que já testemunhamos.

Capítulo Vinte e Três

Três horas depois, chego em casa e passam das 22h. Fiquei com Allysa por mais uma hora após a saída de Ryle, e ainda voltei ao escritório para terminar algumas coisas e poder ficar dois dias sem voltar à floricultura. Sempre que Ryle tem um dia de folga, tento folgar também.

As luzes estão apagadas quando entro no apartamento, o que significa que Ryle já está na cama.

Passei o trajeto inteiro até em casa pensando no que ele me disse. Eu não estava esperando essa conversa tão cedo. Tenho quase 25 anos, mas, em minha opinião, esperaríamos mais uns dois anos pelo menos antes de tentar engravidar. Ainda não sei se estou pronta, mas saber que ele vai querer isso um dia me deixou incrivelmente feliz.

Decido preparar algo rápido para comer antes de acordá-lo. Ainda não jantei e estou morrendo de fome. Quando acendo a luz da cozinha, dou um grito. Levo a mão ao peito e esbarro no balcão.

— Meu Deus, Ryle! O que você está fazendo?

Ele está encostado na parede, ao lado da geladeira; os pés, cruzados na altura dos tornozelos; os olhos, semicerrados em minha direção. Ele revira alguma coisa entre os dedos e me encara.

Meus olhos se desviam para o balcão à esquerda, e vejo um copo vazio que devia estar com uísque há pouco. Ele bebe de vez em quando porque o ajuda a dormir.

Olho de novo para ele, que exibe um sorrisinho. Meu corpo se aquece imediatamente com esse sorriso, porque sei o que vem em seguida. Esse apartamento está prestes a virar um frenesi de roupas e beijos. Já batizamos quase todos os cômodos desde que nos mudamos, mas ainda falta a cozinha.

Sorrio de volta, o coração ainda batendo erraticamente por causa do susto de tê-lo encontrado no escuro. Seus olhos se fixam em sua mão, e percebo que está segurando o ímã de Boston. Eu o trouxe do apartamento antigo e o coloquei na geladeira quando nos mudamos.

Ele o devolve à geladeira e dá um tapinha nele.

— De onde veio isso?

Olho para o ímã e depois para ele. A última coisa que quero é dizer que o ganhei de Atlas em meu aniversário de 16 anos. Isso apenas traria à tona um assunto ainda sensível para nós dois, e estou animada demais com o que vai acontecer daqui a pouco para contar uma verdade nua e crua.

Dou de ombros.

— Não lembro. Tenho há um tempão.

Ele me encara em silêncio e se empertiga, dando dois passos para perto de mim. Eu me encosto no balcão e fico sem ar. Sua mão vai até minha cintura, e ele a desliza entre minha bunda e a calça jeans, me puxando para perto. Sua boca toma a minha, e ele me beija enquanto começa a baixar minha calça.

Então vamos fazer isso agora mesmo.

Seus lábios se arrastam em meu pescoço enquanto descalço os sapatos, e ele tira de vez minha calça.

Acho que posso comer depois. Batizar a cozinha acabou de se tornar minha prioridade.

Quando sua boca volta para a minha, ele me levanta e me coloca em cima do balcão, se posicionando entre meus joelhos. Sinto seu hálito de uísque e meio que gosto. Já estou ofegante quando seus lábios quentes deslizam pelos meus. Ele agarra meu cabelo e me puxa delicadamente para que eu o encare.

— Verdade nua e crua? — sussurra, observando minha boca, como se estivesse prestes a me devorar.

Faço que sim.

Sua outra mão começa a subir por minha coxa até não ter mais aonde ir. Ele enfia dois dedos quentes em mim, prendendo meu olhar no seu. Inspiro pela boca enquanto minhas pernas se enrijecem ao redor de sua cintura. Começo a me mover lentamente na direção contrária de sua mão, gemendo baixinho enquanto ele me encara, excitado.

— De onde veio aquele ímã, Lily?

O quê?

Sinto como se meu coração estivesse batendo ao contrário.

Por que ele insiste na pergunta?

Seus dedos continuam se movendo dentro de mim, e seus olhos ainda demonstram que ele me quer. *Mas sua mão...* A mão em meu cabelo começa a puxar com mais força, e eu estremeço.

— Ryle — sussurro, mantendo o tom de voz calmo, por mais que esteja começando a ficar trêmulo. — Isso dói.

Seus dedos param de mexer, mas seu olhar não desvia do meu. Ele tira lentamente os dedos de mim e coloca a mão ao redor de meu pescoço, apertando delicadamente. Seus lábios encontram os meus, e sua língua entra em minha boca. Eu aceito, porque não faço ideia do que está lhe passando pela cabeça, e torço para que eu esteja exagerando.

Quando ele encosta em mim, sinto que está duro dentro da calça. Mas então ele recua. Suas mãos saem de mim, e ele se encosta na geladeira, me olhando de cima a baixo, como se quisesse me possuir bem aqui na cozinha. Meu coração começa a se acalmar. *Estou exagerando.*

Perto do fogão, ele põe o braço atrás de mim e pega um jornal. É o mesmo jornal que me mostrou mais cedo, com a matéria sobre os prêmios. Ele o ergue e depois o joga para mim.

— Já leu?

Solto o ar pela boca, aliviada.

— Ainda não — respondo, fixando os olhos no artigo.

— Então leia em voz alta.

Olho para ele. Sorrio, mas estou com frio na barriga de tanta ansiedade. Tem alguma coisa diferente em Ryle. Na maneira como está agindo. Não sei o que é...

— Quer que eu leia? — pergunto. — Agora?

Não estou nada confortável, sentada seminua no balcão da cozinha, segurando um jornal. Ele confirma com a cabeça.

— Primeiro quero que tire a camisa. E *depois* leia em voz alta.

Fico encarando Ryle, tentando interpretar seu comportamento. Será que o uísque o deixou mais excitado que o normal? Muitas vezes, quando transamos, é um ato tão simples quanto fazer amor. Mas, de vez em quando, fazemos sexo selvagem. Um pouco perigoso, assim como seu olhar no momento.

Deixo o jornal no balcão, tiro a camisa e depois pego o jornal de volta. Começo a ler em voz alta, mas ele dá um passo para a frente e diz:

— A matéria toda, não. — Ele vira para a outra página do jornal, no meio da matéria, e aponta para uma frase. — Leia os últimos parágrafos.

Olho para baixo, ainda mais confusa. Mas faço o que for para esquecermos logo isso e irmos para a cama...

— "O estabelecimento mais votado não é surpresa para ninguém. O icônico Bib's, na Marketson, foi inaugurado em abril do ano passado e rapidamente se tornou um dos restaurantes mais bem avaliados da cidade, de acordo com o TripAdvisor".

Paro de ler e olho para Ryle. Ele serviu mais uísque e está tomando um gole.

— Continue lendo — ordena, indicando com a cabeça o jornal em minhas mãos.

Engulo em seco com força, a saliva na boca engrossando a cada segundo. Tento controlar o tremor nas mãos enquanto continuo lendo.

— "O dono, Atlas Corrigan, é um chef duplamente premiado e também membro da Marinha dos Estados Unidos. Não é nenhum segredo que o acrônimo de seu restaurante de sucesso, Bib's, significa *Better in Boston*".

Suspiro.

Tudo é melhor em Boston.

Aperto minha barriga, tentando manter as emoções sob controle enquanto continuo:

— "Mas, quando foi entrevistado sobre seu prêmio mais recente, o chef finalmente revelou a verdade por trás do nome. *É uma longa história*, afirmou o chef Corrigan. *Foi uma homenagem a alguém que teve grande impacto em minha vida. Alguém que foi muito importante para mim. Ela ainda é muito importante para mim*".

Deixo o jornal no balcão.

— Não quero mais ler.

Minha voz falha ao passar pela garganta.

Ryle dá dois passos rápidos para a frente e agarra o jornal. Continua de onde parei, com a voz alta e zangada:

— "Quando perguntamos se a garota sabia que o nome do restaurante era por causa dela, chef Corrigan sorriu compreensivamente e disse: *Próxima pergunta*".

A raiva na voz de Ryle me deixa enjoada.

— Ryle, pare — digo, calma. — Você bebeu demais.

Passo por ele e saio depressa da cozinha, indo para o corredor que leva ao quarto. Tem muita coisa acontecendo, e acho que não estou entendendo nada.

A matéria não citou a pessoa de quem Atlas estava falando. Atlas sabe que sou eu, e *eu* sei que sou eu, mas por que diabo Ryle pensaria isso?

E o ímã. Por que ele está deduzindo que ganhei o ímã de Atlas só com base nessa matéria de jornal?

Exagero.

Eu o escuto me seguir enquanto vou até o quarto. Escancaro a porta e paro imediatamente.

A cama está cheia de coisas. Uma caixa de mudança vazia com as palavras "Coisas de Lily" escritas na lateral. E tudo o que estava dentro da caixa... espalhado. Cartas, diários, caixas de sapato vazias. Fecho os olhos e inspiro lentamente.

Ele leu o diário.

Não.

Ele. Leu. O. Diário.

Seu braço envolve minha cintura por trás. Sua mão sobe por minha barriga e segura meu seio com firmeza. Sua outra mão roça meu ombro enquanto ele afasta o cabelo de meu pescoço.

Fecho os olhos enquanto seus dedos começam a percorrer minha pele, indo até meu ombro. Seu dedo passa lentamente pelo lado do coração, e meu corpo todo estremece. Seus lábios encostam bem em cima de minha tatuagem, e depois seus dentes cravam minha pele com tanta força que eu grito.

Tento me afastar, mas ele está me segurando com tanta força que nem se mexe. A dor de seus dentes perfurando minha clavícula se espalha pelo ombro e desce pelo braço. Imediatamente, começo a chorar. A *soluçar.*

— Ryle, me solte — digo, com um tom de voz suplicante. — Por favor, se afaste.

Seus braços machucam os meus enquanto ele me segura com força por trás.

Ryle me vira, mas continuo de olhos fechados. Estou assustada demais para encará-lo. Suas mãos se afundam em meus ombros enquanto ele me empurra na cama. Começo a me debater para escapar, mas não adianta. Ele é forte demais. Está zangado. Magoado. *E não está sendo Ryle.*

Estou deitada de costas na cama e me arrasto freneticamente até a cabeceira, tentando fugir.

— Por que ele ainda está aqui, Lily? — Sua voz não está mais tão controlada quanto na cozinha. Ele está muito zangado. — Esse cara está em *tudo.* No ímã da geladeira. No diário que achei na caixa em nosso armário. Na merda de sua *tatuagem* que antes era a parte que eu *mais* gostava em você, porra!

Ele sobe na cama.

— Ryle — imploro. — Posso explicar. — As lágrimas me escorrem pelas têmporas e molham meu cabelo. — Você está zangado. Por favor, não me machuque. *Por favor.* Vá embora, e eu explico quando você voltar.

Sua mão agarra meu tornozelo, e me puxa até me colocar debaixo dele.

— Não estou zangado, Lily — retruca, com a voz perturbadoramente calma. — Só acho que ainda não demonstrei como eu te amo.

Seu corpo se aproxima do meu, e ele prende meus pulsos acima de minha cabeça, pressionando-os no colchão.

— Ryle, por favor. — Estou soluçando, tentando afastá-lo com alguma parte de meu corpo. — Saia de cima de mim. *Por favor.*

Não, não, não, não.

— Eu te amo, Lily — diz ele, e suas palavras atingem minha face. — Mais do que ele *jamais* amou. Por que você não *enxerga* isso?

Meu medo dá lugar à raiva. Tudo o que vejo ao fechar os olhos é minha mãe chorando no sofá de nossa antiga sala... meu pai a forçando. O ódio esgarça meu corpo e começo a gritar.

Ryle tenta abafar meus gritos com a boca.

Mordo sua língua.

Sua testa bate na minha.

Em um instante, toda a dor passa quando um manto de escuridão cobre meus olhos e me consome.

. . .

Sinto sua respiração no ouvido quando ele murmura algo inaudível. Meu coração está acelerado, meu corpo inteiro continua tremendo, minhas lágrimas ainda escorrem, e estou ofegante. Suas palavras me atingem no ouvido, mas a dor faz minha cabeça latejar demais e não as decifro.

Tento abrir os olhos, mas sinto uma ardência. Tem alguma coisa escorrendo para dentro de meu olho direito, e imediatamente percebo que é sangue.

Meu sangue.

Suas palavras começam a ficar mais nítidas.

— Desculpe, desculpe, desculpe...

Sua mão ainda pressiona a minha no colchão, e ele continua em cima de mim. Mas não está mais tentando se forçar para dentro de mim.

— Lily, eu te amo, me desculpe mesmo.

Suas palavras estão cheias de pânico. Ele está me beijando, seus lábios delicados roçando minha bochecha e minha boca.

Ele sabe o que fez. Voltou a ser Ryle, e sabe o que acabou de fazer comigo. Conosco. Com nosso futuro.

Tiro vantagem de seu pânico. Balanço a cabeça e sussurro:

— Está tudo bem, Ryle. Está tudo bem. Você estava zangado, está tudo bem.

Seus lábios agitados encontram os meus, e o gosto de uísque me dá vontade de vomitar. Ele ainda está sussurrando pedidos de desculpa até que o quarto começa a esvaecer mais uma vez.

. . .

Meus olhos estão fechados. Continuamos na cama, mas ele já não está totalmente em cima de mim. Está a meu lado, apoiando com firmeza o braço em cima de minha cintura. Sua cabeça pressiona meu peito. Continuo rígida enquanto analiso tudo ao redor.

Ele não está se movendo, mas sinto a respiração pesada do sono. Não sei se ele apagou ou se acabou dormindo. A última coisa de que me lembro é sua boca na minha, o gosto de minhas lágrimas.

Fico deitada sem me mexer por vários minutos. Minha dor de cabeça piora a cada minuto consciente. Fecho os olhos e tento pensar.

Cadê minha bolsa?

Cadê minhas chaves?

Cadê meu celular?

Demoro cinco minutos para me desvencilhar. Fico com muito medo de me mexer demais de uma vez só, então me movo um centímetro de cada vez, até conseguir rolar para o chão. Quando deixo de sentir suas mãos em mim, um soluço inesperado me irrompe do peito. Tapo a boca com a mão enquanto me levanto e saio correndo do quarto.

Encontro a bolsa e o celular, mas não faço ideia de onde estão minhas chaves. Procuro freneticamente pela sala e pela cozinha, mas mal consigo enxergar. Quando ele me golpeou com a cabeça, deve ter machucado minha testa, porque tem sangue demais em meus olhos e vejo tudo borrado.

Deslizo até o chão perto da porta e fico tonta. Meus dedos tremem tanto que só na terceira tentativa acerto a senha do celular.

Hesito assim que aparece a tela para digitar o número. Penso primeiro em ligar para Allysa e Marshall, mas não posso sobrecarregá-los agora. Ela teve um bebê há apenas algumas horas. Não posso fazer isso com eles.

Eu poderia ligar para a polícia, mas não estou em condições de assimilar as consequências. Não quero depor. Não quero prestar queixa, porque sei as implicações para sua carreira. Não quero Allysa zangada comigo. Simplesmente não sei. Não descarto completamente denunciar à polícia. Mas não tenho energia para decidir agora.

Aperto o telefone nas mãos e tento raciocinar. *Minha mãe.*

Começo a discar seu número, mas, quando penso no que isso lhe causaria, começo a chorar de novo. Não posso envolvê-la nessa confusão. Ela já passou por muita coisa. E Ryle vai tentar me encontrar. Vai procurá-la primeiro. Depois, Allysa e Marshall. E então vai atrás de todo mundo que conheço.

Enxugo as lágrimas dos olhos e começo a discar o número de Atlas.

Nunca me odiei tanto quanto agora.

Eu me odeio porque, quando Ryle achou o número de Atlas em meu celular, eu menti e disse que tinha me esquecido de que estava ali.

Eu me odeio porque, no dia em que Atlas me deu o número, eu abri e olhei o papel.

Eu me odeio porque, no fundo, eu sabia que talvez fosse precisar daquilo um dia. *Então decorei.*

— Alô?

A voz está cautelosa. Curiosa. Ele não reconhece o número. Assim que atende, começo a chorar. Tapo a boca e tento ficar quieta.

— Lily? — Sua voz fica bem mais alta. — Lily, onde você está?

Eu me odeio porque ele sabe que as lágrimas são minhas.

— Atlas — sussurro. — Preciso de ajuda.

— Onde você está? — repete ele.

Noto o pânico em sua voz. Eu o escuto andando, remexendo em algumas coisas. Ouço uma porta bater do outro lado da linha.

— Vou te mandar uma mensagem — murmuro, com medo demais para continuar falando em voz alta.

Não quero acordar Ryle. Desligo e encontro forças para acalmar minhas mãos enquanto mando meu endereço e o código para entrar no prédio por sms. Depois envio uma segunda mensagem que diz:

Me avise quando chegar. Por favor, não bata na porta.

Engatinho até a cozinha e encontro minha calça, vestindo-a com dificuldade. Acho minha camisa no balcão. Depois de me vestir, vou para a sala. Penso em abrir a porta e encontrar Atlas lá embaixo, mas tenho medo de não conseguir chegar sozinha à portaria. Minha testa ainda está sangrando, e me sinto fraca demais até mesmo para levantar e esperar perto da saída. Deslizo até o chão, seguro o celular com a mão trêmula e o encaro, esperando a mensagem.

Depois de vinte e quatro minutos agonizantes, meu celular acende.

Cheguei.

Eu me levanto com dificuldade e abro a porta. Braços envolvem meu corpo, e meu rosto encosta em algo macio. Começo a chorar, chorar, tremer e chorar.

— Lily — sussurra ele. Jamais ouvi meu nome dito com tanta tristeza. Atlas me faz olhar para ele. Seus olhos azuis examinam meu rosto, e eu vejo quando acontece. Noto a preocupação desaparecer quando Atlas vira a cabeça na direção da porta. — Ele ainda está lá dentro?

Fúria.

Sinto a fúria emanar de Atlas, e ele dá um passo na direção do apartamento. Agarro sua jaqueta com os punhos cerrados.

— Não. *Por favor*, Atlas. Só quero ir embora.

Vejo o sofrimento tomá-lo quando ele para, tentando decidir se deve me escutar ou simplesmente derrubar a porta. Ele acaba virando as costas para ela e me envolvendo com os braços. Então me ajuda a ir até o elevador e a passar pela portaria. Por algum milagre, só encontramos uma pessoa, que estava virada para o outro lado, falando ao celular.

Quando chegamos à garagem, volto a me sentir tonta. Peço que ande mais devagar, então sinto seus braços embaixo dos joelhos enquanto ele me ergue. E depois estamos dentro do carro, já em movimento.

Sei que preciso levar pontos.

Sei que ele está me levando ao hospital.

Mas não faço ideia de por que digo as próximas palavras:

— Não me leve ao Mass General. Me leve a outro lugar.

Por algum motivo, não quero correr o risco de encontrar algum colega de Ryle. Eu o odeio. No momento, eu o odeio mais do que jamais odiei meu pai. Porém, minha preocupação com sua carreira ainda consegue partir meu ódio ao meio.

Quando percebo isso, eu me odeio tanto quanto o odeio.

Capítulo Vinte e Quatro

Atlas está parado do outro lado do cômodo. Ele não desgruda os olhos de mim nem por um segundo enquanto a enfermeira me atendia. Depois de colher meu sangue, ela voltou imediatamente e começou a tratar o corte. Ela não fez muitas perguntas, mas está na cara que meus ferimentos foram causados por violência doméstica. Noto seu olhar de pena enquanto limpa a mordida em meu ombro.

Ao terminar, ela olha para Atlas. Então, dá um passo para a direita, bloqueando a visão que ele tinha de mim. Ela se vira em minha direção de novo.

— Preciso fazer algumas perguntas pessoais. Vou ter de pedir que ele saia daqui, ok?

Nesse momento, percebo que julga Atlas culpado pelos machucados. Começo a balançar a cabeça e respondo:

— Não foi ele. Por favor, não o obrigue a sair daqui.

Seu alívio fica evidente. Ela concorda e puxa uma cadeira.

— Está ferida em mais algum lugar?

Balanço a cabeça, porque ela não conseguiria consertar tudo o que Ryle partiu em mim.

— Lily? — Seu tom de voz é suave. — Você foi estuprada?

Meus olhos se enchem de lágrimas, e vejo Atlas se virar para a parede e encostar a testa ali.

A enfermeira espera que eu olhe em seus olhos antes de continuar falando:

— Temos um exame para este tipo de situação. Chama-se SANE. É opcional, lógico, mas em seu caso eu acho muito importante.

— Não fui estuprada — asseguro. — Ele não...

— Tem certeza, Lily? — pergunta a enfermeira.

Faço que sim.

— Não quero fazer.

Atlas se vira de novo para mim, e vejo o sofrimento em seu rosto enquanto ele se aproxima.

— Lily. Você precisa disso.

Seus olhos estão suplicantes.

Balanço a cabeça de novo.

— Atlas, eu juro... — Fecho os olhos e abaixo a cabeça. — Não o estou protegendo desta vez — sussurro. — Ele tentou, mas depois parou.

— Se decidir prestar queixa, vai precisar...

— Não quero o exame — repito, com um tom de voz firme.

Alguém bate à porta, e um médico entra, me poupando do olhar suplicante de Atlas. A enfermeira faz um rápido resumo de meus ferimentos. Em seguida se afasta, e o plantonista examina minha cabeça e meu ombro. Coloca uma luz em meus olhos. Olha de novo a papelada e diz:

— Eu queria descartar uma concussão, mas por causa de seu estado, não quero fazer uma ressonância. Em vez disso, acho melhor você ficar em observação.

— Por que não quer fazer ressonância? — pergunto.

O médico se levanta.

— Não gostamos de fazer radiografias em grávidas, a não ser que seja essencial. Vamos monitorá-la para acompanhar possíveis complicações, e, se não surgir nenhuma alteração, poderá ir embora.

Não escuto mais nada depois disso.

Nada.

A pressão aumenta em minha cabeça. No coração. Na barriga. Agarro as beiradas da mesa de exames em que estou sentada e fico encarando o chão enquanto os dois deixam o quarto.

Quando a porta se fecha, eu me endireito, suspensa em um silêncio paralisante. Vejo Atlas se aproximar. Seus pés quase encostam nos meus. Seus dedos roçam de leve minhas costas.

— Você sabia?

Expiro depressa e, depois, inspiro mais ar. Começo a balançar a cabeça e, quando seus braços me envolvem, choro mais que imaginava ser capaz. Ele fica o tempo inteiro me abraçando. Ele me abraça durante todo o meu ódio.

Eu fiz isso comigo.

Eu permiti que isso acontecesse comigo.

Eu me tornei minha mãe.

— Quero ir embora — sussurro.

Atlas se afasta.

— Eles querem monitorá-la, Lily. Acho que devia ficar.

Olho para ele e balanço a cabeça.

— Preciso sair daqui. *Por favor.* Quero ir embora.

Ele assente e me ajuda a calçar os sapatos. Tira a jaqueta e a coloca em meus ombros. Em seguida, saímos do hospital sem ninguém perceber.

Ele não me diz nada enquanto estamos no carro. Fico olhando pela janela, exausta demais para chorar. Chocada demais para falar. Estou me sentindo submersa.

Continue a nadar.

. . .

Atlas não mora em apartamento. Ele mora em uma casa. Em um pequeno subúrbio de Boston chamado Wellesley, onde todas as casas são bonitas, grandes, bem-cuidadas e caras. Antes de pararmos na frente da casa de Atlas, eu me pergunto se ele se casou com aquela garota. *Cassie*. Me pergunto o que ela vai pensar ao ver o marido trazendo para casa uma garota que ele amava e que acabou de ser atacada pelo próprio marido.

Ela vai sentir pena de mim. Não vai entender por que nunca o abandonei. Vai questionar como deixei as coisas chegarem a tal ponto. Vai perguntar as mesmas coisas que eu me perguntava sobre minha mãe quando a via na mesma situação. As pessoas passam tanto tempo se perguntando por que as mulheres não vão embora... Onde estão as pessoas curiosas do porquê os homens serem violentos? Não é aí que deveria estar a culpa?

Atlas estaciona na garagem. Não tem mais nenhum veículo ali. Não espero que me ajude a sair do carro. Abro a porta, desço sozinha e depois o sigo até a casa. Ele coloca o código no alarme e acende algumas luzes. Meus olhos observam a cozinha, a sala de jantar, a sala de estar. Tudo é chique, feito de madeira e aço inoxidável, e a cozinha é de um verde-azulado calmante. Da cor do oceano. Se eu não estivesse sofrendo tanto, sorriria.

Atlas continuou nadando, e olhe só para ele agora: nadou até a porra do Caribe.

Ele vai até a geladeira, pega uma garrafa de água e se aproxima de mim. Tira a tampa e me entrega a garrafa. Tomo um gole e fico observando enquanto acende a luz da sala e do corredor.

— Você mora sozinho? — pergunto.

Ele assente enquanto volta para a cozinha.

— Está com fome?

Balanço a cabeça. Mesmo se estivesse, não conseguiria comer.

— Vou te mostrar seu quarto — diz ele. — Tem banheiro se você precisar.

Preciso. Quero tirar o gosto de uísque da boca. Quero lavar o cheiro estéril de hospital. Quero lavar as últimas quatro horas de minha vida.

Eu o sigo pelo corredor até um quarto extra, onde ele acende a luz. Há duas caixas em uma cama sem lençol, e mais pilhas de caixas encostadas nas paredes. Vejo uma cadeira grande em uma das paredes, virada para a porta. Ele vai até a cama e tira as caixas, colocando-as na parede com as outras.

— Eu me mudei há alguns meses. Não consegui tempo livre para decorar ainda. — Ele vai até uma cômoda e abre uma gaveta. — Vou arrumar a cama para você.

Ele tira lençóis e uma fronha. Começa a fazer a cama enquanto entro no banheiro e fecho a porta.

Fico meia hora ali dentro. Passo alguns minutos encarando meu reflexo no espelho. Mais um tempo tomando uma ducha. Durante o resto do tempo, fico curvada na privada, vomitando ao me lembrar das últimas horas.

Saio do banheiro enrolada na toalha. Atlas não está mais no quarto, mas encontro roupas dobradas na cama recém--arrumada. Uma calça de pijama masculino que é grande demais para mim, e uma camiseta que bate na altura de meus joelhos. Amarro o cadarço da calça e me deito. Desligo o abajur, puxo as cobertas e me cubro.

Então choro tanto que nem faço barulho.

Capítulo Vinte e Cinco

Sinto cheiro de torrada.

Eu me espreguiço na cama e sorrio, porque Ryle sabe que torrada é minha comida preferida.

Meus olhos se abrem, e a claridade me esmaga com a força de uma colisão frontal. Fecho os olhos quando percebo onde estou, por que estou aqui e que o cheiro de torrada não é meu marido meigo e carinhoso prestes a trazer café da manhã na cama para mim.

No mesmo instante fico com vontade de chorar de novo, mas me obrigo a sair da cama. Eu me concentro em meu estômago vazio enquanto uso o banheiro, e digo a mim mesma que posso chorar depois de comer alguma coisa. Preciso comer antes de passar mal de novo.

Quando saio do banheiro e volto para o quarto, percebo que a cadeira virada para a porta agora está na direção da cama. Tem um cobertor embolado em cima da almofada, então é óbvio que Atlas entrou aqui ontem à noite, enquanto eu dormia.

Ele devia estar preocupado, achando que sofri uma concussão.

Quando entro na cozinha, ele está se movendo entre a geladeira, o fogão e o balcão. Pela primeira vez em doze horas, sinto um vago sinal de algo que não é sofrimento, porque lembro que ele é um chef. Um chef *bom*. E está preparando meu café da manhã.

Ele me olha enquanto entro na cozinha.

— Bom dia — cumprimenta ele, tomando cuidado para não demonstrar muita animação. — Espero que esteja com fome.

Ele desliza um copo e uma jarra de suco de laranja para mim por cima do balcão e depois se volta para o fogão.

— Estou, sim.

Ele olha por cima do ombro e me dá um sorriso sutil. Eu me sirvo do suco e vou até o outro lado da cozinha, onde tem uma copa. Há um jornal na mesa, e começo a dar uma folheada. Quando vejo o artigo sobre os melhores estabelecimentos de Boston, minhas mãos começam a tremer na mesma hora e largo o jornal na mesa. Fecho os olhos e, lentamente, tomo um gole do suco de laranja.

Alguns minutos depois, Atlas põe um prato a minha frente e se senta do outro lado da mesa. Ele puxa seu prato para perto e corta o crepe com o garfo.

Olho para meu prato. Três crepes com calda e enfeitados com um pouco de chantilly. Tem pedaços de laranja e morango alinhados à direita.

É quase bonito demais para comer, mas estou com muita fome para me importar. Dou uma garfada e fecho os olhos, tentando não deixar tão óbvio que é o melhor café da manhã que já provei.

Finalmente me permito admitir que seu restaurante mereceu o prêmio. Por mais que eu tenha tentado convencer Ryle e Allysa a não voltarmos, foi o melhor restaurante a que já fui.

— Onde você aprendeu a cozinhar? — pergunto.

Ele toma um gole de café.

— Na Marinha — responde, colocando a xícara na mesa. — Treinei um pouco durante meu primeiro período, mas depois me realistei como chef. — Ele apoia o garfo na lateral do prato. — Gostou?

Faço que sim.

— Está delicioso. Mas você está errado. Sabia cozinhar antes de se alistar.

Ele sorri.

— Você se lembra dos cookies?

Assinto de novo.

— Os melhores cookies que já comi.

Ele se encosta na cadeira.

— Aprendi o básico sozinho. Minha mãe tinha dois empregos quando eu era pequeno, então, se eu quisesse jantar à noite, precisava preparar sozinho. Ou cozinhava ou passava fome, por isso comprei um livro de receitas em um bazar e testei todas ao longo do ano. E eu só tinha 13 anos.

Sorrio e fico chocada por conseguir fazê-lo.

— Da próxima vez que te perguntarem onde aprendeu a cozinhar, devia contar *essa* história. Não a outra.

Ele balança a cabeça.

— Só você sabe alguma coisa de minha vida antes de meus 19 anos. E eu gostaria que continuasse assim.

Ele começa a me contar como foi trabalhar como chef nas forças armadas. Poupou o máximo possível para que, quando saísse, pudesse abrir o próprio restaurante. Ele começou com uma pequena cafeteria que fez muito sucesso, e depois abriu o Bib's um ano e meio atrás.

— Está indo bem — diz ele, com modéstia.

Dou uma olhada na cozinha e depois me volto para ele.

— Parece estar indo mais que bem.

Ele dá de ombros e se serve de mais comida. Fico quieta enquanto terminamos de comer, porque minha mente está ocupada com seu restaurante. Com o nome. Com o que ele disse na entrevista. E, óbvio, esses pensamentos me levam a

Ryle e à raiva em sua voz enquanto gritava a última frase da entrevista para mim.

Acho que Atlas percebe a mudança em meu comportamento, mas não diz nada enquanto retira os pratos.

Ao se sentar de novo, ele escolhe a cadeira bem a meu lado. Põe a mão em cima da minha para me tranquilizar.

— Preciso passar algumas horas no trabalho — avisa ele.

— Não quero que você vá embora. Fique o tempo que precisar, Lily. Mas... não volte para casa hoje.

Balanço a cabeça quando noto a preocupação em suas palavras.

— Não vou voltar. Vou ficar aqui — digo. — Prometo.

— Precisa de alguma coisa antes que eu saia?

Nego com a cabeça.

— Vou ficar bem.

Ele se levanta e pega a jaqueta.

— Vou tentar ser o mais rápido possível. Volto depois do almoço e trago alguma coisa para você comer, ok?

Forço um sorriso. Ele abre uma gaveta e tira caneta e papel. Faz uma anotação antes de sair. Depois que ele vai embora, eu me levanto e vou até o balcão para ler o que ele escreveu. Listou instruções para ligar o alarme. Anotou o número de seu celular, por mais que eu saiba o número de cor. Também anotou o número do trabalho, o endereço de sua casa e o endereço do restaurante.

Embaixo de tudo, em letra pequena, ele escreveu: *Continue a nadar, Lily.*

Querida Ellen,

Oi. Sou eu. Lily Bloom. Bem... tecnicamente, agora sou Lily Kincaid.

Sei que faz muito tempo que não te escrevo. Muito tempo mesmo. Depois de tudo que aconteceu com Atlas, simplesmente não consegui abrir os diários outra vez. Não consegui ver seu programa depois do colégio, porque assistir sozinha me fazia sofrer. Na verdade, qualquer pensamento relacionado a você me deixava meio deprimida. Quando eu pensava em você, pensava em Atlas. E, para ser sincera, eu não queria pensar nele, então também precisei tirá-la de minha vida.

Me desculpe por ter feito isso. Tenho certeza de que você não ficou com saudade de mim tanto quanto eu fiquei de você, mas, às vezes, as coisas mais importantes na vida de uma pessoa são as que mais a magoam. E, para superar essa mágoa, é preciso cortar todas as extensões que a prendem a essa dor. Você era uma extensão de minha dor, então acho que foi isso que eu fiz. Só queria evitar um pouco o sofrimento.

Mas tenho certeza de que seu programa continua maravilhoso, como sempre. Ouvi falar que você ainda está dançando no início de alguns episódios, mas passei a gostar disso. Acho que esse é um dos maiores sinais de que a pessoa está amadurecendo: saber admirar coisas que importam para os outros, mesmo que elas não signifiquem muito para você.

Acho que eu deveria te contar as novidades de minha vida. Meu pai morreu. Agora estou com 24 anos. Eu me formei na faculdade, trabalhei com marketing por um tempo e agora sou dona de minha própria loja. Uma floricultura. Objetivos de vida, u-hu!

Também tenho um marido, e não é Atlas.

E... moro em Boston.

Eu sei. Chocante.

Da última vez que te escrevi, eu tinha 16 anos. Estava passando por um período péssimo e andava muito preocupada com Atlas. Não estou mais preocupada com ele, mas também estou passando por um período péssimo agora. Pior do que quando te escrevi da última vez.

Me desculpe por não escrever quando estou bem. Parece que você só fica sabendo do lado merda de minha vida, mas é para isso que servem os amigos, não é?

Nem sei por onde começar. Sei que você não sabe nada sobre minha vida atual nem sobre meu marido, Ryle. Mas dizemos "verdades nuas e cruas" um para o outro, e aí somos obrigados a ser totalmente sinceros e dizer o que pensamos de verdade.

Então... verdade nua e crua.

Prepare-se.

Estou apaixonada por um homem que me machuca fisicamente. Não faço ideia de como pude chegar a este ponto, logo eu.

Muitas vezes, quando era mais nova, eu ficava imaginando o que minha mãe pensava nos dias que meu pai lhe batia. Eu me perguntava como era possível ela amar um homem que a machucava. Que vivia lhe batendo. Que prometia nunca mais fazer aquilo. Mas sempre a machucava de novo.

Odeio ser capaz de me identificar com ela agora.

Estou sentada no sofá de Atlas há mais de quatro horas, me debatendo com meus sentimentos. Não consigo controlá-los. Não consigo compreendê-los. Não sei como processá-los. E, me mantendo fiel ao passado, percebi que talvez eu devesse simplesmente escrever sobre eles. Peço desculpas, Ellen. Mas se prepare para uma carta enorme.

Se eu tivesse que comparar este sentimento a alguma coisa, compararia à morte. Mas não a morte de qualquer pessoa. Mas a morte daquela pessoa. Da pessoa mais próxima de você no mundo. Aquela pessoa cuja morte, mesmo imaginada, lhe enche os olhos de lágrimas.

É assim que estou me sentindo. Como se Ryle tivesse morrido.

É um luto astronômico. Uma dor imensa. É a sensação de que perdi meu melhor amigo, meu amante, meu marido, meu porto seguro. Mas a diferença entre essa sensação e a morte é a presença de outra emoção que não vem necessariamente com uma morte verdadeira.

O ódio.

Estou com tanta raiva, Ellen. Não existem palavras que expressem o tamanho do ódio que sinto por ele. No entanto, de alguma maneira, no meio de todo o ódio, há argumentos dentro de mim. Começo a pensar em coisas do tipo: "Mas eu não devia ter aquele ímã. Eu devia ter contado a verdade sobre a tatuagem desde o início. Não devia ter guardado os diários".

Esses argumentos são a parte mais difícil. É algo que me corrói aos poucos, desgastando a força que o ódio me dá. Os argumentos me obrigam a imaginar nosso futuro juntos, e me mostram que existem coisas que eu poderia fazer para evitar esse tipo de raiva. Nunca mais vou traí-lo. Nunca mais vou guardar segredos. Nunca mais vou dar motivos para que reaja daquela maneira de novo. É só a gente se esforçar mais de agora em diante.

Na alegria e na tristeza, não é?

Sei que minha mãe pensou essas coisas. Mas a diferença entre nós duas é que as preocupações dela eram maiores. Ela não tinha a estabilidade financeira que tenho. Não tinha recursos para largar meu pai e me dar o que considerava um lugar decente para morar. Ela não queria me afastar de meu pai, porque eu já estava acostumada a morar com os dois. Tenho a sensação de que os argumentos a espancaram uma ou duas vezes.

Nem consigo começar a processar a possibilidade de ter um filho com esse homem. Tem um ser humano dentro de mim que fizemos juntos. E o que quer que eu escolha – quer eu decida ficar ou partir – não vai ser o que desejo para meu filho. Crescer num lar dividido ou num lar violento? Só faz um dia que sei da existência desse bebê, e já o desapontei.

Ellen, eu queria que você pudesse me responder. Queria que pudesse me dizer algo engraçado justo agora, porque meu coração está precisando. Nunca me senti tão sozinha. Tão arrasada. Tão zangada. Tão magoada.

As pessoas que estão de fora de situações assim costumam se perguntar por que a mulher volta para o agressor. Li em algum lugar que 85% das mulheres voltam para situações violentas. Foi antes de eu perceber que era uma delas, e, quando vi essa estatística, considerei essas mulheres burras. Achei que eram fracas. Pensei isso várias vezes de minha própria mãe.

Mas, de vez em quando, as mulheres voltam simplesmente porque estão apaixonadas. Eu amo meu marido, Ellen. Amo tantas coisas nele... Eu queria que suprimir meus sentimentos pela pessoa que me machucou fosse tão fácil quanto eu julgava ser. Impedir o coração de perdoar uma pessoa que você ama é, na verdade, muito mais difícil que simplesmente perdoá-la.

Agora eu sou uma estatística. As coisas que pensei sobre mulheres como eu são o que os outros pensariam de mim se soubessem de minha situação.

"Como ela pode amar o cara depois do que ele fez com ela? Como ela pode sequer considerar voltar para ele?"

Acho triste saber que esses são os primeiros pensamentos que passam pela cabeça de uma pessoa quando alguém sofre violência. Não deveríamos sentir um desgosto maior pelos agressores que pelas pessoas que continuam os amando?

Penso em todo mundo que passou por isso antes de mim. Em todo mundo que vai passar por isso depois de mim. Será que todas nós pensamos nas mesmas coisas nos dias seguintes a uma agressão cometida pelas mãos de quem nos ama? "Prometo estar contigo na alegria e na tristeza, na saúde e na doença, na riqueza e na pobreza, até que a morte nos separe".

Talvez esses votos não devessem ser interpretados tão literalmente quanto algumas esposas fazem.

Na alegria e na tristeza?

Foda-se.

Essa.

Merda.

Lily

Capítulo Vinte e Seis

Estou deitada na cama do quarto de hóspedes de Atlas, encarando o teto. É uma cama normal. Bem confortável, na verdade. Mas sinto como se estivesse sobre um colchão de água. Ou talvez em um bote, à deriva no mar. E eu enfrento as ondas gigantes, cada uma carregando uma coisa. Algumas são ondas de tristeza. Outras são ondas de raiva. Algumas são ondas de lágrimas. Outras são ondas de sono.

De vez em quando, ponho as mãos na barriga e surge uma pequena onda de amor. Não faço ideia de como já posso amar tanto algo, mas amo. Penso se vai ser menino ou menina, e no nome. Imagino se vai se parecer comigo ou com Ryle. E então surge outra onda de raiva que destrói a pequena onda de amor.

Sinto que me roubaram a alegria que uma mãe deve sentir quando se descobre grávida. Sinto que Ryle roubou isso de mim ontem à noite, e é só mais um motivo para alimentar o ódio.

O ódio é exaustivo.

Eu me obrigo a sair da cama e a tomar uma ducha. Passei boa parte do dia no quarto. Atlas voltou para casa há várias horas, e o escutei abrir a porta em determinado momento para ver como eu estava, mas fingi dormir.

É estranho estar aqui. Foi por causa de Atlas que Ryle ficou zangado comigo ontem à noite, mas foi ele quem eu chamei quando precisei de ajuda. Estar aqui me enche de culpa. Talvez eu até esteja com um pouco de vergonha, como se ter ligado para Atlas viabilizasse a raiva de Ryle. Mas eu não tenho mais para onde ir. Preciso de alguns dias para processar tudo, e, se eu for para um hotel, Ryle pode rastrear a cobrança no cartão de crédito e me encontrar.

Ele me acharia na casa de minha mãe. Na de Allysa. Na de Lucy. Até Devin ele encontrou algumas vezes, então provavelmente passaria lá também.

Mas não o consigo imaginar procurando Atlas. Ainda não. Tenho certeza de que, se eu passar uma semana evitando suas ligações e mensagens, ele vai procurar em todo lugar possível. Mas, por enquanto, acho que ele não apareceria aqui.

Talvez por isso ainda não parti. Eu me sinto mais segura aqui do que em qualquer outro lugar que consigo imaginar. E Atlas tem um sistema de alarme, então isso também conta.

Olho para a mesa de cabeceira a fim de conferir meu celular. Ignoro todas as mensagens perdidas de Ryle e abro a de Allysa.

Allysa: Oi, tia Lily! Vamos para casa hoje à noite. Venha nos visitar amanhã quando chegar do trabalho.

Ela me mandou uma foto com Rylee, o que me faz sorrir. E chorar. Malditas emoções.

Espero meus olhos secarem antes de ir até a sala. Atlas está sentado à mesa da cozinha, trabalhando no laptop. Ao me ver, ele sorri e fecha o computador.

— Oi.

Forço um sorriso e olho para a cozinha.

— Tem alguma coisa para comer?

Atlas se levanta depressa.

— Tem, sim — diz ele. — Tem, sim, pode se sentar que eu te preparo algo.

Eu me acomodo no sofá enquanto ele se movimenta pela cozinha. A televisão está ligada, mas no mudo. Coloco o som de volta e clico no DVR. Ele tem alguns programas gravados, mas o que chama minha atenção é o *Ellen DeGeneres Show*. Sorrio e clico no episódio mais recente.

Atlas traz para mim uma tigela de macarrão e um copo de água gelada. Ele olha para a TV e se senta a meu lado no sofá.

Nas próximas três horas, vemos os programas de uma semana inteira. Rio umas seis vezes. É gostoso, mas quando faço uma pausa para ir ao banheiro e volto para a sala, o peso de tudo começa a me sufocar de novo.

Eu me sento no sofá com Atlas. Ele está apoiando os pés na mesa de centro. Eu me encosto nele naturalmente, e, assim como fazia quando éramos adolescentes, ele me puxa para seu peito e nós ficamos em silêncio. Seu polegar roça a parte externa de meu ombro, e sei que é sua maneira silenciosa de dizer que está ali para o que eu precisar, que se sente mal por mim. E, pela primeira vez desde que ele me buscou ontem à noite, sinto vontade de tocar no assunto. Estou com a cabeça apoiada em seu ombro, as mãos no colo. Estou mexendo no cadarço da calça grande demais para mim.

— Atlas? — chamo, e minha voz não passa de um sussurro. — Desculpe ter ficado tão brava com você no restaurante. Você tinha razão. No fundo, eu sabia que você tinha razão, mas não queria acreditar. — Ergo a cabeça e o encaro, abrindo um sorriso digno de pena. — Pode dizer "*Bem que eu avisei*".

Ele franze as sobrancelhas, como se tivesse ficado magoado com minhas palavras.

— Lily, eu não queria ter razão sobre isso. Rezei todo dia para estar errado sobre ele.

Estremeço. Não devia ter dito isso. Sei que Atlas nunca diria algo do tipo *Bem que eu avisei*.

Ele aperta meu ombro e se inclina para a frente, beijando o topo de minha cabeça. Fecho os olhos enquanto absorvo sua familiaridade. Seu cheiro, seu toque, seu aconchego. Nunca entendi como alguém poderia ser resistente como uma pedra e, ao mesmo tempo, reconfortante. Porém, sempre o enxerguei assim. Como se ele pudesse suportar tudo e, ainda assim, sentisse o peso que todos os outros carregam.

Não gosto de jamais ter conseguido esquecê-lo completamente, por mais que tentasse. Penso na briga com Ryle por causa do telefone de Atlas. Nas brigas por causa do ímã, da matéria no jornal, do que ele leu em meu diário, da tatuagem. Nada disso teria acontecido se eu tivesse simplesmente deixado Atlas para trás e jogado tudo fora. Ryle não teria encontrado motivo algum para se chatear.

Levo as mãos ao rosto depois de pensar nisso, frustrada ao perceber que uma parte de mim ainda tenta se culpar, e à ligação com Atlas, pelo comportamento de Ryle.

Não tem desculpa. Nenhuma.

É só mais uma onda que sou obrigada a surfar. Uma onda de completa confusão.

Atlas sente a mudança em meu humor.

— Você está bem?

Não estou.

Não estou bem, porque até o momento eu não fazia ideia de como estava magoada por ele jamais ter me procurado. Se ele tivesse ido atrás de mim como prometeu, eu nunca teria conhecido Ryle. E nunca teria me metido *nessa* situação.

Pois é. Estou mesmo confusa. Como posso culpar Atlas por tudo isso?

— Acho que preciso dormir — digo baixinho, me afastando.

Eu me levanto, e Atlas também.

— Amanhã vou passar quase o dia todo fora — avisa ele. — Vai estar aqui quando eu voltar?

Eu me contraio com sua pergunta. Lógico que ele quer que eu me recupere e encontre outro lugar para ficar. O que ainda estou fazendo ali?

— Não. Não, posso ir para um hotel, tudo bem.

Eu me viro para o corredor, mas ele põe a mão em meu ombro.

— Lily — diz, me virando. — Eu não estava te pedindo para partir. Só queria ter certeza de que ainda estaria aqui. Quero que fique o tempo que precisar.

Seus olhos estão sendo sinceros, e, se eu não achasse inapropriado, jogaria os braços a seu redor e o abraçaria. Ainda não estou pronta para ir embora. Preciso de mais alguns dias antes de ser obrigada a descobrir qual o próximo passo.

Balanço a cabeça.

— Preciso passar algumas horas no trabalho amanhã — digo. — Resolver algumas coisas. Mas, se não for incômodo, eu gostaria de ficar mais alguns dias aqui.

— Não é incômodo algum, Lily. Eu até prefiro.

Forço um sorriso e vou para o quarto de hóspedes. Pelo menos ele está amortecendo a situação antes que eu precise confrontá-la.

Ainda que sua presença em minha vida esteja me confundindo, jamais senti tanta gratidão.

Capítulo Vinte e Sete

Minha mão treme enquanto toco a maçaneta. Nunca tive medo de entrar em minha loja, mas também jamais estive em situação tão tensa.

Está tudo escuro quando entro, então prendo a respiração ao acender as luzes. Eu me encaminho lentamente para o escritório, abrindo a porta com cuidado.

Ele não está ali, mas está em todo lugar.

Quando sento à mesa, ligo o celular pela primeira vez desde que fui me deitar ontem à noite. Eu queria dormir bem, sem ter de me preocupar se Ryle tentava me contatar.

Quando o aparelho liga, tenho vinte e nove mensagens perdidas de meu marido. Por acaso esse é o mesmo número de portas em que Ryle bateu até encontrar meu apartamento no ano anterior.

Não sei se rio ou se choro da ironia.

Passo o resto do dia assim. Olhando por cima do ombro, observando a porta toda vez que ela abre. Será que ele acabou comigo? O medo que sinto nunca vai me abandonar?

Enquanto cuido da papelada, metade do dia se passa sem um único telefonema. Allysa me liga depois do almoço, e, pelo tom de voz, percebo que ela não faz ideia da nossa briga. Eu a deixo falar um pouco sobre a bebê antes de fingir que preciso atender um cliente e desligar.

Pretendo ir embora quando Lucy voltar da pausa do almoço. Ela ainda tem meia hora.

Ryle entra pela porta da frente três minutos depois. Estou sozinha.

Assim que o vejo, fico gélida. Estou em pé atrás do balcão, a mão na caixa registradora porque o grampeador está ali perto. Óbvio que um grampeador não machucaria muito os braços de um neurocirurgião, mas vou usar o que tiver à mão.

Ele se aproxima lentamente do balcão. É a primeira vez que o vejo desde aquela noite, quando ele ficou em cima de mim em nossa cama. Meu corpo volta imediatamente àquele momento, e sou tomada pelas mesmas emoções intensas que senti naquela hora. Medo e raiva percorrem meu corpo quando ele chega ao balcão.

Ryle ergue a mão e põe um molho de chaves a minha frente no balcão. Meus olhos focam nas chaves.

— Vou para a Inglaterra hoje à noite — avisa ele. — Vou passar três meses fora. Já paguei todas as contas para que você não precise se preocupar com nada enquanto eu estiver fora.

Sua voz está calma, mas as veias em seu pescoço provam que ele está se esforçando ao máximo para mantê-la assim.

— Você precisa de tempo. — Ele engole em seco. — E eu quero que tenha isso. — Ele faz uma careta e empurra as chaves do apartamento em minha direção. — Volte para casa, Lily. Não vou estar lá. Prometo.

Ele se vira e segue para a porta. Percebo que ele nem tentou se desculpar. Não estou com raiva disso. Entendo. Ele sabe que um pedido de desculpas jamais vai desfazer o que aconteceu. Ele sabe que o melhor para nós, no momento, é ficarmos separados.

Ele sabe que cometeu um grande erro... mas, ainda assim, me sinto impelida a cutucar um pouco mais a ferida.

— Ryle.

Ele olha para mim, e é como se um escudo tivesse se erguido entre nós. Não se vira completamente e fica tenso enquanto espera para ouvir o que tenho a dizer. Ele sabe que minhas palavras vão magoá-lo.

— Sabe qual foi a pior parte disso tudo? — pergunto.

Ele não diz nada. Fica me encarando, esperando minha resposta.

— Tudo o que você precisava ter feito quando encontrou meu diário era pedir uma verdade nua e crua. Eu teria sido sincera com você. Mas não fez isso. Decidiu não pedir minha ajuda, e agora nós dois vamos arcar com as consequências de suas ações pelo resto da vida.

Ele contrai o rosto a cada palavra.

— Lily — diz ele, se virando para mim.

Ergo a mão para que ele não diga mais nada.

— Não. Pode ir embora. Divirta-se na Inglaterra.

Percebo que ele trava um conflito interno. Ryle sabe que não vai conseguir nada de mim agora, por mais que queira implorar por perdão. Ele sabe que a única escolha é se virar e sair pela porta, mesmo sendo a última coisa que deseja.

Quando ele finalmente se obriga a sair pela porta, vou correndo trancá-la. Deslizo até o chão e abraço os joelhos, apoiando o rosto ali. Estou tremendo tanto que sinto meus dentes rangerem.

Não acredito que tem uma parte desse homem crescendo dentro de mim. E não acredito que um dia vou ter de contar isso a ele.

Capítulo Vinte e Oito

Depois que Ryle me entregou as chaves à tarde, fiquei na dúvida se deveria voltar para nosso novo apartamento. Até parei na frente do prédio, mas não consegui sair do táxi. Sei que se voltasse para lá hoje, provavelmente encontraria Allysa em algum momento. E não estou pronta para explicar os pontos na testa. Não estou pronta para ver a cozinha onde as palavras terríveis de Ryle me dilaceraram. Não estou pronta para entrar no quarto onde fui completamente destruída.

Então, em vez de voltar, pedi ao taxista que me levasse até a casa de Atlas. Parece ser meu único porto seguro no momento. Não preciso confrontar nada enquanto estou escondida ali.

Atlas já havia me mandado duas mensagens hoje para saber como eu estava, então, quando recebo outra mensagem alguns minutos antes das 19h, presumo que é dele. Mas não, é de Allysa.

Allysa: Já chegou do trabalho? Suba aqui para nos visitar, estou entediada.

Sinto um aperto no peito ao ler a mensagem. Ela não faz ideia do que aconteceu entre mim e Ryle. Fico na dúvida se Ryle ao menos contou a ela que viajou hoje para a Inglaterra. Meu polegar digita algo e apaga, depois digita mais um pouco enquanto tento encontrar uma boa desculpa para não passar lá.

Eu: Não posso. Estou na emergência. Bati a cabeça na prateleira do depósito da loja. Estou levando pontos.

Odeio mentir para ela, mas assim não terei de explicar o corte, nem por que não estou em casa.

Allysa: Ah, puxa! Está sozinha? Marshall pode ficar com você já que Ryle viajou.

Então ela sabe que Ryle foi para a Inglaterra. O que é bom. E ela acha que estamos bem. Isso também é bom. Significa que tenho pelo menos três meses antes de contar a verdade.

Olha só quem está varrendo merda para debaixo do tapete, assim como a mãe.

Eu: Não, estou bem. Já está terminando, não daria tempo de Marshall chegar. Passo aí amanhã depois do trabalho. Dê um beijo em Rylee por mim.

Bloqueio a tela do celular e o largo na cama. Está escuro lá fora, então vejo imediatamente os faróis de um carro pararem na frente da casa. Sei que não é Atlas, porque ele usa a entrada da lateral e estaciona na garagem. Meu coração começa a disparar enquanto sou dominada pelo medo. Será que é Ryle? Ele descobriu onde Atlas mora?

Momentos depois, escuto alguém bater ruidosamente à porta. Ou melhor, golpear a porta. A campainha também toca.

Vou nas pontas dos pés até a janela e puxo as cortinas apenas o suficiente para dar uma olhada lá fora. Não dá para ver quem está na porta, mas tem uma caminhonete na entrada. Não é de Ryle.

Será que é a namorada de Atlas? Cassie?

Pego o celular e sigo pelo corredor na direção da sala de estar. Os golpes na porta e o som da campainha persistem. Quem quer que esteja ali não tem nenhuma paciência. Se for Cassie, já a estou achando extremamente irritante.

— Atlas! — grita um cara. — Abre a porta, pô!

— Meu saco está congelando! Já virou uma uva-passa, cara, abre logo! — grita outra voz masculina.

Antes de abrir a porta e avisar que Atlas não está, mando uma mensagem para ele na esperança de que esteja chegando em casa e resolva isso sozinho.

Eu: Cadê você? Tem dois homens na porta de sua casa, e não faço ideia se devo deixar eles entrarem.

Espero escutando mais batidas e mais campainha, mas Atlas não me responde. Por fim, vou até a porta e deixo o ferrolho no lugar, mas destranco a fechadura e abro só alguns centímetros.

Um dos caras é alto, com mais ou menos 1,80m. Apesar do rosto jovem, seu cabelo é um pouco grisalho. É preto com alguns fios cinzentos salpicados. O outro é alguns centímetros mais baixo, tem cabelo castanho e rosto de bebê. Os dois parecem ter 20 e tantos anos, talvez 30 e poucos. O mais alto exibe uma expressão confusa.

— Quem é você? — pergunta ele, espiando pela porta.

— Lily. Quem é você?

O mais baixo se inclina para a frente do mais alto.

— Atlas está aí?

Não quero dizer a verdade, pois assim saberão que estou sozinha. Nessa semana, não estou confiando nem um pouco na população masculina.

O telefone em minha mão toca, e nós três nos sobressaltamos com o barulho inesperado. É Atlas. Deslizo o botão de atender e levo o aparelho ao ouvido.

— Alô?

— Está tudo bem, Lily, são meus amigos. Esqueci que era sexta, e a gente sempre joga pôquer nas sextas. Vou ligar para eles agora e dizer para irem embora.

Olho para os dois, que estão parados me observando. Estou me sentindo mal por Atlas achar que precisa cancelar seus planos só porque estou ficando em sua casa. Fecho a porta, solto o ferrolho e a abro novamente, gesticulando para que entrem.

— Está tudo bem, Atlas. Não precisa cancelar seus planos. Eu já ia dormir mesmo.

— Não, já estou chegando. Vou pedir para irem embora.

Ainda estou com o celular no ouvido quando os dois homens entram na sala de estar.

— Até daqui a pouco — digo para Atlas, e desligo.

Os próximos segundos são constrangedores, porque os rapazes me analisam e eu os analiso de volta.

— Como vocês se chamam?

— Eu sou Darin — diz o mais alto.

— Brad — fala o mais baixo.

— Lily — me apresento, apesar de já ter falado meu nome. — Atlas já está chegando.

Eu me aproximo da porta para fechá-la, e eles parecem relaxar um pouco. Darin vai até a cozinha e abre a geladeira de Atlas.

Brad tira a jaqueta e a pendura.

— Você sabe jogar pôquer, Lily?

Dou de ombros.

— Faz alguns anos, mas eu jogava com os amigos na faculdade.

Os dois se aproximam da mesa de jantar.

— O que aconteceu com sua cabeça? — pergunta Darin, enquanto se senta.

Ele pergunta muito casualmente, como se nem considerasse que pode ser um assunto delicado.

Não sei por que me dá vontade de contar uma verdade nua e crua a ele. Talvez eu só queira ver como alguém vai reagir ao descobrir que meu marido fez isso comigo.

— Meu marido aconteceu. Nós brigamos duas noites atrás, e ele me deu uma cabeçada. Atlas me levou para a emergência. Tomei seis pontos e descobri que estou grávida. Agora estou me escondendo aqui até descobrir o que fazer.

O coitado do Darin fica paralisado, meio sentado, meio em pé. Não faz ideia de como reagir. A julgar pela expressão, deve estar pensando que sou louca.

Brad puxa a cadeira e se senta, apontando para mim.

— Você devia passar Rodan and Fields. O rolo esfoliante é ótimo para cicatrizes.

Não sei como, mas caio na gargalhada com a resposta inesperada.

— Meu Deus, Brad! — diz Darin, finalmente se sentando. — Você é pior que sua esposa com essa merda de venda direta. Parece um infomercial ambulante.

Brad ergue a mão para se defender.

— Qual o problema? — pergunta ele, com inocência. — Não estou tentando vender nada a ela, só estou sendo sincero. O negócio funciona. Você saberia se usasse nessa acne ridícula.

— Vá se ferrar — retruca Darin.

— Fica parecendo que você quer ser adolescente para sempre — murmura Brad. — Acne não é legal em uma pessoa de 30 anos.

Brad puxa a cadeira a seu lado enquanto Darin começa a embaralhar as cartas.

— Sente-se, Lily. Um de nossos amigos decidiu ser um idiota e se casar na semana passada, agora a esposa não deixa mais ele participar da noite do pôquer. Você pode substitui-lo até ele se divorciar.

Eu tinha toda a intenção de passar a noite escondida no quarto, mas é difícil ficar longe desses dois. Eu me sento ao lado de Brad e estendo o braço por cima da mesa.

— Me dê isso aqui — peço a Darin.

Ele está embaralhando as cartas feito uma criança de um braço só.

O rapaz ergue a sobrancelha e empurra as cartas na mesa. Não entendo muito de jogos de baralho, mas sei embaralhar como se minha vida dependesse disso.

Separo as cartas em duas pilhas e as junto, pressionando os polegares nas extremidades, observando elas se misturarem lindamente. Darin e Brad encaram o baralho, e, de repente, escutamos outra pessoa bater à porta. Dessa vez, a porta se escancara sem hesitação, e um sujeito com uma sofisticada jaqueta de tweed entra. Ele está de cachecol e começa a desenrolá-lo assim que fecha a porta. Aponta a cabeça em minha direção enquanto se aproxima da cozinha.

— Quem é você?

Ele é mais velho que os outros dois, deve estar na casa dos 40 anos.

Os amigos de Atlas são mesmo uma mistura curiosa.

— Esta é Lily — responde Brad. — Ela é casada com um babaca e acabou de descobrir que está grávida desse babaca. Lily, este é Jimmy. Ele é metido e arrogante.

— Metido e arrogante significam a mesma coisa, seu idiota — retruca Jimmy. Ele puxa a cadeira ao lado de Darin e aponta a cabeça para o baralho em minhas mãos. — Atlas trouxe você para enganar a gente? Nenhuma pessoa normal sabe embaralhar desse jeito.

Sorrio e começo a distribuir as cartas.

— Acho que vamos ter de jogar uma rodada para descobrir.

. . .

Estamos na terceira rodada de apostas quando Atlas finalmente chega. Ele fecha a porta e nos observa. Brad disse alguma coisa engraçada logo antes de Atlas aparecer, então estou no meio de uma crise de riso quando ele me olha. Aponta para a direção da cozinha e anda naquela direção.

— Passo — aviso, colocando as cartas na mesa enquanto me levanto para segui-lo.

Quando chego à cozinha, eu o encontro parado em um canto abrigado dos olhares da mesa de jogo.

— Quer que eu peça para irem embora?

Nego com a cabeça.

— Não, não faça isso. Estou me divertindo de verdade. E me distraindo.

Ele assente e percebo que cheira a ervas. Mais especificamente, alecrim. Fico com vontade de vê-lo em ação no restaurante.

— Está com fome? — pergunta ele.

Balanço a cabeça.

— Na verdade, não. Comi algumas horas atrás um pouco do macarrão que sobrou.

Encosto as mãos no balcão, uma em cada lado do corpo. Ele se aproxima e põe a mão em cima da minha, roçando o polegar ali. Sei que não passa de um gesto reconfortante, mas, quando ele me toca, sinto muito mais que isso. Uma onda de calor me sobe o peito, e eu imediatamente olho para nossas mãos. Atlas para de mexer o dedo por um instante, como se também estivesse sentindo. Ele afasta a mão e dá um passo para trás.

— Desculpe — murmura.

Ele se vira para a geladeira, fingindo procurar alguma coisa. Obviamente está tentando me poupar do momento constrangedor que acabou de acontecer.

Volto para a mesa e pego minhas cartas da próxima rodada. Alguns minutos depois, Atlas chega e se senta a meu lado. Jimmy distribui uma nova leva de cartas para todo mundo.

— E então, Atlas, como você e Lily se conheceram?

Atlas pega uma carta de cada vez.

— Lily salvou minha vida quando éramos adolescentes — revela, inexpressivamente.

Ele olha para mim e dá uma piscadela, e sou tomada pela culpa ao perceber o que o gesto causa em mim. Especialmente em um momento como aquele. *Por que meu coração está fazendo isso comigo?*

— Ah, que meigo! — diz Brad. — Lily salvou sua vida, agora você está salvando a dela.

Atlas abaixa as cartas e lança um olhar fulminante para Brad.

— Como é?

— Relaxe — diz Brad. — Eu e Lily somos amigos, então ela sabe que estou brincando. — Brad olha para mim. — Sua vida deve estar a maior merda, Lily, mas vai melhorar. Confie em mim, já passei por isso.

— Você já levou uma surra enquanto estava grávido e se escondeu na casa de outro homem? — pergunta Darin, rindo.

Atlas coloca com força as cartas na mesa e empurra a cadeira para trás.

— Qual é seu problema, hein? — grita ele com Darin.

Estendo o braço e aperto o dele para tranquilizá-lo.

— Relaxe — peço. — A gente ficou amigo antes de você chegar. Não me incomodo se fizerem piada com minha situação. Na verdade, deixa tudo um pouco menos pesado.

Ele passa a mão no cabelo, balançando a cabeça, frustrado.

— Estou tão confuso — confessa ele. — Você só passou dez minutos sozinha com eles.

Eu rio.

— Dá para conhecer bastante sobre alguém em dez minutos. — Tento mudar de assunto. — E como todos vocês se conhecem?

Darin se inclina para a frente e aponta para si mesmo.

— Sou *sous-chef* no Bib's. — Ele aponta para Brad. — Ele lava a louça.

— Por enquanto — retruca Brad. — Estou subindo aos poucos na carreira.

— E você? — pergunto a Jimmy.

— Adivinhe — instiga, com um sorriso sarcástico.

A julgar pela roupa e por ter sido chamado de arrogante e metido, eu diria que ele é...

— *Mâitre?*

Atlas ri.

— Na verdade, Jimmy é o manobrista.

Olho para Jimmy e ergo a sobrancelha. Ele joga três fichas na mesa e diz:

— É verdade. Eu estaciono carros em troca de gorjetas.

— Não caia na dele — avisa Atlas. — Ele trabalha como manobrista porque é tão rico que fica entediado.

Sorrio e me lembro de Allysa.

— Tenho uma funcionária assim. Ela só trabalha porque está entediada. E, na verdade, é minha melhor funcionária.

— Isso aí — murmura Jimmy.

Dou uma olhada em minhas cartas e jogo as três fichas. O celular de Atlas toca, e ele o tira do bolso. Estou aumentando a aposta com mais uma ficha quando ele pede licença para atender a ligação.

— Passo — diz Brad, jogando as cartas na mesa.

Fico observando o corredor por onde Atlas saiu apressado. Será que está falando com Cassie? Ou tem alguma outra pessoa em sua vida? Sei com o que ele trabalha. Sei que ele tem pelo menos três amigos. Mas não sei nada sobre sua vida amorosa.

Darin coloca as cartas na mesa. Quadra. Baixo meu straight flush e estendo o braço para pegar todas as fichas enquanto Darin resmunga.

— Cassie nunca participa da noite do pôquer? — pergunto, tentando descobrir mais informações sobre Atlas.

Informações que tenho medo de perguntar diretamente a ele.

— Cassie? — pergunta Brad.

Empilho as fichas a minha frente e assinto.

— Não é esse o nome da namorada de Atlas?

Darin ri.

— Atlas não tem namorada. Nós nos conhecemos há dois anos, e ele jamais mencionou uma garota chamada Cassie.

Ele começa a distribuir as cartas, mas estou tentando absorver essa nova informação. Pego minhas duas primeiras cartas, e Atlas reaparece.

— Oi, Atlas — diz Jimmy. — Quem diabo é Cassie? E por que a gente nunca ouviu falar dela?

Ai, merda.

Estou completamente mortificada. Seguro as cartas com mais força e tento não olhar para Atlas, mas todos ficam em um silêncio absoluto e eu chamaria ainda mais atenção se *não* olhasse para ele.

Ele está encarando Jimmy. Jimmy o encara de volta. Brad e Darin olham para mim.

— Não existe nenhuma Cassie — responde Atlas, comprimindo os lábios.

Seus olhos encontram os meus, apenas por um breve segundo. Mas nesse breve segundo, noto o que está estampado em seu rosto.

Cassie *nunca* existiu.

Ele mentiu para mim.

— Olhe... Eu devia ter cancelado hoje. A semana foi meio... — diz Atlas, e pigarreia.

Ele esfrega a boca com a mão, e Jimmy se levanta.

— Semana que vem vai ser lá em casa, então — diz, ao apertar os ombros de Atlas.

Atlas concorda com a cabeça, como se agradecesse. Os três começam a juntar as cartas e as fichas de pôquer. Brad puxa com dificuldade as cartas de minha mão porque não consigo me mexer, portanto as estou segurando com firmeza.

— Foi um prazer conhecê-la, Lily — diz Brad.

De algum modo, encontro forças para sorrir e me levantar. Abraço todos eles, e, depois que a porta se fecha, só resta Atlas e eu.

E nenhuma Cassie.

Cassie sequer esteve aqui porque Cassie não existe.

Como assim?

Atlas não saiu de perto da mesa. Nem eu. Ele está parado, de braços cruzados. Sua cabeça está levemente inclinada para baixo, mas seus olhos me fulminam do outro lado da mesa.

Por que ele mentiria para mim?

Ryle e eu nem estávamos oficialmente juntos na primeira vez que encontrei Atlas no restaurante. Caramba, se Atlas tivesse me dado qualquer motivo para acreditar que poderia acontecer alguma coisa entre nós dois naquela noite, eu o teria escolhido, sem nenhuma dúvida. Eu mal *conhecia* Ryle naquela época.

Mas Atlas não disse nada. Ele mentiu para mim e disse que namorava há um ano. Por quê? Por que ele faria isso, a menos que quisesse me convencer de que não teria chance com ele...

Talvez eu tenha me equivocado durante todo esse tempo. Talvez ele nem me amasse, para início de conversa, e ele sabia que, se inventasse essa tal de Cassie, me afastaria de vez.

No entanto, aqui estou eu. Dormindo em sua casa. Interagindo com seus amigos. Comendo sua comida. Usando seu chuveiro.

Sinto lágrimas nos olhos, e a última coisa que quero é chorar na sua frente. Dou a volta na mesa e passo por ele. Mas não vou muito longe porque ele agarra minha mão.

— Espere.

Paro, ainda virada para o outro lado.

— Converse comigo, Lily.

Ele está bem atrás de mim, ainda segurando minha mão. Puxo o braço e vou para o outro lado da sala.

Eu me viro no mesmo instante que a primeira lágrima escorre por minha bochecha.

— Por que você nunca me procurou?

Ele parecia pronto para ouvir qualquer coisa que eu tivesse a dizer, menos minhas últimas palavras. Ele passa a mão pelo cabelo, vai até o sofá e senta. Depois de expirar pela boca para se acalmar, ele olha para mim com cautela.

— Eu te procurei, Lily.

Não permito que o ar entre ou saia de meus pulmões. Fico imóvel, processando sua resposta.

Ele me procurou?

Ele une as mãos diante do corpo.

— Na primeira vez que saí da Marinha, voltei ao Maine atrás de você. Fiz algumas perguntas e descobri qual faculdade você estava cursando. Eu não sabia o que esperar quando chegasse lá, porque nós já éramos duas pessoas diferentes. Não nos víamos há quatro anos. Eu sabia que provavelmente tínhamos mudado muito nesse tempo.

Sinto uma fraqueza nos joelhos, então me aproximo da cadeira ao lado e me abaixo. *Ele realmente me procurou?*

— Passei o dia inteiro andando pelo campus tentando te encontrar. Finalmente, no fim da tarde, eu te vi. Estava sentada no pátio com um grupo de amigos. Fiquei te olhando por muito tempo, tentando juntar coragem para me aproximar. Você estava rindo. Estava feliz. Nunca a vi tão animada. E nunca senti tanta felicidade por outra pessoa quanto senti ao vê-la naquele dia. Só de saber que estava bem...

Ele hesita. Estou com as mãos na barriga, porque está doendo. Dói saber que ficamos tão perto e eu nem sabia.

— Comecei a me aproximar quando apareceu alguém atrás de você. Um cara. Ele se ajoelhou a seu lado, e, quando você olhou para ele, sorriu e o abraçou. E depois o beijou.

Fecho os olhos. *Era só um garoto que namorei por seis meses. Não senti por ele nem uma migalha do que eu sentia por Atlas.*

Ele expira pela boca com força.

— Fui embora depois daquilo. Ver que você estava feliz foi a melhor e a pior coisa que senti. Mas naquela época eu achava que minha vida ainda não era suficientemente boa para você. Eu não tinha nada a oferecer além de amor, e para mim você merecia mais. No dia seguinte, me alistei para mais um período na Marinha. E agora...

Ele ergue lentamente as mãos, como se nada em sua vida fosse impressionante.

Apoio a cabeça nas mãos em busca de uma pausa. Sofro em silêncio ao pensar em como as coisas poderiam ter sido. Em como são. Em como não foram. Toco a tatuagem em meu ombro. Será que algum dia vou conseguir preencher esse buraco? Será que, às vezes, Atlas sente o mesmo que eu quando fiz essa tatuagem? Como se todo o ar estivesse saindo desse coração...

Ainda não entendo por que ele mentiu para mim quando me encontrou no restaurante. Se realmente sentia o mesmo que eu, por que inventou algo desse tipo?

— Por que você mentiu que tinha namorada?

Ele passa a mão no rosto, e noto seu arrependimento antes mesmo de escutá-lo em sua voz.

— Eu disse aquilo porque... você parecia feliz naquela noite. Quando a vi se despedir de Ryle, sofri demais, mas também fiquei aliviado porque parecia muito bem. Eu não queria que se preocupasse comigo. E não sei... talvez eu tenha ficado com um pouco de ciúme. Não sei, Lily. Na mesma hora me arrependi de ter mentido para você.

Levo a mão à boca. Minha mente começa a disparar quase na mesma velocidade do coração. Fico considerando as possibilidades. *E se ele tivesse sido sincero comigo? E se tivesse me contado o que sentia? Onde estaríamos?*

Quero perguntar por que ele fez aquilo. Por que não lutou por mim. Mas não é preciso porque já sei a resposta. Ele julgou que me dava o que eu queria, porque o tempo todo só queria minha felicidade. E, por algum motivo idiota, achou que eu jamais conseguiria isso a seu lado.

Atlas atencioso.

Quanto mais eu penso, mais tenho dificuldade em respirar. Penso em Atlas. Em Ryle. Na noite de hoje. Em duas noites atrás. É demais.

Eu me levanto e vou para o quarto de hóspedes. Pego o celular e minha bolsa, depois volto para a sala de estar. Atlas não se mexeu.

— Ryle foi para a Inglaterra hoje — digo. — Acho que é melhor eu voltar para casa. Pode me levar?

Seu olhar emana tristeza, e, quando percebo, sinto que ir embora é a decisão certa. Nenhum de nós colocou um ponto final em nossa história. Talvez isso nunca aconteça. Começo a achar que ponto final é só um mito, e ficar com ele enquanto ainda processo tudo o que está acontecendo em minha vida só vai piorar tudo. Preciso eliminar o máximo de confusão possível e, no momento, meus sentimentos por Atlas estão no topo da lista das confusões de minha vida.

Ele comprime os lábios, depois assente e pega as chaves.

. . .

Nenhum de nós diz nada no caminho até minha casa. Ele não para na frente do prédio. Entra no estacionamento e sai do carro.

— Vou me sentir melhor se te acompanhar até lá em cima — explica ele.

Concordo com a cabeça, e continuamos em silêncio enquanto subimos no elevador até o sétimo andar. Ele me acompanha até meu apartamento. Procuro as chaves na bolsa e só percebo o tremor em minhas mãos na terceira tentativa de abrir o ferrolho. Atlas pega as chaves com calma, e me afasto enquanto ele abre a porta para mim.

— Quer que eu confira se não tem ninguém aqui? — pergunta ele.

Assinto. Sei que Ryle não está aqui porque viajou para a Inglaterra, mas, sinceramente, tenho um pouco de medo de entrar sozinha no apartamento.

Atlas entra antes de mim e acende a luz. Ele continua andando pelo apartamento, acendendo todas as luzes e entrando em todos os cômodos. Ao voltar para a sala de estar, enfia as mãos nos bolsos da jaqueta. Respira fundo e diz:

— Não sei o que acontece agora, Lily.

Ele sabe. Sabe, sim. Só não quer que aconteça, porque nós dois sabemos como dói nos despedir.

Desvio o olhar, porque ver sua expressão me causa um aperto no peito. Cruzo os braços e encaro o chão.

— Tenho muita coisa para resolver, Atlas. *Muita*. E tenho medo de não conseguir fazer isso com você em minha vida. — Ergo os olhos até os seus. — Espero que não fique ofendido, porque na verdade é um elogio.

Ele me encara em silêncio, nada surpreso com o que eu disse. Mas percebo que tem muita coisa que ele gostaria de dizer. Eu também queria lhe dizer mais coisas, mas sabemos que discutir nosso relacionamento não é adequado agora. Sou casada. Estou grávida de outro homem. E ele está parado na sala do apartamento que outro homem comprou para mim. Acho que esse não é o melhor cenário para discutir tudo o que deveríamos ter dito um para o outro tanto tempo atrás.

Ele olha para a porta, como se estivesse tentando decidir se fala ou se vai embora. Vejo seu maxilar se contrair logo antes de me encarar.

— Se precisar de mim, quero que me ligue — diz ele. — Mas só se for uma emergência. Não consigo lidar casualmente com você, Lily.

Fico surpresa com suas palavras, mas só por um instante. Por mais inesperada que fosse a confissão, ele está certo. Desde que nos conhecemos, nosso relacionamento não teve nada de casual. É tudo ou nada. Por isso nos afastamos quando ele se alistou. Ele sabia que uma amizade casual nunca daria certo entre nós. Teria sido doloroso demais.

Pelo jeito, isso não mudou.

— Adeus, Atlas.

Repetir essas palavras me deixa quase tão chorosa quanto da primeira vez que lhe disse isso. Atlas estremece, se vira e se aproxima da porta, como se estivesse ansioso para ir embora. Quando a porta se fecha, vou até ela e a tranco. Em seguida, encosto a cabeça ali.

Dois dias atrás, eu me perguntava como minha vida poderia melhorar. Hoje, me pergunto o oposto.

Dou um pulo para trás quando alguém bate à porta. Só se passaram dez segundos desde que ele saiu, então sei que é Atlas. Destranco e a abro, e, de repente, estou pressionada em algo macio. Os braços de Atlas me apertam com firmeza, desesperados, e seus lábios roçam minha têmpora.

Fecho os olhos e finalmente deixo as lágrimas escorrerem. Já chorei tanto por Ryle nos últimos dois dias que nem sei como ainda sobrou alguma lágrima para Atlas. Mas sobrou, porque lágrimas molham minhas bochechas, como chuva.

— Lily — sussurra ele, ainda me abraçando com firmeza. — Sei que é a última coisa de que precisa agora. Mas tenho de falar, porque já fiquei longe tempo demais sem dizer o que eu realmente queria.

Ele se afasta para me olhar, e, ao ver minhas lágrimas, leva as mãos até meu rosto.

— No futuro... se por algum milagre você achar que é capaz de se apaixonar de novo... se apaixone por mim. — Ele encosta os lábios em minha testa. — Você ainda é minha pessoa preferida, Lily. E sempre será.

Ele me solta e sai, sem precisar de uma resposta.

Quando fecho a porta de novo, deslizo até o chão. Meu coração parece querer desistir. Eu entendo. Ele foi partido duas vezes de formas diferentes em apenas dois dias.

E sinto que vou precisar de um bom tempo para que ele comece a sarar dessas mágoas.

Capítulo Vinte e Nove

Allysa se joga no sofá, ao lado de Rylee e de mim.

— Estou com tanta saudade de você, Lily — confessa. — Estou pensando em voltar a trabalhar um ou dois dias por semana.

Eu rio, um pouco chocada com a sugestão.

— Eu moro no mesmo prédio e te visito quase todo dia. Como pode sentir minha falta?

Allysa faz um bico enquanto puxa as pernas para o sofá, sentando-se em cima delas.

— Tá! Não é de você que sinto saudade. É do trabalho. E, às vezes, só quero sair um pouco de casa.

Rylee já completou seis semanas, então tenho certeza de que ela pode voltar a trabalhar. Mas, na verdade, não achei que fosse querer, agora que tem uma filha. Eu me inclino para a frente e dou um beijo no nariz de Rylee.

— Você levaria a neném para o trabalho?

Allysa nega com a cabeça.

— Não, você me ocupa demais. Marshall pode ficar cuidando de Rylee enquanto eu trabalho.

— Quer dizer que você não tem *pessoas* para isso?

Marshall passa pela sala nesse instante e me ouve.

— Shh, Lily. Não fale como uma garota rica na frente de minha filha. Que blasfêmia!

Eu rio. Por isso os visito algumas noites na semana, porque é o único momento que eu consigo rir. Já se passaram seis semanas desde que Ryle viajou para a Inglaterra, e ninguém sabe o que aconteceu entre nós. Ryle não contou para ninguém, e eu também não. Todo mundo, inclusive minha mãe, acredita que ele só foi estudar em Cambridge e nada mudou.

Também não contei para ninguém sobre a gravidez.

Fui ao médico duas vezes. Na verdade, eu já estava com doze semanas de gravidez na noite em que descobri, então agora estou com dezoito semanas. Ainda estou tentando entender tudo. Tomo pílula desde os 18 anos. Pelo jeito, esquecer algumas vezes acabou fazendo efeito.

Minha barriga está começando a aparecer, mas está frio, então tem sido fácil esconder. É fácil disfarçar com um suéter largo e uma jaqueta.

Sei que logo preciso contar a alguém, mas sinto que Ryle precisa ser a primeira pessoa a saber. E não quero fazer isso por telefone. Ele volta em seis semanas. Se eu conseguir manter o segredo até lá, depois decido o que fazer.

Olho para Rylee, que sorri para mim. Faço caretas para que ela sorria ainda mais. Em vários momentos, eu quis contar sobre a gravidez para Allysa, mas é complicado porque nem o irmão conhece meu segredo. Não quero colocá-la nesse tipo situação, por mais que eu sofra por não poder contar a ela.

— Como você está sem Ryle? — pergunta Allysa. — Já está querendo que ele volte?

Assinto, mas não digo nada. Sempre tento mudar de assunto quando ela fala sobre ele.

— Ele ainda está gostando de Cambridge? — pergunta Allysa, se encostando no sofá.

— Está — respondo, mostrando a língua para Rylee.

Ela sorri. Será que meu bebê vai ser parecido com ela?

Espero que sim. Ela é muito fofa, mas talvez eu seja um pouco suspeita para falar.

— Ele já entendeu como funciona o metrô? — Allysa ri. — Juro que toda vez que nos falamos, ele está perdido. Não sabe se é para pegar a linha A ou B.

— Pois é — digo. — Ele entendeu, sim.

Allysa se afasta do sofá.

— Marshall!

Ele entra na sala, e Allysa tira Rylee de minhas mãos. Ela a entrega para o marido.

— Pode trocar a fralda dela? — pergunta.

Não sei por que ela está perguntando isso, afinal ele acabou de trocar a fralda da bebê.

Marshall enruga o nariz e pega Rylee dos braços de Allysa.

— Quem é a porquinha do papai?

Eles estão usando o mesmo macacão.

Allysa agarra minhas mãos e me puxa do sofá tão depressa que grito.

— Aonde a gente está indo?

Ela não me responde. Vai até o quarto e bate a porta depois de entrarmos. Ela anda de um lado para outro algumas vezes, depois me encara.

— Acho bom você me contar o que está acontecendo, Lily!

Eu me afasto, chocada. *Do que ela está falando?*

No mesmo instante levo as mãos à barriga, porque acho que talvez Allysa tenha percebido, mas ela não olha para minha barriga. Dá um passo para a frente e cutuca meu peito com o dedo.

— Cambridge *não tem* metrô, sua idiota!

— Como assim?

Estou totalmente confusa.

— Eu inventei! — diz ela. — Faz muito tempo que você está estranha. E é minha melhor amiga, Lily. Além do mais, eu conheço meu irmão. Falo com ele toda semana, e ele está diferente. Aconteceu alguma coisa entre vocês, e quero saber o que foi!

Merda. Acho que isso vai acontecer antes do que eu esperava.

Levo as mãos à boca, sem saber o que dizer. Sem saber até que ponto contar. Só agora percebo que estava enlouquecendo por não poder conversar sobre isso. Quase fico aliviada por ela me conhecer tão bem.

Eu me aproximo da cama e me sento.

— Allysa — sussurro. — Sente-se.

Sei que ela vai ficar quase tão magoada quanto eu. Ela anda até a cama e se senta a meu lado, segurando minhas mãos.

— Nem sei por onde começar.

Ela aperta minhas mãos, mas não diz nada. Durante os próximos quinze minutos, conto tudo. Conto da briga. Conto que Atlas foi me buscar. Conto do hospital. Revelo a gravidez.

Conto que chorei até dormir nas últimas seis semanas, porque nunca me senti tão assustada e sozinha.

Quando termino de contar tudo, estamos chorando. Ela não respondeu nada, disse apenas "Ah, Lily" algumas vezes. Mas ela não precisa responder. Ryle é seu irmão. Sei que ela quer que eu leve em conta seu passado, assim como fez da última vez que isso aconteceu. Sei que ela quer que eu me resolva com ele, porque é seu irmão. A gente devia ser uma grande família feliz. Sei exatamente o que ela está pensando.

Allysa fica bastante tempo em silêncio, assimilando com dificuldade tudo o que contei. Por fim, ela me olha nos olhos e aperta minhas mãos.

— Meu irmão te *ama*, Lily. Ele te ama muito. Você mudou toda a vida dele, e o transformou numa pessoa que jamais o achei capaz de ser. Como irmã, o que eu mais queria era que você encontrasse uma maneira de perdoá-lo. Mas, como sua melhor amiga, preciso dizer que, se voltar para ele, nunca mais vou falar com você.

Demoro um instante para assimilar suas palavras, mas, quando faço isso, começo a chorar.

Ela começa a chorar.

Ela me abraça, e nós duas choramos por causa do amor mútuo que sentimos por Ryle. Choramos por causa da raiva que estamos sentindo no momento.

Depois de vários minutos chorando pateticamente na cama, ela me solta, se aproxima da cômoda e pega uma caixa de lenços de papel.

Nós enxugamos os olhos e fungamos.

— Você é a melhor amiga que já tive — digo.

Ela assente.

— Eu sei. E agora eu vou ser a melhor tia. — Ela enxuga o nariz e funga de novo, mas está sorrindo. — Lily. Você vai ter um *bebê* — diz, com animação, e é a primeira vez que sinto alguma alegria com a gravidez. — Odeio dizer isso, mas percebi que você tinha engordado. Achei que estava deprimida e comendo muito depois que Ryle viajou.

Ela vai até o closet e começa a pegar várias coisas para mim.

— Tenho tanta roupa de grávida para te dar!

Começamos a dar uma olhada nas roupas, e ela puxa uma mala e a abre. Joga várias coisas ali dentro, até transbordar.

— Jamais conseguiria usar isso — digo a ela, erguendo uma camisa que ainda está com etiqueta. — É tudo de grife. Vou acabar sujando.

Ela ri e mesmo assim enfia as roupas na mala.

— Não precisa me devolver. Se eu engravidar de novo, é só pedir para minhas pessoas comprarem mais. — Ela tira uma camisa do cabide e me entrega. — Tome, prove essa aqui.

Tiro a camisa e enfio a camisa de grávida pela cabeça. Depois de vesti-la, me olho no espelho.

Eu pareço... grávida. Grávida do tipo *não-dá-pra-disfarçar--essa-porcaria*.

Ela põe a mão em minha barriga e olha para o espelho comigo.

— Já sabe se é menino ou menina?

Balanço a cabeça.

— Não quero saber.

— Espero que seja uma menina — diz ela. — Nossas filhas seriam melhores amigas.

— Lily?

Nos viramos e vemos Marshall parado na porta. Ele está com os olhos fixos em minha barriga. E na *mão* de Allysa que está em minha barriga. Ele inclina a cabeça e aponta para mim.

— Você... — diz ele, confuso. — Lily, tem um... Você sabe que está grávida?

Allysa se aproxima calmamente da porta e põe a mão na maçaneta.

— Tem algumas coisas que você nunca, jamais, pode repetir se quiser que eu continue sendo sua esposa. Essa é uma delas. Entendeu?

Marshall ergue as sobrancelhas e dá um passo para trás.

— Ok. Entendi. Lily não está grávida. — Ele dá um beijo na testa de Allysa e olha para mim. — Não estou te parabenizando, Lily. Por nada.

Allysa o expulsa do quarto e fecha a porta, depois se vira para mim.

— Precisamos planejar o chá de bebê — diz ela.

— Não. Antes preciso contar a Ryle.

Ela acena com a mão em um gesto de desdém.

— Não precisamos dele para planejar o chá de bebê. É só mantermos isso em segredo até lá.

Ela pega o laptop, e, pela primeira vez desde que descobri a gravidez, fico feliz.

Capítulo Trinta

É muito conveniente ter de pegar apenas um elevador para chegar em casa depois de visitar Allysa, por mais que às vezes eu tenha vontade de sair do apartamento. Ainda acho estranho morar aqui. Só tivemos uma semana no imóvel antes de nos separar e Ryle ir para a Inglaterra. Sequer tive a oportunidade de me sentir em casa, e agora o local está um pouco arruinado. Não consigo dormir em nosso quarto desde aquela noite, então tenho ficado no quarto de hóspedes, em minha antiga cama.

Allysa e Marshall ainda são os únicos que sabem sobre a gravidez. Só se passaram duas semanas desde que lhes contei, o que significa que estou com vinte semanas. Sei que deveria contar para minha mãe, mas Ryle volta daqui a algumas semanas. Acho que ele devia saber antes que outra pessoa descubra. Isso se eu conseguir manter a barriga escondida de minha mãe até ele voltar para os Estados Unidos.

Talvez eu devesse logo aceitar que muito provavelmente terei de contar a ele por telefone. Não vejo minha mãe há duas semanas. Jamais passamos tanto tempo sem nos ver desde que ela se mudou para Boston, então, se não marcarmos algo em breve, ela vai aparecer em minha casa quando eu não estiver preparada.

Juro que minha barriga dobrou de tamanho nas últimas semanas. Se algum amigo me encontrar, vai ser impossível esconder. Até o momento, ninguém na floricultura perguntou. Ainda estou no limite entre o "será que ela está grávida ou será que só engordou".

Começo a destrancar a porta do apartamento, mas ela começa a abrir por dentro. Antes que eu possa puxar a jaqueta para esconder a barriga de quem quer que esteja do outro lado da porta, os olhos de Ryle se fixam em mim. Estou usando uma das camisas que Allysa me deu, e é meio impossível disfarçar que estou com uma camiseta de grávida quando ele está olhando diretamente para ela.

Ryle.

Ryle está aqui.

Meu coração começa a golpear meu peito. Sinto uma coceira no pescoço, então ergo a mão, sentindo a batida de meu coração contra minha palma.

Meu coração está acelerado porque morro de medo dele.

Meu coração está acelerado porque sinto ódio dele.

Meu coração está acelerado porque eu estava com saudade dele.

Ele olha lentamente de minha barriga até meu rosto. Uma expressão de mágoa o transfigura, como se eu tivesse acabado de esfaqueá-lo no coração. Ele dá um passo para trás, entrando no apartamento, e leva as mãos à boca.

Começa a balançar a cabeça, confuso. Posso ver a traição gritando em seu rosto, mas ele mal consegue dizer meu nome:

— *Lily?*

Fico paralisada, com uma das mãos na barriga para me proteger, e a outra no peito. Estou com muito medo para me mexer ou dizer alguma coisa. Não quero reagir antes de saber exatamente como *ele* vai reagir.

Ao notar o medo em meus olhos e o ofegar em minha respiração, ele ergue a mão para me tranquilizar.

— Não vou te machucar, Lily. Estou aqui só para conversar. — Ele abre mais a porta e aponta para a sala. — Olhe.

Dá um passo para o lado, e vejo alguém parado atrás dele.

Agora sou *eu* que me sinto traída.

— Marshall?

Ele ergue imediatamente as mãos para se defender.

— Eu não fazia ideia de que ele voltaria antes, Lily. Ryle me mandou uma mensagem e pediu minha ajuda. Falou especificamente para eu não contar nada para você nem para Issa. Por favor, não deixe ela se divorciar de mim, não passo de um mero espectador inocente.

Balanço a cabeça, tentando entender o que estou vendo.

— Pedi para ele me encontrar aqui para você se sentir mais à vontade enquanto conversa comigo — explica Ryle. — Ele está aqui por sua causa, não por mim.

Olho para Marshall, e ele assente. Isso me tranquiliza para entrar no apartamento. Ryle ainda está bastante chocado, o que é compreensível. Ele não para de fixar os olhos em minha barriga, e depois os devia, como se sofresse ao olhar para mim. Ele passa as mãos no cabelo e depois aponta para o corredor enquanto olha para Marshall.

— Estaremos no quarto. Se escutar que estou ficando... Se eu começar a gritar...

Marshall sabe o que Ryle está pedindo.

— Não vou a lugar algum.

Sigo Ryle até o quarto e me pergunto como deve ser; não ter ideia do que pode te irritar, nem de quão intensa sua reação pode ser. Não ter nenhum controle sobre as próprias emoções.

Por um breve momento, sinto uma pontinha de pena. Porém, quando fixo o olhar em nossa cama e me lembro daquela noite, minha pena passa totalmente.

Ryle empurra a porta, mas não a fecha. Ele parece ter envelhecido um ano nos dois meses que passamos separados. Está com olheiras, a testa franzida, a postura encurvada. Se o arrependimento adotasse a forma humana, seria gêmeo de Ryle.

Seus olhos se fixam em minha barriga de novo, e ele avança um passo, incerto. Depois outro. Está sendo cauteloso, e com razão. Estende a mão tímida, pedindo permissão para tocar em mim. Assinto sutilmente.

Ele dá mais um passo adiante e encosta com firmeza a mão em minha barriga.

Sinto o calor de sua mão passar pela camisa, e fecho os olhos. Apesar do ressentimento que guardo no coração, minhas emoções continuam presentes. Não paramos de amar uma pessoa só porque ela nos magoou. Não são suas ações que magoam mais. É o amor. Se não houvesse amor ligado à ação, a dor seria um pouco mais fácil de suportar.

Ryle acaricia minha barriga, e eu abro os olhos de novo. Ele balança a cabeça, como se não conseguisse processar o que está acontecendo. Fico o observando se ajoelhar lentamente a minha frente.

Seus braços envolvem minha cintura, e ele pressiona os lábios em minha barriga. Depois entrelaça as mãos em minha lombar e encosta a testa em mim.

É difícil descrever o que estou sentindo por ele. Como qualquer mãe desejaria para o filho, é bonito ver o amor que ele já demonstra. Tem sido difícil não dividir isso com alguém. Tem sido difícil não dividir isso com *ele*, por mais que eu guarde ressentimentos. Levo as mãos até seu cabelo enquanto ele me abraça. Parte de mim quer gritar com ele e chamar a polícia, como eu devia ter feito naquela noite. Mas outra parte de mim sente pena do garotinho que segurou o irmão nos braços e o viu morrer. Parte de mim queria nunca o ter conhecido. Mas outra parte de mim queria perdoá-lo.

Ele afasta os braços de minha cintura e pressiona a mão no colchão ao lado. Ele ergue o corpo e se senta na cama. Apoia os cotovelos nos joelhos e leva as mãos à boca.

Eu me sento a seu lado, sabendo que precisamos ter aquela conversa, por mais que eu não queira.

— Verdades nuas e cruas?

Ele faz que sim.

Não sei qual de nós deve começar. Não tenho muito a dizer a esta altura, então fico esperando ele falar primeiro.

— Nem sei por onde começar, Lily — diz, esfregando as mãos no rosto.

— Que tal começar com: *Me desculpe por ter te atacado.*

Seus olhos encontram os meus, arregalados, mas confiantes.

— Lily, você não faz ideia. Me desculpe *mesmo.* Você não imagina o que eu passei nesses dois meses sabendo o que tinha feito com você.

Ranjo os dentes. Sinto meu punho cerrar, agarrando o cobertor ao lado.

Eu não faço ideia do que *ele* passou?

Balanço lentamente a cabeça.

— *Você* não faz ideia, Ryle.

Eu me levanto, a raiva e o ódio transbordando de mim. Depois me viro, apontando para ele.

— *Você* não faz ideia! Não faz *nenhuma* ideia de como é passar pelo que passei! Temer pela própria vida nas mãos do homem que você ama? Vomitar só de pensar em como ele a machucou? *Você* não faz ideia, Ryle! *Nenhuma!* Vá se *foder!* Vá se foder por ter feito isso comigo!

Inspiro com força pela boca, chocada comigo mesma. A raiva veio como uma onda. Enxugo as lágrimas e me viro, sem conseguir encará-lo.

— Lily — começa ele. — Eu não...

— Não! — grito, me virando de novo. — Não terminei! Você só pode dizer sua verdade quando eu terminar a minha!

Ele tem a mão no maxilar, apertando-o para aliviar o estresse. Seus olhos se fixam no chão, incapazes de encarar a raiva nos meus. Dou três passos em sua direção e me ajoelho. Apoio as mãos em suas pernas, obrigando-o a me olhar nos olhos enquanto falo.

— Sim. Eu guardei o ímã que Atlas me deu quando éramos adolescentes. Sim. Eu guardei meus diários. Não, eu não contei sobre minha tatuagem. Sim, provavelmente deveria ter contado. E, sim, ainda amo Atlas. E vou amá-lo até morrer, porque ele fez grande parte de minha vida. E, sim, sei que isso te magoa. Mas nada disso te dá o direito de fazer o que fez comigo. Mesmo que você tivesse entrado no quarto e nos flagrado, *mesmo assim* você não teria o direito de encostar um dedo em mim, seu filho da mãe maldito!

Eu me afasto de seus joelhos e me levanto.

— *Agora* é sua vez! — grito.

Continuo andando de um lado para o outro. Meu coração dispara, como se quisesse sair do peito. Eu queria ser capaz de arrancá-lo. Eu libertaria o filho da puta agora mesmo se pudesse.

Vários minutos se passam, e eu continuo andando de um lado para o outro. O silêncio de Ryle e minha raiva se misturam e se transformam em dor.

As lágrimas me exauriram. Estou muito cansada de sentir. Caio desesperadamente na cama e choro no travesseiro.

Afundo o rosto com tanta força na almofada que mal consigo respirar.

Sinto Ryle se deitar a meu lado. Ele põe a mão com delicadeza em minha nuca, tentando amenizar o sofrimento que está me causando. Meus olhos estão fechados, ainda pressionados no travesseiro, mas o sinto encostar a cabeça na minha com gentileza.

— A verdade é que não tenho absolutamente nada a dizer — confessa ele, baixinho. — Jamais serei capaz de desfazer o mal causado a você. E você não acreditaria, mesmo que eu prometesse nunca mais perder o controle. — Ele dá um beijo em minha cabeça. — Você é meu mundo, Lily. *Meu mundo.* Quando acordei nesta cama naquela noite e você tinha partido, entendi que não voltaria para mim. Vim aqui para dizer que estou totalmente arrependido. Vim dizer que decidi aceitar o emprego em Minnesota. Vim me despedir. Mas, Lily... — Seus lábios encostam em minha cabeça, e ele exala com força. — Lily, não posso mais fazer isso. Tem uma parte de mim dentro de você. E já amo esse bebê mais que já amei qualquer coisa na vida. — Sua voz falha, e ele me segura com ainda mais força. — Por favor, não tire isso de mim, Lily. *Por favor.*

O sofrimento em sua voz se espalha por meu corpo, e, quando ergo meu rosto cheio de lágrimas para encarar Ryle, ele pressiona desesperadamente os lábios nos meus e depois se afasta.

— Por favor, Lily. Eu te amo. Me *ajude.*

Seus lábios tocam rapidamente os meus mais uma vez. Como não o afasto, sua boca se reaproxima uma terceira vez.

Uma quarta.

Quando seus lábios encontram os meus pela quinta vez, eles não se afastam mais.

Ryle me envolve em seus braços e me puxa para perto. Meu corpo está cansado e fraco, mas se lembra do seu. Meu corpo lembra como seu corpo consegue aliviar tudo o que estou sentindo. Como seu corpo tem uma delicadeza que o meu corpo passou dois meses desejando.

— Eu te amo — sussurra ele em minha boca.

Sua língua encosta com suavidade na minha, e é tão errado, gostoso e doloroso. Antes que eu perceba, estou deitada de costas e ele está em cima de mim. Seu toque é tudo de que preciso, tudo que deveria evitar.

Sua mão agarra meu cabelo, e em um instante sou levada de volta para aquela noite.

Estou na cozinha, e sua mão puxa meu cabelo com tanta força que dói.

Ele afasta o cabelo de meu rosto, e em um instante sou levada de volta para aquela noite.

Estou na porta, e sua mão percorre meu ombro, logo antes de ele me morder com toda a força.

Sua testa encosta delicadamente na minha, e em um instante sou transportada de volta para aquela noite.

Estou nesta mesma cama debaixo de Ryle quando bate a cabeça na minha com tanta força que preciso levar seis pontos.

Meu corpo para de reagir. A raiva volta a tomar conta de mim. Sua boca para de se mover na minha quando ele sente que fiquei paralisada.

Quando se afasta para me olhar, nem preciso dizer nada. Nossos olhos, se encarando, falam mais verdades nuas e cruas que nossas bocas jamais falaram. Meus olhos dizem para os seus que não suporto mais seu toque. Seus olhos dizem para os meus que ele já sabe disso.

Ele começa a balançar lentamente a cabeça.

Ele se afasta de mim, engatinhado por meu corpo até chegar à beirada da cama, de costas para mim. Ele ainda está balançando a cabeça enquanto se levanta devagar, totalmente ciente de que não vai ganhar meu perdão esta noite. Começa a andar até a porta do quarto.

— Espere — digo a ele.

Ryle vira metade do corpo, me olhando da porta.

Ergo o queixo, olhando para ele com determinação.

— Eu queria que este bebê não fosse seu, Ryle. Com todas as minhas forças, eu queria que esse bebê não fosse uma parte de você.

Se eu achava que seu mundo não podia desmoronar mais, estava enganada.

Ele sai do quarto, e eu coloco o rosto no travesseiro. Achei que, se eu o magoasse como ele me magoou, eu me sentiria vingada.

Mas não me sinto.

Em vez disso, me sinto vingativa e má.

Eu me sinto igual a meu pai.

Capítulo Trinta e Um

Mãe: Estou com saudade. Quando posso te ver?

Fico encarando a mensagem. Faz dois dias que Ryle descobriu que estou grávida. Sei que está na hora de contar para minha mãe. Não estou nervosa por contar a ela. Só sinto medo de conversar com ela sobre minha situação com Ryle.

Eu: Também estou. Passo em sua casa amanhã à tarde. Pode fazer lasanha?

Assim que fecho a mensagem, recebo outra.

Allysa: Suba para jantar com a gente. É noite de pizza caseira.

Faz alguns dias que não vou na casa de Allysa. Desde antes de Ryle voltar. Não sei onde ele está hospedado, mas imagino que seja com eles. E a última coisa que quero nesse momento é ficar no mesmo apartamento que ele.

Eu: Quem vai estar aí?
Allysa: Lily... eu não faria isso com você. Ele vai trabalhar até às 8 da manhã. Seremos só nós três.

Ela me conhece bem demais. Respondo a mensagem e aviso que passo lá assim que terminar o trabalho.

· · ·

— O que bebês comem nessa idade?

Estamos sentados ao redor da mesa. Rylee dormia quando cheguei, mas a acordei para poder segurá-la no colo. Allysa não se importou. Ela disse que não queria a bebê acordada quando chegasse a hora de dormir.

— Leite materno — diz Marshall, com a boca cheia. — Mas às vezes molho o dedo no refrigerante e coloco em sua boca para que sinta o gosto.

— Marshall! — grita Allysa. — Acho bom que isso seja brincadeira.

— Lógico que é — diz ele, mas não tenho certeza.

— Mas quando começam a comer comida de bebê? — pergunto.

Imagino que preciso aprender essas coisas antes de dar à luz.

— Com uns quatro meses — responde Allysa, bocejando.

Ela deixa o garfo no prato e se encosta na cadeira, esfregando os olhos.

— Quer que ela durma lá em casa hoje à noite para vocês terem uma boa noite de sono?

— Não, não precisa — responde Allysa.

— Seria ótimo — diz Marshall, ao mesmo tempo.

Eu rio.

— É sério. Moro bem aqui embaixo. Não vou trabalhar amanhã, então, se eu não dormir à noite, é só ficar na cama até mais tarde.

Allysa parece considerar a possibilidade por um instante.

— Posso deixar o celular ligado caso precise de mim.

Olho para Rylee e sorrio.

— Está ouvindo? Você vai dormir na casa da tia Lily!

. . .

Com tudo o que Allysa está jogando na bolsa de fraldas, dá para atravessar o país inteiro com Rylee.

— Ela avisa quando fica com fome. Não use o micro-ondas para esquentar o leite, é só...

— Eu sei — interrompo. — Já preparei umas cinquenta mamadeiras para ela desde que nasceu.

Allysa balança a cabeça e se aproxima da cama. Deixa a bolsa de fraldas a meu lado. Marshall está na sala, dando leite para Rylee uma última vez, então Allysa se deita a meu lado enquanto esperamos. Ela apoia a cabeça na mão.

— Sabe o que isso significa? — pergunta ela.

— Não. O quê?

— Que vou transar hoje. E já se passaram quatro meses.

Enrugo o nariz.

— Eu não precisava saber disso.

Ela ri e cai no travesseiro, mas depois se senta.

— Merda! — diz ela. — Então é melhor eu raspar as pernas. Acho que faz uns quatro meses que também não faço isso.

Eu rio, mas depois suspiro. Levo as mãos rapidamente para a barriga.

— Meu Deus! Acabei de sentir uma coisa!

— Sério?

Allysa põe a mão em minha barriga, e ficamos em silêncio por uns cinco minutos enquanto esperamos acontecer de novo. O movimento se repete, tão sutil que é quase imperceptível. Rio de novo.

— Não senti nada — diz Allysa, fazendo bico. — Acho que vai demorar mais algumas semanas para quem está de fora perceber. É a primeira vez que sente o bebê se mexer?

— É. Eu estava com medo, achando que meu bebê é o mais preguiçoso de todos os tempos.

Mantenho as mãos na barriga, na esperança de sentir de novo. Ficamos em silêncio por mais alguns minutos e, sim, gostaria que as coisas fossem diferentes. Ryle deveria estar aqui. Era ele que deveria estar a meu lado, a mão em minha barriga. Não Allysa.

Pensar isso quase rouba minha alegria. Allysa deve ter percebido, porque pega minha mão e a aperta. Quando a fito, não está mais sorrindo.

— Lily. Tem uma coisa que eu queria te dizer.

Meu Deus. Não estou gostando desse tom de voz.

— O que foi?

Ela suspira e força um sorriso melancólico.

— Sei que fica triste por estar passando por isso sem Ryle. Independentemente do envolvimento de meu irmão, só queria que soubesse: isso vai ser a melhor experiência de sua vida. Você vai se tornar uma mãe maravilhosa, Lily. Esse bebê tem *muita* sorte.

Fico feliz por estar sozinha com Allysa, porque suas palavras fazem meu nariz escorrer enquanto rio e choro ao mesmo tempo, como se eu fosse uma adolescente cheia de hormônios. Eu a abraço e agradeço. É impressionante como suas palavras me devolveram a alegria.

— Agora vá pegar minha bebê e levá-la embora para que eu possa transar com meu marido podre de rico — acrescenta, sorrindo.

Rolo da cama e me levanto.

— Você sabe mesmo tornar uma situação mais leve. Eu diria que é seu ponto forte.

Ela sorri.

— Por isso estou aqui. Agora dê o fora.

Capítulo Trinta e Dois

De todos os segredos dos últimos meses, o que me deixa mais triste é ter de esconder tudo de minha mãe. Não sei como ela vai reagir. Sei que vai ficar feliz com a gravidez, mas não faço ideia do que vai achar da separação. Ela ama Ryle. E, com base em seu histórico nessas situações, provavelmente vai achar fácil uma desculpa para o comportamento de meu marido e tentar me convencer a voltar para ele. E, para ser sincera, é também por causa disso que tenho adiado esse encontro, porque tenho medo de que haja alguma chance de ela conseguir fazer isso.

Na maior parte dos dias, sou forte. Na maior parte dos dias, estou tão zangada com ele que acho um absurdo até mesmo pensar em perdoá-lo. Porém, tem dias que sinto tanta saudade que não consigo respirar. Sinto saudade de como me divertia com ele. Sinto saudade de fazer amor com ele. Sinto saudade de *sentir saudade* dele. Ele trabalhava tantas horas que, quando chegava em casa à noite, eu saía correndo e pulava em seus braços. Sinto falta até de como ele adorava que eu fizesse isso.

É nos dias que não estou tão forte que eu queria que minha mãe soubesse de tudo o que está acontecendo. Às vezes, tudo o que eu queria era ir até sua casa e me deitar no sofá enquanto ela põe meu cabelo atrás da orelha e diz que vai ficar tudo bem. Às vezes, até mulheres adultas precisam do consolo da mãe, só para deixar um pouco de lado a obrigação de ser forte o tempo inteiro.

Estou sentada no carro, parado na frente de sua casa. Demoro uns cinco minutos para juntar forças e entrar. É um saco fazer isso porque sei que, de certa maneira, também vou partir seu coração. Odeio vê-la triste, e contar que me casei com um homem que talvez seja igual a meu pai vai deixá-la muito triste.

Quando entro em sua casa, eu a encontro na cozinha, colocando macarrão em uma panela. Não tiro o casaco ainda por razões óbvias. Não estou com camiseta de grávida, mas é quase impossível esconder minha barriga sem um casaco. Ainda mais de uma mãe.

— Oi, querida! — diz ela.

Entro na cozinha e a abraço de lado enquanto ela salpica queijo em cima da lasanha. Depois que a coloca no forno, vamos até a sala de jantar e nos sentamos à mesa. Ela se encosta na cadeira e toma um gole de chá.

Está sorrindo. Odeio ainda mais a situação ao ver que ela parece tão feliz.

— Lily — diz. — Preciso te contar uma coisa.

Não estou gostando disso. *Eu* que vim aqui para falar com ela. Não estou preparada para *ela* me dizer alguma coisa.

— O que foi? — pergunto, hesitante.

Ela pega o copo com ambas as mãos.

— Estou namorando.

Fico boquiaberta.

— Sério? — pergunto, balançando a cabeça. — Isso é...

Eu ia dizer *bom*, mas fico imediatamente preocupada; imagino se ela está se colocando na mesma situação que vivia com meu pai. Ela percebe minha preocupação, então segura minhas mãos.

— Ele é ótimo, Lily. É ótimo mesmo. Juro!

O alívio toma conta de mim, porque noto que ela está me contando a verdade. Vejo a felicidade em seus olhos.

— Nossa! — exclamo, completamente surpresa. — Fico feliz por você. Quando posso conhecê-lo?

— Hoje, se quiser — diz ela. — Posso convidá-lo para comer conosco.

Balanço a cabeça.

— Não — sussurro. — Não é um bom momento.

Ela aperta minhas mãos assim que percebe que vim lhe contar uma coisa importante. Começo pela novidade boa.

Eu me levanto e tiro o casaco. No início, ela não acha nada de mais. Pensa que estou só querendo ficar mais confortável. Mas então pego sua mão e a encosto em minha barriga.

— Você vai ser avó.

Ela arregala os olhos e, por vários segundos, fica chocada e sem palavras. Mas, então, as lágrimas começam a surgir. Ela se levanta de um pulo e me abraça.

— Lily! — diz ela. — Ai, meu Deus! — Ela se afasta, sorrindo. — Que rápido! Vocês estavam tentando? Faz tão pouco tempo que se casaram.

Balanço a cabeça.

— Não, foi uma surpresa. Acredite em mim.

Ela ri. Depois de outro abraço, nós duas nos sentamos. Tento continuar sorrindo, mas não é o sorriso de uma grávida eufórica. Ela percebe quase imediatamente e tapa a boca com a mão.

— Querida — sussurra. — O que foi?

Até este momento, me esforcei para me manter forte. Eu me esforcei para não sentir muita pena de mim mesmo na presença de outras pessoas. Mas sentada com minha mãe, me rendo à fraqueza. Só quero desistir por um tempo. Quero que ela assuma o controle, me abrace e me diga que vai ficar tudo bem. E, nos próximos quinze minutos, enquanto choro em seus braços, é exatamente o que acontece. Simplesmente paro de lutar por mim mesma, porque preciso que outra pessoa o faça por mim.

Eu a poupo da maior parte dos detalhes de nosso relacionamento, mas conto as coisas mais importantes. Que ele me bateu mais de uma vez, que não sei o que fazer. Que tenho medo de ter este bebê sozinha. Tenho medo de tomar a decisão errada. Tenho medo de estar sendo fraca demais, de que o certo seja mandá-lo para a cadeia. Tenho medo de estar sendo sensível demais, não sei se estou exagerando. Basicamente, conto tudo o que não tive coragem de admitir para mim mesma.

Ela pega alguns guardanapos na cozinha e volta para a mesa. Depois de secarmos nossas lágrimas, ela começa a embolar o guardanapo nas mãos, rolando-o e o mirando.

— Você quer voltar para ele? — pergunta ela.

Não digo que sim. Mas também não digo que não.

É a primeira vez desde que tudo aconteceu que estou sendo completamente sincera. Sou sincera com minha mãe *e* comigo. Talvez por ela ser a única pessoa que conheço que passou por isso. É a única pessoa que conheço que entenderia toda a minha confusão.

Balanço a cabeça, mas também dou de ombros.

— A maior parte de mim sente que nunca mais vou conseguir confiar em Ryle. Mas uma grande parte de mim sente falta do que eu tinha com ele. Éramos ótimos juntos, mãe. Passei com ele alguns dos melhores momentos de minha vida. E, de vez em quando, acho que não quero abrir mão disso.

Passo o guardanapo embaixo do olho, secando mais lágrimas.

— Às vezes... quando estou com muita saudade... digo a mim mesma que talvez as coisas não tenham sido tão ruins. Talvez eu pudesse suportar os piores momentos só para poder ficar com ele nos melhores momentos.

Ela põe a mão em cima da minha e a acaricia com o polegar.

— Entendo exatamente o que está dizendo, Lily. Mas não perca seu limite de vista. Por favor, não deixe isso acontecer.

Não faço ideia do que ela quis dizer. Quando percebe que estou confusa, aperta meu braço e explica com mais detalhes:

— Todos temos nossos limites, o que estamos dispostos a aguentar antes de arrebentarmos. Quando me casei com seu pai, eu sabia exatamente qual era meu limite. Mas aos poucos... a cada incidente... meu limite foi aumentando mais um pouco. E mais um pouco. Na primeira vez que seu pai me bateu, ele se arrependeu na mesma hora. Jurou que nunca mais aconteceria. Na segunda vez, ele ficou *ainda mais* arrependido. Na terceira, foi mais que um golpe. Foi uma surra. E eu sempre voltava para ele. Mas, na quarta vez, foi só um tapa. E, quando isso aconteceu, fiquei aliviada. Lembro que pensei "pelo menos ele não me bateu desta vez, não foi tão ruim". — Ela leva o guardanapo aos olhos e continua: — Todo incidente abala um pouco seu limite. Toda vez que você decide ficar, torna muito mais difícil abandoná-lo da próxima vez. Com o passar do tempo, você perde completamente seu limite de vista porque começa a pensar: "Eu já aguentei cinco anos, então por que não mais cinco"?

Ela toca minhas mãos e as segura enquanto choro.

— Não seja como eu, Lily. Sei que você acredita que ele te ama, e tenho certeza de que isso é verdade. Mas ele não está te amando da maneira certa. Ele não te ama como você merece ser amada. Se Ryle te ama de verdade, não vai deixar vocês voltarem. Ele mesmo vai optar pela separação, para garantir que nunca mais te machuque. Esse é o tipo de amor que uma mulher merece, Lily.

Desejo do fundo do coração que ela não tivesse aprendido essas coisas por experiência própria. Eu a puxo para perto e a abraço.

Por algum motivo, achei que precisaria ficar na defensiva quando lhe contasse. Nunca pensei que aprenderia com ela. Já devia ter imaginado. Eu costumava achar minha mãe fraca, mas, na verdade, ela é uma das mulheres mais fortes que conheço.

— Mãe? — digo, me afastando. — Quero ser você quando crescer.

Ela ri e afasta meu cabelo do rosto. Pela maneira como está me olhando, percebo que ela trocaria de lugar comigo num piscar de olhos. Está sofrendo mais por mim que jamais sofreu por si mesma.

— Quero te contar uma coisa — confessa ela, pegando minhas mãos de novo. — Sabe o dia do discurso no funeral de seu pai? Sei que você não ficou paralisada, Lily. Ficou lá parada naquele púlpito e se recusou a dizer alguma coisa boa sobre aquele homem. Eu nunca senti tanto orgulho de você. Foi a única pessoa em minha vida que me defendia. Você foi forte quando eu estava com medo. — Uma lágrima cai de seu olho quando acrescenta: — Seja *aquela* garota, Lily. Corajosa e ousada.

Capítulo Trinta e Três

— O que vou fazer com três cadeirinhas para carro?

Estou sentada no sofá de Allysa, examinando todas as coisas. Hoje ela organizou um chá de bebê para mim. Minha mãe está ali. Até a mãe de Ryle veio, direto da Inglaterra, mas está dormindo no quarto de hóspedes por causa do *jet lag*. As garotas da floricultura vieram, e alguns amigos de meu antigo trabalho também. Até Devin compareceu. Na verdade, foi bem divertido, apesar de eu ter passado semanas com receio da festa.

— Por isso falei para você fazer uma lista de presentes, para não receber presentes repetidos — explica Allysa.

Suspiro.

— Acho que posso pedir para minha mãe devolver a dela. Também já comprou coisas demais.

Eu me levanto e começo a juntar todos os presentes. Marshall disse que me ajudaria a levá-los para o apartamento, então Allysa e eu colocamos tudo em sacos de lixo. Seguro as sacolas enquanto ela cata tudo no chão. Estou com quase trinta semanas de gravidez, então fico com a tarefa mais fácil: a de segurar o saco.

Acondicionamos tudo, e Marshall está indo pela segunda vez a meu apartamento. Abro a porta de Allysa, pronta a arrastar um saco cheio de presentes até o elevador. Mas eu não estava preparada para encontrar Ryle parado diante da porta, me olhando. Nós dois ficamos igualmente chocados quando nos vemos, considerando que não nos falamos desde que brigamos há três meses.

Mas o encontro era inevitável. Não posso ser a melhor amiga e vizinha da irmã de meu marido sem que o encontre por acaso.

Tenho certeza de que ele sabia do chá, porque sua mãe veio só para isso, mas, mesmo assim, ele parece um pouco surpreso ao ver todas as coisas atrás de mim. Será que ele chegou bem na hora que estou saindo por coincidência ou por conveniência? Ele olha para o saco de lixo que estou segurando e o pega de minhas mãos.

— Pode deixar que eu levo.

E eu deixo. Ele carrega o saco, depois outro, enquanto pego minhas coisas. Ele e Marshall estão entrando no apartamento enquanto estou prestes a sair.

Ryle pega o último saco e se aproxima da porta. Eu o sigo, e Marshall me olha em silêncio, na dúvida se Ryle pode descer comigo. Balanço a cabeça. Não posso evitar Ryle para sempre, então por que não discutir logo de uma vez nosso futuro?

São só alguns andares entre o apartamento de Allysa e o meu, mas essa descida de elevador na companhia de Ryle parece a mais longa de minha vida. Percebo que ele olha algumas vezes para minha barriga, e me pergunto como deve ter sido passar três meses sem me ver grávida.

A porta de meu apartamento está destrancada, então a empurro, e ele entra comigo. Depois leva o restante das coisas para o quarto do bebê, e o escuto mexer em tudo, abrir caixas. Fico na cozinha limpando o que nem precisa ser limpo. Estou com o coração disparado por senti-lo no apartamento. Não estou com medo. Só estou nervosa. Quero estar mais preparada para a conversa, porque realmente detesto confrontos. Sei que precisamos discutir o bebê e nosso futuro, mas não estou a fim. Pelo menos não agora.

Ele se aproxima pelo corredor e entra na cozinha. Percebo que está olhando para minha barriga de novo. Depois desvia o olhar com a mesma rapidez.

— Quer que eu monte o berço enquanto estou aqui?

Eu devia dizer não, mas ele também é responsável pela criança que está crescendo dentro de mim. Se ele oferecer esforço físico, eu aceito, por mais que ainda esteja zangada.

— Quero, ajudaria muito.

Ele aponta para a lavanderia.

— Minhas ferramentas ainda estão lá?

Faço que sim, e ele vai até a lavanderia. Abro a geladeira e fico olhando para o que tem ali dentro só para não o ver cruzando a cozinha. Depois que Ryle finalmente volta para o quarto do bebê, fecho a geladeira e encosto a testa na porta, segurando o puxador. Inspiro e solto o ar enquanto tento assimilar tudo o que está acontecendo dentro de mim no momento.

Ryle está muito bonito. Faz tanto tempo que não o vejo que esqueci como ele é lindo. Sinto vontade de correr até o quarto e pular em seus braços. Quero sentir sua boca na minha. Quero escutá-lo dizer que me ama. Quero que ele se deite a meu lado e ponha a mão em minha barriga como imaginei tantas vezes.

Seria tão fácil... Minha vida seria tão mais fácil se eu simplesmente o perdoasse e voltasse para ele.

Fecho os olhos e repito as palavras de minha mãe: *Se Ryle te ama de verdade, não vai deixar vocês reatarem.*

É só por lembrar disso que não vou correndo até o quarto.

• • •

Eu me mantenho ocupada na cozinha durante uma hora enquanto ele fica no quarto. Em determinado momento, preciso ir até lá pegar o carregador do celular. Enquanto passo pelo corredor, paro diante da porta do quarto do bebê.

O berço está montado. Ryle até colocou o jogo de cama. Ele está parado bem ao lado, segurando a grade e observando o berço vazio. Está tão quieto e imóvel que parece uma estátua. Está imerso nos próprios pensamentos e nem percebe que estou na porta. No que será que está pensando?

Será que é no bebê? Na criança que vai dormir nesse berço sem nem ao menos morar na mesma casa que o pai?

Até então eu nem sabia se ele queria participar da vida do filho. Mas sua expressão diz que sim. Nunca vi tanta tristeza em alguém, e nem estou de frente para ele. Sinto que sua melancolia não tem nada a ver comigo, e tudo a ver com o que está pensando sobre a criança.

Ele ergue os olhos e me encontra na porta. Afasta-se do berço e sai do transe.

— Terminei — avisa, indicando o berço. Depois começa a guardar as ferramentas na caixa. — Tem mais alguma coisa que precisa que eu faça enquanto estou aqui?

Nego com a cabeça enquanto me aproximo do berço e o admiro. Como não sei se é menina ou menino, escolhi a natureza como tema. O jogo de cama é verde e caramelo, estampado com plantas e árvores. Combina com as cortinas, e vai combinar com o mural que pretendo pintar na parede. Também pretendo trazer algumas plantas da floricultura. É inevitável sorrir ao ver tudo ficando pronto. Ele colocou até o móbile. Estendo o braço e o ligo. A Canção de Ninar de Brahms começa a tocar. Observo o móbile dar a volta completa, e depois olho para Ryle. Ele está parado a alguns metros de distância, me observando.

Enquanto o encaro, penso em como é fácil julgar os outros quando estamos de fora. Eu, inclusive, passei anos julgando minha mãe.

Quando estamos de fora, é fácil acreditar que conseguiríamos ir embora num piscar de olhos se alguém nos tratasse mal. É fácil dizer que não continuaríamos amando quem nos trata mal se não somos nós que amamos a tal pessoa.

Quando se sente isso na pele, não é tão fácil odiar a pessoa que te trata mal, porque na maior parte do tempo ela é uma benção divina.

Os olhos de Ryle ficam um pouco esperançosos. Fico com raiva por ele ter percebido que baixei temporariamente a guarda. Ele começa a dar um passo lento em minha direção. Sei que está prestes a me puxar para perto e me abraçar, então me apresso a recuar.

E, imediatamente, o muro volta a se erguer entre nós.

Deixar ele voltar a este apartamento já foi um grande passo para mim. Ele precisa entender isso.

Ryle exibe uma expressão estoica para esconder a rejeição que está sentindo. Põe a caixa de ferramentas debaixo do braço e depois pega a caixa do berço. Está cheia com plásticos e tudo não usado na montagem.

— Vou levar para o depósito de lixo — diz ele, indo para a porta. — Se precisar de mais alguma ajuda, é só me avisar, ok?

— Obrigada — murmuro, assentindo.

Quando escuto a porta do apartamento se fechar, me viro para o berço. Meus olhos se enchem de lágrimas, mas não são por minha causa. Nem por causa do bebê.

Choro por Ryle. Porque, apesar de ele ser responsável pela situação em que se meteu, sei que está triste. E, quando amamos alguém, ver a pessoa triste também deixa *você* triste.

Nenhum de nós mencionou nossa separação ou qualquer chance de reconciliação. Nem ao menos falamos do que vai acontecer quando o bebê nascer daqui a dez semanas.

Ainda não estou pronta para ter essa conversa, e o mínimo que ele pode fazer por mim no momento é ter paciência.

A paciência a mim devida, por todas as vezes que ele não teve nenhuma.

Capítulo Trinta e Quatro

Acabo de enxaguar a tinta dos pincéis e volto ao quarto do bebê a fim de admirar o mural. Passei boa parte da véspera e todo aquele dia pintando.

Faz duas semanas que Ryle montou o berço. Agora que o mural está terminado, e que eu trouxe algumas plantas da loja, sinto que o quarto finalmente está pronto. Dou uma olhada ao redor, e fico um pouco triste por não ter ninguém aqui comigo para admirar o quarto também. Pego o celular e mando uma mensagem para Allysa.

Eu: Mural terminado! Você devia descer para ver.
Allysa: Não estou em casa. Resolvendo coisas. Mas amanhã passo aí.

Franzo a testa e decido mandar uma mensagem para minha mãe. Ela vai trabalhar amanhã, mas sei que vai achar tão empolgante ver o mural quanto eu fiquei ao terminá-lo.

Eu: Está a fim de vir para a cidade hoje à noite? O quarto do bebê finalmente ficou pronto.
Mãe: Não posso. Noite de recital na escola. Vou chegar tarde. Mas mal posso esperar para ver! Amanhã passo aí!

Eu me sento na cadeira de balanço e sei que não devia fazer o que estou pensando, mas faço de todo jeito.

Eu: O quarto do bebê está pronto. Quer ver?

Todos os nervos de meu corpo ganham vida quando aperto "Enviar". Fico encarando o celular até receber a resposta.

Ryle: Quero. Estou indo.

Eu me levanto imediatamente para dar os retoques finais. Afofo as almofadas da namoradeira e endireito um dos quadros na parede. Assim que me aproximo da porta, escuto as batidas. Abro e... *Caramba, ele está de uniforme hospitalar.*

Dou um passo para o lado para deixá-lo entrar.

— Allysa disse que você ia pintar um mural.

Eu o sigo pelo corredor, em direção ao quarto do bebê.

— Demorei dois dias para terminar — comento. — Sinto como se tivesse corrido uma maratona, mas só subi e desci a escada algumas vezes.

Ele olha por cima do ombro, e noto sua expressão de preocupação. Ele está aflito porque fiz tudo sozinha. Mas não devia. Eu dou conta.

Quando chegamos ao quarto, ele para na porta. Na parede oposta, pintei uma horta. Está completa, com quase todas as frutas e legumes de que pude me lembrar. Não sou pintora, mas é impressionante o que dá para fazer com um projetor e papel transparente.

— Uau! — exclama Ryle.

Sorrio ao reconhecer a surpresa em sua voz, porque sei que é genuína. Ele entra no quarto e dá uma olhada ao redor, balançando a cabeça o tempo inteiro.

— Lily. Está... uau!

Se ele fosse Allysa, eu bateria palmas e daria pulinhos. Mas é Ryle, e seria um pouco estranho fazer isso, considerando como as coisas estão entre nós.

Ryle se aproxima da janela, onde coloquei um balanço. Ele o empurra de leve, e o balanço começa a se mexer de um lado para o outro.

— Ele também se move para a frente e para trás — aviso.

Não faço ideia se ele sabe alguma coisa sobre balanços para bebês, mas fiquei muito impressionada com essa característica.

Ryle vai até o trocador e pega uma fralda no porta-fraldas. Ele a desdobra e a segura à frente.

— É tão pequena — diz ele. — Não me lembro de Rylee tão pequena assim.

Ouvi-lo falar de Rylee me deixa um pouco triste. Estamos morando em casas separadas desde a noite em que ela nasceu, então nunca tive a oportunidade de vê-los interagindo.

Ryle dobra a fralda e a guarda. Ao se virar para mim, ele sorri, erguendo as mãos para indicar o quarto.

— Está incrível, Lily. Tudo. Você está mesmo... — Ele põe as mãos nos quadris, e seu sorriso diminui. — Você está muito bem.

O ar fica mais pesado. De repente, fica difícil respirar, porque, por algum motivo, sinto vontade de chorar. Estou adorando este momento, e fico triste porque não pudemos passar a gravidez inteira vivendo coisas assim. É bom compartilhar isso com ele, mas, ao mesmo tempo, tenho medo de enchê-lo de falsas esperanças.

Agora que ele está aqui e viu o quarto, não sei o que fazer em seguida. É mais que óbvia a necessidade de conversarmos sobre muitas coisas, mas não faço ideia de por onde começar. Ou de como começar.

Eu me aproximo da cadeira de balanço e me sento.

— Verdade nua e crua? — sugiro, olhando para ele.

Ryle solta o ar demoradamente e faz que sim, depois se senta na namoradeira.

— *Por favor.* Lily, por favor, me diga que está pronta para conversar sobre isso.

Sua reação me deixa um pouco menos nervosa, porque agora sei que ele está pronto para conversar sobre tudo. Ponho os braços ao redor da barriga e me inclino para a frente na cadeira.

— Você primeiro.

Ele coloca as mãos entre os joelhos. Depois lança um olhar tão sincero para mim que preciso desviar os olhos.

— Não sei o que você quer de mim, Lily. Não sei que papel espera que eu exerça. Estou tentando te dar todo o espaço de que precisa, mas, ao mesmo tempo, quero ajudar mais do que você consegue imaginar. Quero participar da vida do bebê. Quero ser seu marido e quero ser um bom marido. Mas não faço ideia do que você está pensando.

Suas palavras me enchem de culpa. Apesar do que aconteceu no passado, ele ainda é o pai do bebê. Tem o direito de ser pai, independentemente do que eu sinta. E eu *quero* que ele seja pai. Quero que ele seja um *bom* pai. Mas, no fundo, ainda estou presa a um de meus maiores medos, e sei que preciso conversar com ele sobre isso.

— Eu nunca te impediria de ver seu filho, Ryle. Fico feliz em saber que você quer participar, mas...

Ele se inclina para a frente e apoia o rosto nas mãos quando digo a última palavra.

— ... que tipo de mãe eu seria se uma pequena parte de mim não se preocupasse com seu temperamento?

Com a maneira como você se descontrola? Como vou saber que não vai perder a cabeça quando estiver sozinho com o bebê?

Seus olhos se enchem de sofrimento, e acho que vão explodir feito barragens. Ele começa a balançar a cabeça com determinação.

— Lily, eu nunca...

— Eu sei, Ryle. Você nunca machucaria seu filho de propósito. Também não acredito que você me machucou de propósito, mas o fato é que me machucou. E, confie em mim, quero acreditar que você jamais faria uma coisa dessas. Meu pai só era violento com minha mãe. Existem muitos homens, e até *mulheres*, que são violentos só com a pessoa com quem estão envolvidos, sem nunca se descontrolarem com os outros. Do fundo do coração, quero acreditar em suas palavras, mas você precisa entender de onde vem meu medo. Nunca vou impedir que você se relacione com seu filho. Mas vou precisar que seja muito paciente comigo enquanto você reconquista toda a confiança que destruiu.

Ele concorda com a cabeça. Precisa saber que estou dando muito mais do que ele merece.

— Certo — diz. — Você determina as condições. Vai ser tudo de acordo com suas decisões, ok?

As mãos de Ryle se unem novamente, e ele começa a morder o lábio inferior, nervoso. Sinto que ele tem mais a dizer, mas não sabe se deve ou não falar.

— Aproveite que estou disposta a conversar e diga o que está pensando.

Ele inclina a cabeça para trás e olha para o teto. O que quer que seja, é algo difícil para ele. Não sei se é uma pergunta difícil, ou se ele tem medo da resposta.

— E nós? — sussurra.

Também inclino a cabeça para trás e suspiro. Eu sabia que essa pergunta viria, mas é muito difícil dar uma resposta que não tenho. Divórcio ou reconciliação são as duas únicas opções que temos, mas não quero escolher nenhuma.

— Não quero te dar falsas esperanças, Ryle — respondo, baixinho. — Se eu tivesse que escolher hoje... provavelmente escolheria o divórcio. Mas, sendo totalmente sincera, não sei se a decisão seria fruto dos milhares de hormônios da gravidez. Ou algo que realmente quero. Acho que não seria justo decidir antes do nascimento do bebê.

Sua respiração está trêmula, e ele leva a mão à nuca, apertando-a com força. Depois se levanta e se vira para mim.

— Obrigado — agradece. — Por ter me convidado. Por ter conversado comigo. Eu queria te visitar desde que estive aqui, há duas semanas, mas não sabia o que você ia achar.

— Também não sei o que eu ia achar — retruco, sendo totalmente sincera.

Tento me levantar da cadeira de balanço, mas, por algum motivo, isso ficou muito mais difícil do que era na semana passada. Ryle se aproxima e pega minha mão para me ajudar.

Não sei como vou aguentar até o dia do parto se nem ao menos consigo me levantar de uma cadeira sem resmungar.

Depois que fico de pé, ele não solta minha mão imediatamente. Estamos a apenas alguns centímetros, e sei que, se eu olhar para ele, alguns sentimentos vão despertar. E não quero isso.

Ele encontra minha outra mão e fica segurando as duas, uma em cada lado de meu corpo. Entrelaça os dedos nos meus, e seu toque repercute até meu coração. Encosto a testa em seu peito e fecho os olhos. Sua bochecha encosta no topo de minha cabeça, e ficamos completamente parados, com medo de nos mexer. Tenho medo de me mover porque talvez eu esteja fraca demais para recusar seu beijo. Ele tem medo de se mexer porque acha que vou me afastar se ele tentar.

Durante o que parecem ser cinco minutos, nenhum de nós move um músculo.

— Ryle — digo, por fim. — Me promete uma coisa?

Sinto ele concordar com a cabeça.

— Até o bebê nascer, por favor, não tente me convencer a te perdoar. E, *por favor*, não tente me beijar... — Eu me afasto de seu peito e o encaro. — Quero lidar com uma coisa importante de cada vez, e agora minha prioridade é o bebê. Não quero mais estresse ou confusão com tudo o que já está acontecendo.

Ele aperta minhas mãos para me tranquilizar.

— Uma coisa monumental de cada vez. Entendi.

Sorrio, aliviada por finalmente termos tido essa conversa. Sei que não tomei nenhuma decisão final sobre nós dois, mas mesmo assim sinto como se tivesse tirado um peso dos ombros agora que estamos em sintonia.

Ele solta minhas mãos.

— Estou atrasado para meu turno — avisa, apontando o polegar por cima do ombro. — É melhor eu ir para o trabalho.

Faço que sim e o acompanho até a porta. Só depois que a fecho e fico sozinha em meu apartamento é que percebo que estou sorrindo.

Ainda estou terrivelmente zangada com ele por estarmos nessa situação, para começo de conversa, então meu sorriso é só por causa de nosso pequeno avanço. Às vezes, os pais precisam resolver suas diferenças e lidar com uma situação de forma madura para decidir o melhor para os filhos.

É exatamente o que estamos fazendo. Aprendendo a lidar com a situação antes que nosso filho seja incluído na equação.

Capítulo Trinta e Cinco

Sinto cheiro de torrada.

Eu me espreguiço na cama e sorrio porque Ryle sabe que torrada é minha comida preferida. Fico deitada mais um tempo antes de tentar me levantar. Sinto como se precisasse da força de três homens para conseguir rolar para fora da cama. Respiro fundo, jogando os pés para o lado e me erguendo do colchão.

Primeiro vou fazer xixi. É praticamente só isso que ando fazendo. Daqui a dois dias é a data prevista para o parto, mas meu médico disse que talvez leve mais uma semana. Minha licença-maternidade começou na semana passada, então minha vida se resume a isso no momento: fazer xixi e ver televisão.

Quando chego à cozinha, Ryle está preparando ovos mexidos. Ele se vira quando me ouve entrar.

— Bom dia — diz ele. — Nada de bebê ainda?

Nego com a cabeça e ponho a mão na barriga.

— Não, mas fiz xixi nove vezes ontem à noite.

Ryle ri.

— Bateu o recorde. — Ele põe os ovos em um prato e joga bacon e torrada em cima. Ele se vira e me entrega o prato, dando um beijinho em minha têmpora. — Preciso ir. Já estou atrasado. Vou deixar o celular ligado o dia inteiro.

Sorrio ao olhar para meu café da manhã. *Tá, também ando comendo. Faço xixi, como e vejo TV.*

— Obrigada — agradeço, alegre.

Levo o prato até o sofá e ligo a TV. Ryle cata depressa suas coisas pela sala.

— Passo aqui na hora do almoço para ver como você está. Vou trabalhar até tarde hoje, mas Allysa disse que pode trazer seu jantar.

Reviro os olhos.

— Eu estou *bem*, Ryle. O médico disse para eu pegar leve, não ficar completamente parada.

Ele começa a abrir a porta, mas para, como se tivesse esquecido algo. Volta correndo até mim e se inclina para beijar minha barriga.

— Vou dobrar sua mesada se você decidir sair daí hoje — diz ele ao bebê.

Ryle conversa muito com o bebê. Finalmente fiquei à vontade para deixá-lo sentir o bebê chutar umas duas semanas atrás, e desde então ele passa aqui de vez em quando só para conversar com minha barriga. Nem fala muito comigo. Mas eu gosto. Gosto de ver sua animação em ser pai.

Pego o cobertor que Ryle usou para dormir no sofá ontem à noite e me enrolo nele. Já faz uma semana que Ryle tem dormido aqui, me esperando entrar em trabalho de parto. No início fiquei meio desconfiada do plano, mas, na verdade, tem ajudado muito. Continuo dormindo no quarto de hóspedes. O terceiro quarto virou o do bebê, o que significa que a suíte principal está livre para Ryle. Mas, por algum motivo, ele prefere dormir no sofá. Acho que as lembranças daquele quarto lhe causam tanto tormento quanto causam a mim, então nenhum de nós sequer põe os pés ali.

As últimas semanas têm sido muito boas. Tirando o fato de que não existe absolutamente nenhum relacionamento físico entre nós, parece que tudo voltou a ser como antes. Ele continua trabalhando muito, mas passei a jantar com todo mundo lá em cima quando ele tem uma noite de folga. Mas nunca jantamos sozinhos como um casal. Evito tudo que pareça um encontro romântico ou programas de casal. Ainda estou tentando focar em uma coisa importante de cada vez, e até o bebê nascer e meus hormônios se normalizarem, eu me recuso a tomar uma decisão sobre meu casamento. Sei muito bem que a gravidez é uma desculpa para adiar o inevitável, mas meu estado me permite um pouco de egoísmo.

Meu celular começa a tocar, abaixo a cabeça no sofá e resmungo. O aparelho está lá na cozinha. Tipo a uns 5 metros daqui.

Saco.

Eu me levanto do sofá, mas nada acontece.

Tento de novo. *Continuo sentada.*

Seguro o braço da poltrona e ergo o corpo. *Três é o número da sorte.*

Quando me levanto, derrubo o copo de água. Resmungo de novo... e depois suspiro.

Eu não estava segurando um copo de água.

Puta merda.

Olho para baixo e vejo a água escorrer pela perna. Meu celular continua tocando no balcão da cozinha. Vou andando — ou cambaleando — até lá e o atendo.

— Alô.

— Oi, é Lucy! Uma pergunta rápida. Nosso pedido de rosas vermelhas foi danificado no transporte, mas o funeral da família Levenberg é hoje, e eles pediram especificamente rosas vermelhas para o buquê do caixão. Temos algum plano B?

— Temos, ligue para a floricultura da Broadway. Eles me devem um favor.

— Ok, obrigada!

Começo a desligar a fim de chamar Ryle e dizer que minha bolsa estourou, mas escuto Lucy pedir:

— Espere!

Coloco o celular de novo no ouvido.

— E as faturas? Você quer que eu pague hoje ou espera...

— Pode esperar, não tem problema.

Mais uma vez, estou prestes a desligar, mas ela grita meu nome e começa a disparar outra pergunta.

— Lucy — digo com calma, interrompendo-a. — Eu te ligo amanhã. Acho que minha bolsa acabou de estourar.

Ela faz uma pausa.

— Ah. AH! ANDE LOGO!

Desligo bem na hora que sinto a primeira dor na barriga. Eu me contraio e começo a ligar para Ryle, que atende ao primeiro toque.

— Precisa de mim?

— Preciso.

— Ai, meu Deus. Sério? Está acontecendo?

— Está.

— Lily! — exclama ele, empolgado.

E, então, o celular fica silencioso.

Passo os próximos minutos juntando tudo de que vou precisar. Já tenho uma bolsa pronta para o hospital, mas estou me sentindo meio nojenta, então resolvo tomar uma ducha para me limpar. Sinto a segunda dor repentina uns dez minutos depois da primeira. Eu me curvo para a frente e seguro a barriga, deixando a água escorrer pelas costas. Bem no fim da contração, escuto a porta do banheiro ser escancarada.

— Você está tomando *banho*? — pergunta Ryle. — Lily, saia daí, vamos!

— Me dê uma toalha.

A mão de Ryle surge ao redor da cortina do chuveiro alguns segundos depois. Tento me enrolar na toalha antes de puxar a cortina. É estranho esconder o corpo do próprio marido.

A toalha não cabe. Cobre meus seios, mas depois se abre, formando um V de cabeça para baixo na barriga.

Sinto mais uma contração enquanto saio do chuveiro. Ryle agarra minha mão e me ajuda a respirar, depois me acompanha até o quarto. Escolho com calma as roupas limpas para usar no caminho até o hospital, então o observo.

Ryle está fitando minha barriga. Não consigo decifrar seu olhar.

Seus olhos encontram os meus, e eu paro o que estou fazendo.

Durante um momento, não sei se ele vai franzir a testa ou sorrir. De alguma maneira, seu rosto consegue fazer as duas coisas, e ele solta o ar pela boca, baixando os olhos até minha barriga.

— Você está linda — sussurra ele.

Sinto uma pontada no peito que não tem nada a ver com as contrações. Eu me dou conta de que é a primeira vez que ele viu minha barriga nua. É a primeira vez que ele viu minha aparência com seu bebê crescendo dentro de mim.

Eu me aproximo e seguro sua mão. Coloco-a em minha barriga e a seguro ali. Ele sorri para mim, roçando o polegar para a frente e para trás. É um momento bonito. Um de nossos momentos bons.

— Obrigado, Lily.

Está na cara pela maneira como ele toca minha barriga, pela maneira como seus olhos olham os meus. Ele não está me agradecendo por este momento, nem por nenhum momento antes. Está me agradecendo por todos os momentos que o tenho deixado passar com o bebê.

Até que eu resmungo e me inclino para a frente.

— Puta que pariu.

E o momento acabou.

Ryle pega minhas roupas e me ajuda a me vestir. Junta todas as coisas que peço para que carregue, e depois vamos para o elevador. Devagar. Tenho uma contração no meio do caminho.

— Você devia ligar para Allysa — digo, quando saímos da garagem.

— Estou dirigindo. Ligo para ela quando chegarmos ao hospital. E para sua mãe também.

Assinto. Sei que eu poderia ligar para elas agora, mas meio que quero chegar ao hospital primeiro, porque sinto que o bebê está muito impaciente e quer fazer sua estreia bem aqui no carro.

Chegamos ao hospital, mas o tempo entre as contrações é menor que um minuto. Depois que o médico está preparado e que já me colocaram na cama, estou com 9 cm de dilatação. E apenas cinco minutos mais tarde, estão me dizendo para fazer força. Ryle nem tem tempo de ligar para ninguém, porque tudo acontece muito rápido.

Aperto sua mão cada vez que faço força. Em determinando momento, penso em como a mão é importante para sua carreira, mas ele não diz nada. Simplesmente me deixa apertá-la o máximo possível, e é exatamente o que faço.

— A cabeça está quase saindo — diz o médico. — Só precisa fazer mais um pouco de força.

Não consigo descrever os próximos minutos. É um borrão de dor, respiração ofegante, ansiedade e pura alegria. E pressão. Uma pressão imensa, como se eu estivesse prestes a implodir. Até que Ryle diz:

— É uma menina! Lily, nós temos uma filha!

Abro os olhos, e o médico está segurando a bebê. Consigo ver apenas o contorno de seu corpo, porque meus olhos estão cheios de lágrimas. Quando a colocam em meu colo, é o melhor momento de toda a minha vida. Toco imediatamente em seus lábios vermelhos, em suas bochechas, em seus dedos. Ryle corta o cordão umbilical, e, quando a tiram de mim para limpá-la, eu me sinto vazia.

Alguns minutos depois, ela está novamente em meu colo, enrolada em um cobertor.

Não consigo fazer nada além de encará-la.

Ryle se senta na cama a meu lado e puxa o cobertor para baixo, até a altura de seu queixo, para vermos melhor seu rosto. Contamos os dedos das mãos e dos pés. Ela tenta abrir os olhos, e achamos a coisa mais engraçada do mundo. Ela boceja, e sorrimos e nos apaixonamos ainda mais por ela.

Depois que a última enfermeira sai do quarto e finalmente ficamos sozinhos, Ryle me pede para segurá-la. Ele ergue a parte superior da cama para que seja mais fácil para nos acomodarmos ali. Depois que entrego nossa filha a ele, encosto a cabeça em seu ombro. Não conseguimos parar de olhá-la.

— Lily — sussurra ele. — Verdade nua e crua?

Faço que sim.

— Ela é tão mais bonita que a bebê de Allysa e Marshall!

Eu rio e lhe dou uma cotovelada.

— Estou brincando.

Mas entendo exatamente o que ele quer dizer. Rylee é uma bebê linda, mas ninguém nunca vai se comparar a nossa filha.

— Que nome vamos escolher? — pergunta ele.

Não tivemos um relacionamento típico durante a gravidez, então ainda não discutimos o nome.

— Eu queria dar o nome de sua irmã — digo, olhando para ele. — Ou de seu irmão?

Não sei o que ele acha disso. Acho que colocar o nome do irmão em nossa filha seria muito bom para seu processo de cura, mas talvez ele tenha outra opinião.

Ele me encara, como se não esperasse a resposta que dei.

— Emerson? — diz ele. — É um nome bonito para uma menina. Podemos chamá-la de Emma. Ou Emmy. — Ele sorri com orgulho e olha para ela. — Na verdade, é perfeito.

Ele se inclina e beija a testa de Emerson.

Depois de um tempo, me afasto de seu ombro para poder observá-lo com ela no colo. É lindo vê-lo interagir com ela assim. Já percebo como a ama só depois desse tempinho. Sei que ele faria de tudo para protegê-la. De tudo no mundo.

E só neste momento finalmente tomo uma decisão sobre ele.

Sobre nós.

Sobre o que é melhor para nossa família.

Ryle é incrível de muitas maneiras. Ele é bondoso. É prestativo. É inteligente. É carismático. É motivado.

Meu pai também tinha algumas dessas características. Não era muito bondoso com os outros, mas, durante alguns momentos que passamos juntos, eu sabia que ele me amava. Ele era inteligente. Era carismático. Era motivado. Mas eu o odiava muito mais que o amava. Eu não conseguia enxergar suas qualidades por causa do que via durante seus piores momentos. Nem mesmo cinco anos de seu lado bom compensariam cinco minutos testemunhando seu lado ruim.

Olho para Emerson e depois para Ryle. E sei o que preciso fazer por ela. Pelo relacionamento que espero que ela tenha com o pai. Não decido por mim nem por Ryle.

Decido por ela.

— Ryle?

Ele está sorrindo ao se virar para mim. Mas para ao se deparar com meu olhar.

— Quero o divórcio.

Ele pisca duas vezes. Minhas palavras o atingem como uma corrente elétrica de alta voltagem. Ele estremece e olha para nossa filha, os ombros encurvados para a frente.

— Lily — diz, balançando a cabeça para trás e para a frente. — Por favor, não faça isso.

Seu tom de voz é suplicante, e fico com raiva porque ele estava esperançoso achando que eu ia acabar voltando para ele. Sei que em parte é culpa minha, mas acho que só entendi qual era minha decisão na hora que segurei minha filha pela primeira vez.

— Só mais uma chance, Lily. *Por favor.*

Sua voz falha por causa das lágrimas.

Sei que o estou magoando no pior momento possível. Estou partindo seu coração no que deveria ser o melhor dia de sua vida. Mas sei que, se não fizer isso agora, jamais vou convencê-lo de que não posso correr o risco de reatar com ele.

Começo a chorar, porque estou sofrendo tanto quanto Ryle.

— Ryle — digo, com delicadeza. — O que você faria? Se um dia essa garotinha te olhasse e dissesse: *Pai, meu namorado bateu em mim.* O que você diria a ela, Ryle?

Ele puxa Emerson para o peito e apoia o rosto no cobertor.

— Pare, Lily — implora ele.

Endireito a postura na cama. Ponho a mão nas costas de Emerson e tento fazer Ryle me olhar nos olhos.

— E se ela chegasse e te dissesse: *Pai, meu marido me empurrou pela escada. Ele disse que foi um acidente. O que devo fazer?*

Seus ombros começam a tremer, e pela primeira vez desde o dia em que o conheci, ele está chorando. Lágrimas de verdade escorrem por seu rosto enquanto ele abraça a filha com força. Também estou chorando, mas continuo, pelo bem *dela*.

— E se... — Minha voz falha. — E se ela chegasse para você e dissesse: *Meu marido tentou me estuprar, pai. Ficou me segurando enquanto eu implorava para ele parar. Mas ele jura que isso nunca mais vai se repetir. O que devo fazer, pai?*

Ele beija a testa da filha sem parar, deixando as lágrimas caírem de seu rosto.

— O que você diria a ela, Ryle? Me diga. Preciso saber o que você diria para nossa filha se o homem que a amasse de todo o coração a machucasse.

Um soluço irrompe de seu peito. Ele se inclina em minha direção e me envolve em um abraço.

— Eu imploraria para que ela o largasse — confessa, em meio às lágrimas. Seus lábios tocam desesperadamente minha testa, e sinto algumas de suas lágrimas nas minhas bochechas. Ele leva a boca a meu ouvido e nina nós duas com seu corpo. — Eu diria que ela merece *muito* mais que isso. E *imploraria* para que ela não voltasse para ele, por mais que a amasse. Ela merece muito mais.

Nós nos transformamos em uma confusão de lágrimas, corações partidos e sonhos destruídos. Nos abraçamos. Abraçamos nossa filha. E, por mais que seja uma escolha difícil, nós destruímos o padrão antes que o padrão nos destrua.

Ele a devolve para mim e enxuga os olhos. Levanta-se ainda chorando. Ainda tentando recuperar o fôlego. Nos últimos quinze minutos, perdeu o amor de sua vida. Nos últimos quinze minutos, se tornou pai de uma linda meni-ninha.

É isso que quinze minutos podem fazer com uma pessoa. Podem destruí-la.

Podem salvá-la.

Ele aponta para o corredor, me avisando que precisa se recompor. Enquanto ele sai do quarto, percebo que nunca o vi tão triste. Mas sei que um dia vai me agradecer por isso. Sei que um dia vai entender que tomei a decisão certa para sua filha.

Quando a porta se fecha, olho para ela. Sei que não vou lhe dar a vida que sonhei que ela tivesse. Um lar para morar com os pais que a amam e que a criam juntos. Mas não quero que ela tenha a mesma vida que eu. Não quero que ela veja o pior lado do pai. Não quero que o veja perder a cabeça comigo e que deixe de reconhecê-lo como seu pai. Porque, por mais que ela tenha bons momentos com Ryle ao longo da vida, sei por experiência própria que só os piores momentos ficariam na memória.

Ciclos existem porque é doloroso acabar com eles. Interromper um padrão familiar é algo que requer uma quantidade astronômica de sofrimento e de coragem. Às vezes, parece mais fácil simplesmente continuar nos mesmos círculos familiares em vez de enfrentar o medo de saltar e talvez não fazer uma boa aterrissagem.

Minha mãe passou por isso.

Eu passei por isso.

Mas nem morta vou deixar minha filha passar por isso.

Beijo sua testa e lhe faço uma promessa.

— É assim que acaba. Nós vamos colocar um ponto final nisso.

Epílogo

Abro caminho pela multidão da Boston Street até chegar à rua transversal. Empurro o carrinho mais devagar e, então, paro diante do meio-fio. Empurro a parte de cima para trás e olho para Emmy. Ela está chutando para cima e sorrindo como sempre. É uma bebê muito feliz. E tem uma energia calma viciante.

— Qual é a idade? — pergunta uma mulher, parada na calçada, olhando para Emerson com interesse.

— Onze meses.

— Ela é linda — elogia. — É igual a você. Bocas idênticas. Sorrio.

— Obrigada. Mas você devia ver o pai. Os olhos dos dois são iguais.

O sinal abre para os pedestres, e tento ser mais rápida que a multidão ao atravessar. Já estou meia hora atrasada, e Ryle me mandou duas mensagens. Mas ele ainda não sentiu a alegria das cenouras. Hoje vai descobrir a bagunça que elas fazem, porque coloquei várias na bolsa da bebê.

Quando Emerson tinha três meses, saí do apartamento que Ryle comprou. Arranjei um apartamento próprio mais perto do trabalho, então posso ir a pé, o que é ótimo. Ryle voltou para o apartamento que comprou, mas com minhas visitas a Allysa e os dias que Ryle passa com Emerson, parece que fico quase tanto tempo naquele prédio quanto no meu.

— Quase chegando, Emmy. — Viramos a esquina, e estou com tanta pressa que um homem precisa desviar e se encostar ao muro para não ser atropelado por mim. — Desculpe — murmuro para ele.

Abaixo a cabeça e passo pelo homem.

— Lily?

Paro.

Eu me viro lentamente, porque essa voz repercutiu até nos dedos de meus pés. Só duas vozes já causaram esse efeito em meu corpo, sendo que a de Ryle não me afeta mais tanto assim.

Quando me viro para ele, seus olhos azuis estão semicerrados por causa do sol. Ele ergue a mão para protegê-los e sorri.

— Oi.

— Oi — cumprimento.

Meu cérebro frenético tenta desacelerar para que eu acompanhe o que está acontecendo.

Ele observa o carrinho e aponta para Emmy.

— É... é seu bebê?

Assinto, e ele vai para a frente do carrinho. Então se ajoelha e abre um grande sorriso para ela.

— Nossa. Ela é linda, Lily — elogia ele. — Como se chama?

— Emerson. Às vezes, chamamos ela de Emmy.

Ele põe o dedo na mão da bebê, que começa a chutar, balançando o dedo de Atlas para a frente e para trás. Ele a observa com interesse por um instante, depois se levanta.

— Você está ótima — diz ele.

Tento não lhe dar uma olhadela tão óbvia, mas é difícil. Está lindo como sempre, mas é a primeira vez que o vejo e não tento negar como ficou bonito. Totalmente diferente do garoto sem-teto em meu quarto. Mas, ao mesmo tempo... ele continua exatamente igual.

Meu celular vibra no bolso de novo ao receber uma mensagem. *Ryle.*

Aponto para a rua.

— Estamos muito atrasadas — digo. — Ryle está nos esperando há meia hora.

Quando digo aquele nome, os olhos de Atlas se enchem de tristeza, mas ele tenta disfarçar. Apenas balança a cabeça e dá um passo lento para o lado, nos deixando passar.

— Hoje é seu dia de ficar com ela — explico.

Com essas palavras, digo mais do que conseguiria em conversas inteiras.

Vejo o alívio brilhar em seus olhos. Ele faz que sim e aponta para trás.

— Pois é, também estou atrasado. Abri um restaurante novo em Boylston no mês passado.

— Uau! Parabéns. Então vou ter de levar minha mãe até lá em breve para conhecê-lo.

Ele sorri.

— Devia mesmo. Me avise antes, e eu mesmo cozinho para vocês.

Depois de uma pausa constrangedora, aponto para a rua.

— A gente precisa...

— Ir — completa ele, sorrindo.

Concordo com a cabeça, depois olho para baixo e continuo andando. Não faço ideia de por que estou reagindo assim. Como se eu não conseguisse ter uma conversa normal. Quando estou a vários metros de distância, olho para trás. Ele não se mexeu. Continua me observando enquanto me afasto.

Viramos a esquina, e vejo Ryle esperando ao lado do carro, na frente da floricultura. Ele se alegra quando nos vê.

— Recebeu meu e-mail?

Ele se ajoelha e começa a soltar Emerson do carrinho.

— Sim, sobre o *recall* do chiqueirinho?

Ele assente e pega a filha.

— A gente já não comprou um para ela?

Aperto os botões para dobrar o carrinho, e depois o levo para a mala do carro de Ryle.

— Compramos, mas quebrou um mês atrás. Joguei no lixo.

Ele abre o porta-malas e toca no queixo de Emerson com os dedos.

— Ouviu isso, Emmy? Sua mãe salvou sua vida.

Ela sorri para ele e dá um tapinha em sua mão com um jeito brincalhão. Ele beija sua testa, depois pega o carrinho e o guarda. Fecho o porta-malas e me inclino para dar um rápido beijo em minha filha.

— Te amo, Emmy. Até de noite.

Ryle abre a porta de trás para colocá-la na cadeirinha. Eu me despeço e começo a seguir depressa pela rua.

— Lily! — grita ele. — Aonde você vai?

Tenho certeza de que ele imaginava que eu fosse entrar na loja, afinal já passou da hora de abrir. E é o que eu deveria fazer mesmo, mas estou com um frio irritante na barriga que não me deixa em paz. Preciso fazer algo a respeito disso. Eu me viro e ando para trás.

— Esqueci uma coisa! Nos vemos quando eu for buscar Emmy à noite!

Ryle ergue a mão de Emerson, e os dois acenam para se despedir de mim. Assim que viro a esquina, começo a correr. Desvio das pessoas, esbarro em algumas, uma mulher inclusive me xinga, mas o instante que vejo aquela nuca faz tudo valer a pena.

— Atlas! — grito. Ele está indo para o outro lado, então continuo abrindo caminho à força pela multidão. — Atlas!

Ele para de andar, mas não se vira. Inclina a cabeça, como se não quisesse confiar totalmente no que ouviu.

— Atlas! — grito de novo.

Desta vez, quando ele se vira, o faz com determinação. Seus olhos encontram os meus, e, durante uma pausa de três segundos, nós dois nos entreolhamos. Mas pouco depois começamos a nos aproximar, com passos decididos. Vinte passos nos separam.

Dez.

Cinco.

Um.

Nenhum de nós dá o último passo.

Estou sem ar, ofegante e nervosa.

— Eu me esqueci de te contar o nome do meio de Emerson. — Apoio as mãos nos quadris e expiro. — É Dory.

Ele não reage imediatamente, mas depois de um tempo seus olhos se enrugam um pouco nos cantos. Sua boca se contrai, como se ele tentasse não sorrir.

— Que nome perfeito para ela.

Faço que sim e sorrio, depois paro.

Não sei o que fazer agora. Só queria que ele soubesse disso, mas já contei, e não pensei no que faria ou diria em seguida.

Balanço a cabeça de novo e olho ao redor, apontando o polegar por cima do ombro.

— Bem... acho que eu vou...

Atlas dá um passo à frente, me agarra e me puxa com força para seu peito. Fecho os olhos imediatamente quando ele faz isso. Sua mão sobe minha nuca, e ele me abraça enquanto ficamos parados, cercados de ruas movimentadas, buzinas, pessoas esbarrando em nós ao passar apressadas. Ele dá um beijo delicado em meu cabelo, e tudo o mais some.

— Lily — diz ele baixinho. — Acho que agora tenho uma vida boa o suficiente para você. Então, quando você estiver pronta...

Agarro sua jaqueta sem tirar o rosto de seu peito. De repente, sinto como se tivesse 15 anos de novo. Meu pescoço e minhas bochechas coram com suas palavras.

Mas eu *não* tenho 15 anos.

Sou uma adulta com responsabilidades e uma filha. Não posso simplesmente deixar meus sentimentos de adolescente falarem mais alto. Não sem alguma garantia, pelo menos.

Eu me afasto e olho para ele.

— Você faz doações para instituições de caridade?

Atlas ri, confuso.

— Várias. Por quê?

— Quer ter filhos um dia?

Ele confirma com a cabeça.

— Óbvio que sim.

— Acha que vai querer se mudar de Boston algum dia?

Ele nega com a cabeça.

— Não. Nunca. Tudo é melhor aqui, lembra?

Era dessa garantia que estava precisando. Sorrio para ele.

— Ok. Estou pronta.

Ele me puxa para perto com firmeza, e eu rio. Depois de tudo que aconteceu comigo desde o dia em que ele apareceu em minha vida, eu nunca imaginaria esse fim. Torci muito para que isso acontecesse, mas até então eu não tinha certeza de que se tornaria realidade.

Fecho os olhos quando sinto seus lábios encostarem em minha clavícula. Ele dá um beijo delicado ali, e parece exatamente a primeira vez que ele me beijou no mesmo lugar tantos anos atrás. Ele leva a boca a meu ouvido e sussurra:

— Pode parar de nadar agora, Lily. Finalmente chegamos à costa.

Nota da Autora

Recomenda-se ler esta parte somente depois de terminar o livro, porque contém spoilers.

. . .

A lembrança mais antiga de minha vida é de quando eu tinha 2 anos e meio. Não havia porta em meu quarto, mas um lençol pregado em cima do batente. Eu me lembro de escutar meu pai gritando, então espiei de trás do lençol bem no instante que ele pegou nossa televisão e a jogou em minha mãe, derrubando-a no chão.

Ela se divorciou antes de eu completar 3 anos. Depois disso, toda lembrança que tenho de meu pai é boa. Ele nunca perdeu a cabeça comigo ou com minhas irmãs, apesar de ter feito isso tantas vezes com minha mãe.

Eu sabia que seu casamento era violento, mas minha mãe jamais falou sobre esse assunto. Conversar sobre isso seria o mesmo que falar mal de meu pai, algo que ela nunca fez. Queria que meu relacionamento com ele fosse livre de qualquer tensão que existisse entre os dois. Por causa disso, tenho o máximo respeito por pais que não envolvem os filhos na dissolução de seus relacionamentos.

Certa vez, perguntei a meu pai sobre as agressões. Ele era muito sincero sobre o relacionamento com minha mãe. Ele bebia muito nos anos que foi casado com ela, e era o primeiro a admitir que não a tratava bem. Até me contou que precisou substituir duas articulações na mão porque bateu em minha mãe com tanta força que se machucou ao lhe atingir a cabeça.

Meu pai passou a vida inteira arrependido da maneira como tratou minha mãe. Maltratá-la foi o pior erro que cometeu na vida, e ele disse que envelheceria e morreria loucamente apaixonado por ela.

Sinto que foi um castigo muito leve considerando o que ela suportou.

Quando decidi escrever esta história, primeiro pedi permissão a minha mãe. Falei que queria escrevê-la para mulheres como ela. Também queria escrevê-la para as pessoas que não compreendem muito bem mulheres como ela.

Eu era uma dessas pessoas.

A mãe que eu conheço não é fraca. Não é alguém que consideraria perdoar um homem que a tratou mal em diversas ocasiões. Porém, enquanto eu escrevia este livro e entrava na mente de Lily, logo percebi que as coisas não são tão simples quanto parecem.

Em mais de uma ocasião, quis mudar o enredo enquanto escrevia o livro. Eu não queria que Ryle fosse quem ele seria, porque me apaixonei por ele nos primeiros capítulos, assim como Lily. Assim como minha mãe se apaixonou por meu pai.

O primeiro incidente entre Ryle e Lily na cozinha foi o que aconteceu na primeira vez que meu pai bateu em minha mãe. Ela estava preparando um ensopado, e ele tinha bebido. Então tirou o ensopado do forno sem usar uma luva. Ela achou engraçado e riu. De repente, ele a atingiu com tanta força que ela voou para o outro lado da cozinha.

Minha mãe decidiu perdoá-lo por esse único incidente, porque seu arrependimento e seu pedido de desculpas pareceram convincentes. Ou, pelo menos, suficientemente convincentes a ponto de que lhe dar uma segunda chance doesse menos que abandoná-lo de coração partido.

Com o tempo, os incidentes que se seguiram foram semelhantes ao primeiro. Meu pai sempre demonstrava remorso e prometia nunca mais fazer aquilo. Finalmente chegou ao ponto em que ela sabia que as promessas não valiam nada, mas àquela altura já era mãe de duas filhas e não tinha dinheiro para abandoná-lo. E, diferentemente de Lily, minha mãe não teve muito apoio. Não havia nenhum abrigo para mulheres. Naquela época, a ajuda do governo era quase nula. Deixá-lo significaria que não teríamos onde morar, mas, para ela, isso era uma alternativa melhor.

Meu pai faleceu há vários anos, quando eu tinha 25 anos. Ele não foi o melhor pai. Certamente não foi o melhor marido. Mas, graças a minha mãe, pude ter um relacionamento muito próximo com ele, porque ela deu os passos necessários para destruir o padrão antes que o padrão nos destruísse. E não foi fácil. Ela o largou pouco antes de eu completar 3 anos e de minha irmã mais velha fazer 5. Passamos dois anos inteiros vivendo à base de feijão e macarrão com queijo. Ela era uma mãe solteira sem formação universitária, criando duas filhas sozinha, sem praticamente nenhuma ajuda. Mas seu amor por nós duas a fortaleceu a ponto de que conseguisse dar esse passo aterrorizante.

De forma alguma minha intenção é usar a situação de Ryle e Lily para definir violência doméstica. Nem usar o personagem de Ryle para definir as características da maioria dos agressores. Cada situação é diferente. Cada resultado é diferente. Escolhi moldar a história de Lily e Ryle baseada na história de meu pai e de minha mãe. Pensei em Ryle com base em vários aspectos de meu pai. Eles são bonitos, gentis, engraçados e inteligentes... mas têm momentos em que se comportam de forma imperdoável.

Moldei Lily com base em vários aspectos de minha mãe. Ambas são mulheres afetuosas, inteligentes e fortes que simplesmente se apaixonaram por homens que não mereciam seu amor de jeito algum.

Dois anos após se divorciar de meu pai, minha mãe conheceu meu padrasto. Ele era o exemplo de um bom marido. As lembranças que tenho dos dois durante minha infância determinaram o casamento que eu queria para mim mesma.

Quando finalmente chegou minha hora de casar, a coisa mais difícil que já fiz na vida foi contar a meu pai biológico que ele não entraria na igreja comigo, pois eu pediria para meu padrasto fazer isso.

Senti que precisava fazer isso por vários motivos. Meu padrasto assumiu responsabilidades como marido que meu pai nunca assumiu. Meu padrasto assumiu responsabilidades financeiras que meu pai nunca assumiu. E meu padrasto nos criou como se fôssemos suas próprias filhas, sem nunca nos proibir de ter um relacionamento com nosso pai biológico.

Eu me lembro de me sentar na sala de meu pai um mês antes de meu casamento. Falei que o amava, mas que ia pedir para meu padrasto entrar na igreja comigo. Estava preparada para me defender de sua reação de toda maneira possível. Mas não esperava de jeito algum a resposta que ele me deu.

Ele concordou com a cabeça e disse: "Colleen, ele criou você. Merece levá-la para o altar no dia de seu casamento.

E você não deve se sentir culpada por isso, porque é a coisa certa a se fazer".

Eu sabia que minha decisão tinha deixado meu pai completamente arrasado. Mas ele era altruísta o suficiente como pai não só para respeitar minha decisão, como para querer que *eu* a respeitasse também.

Meu pai ficou sentado na igreja enquanto outro homem me levava ao altar. Eu sabia que as pessoas não entendiam por que não pedi para os dois me acompanharem. Mas, quando penso nisso hoje em dia, percebo que tomei essa decisão em respeito a minha mãe.

A escolha da pessoa que ia entrar comigo na igreja não teve a ver com meu pai, e na verdade também não teve a ver com meu padrasto. Teve a ver com ela. Eu queria que o homem que a tratava como ela merecia tivesse a honra de entrar com sua filha na igreja.

No passado, eu dizia sempre que escrevia só para entreter. Não escrevo para educar, persuadir ou informar.

Mas este livro é diferente. Para mim, não foi entretenimento. Foi a coisa mais difícil que já escrevi. Às vezes, eu queria apertar a tecla Delete e desfazer a maneira como Ryle tratou Lily. Quis reescrever as cenas em que ela o perdoava, e quis substituí-las por uma mulher mais resistente, uma personagem que tomava todas as decisões certas em todos os momentos certos. Mas não era sobre esses personagens que eu estava escrevendo.

Não era essa a história que eu estava contando.

Eu queria escrever algo realista relacionado à situação de minha mãe, que é uma situação enfrentada por muitas mulheres. Eu queria explorar o amor entre Lily e Ryle para sentir o que minha mãe sentiu quando teve de decidir se ia abandonar meu pai, um homem que ela amava do fundo do coração.

Às vezes, me pergunto como minha vida teria sido diferente se minha mãe não houvesse tomado essa decisão. Ela abandonou alguém que amava para que suas filhas nunca achassem aceitável aquele tipo de relacionamento. Ela não foi resgatada por outro homem, por um príncipe de conto de fadas. Tomou sozinha a iniciativa de abandonar meu pai, sabendo que enfrentaria uma luta completamente diferente com o estresse adicional de ser mãe solteira. Para mim, foi importante que o personagem de Lily incorporasse esse mesmo empoderamento. Lily tomou a decisão final de deixar Ryle pelo bem da filha. Apesar de haver uma pequena possibilidade de Ryle acabar mudando para melhor, certos riscos nunca valem a pena. Ainda mais quando esses riscos já desapontaram a pessoa no passado.

Antes de escrever este livro, eu tinha muito respeito por minha mãe. Agora que o terminei e consegui explorar uma fração minúscula da dor e da luta que ela enfrentou para chegar onde está hoje, só tenho uma coisa a dizer a ela:

Quero ser você quando crescer.

Recursos

Caso você se encontre em uma relação abusiva, procure ajuda. A Central de Atendimento à Mulher ouve e acolhe mulheres em situação de violência. Denuncie pelo número 180.

Em caso de emergência, a mulher ou quem esteja presenciando uma situação de agressão, pode pedir ajuda por meio do telefone 190. Uma viatura da polícia militar é enviada imediatamente até o local.

Você também pode encontrar auxilio psicológico e jurídico de graça no site mapadoacolhimento.org

Agradecimentos

O nome que aparece como a autora do livro pode ser um só, mas eu não teria conseguido escrevê-lo sem a ajuda das seguintes pessoas:

Minhas irmãs. Eu amaria vocês duas tanto quanto amo mesmo se não fossem minhas irmãs. Ter o mesmo pai que vocês é só um bônus.

Meus filhos. Vocês são a maior conquista de minha vida. Por favor, nunca me façam me arrepender de ter dito isso.

Ao Weblich, ao CoHorts, ao TL Discussion Group, ao Book Swap e a todos os outros grupos que posso buscar na internet quando preciso de um pouco de energia positiva. Em boa parte, é por causa de vocês que posso ganhar a vida fazendo isso, então obrigada.

À equipe inteira da agência Dystel & Goderich Literary Management. Obrigada pelo apoio e incentivo contínuos.

A todos da editora Atria Books. Obrigada por tornar os dias de lançamento inesquecíveis, esses foram alguns dos melhores dias de minha vida.

A Johanna Castillo, minha editora. Obrigada por apoiar este livro. Obrigada por me apoiar. Obrigada por ser a pessoa que mais apoia meu trabalho dos sonhos.

A Ellen DeGeneres, uma das quatro pessoas que espero nunca conhecer. Você é a luz no meio da escuridão. Lily e Atlas agradecem seu brilho.

A meus leitores-beta e primeiros apoiadores de cada livro meu. O feedback, o suporte e a amizade de vocês é mais do que eu mereço. Amo todos vocês.

A minha sobrinha. Vou conhecê-la a qualquer momento, e nunca fiquei tão empolgada. Vou ser sua tia preferida.

A Lindy. Obrigada pelas lições de vida e pelos exemplos de o que é ser uma pessoa altruísta. E obrigada por uma das frases mais profundas que nunca vai sair de minha cabeça: "*Não existem pessoas ruins. Todos somos humanos e, às vezes, fazemos coisas ruins*". Fico grata por minha irmã mais nova ter você como mãe.

A Vance. Obrigada por ser o marido que minha mãe merecia e o pai que você não precisava ser.

Meu marido, Heath. Até sua alma é boa. Eu não poderia ter escolhido uma pessoa melhor para ser o pai de meus filhos e passar a vida a meu lado. É muita sorte termos você conosco.

A minha mãe. Você é tudo para todos. Isso às vezes pode ser um fardo, mas por algum motivo você enxerga os fardos como bênçãos. Nossa família inteira agradece.

E, por último, mas não menos importante, a meu maldito papai, Eddie. Você não está aqui para ver este livro ganhar vida, mas sei que teria me apoiado mais que qualquer pessoa. Você me ensinou muitas coisas na vida, a maior delas foi que não precisamos ser a mesma pessoa que já fomos em algum momento. Prometo não me lembrar de você com base em seus piores dias. Vou me lembrar de você com base em seus melhores dias, que foram muitos. Vou me lembrar de você como uma pessoa que conseguiu superar o que muitos não conseguem. Obrigada por ter se tornado um de meus amigos mais próximos. E obrigada por me ter me apoiado daquela maneira no dia de meu casamento, pois a maioria dos pais não teria agido assim. Eu te amo. Saudades.

Uma conversa entre Colleen Hoover e sua mãe Vannoy

Colleen, como você decidiu contar essa história em particular? Você conversou com a sua mãe antes de começar a escrever o livro ou após terminá-lo? Vannoy, o que sentiu quando Colleen contou que ia escrever este romance?

Colleen: Falei com ela por alto sobre o tema do livro e pedi permissão para escrevê-lo. Prometi que seria apenas inspirado nela e no meu pai, em vez de ser *sobre* os dois. Minha mãe sempre me apoiou muito em fosse lá o que eu quisesse escrever, mas este livro me deixou preocupada porque, de certa maneira, a história a envolvia.

Vannoy: Admito que fiquei nervosa. Não sabia o quanto da minha história ela incluiria. Lembro de ela me perguntar sobre a primeira vez que ele me bateu. Quando cheguei à cena de Ryle e Lily na cozinha com a travessa, fiquei no chão com o quanto Colleen soube captar minhas emoções. Lembro que liguei para ela chorando e perguntei: como você sabe disso? Eu realmente achei que ela tinha passado por algo semelhante na vida para conseguir captar tão bem aquele momento dentro da cabeça da Lily, mas imagino que seja por isso que ela é escritora.

Colleen, você se baseou na sua própria experiência ao criar algum dos personagens? Pediu que sua mãe lesse algo antes de concluir o livro?

C: Minha mãe sempre lê meus livros enquanto os escrevo. Ela é minha primeira leitora, o que às vezes pode ser irritante. Nem sei dizer quantos capítulos mandei para ela de livros que nunca foram finalizados. O que lembro é que, durante a leitura de vários primeiros capítulos de *É assim que acaba*, ela adorava o Ryle. Foi difícil saber o que eu ia escrever e o que eu estava prestes a pedir que ela lesse.

V: Li o livro capítulo por capítulo, à medida que estava sendo escrito. Colleen tem razão; eu me apaixonei por Ryle junto com todo mundo. Nos primeiros capítulos, eu não sabia direito como a violência doméstica ia fazer parte da história. Pensei que talvez tivesse a ver com os pais da Lily, e por um tempo me senti segura lendo sobre Lily e Ryle. No entanto, quando cheguei à cena da cozinha, a ficha caiu. Percebi que Colleen tinha se inspirado na minha própria experiência e me feito amar Ryle assim como eu tinha amado o pai dela. Fiquei impressionada, mas também arrasada por saber pelo que Lily ia passar.

Vannoy, como foi ler É assim que acaba *sabendo que Colleen se inspirou nas suas experiências para contar a história da Lily?*

V: Durante a vida inteira da Colleen, sempre achei incrível a capacidade dela de enxergar os dois lados de cada história. Ela sempre foi uma advogada do diabo perfeita. Não importa sua opinião sobre algo — ela sempre conseguirá dizer o que se passa na cabeça de quem pensa o contrário. Ler uma história em que ela falava de violência doméstica do ponto de vista da Lily, sabendo que Colleen jamais tinha passado por algo do tipo, foi surpreendente. Adorei ver que ela conseguiu ouvir minha experiência e, de algum modo, expandi-la, transformando-a nas emoções, nos medos e nas reações de Lily.

Colleen, tem uma frase no romance em que você escreve: "Não existe isso de pessoas ruins. Todos nós somos humanos e, às vezes, fazemos coisas ruins." Você já sentia ou pensava isso antes de começar a escrever o livro, ou foi algo que surgiu durante o processo de escrita?

C: Meu pai se casou de novo após se divorciar da minha mãe. Com minha nova madrasta tiveram Murphy, minha irmã caçula. Uma vez, eu estava conversando com Murphy e ela me disse essa frase. Era algo que minha madrasta falara para ela, e aquilo ficou na minha cabeça. Como minha mãe já mencionou, gosto de brincar de advogada do diabo, e sinto que essa frase retrata isso. É óbvio que tudo tem exceções, mas acredito de verdade que os seres humanos, em geral, são bons. Às vezes, nós apenas tomamos más decisões. Alguns mais que os outros.

Colleen, qual foi a parte do romance mais difícil de escrever? Vannoy, qual foi a parte mais difícil de ler?

C: Com certeza foi a cena da cozinha. Foi bem difícil explorar aquilo sabendo que minha mãe tinha vivenciado algo semelhante. Chorei mais escrevendo este livro do que qualquer outra coisa que já escrevi, e sei que foi porque eu não estava apenas inventando tudo do nada, mas tirando inspiração da vida da mulher mais importante do mundo para mim. Em alguns momentos, foi bem difícil.

V: É óbvio que foi a cena da cozinha. Precisei parar de ler o capítulo e passar um tempo afastada. Foi tão certeiro. Eu tinha me apaixonado por Ryle e, quando aquilo aconteceu, fiquei tão chocada quanto todos os outros leitores. Eu sabia que aquela cena em particular estava abrindo caminho para o restante do livro.

A relação de Jenny e Lily é semelhante à de vocês duas? De que maneiras ela é parecida ou diferente?

C: Acho que Jenny não é nada parecida com a minha mãe. Eu me baseei na vivência da minha mãe para criar a personagem Lily. Jenny é do tipo que varre coisas para debaixo do tapete, mas minha mãe não era assim. Ela sempre foi aberta e franca com minha irmã e comigo. Ela também é muito independente e não tem papas na língua para falar quando acha que um homem está errado. Foi com essa mãe que cresci, então fiquei em choque quando descobri que ela viveu um relacionamento abusivo por tanto tempo, pois eu simplesmente não conseguia imaginá-la aguentando uma situação dessas. Escrevi este livro essencialmente por causa da força da minha mãe. Quis explorar como alguém como ela poderia se ver numa situação abusiva. Depois de escrever o livro, o que mais percebi foi que *qualquer pessoa* pode terminar numa situação abusiva, sem importar suas forças e fraquezas. Não tem nada a ver com a vítima — é tudo o agressor.

V: Sempre houve uma comunicação aberta e segura entre nós duas. Então, nesse ponto, somos diferentes da Lily e da mãe dela. Acho que a semelhança é que Colleen teve que ver a mãe ser agredida mais de uma vez. Isso é algo que sempre pesará sobre mim em relação às minhas duas filhas.

C: Mas não deveria. Você o deixou. Foi corajosa e forte.

Há uma linda dedicatória no começo do livro que diz: "Para meu pai, por fazer o que pôde para não mostrar o pior de si. E para minha mãe, por garantir que nunca víssemos o pior dele." Vannoy, o que a ajudou a enfrentar essa situação e a sair dela? Colleen, sua dedicatória já insinua como foi sua experiência, mas, do seu ponto de vista, como foi passar por isso?

C: Para ser honesta, eu era pequena demais para lembrar. Minha recordação mais antiga é de uma briga dos dois, mas, depois disso, a maior parte das minhas lembranças é da minha mãe com meu padrasto, que era um homem maravilhoso. Quanto ao meu pai biológico, ele passou a vida inteira enfrentando seus demônios. Ele era alcoólatra quando estava com minha mãe, mas depois se esforçou muito para ficar sóbrio e até conseguiu em alguns momentos. Houve períodos da vida dele em que estava sóbrio e presente. E houve momentos da minha vida em que isso não aconteceu. Ele raramente pagava pensão e costumava prometer que nos visitaria nos fins de semana dele, mas nem dava as caras e eu e minha irmã chorávamos no sofá. Como mãe, eu entendo como deve ter sido bem difícil para a minha própria mãe não poder confiar no pai da gente. Vê-lo nos decepcionar na infância. Mas ela nunca falou mal dele. É isso o que mais respeito na minha mãe. Ela queria que víssemos o que meu pai tinha de bom, pois havia algo de bom nele. Ela nunca falava das coisas ruins. Ela realmente queria o melhor para as filhas, mesmo que pagasse o preço. Creio que foi por isso que escrevi o que escrevi. Porque, mesmo depois de ele fazê-la passar por tudo aquilo, e do quanto ela deve ter se decepcionado com ele, minha mãe jamais passou isso adiante para as filhas. Isso é algo que requer um nível impressionante de força e dignidade.

V: Foi um programa de TV, acredite se quiser. Eu estava assistindo a uma série que mostrava uma filha adulta gritando com a mãe, contando tudo que ela tinha vivenciado depois de ver o relacionamento disfuncional dos pais durante seu crescimento e dizendo como isso afetava toda decisão que tomava. Fiquei abalada dos pés à cabeça quando percebi que aguentar aquele relacionamento iria afetar minhas filhas pelo resto da vida delas. Apesar de amá-lo muito, precisei deixá-lo e aumentar as chances das minhas filhas de terem uma vida equilibrada. Eu estava assustada, era jovem e pobre, mas sabia que precisava superar meus medos para dar uma vida melhor a elas.

A decisão de Lily no desfecho de É assim que acaba *— não só por si própria, mas também por Emerson — exigiu tanta bravura e coragem. Como acham que vai ser a relação de mãe e filha entre Emerson e Lily no futuro?*

C: Imagino que será bem parecida com a relação que tenho com a minha mãe — repleta de respeito mútuo e com muitos momentos divertidos.

V: Tomara que elas sejam incrivelmente próximas.

É assim que acaba é um romance tão importante para tantos leitores. Do ponto de vista de vocês, como foi a recepção do livro? Por que acham que ele tocou tantos leitores?

C: A recepção foi de arrepiar. Eu jamais seria capaz de imaginar os e-mails e mensagens que recebo sobre o livro e o que ele fez pelos leitores. Ao escrevê-lo, meu objetivo não era afetar a vida das pessoas. Queria apenas me colocar no lugar da minha mãe e explorar essa parte da vida dela. Não fazia a menor ideia de que a história impactaria algumas pessoas do jeito que impactou. Às vezes, recebo e-mails tão inspiradores que ligo para minha mãe e os leio para ela. Os leitores já nos fizeram chorar muitas e muitas vezes.

V: O livro comove tanta gente porque a maioria das pessoas já esteve num dos lados da história: ou elas próprias foram agredidas, ou conhecem alguém que foi. E algumas delas podem perceber — da mesma maneira como eu percebi com aquele programa de TV — que, apesar de a criança não estar sendo fisicamente agredida, ainda assim ela sofre por estar naquele ambiente.

O livro também mostra a quem nunca passou por isso como é amar muito alguém e ter de tomar a decisão de ir embora. Foi o que mais amei no livro: como ele capta os momentos bons e ruins, sem retratar Ryle o tempo inteiro como um monstro. O pai da Colleen também era divertido, romântico e carismático. Porém, ele também tinha períodos terríveis que não eram capazes de compensar os momentos bons.

O que vocês gostariam de dizer a quem muito se identificou com a história de Lily e que foi encorajado por ela?

C: Eu gostaria de agradecer à minha mãe. Posso até ter escrito o livro, mas eu não teria sido capaz de fazer isso sem a experiência dela. Odeio que ela tenha passado por isso, mas é bom saber que a história dela, que me inspirou a escrever sobre o tema, vem ajudando muitas vítimas a criarem coragem para sair de situações abusivas.

V: Vocês são todos corajosos e ousados. Obrigada por terem encontrado coragem e força dentro de si próprios para ajudar a encerrar o ciclo de violência doméstica.

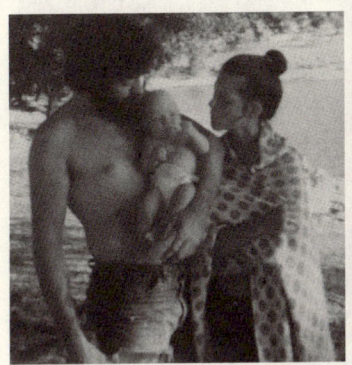

Meu pai Eddie, comigo no colo, e minha mãe Vannoy no lago. (1980)

Eu por volta dos dois anos, com uma caneca dos Dallas Cowboys cheia de leite achocolatado. (1982)

Lin, minha irmã mais velha, e eu. Esta foto foi tirada alguns anos após o divórcio dos meus pais. Meu pai nos levou para tirar fotos profissionais e comprou roupas combinando para nós. (1985)

Retrato de família: Lin (à esquerda), meu padrasto Vance (atrás), minha mãe (na frente), e eu (à direita). (1988)

Eu, minha mãe, meu primo Brian e Lin. (1989)

Meu pai com minha irmã caçula, Murphy, no colo, eu, Lin
e minha mãe na formatura do ensino médio de Lin. (1995)

Eu, minha mãe e Lin na cabine de fotos do casamento da Murphy. (2015)

Eu e minha mãe na estreia da série *Confesse* em Los Angeles. (2017)

Lin, minha mãe e eu. (2022)

Minha mãe, eu e Lin no dia em que fizemos nossas tatuagens
de um coração aberto, igual à de Lily. (2016)

Este livro foi composto na tipografia Baskerville
Poster PT Std, em corpo 11/17, e impresso
em papel polén soft na Geográfica.